KB218877

악명 높은 무법자들
스칼렛과 알버트

악명 높은 무법자들

스칼렛과 알버트

2

조나단 스트라우드 지음 | 정은 옮김

SCARLETT
&ALBERT

달다

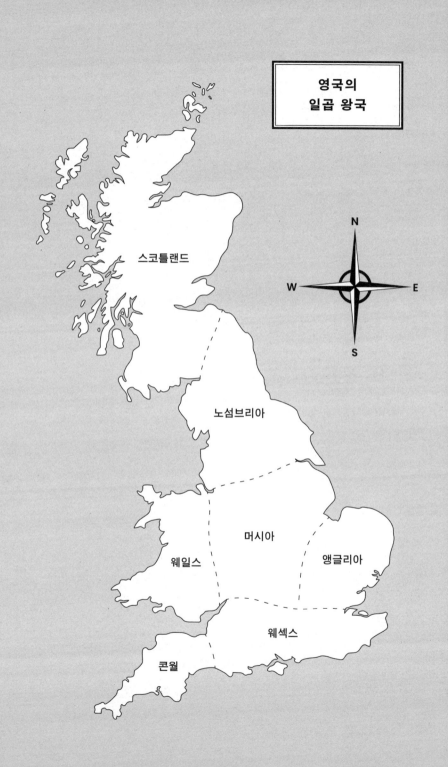

영국의
일곱 왕국

N
W   E
S

스코틀랜드

노섬브리아

머시아

웨일스

앵글리아

웨섹스

콘월

차례

1부 워릭 작전 ——— 9

2부 울프스 헤드 여관 ——— 73

3부 파묻힌 도시 ——— 163

4부 햇빛 비치는 길 ——— 257

5부 12시 ——— 347

1

워릭 작전

1

저녁 무렵, 잿더미 들판 너머로 해가 지고 평원의 도시 위로 통행 금지 종소리가 울려 퍼지자, 세 명의 강도가 사거리에 모였다. 서로 인사 따위는 나누지 않았다. 가장 어린 강도가 무너진 건물로 올라가 주위를 살폈고, 가장 나이 많은 강도는 도랑 건너편 폐허 속에 몸을 숨겼다. 마지막으로 강도 두목이 길가의 산쑥 덤불과 검은 디기탈리스 사이의 콘크리트슬래브 쪽으로 어슬렁어슬렁 걸어갔다. 담배 파이프에 불을 붙이고 편하게 앉아, 여행자들이 지나가기를 기다렸다.

이 사거리는 매복하기에 딱 좋은 장소였다. 강도들도 그런 이유로 이곳을 선택했다. 무너진 옛 경비 초소의 벽은 몸을 숨기기에 좋았고, 남아 있는 높은 건물 역시 사방을 한눈에 볼 수 있는 전망대 역할을 했다. 또한 주변을 오가는 사람이 있을 만큼 도시와 가까우면서도 여행자들에게 수작을 거는 동안 민병대가 끼어들지 못할 만큼 도시와 떨어져 있기도 했다. 근처에는 시체를 처리할 수 있는 골짜기도 있었다.

두목은 자기 일을 즐겼다. 기다리는 것도 즐거움의 일부였다. 강가에 앉아 매끄럽고 살찐 송어가 가까이 있다는 걸 알고 수면을 살피는 낚시꾼이 된 기분이었다. 가죽 외투를 벌리고 앉아 부츠를 신은 한쪽 발을 밖으로 쭉 뻗은 채 파이프를 빨아들였다. 반쯤 감은 눈 사이로 향기로운 연기가 하늘로 소용돌이치며 올라가는 걸 바라봤다. 그래, 인내심이 관건이지…. 곧 물고기가 나타날 것이다.

예상대로 얼마 지나지 않아 건물 위에서 루카스의 낮은 휘파람 소리가 났다. 두목은 건물 난간을 올려다보고 루카스의 팔이 가리키는 방향을 확인했다. 동쪽, 코비 로드 방향이었다. 아마 해가 지기 전에 워릭 시에 도착하려 서두르는 상인들일 것이다. 두목은 수염 난 턱을 쓰다듬으며 벨트에 찬 권총을 흘끗 쳐다봤다. 코비에서 오는 거라면 향신료, 모피, 흑요석 같은 보석류를 갖고 있을 것이다. 코비 쪽 전리품은 실망할 일이 없었다.

상인들이 어떻게 이동하고 있을까? 걸어서? 자동차를 타고? 엔진 소리는 들리지 않았다.

두목은 서두르지 않고 천천히 일어났다. 파이프를 입에서 뺀 후 돌아오면 바로 필 수 있게 콘크리트판 위에 올려놨다. 산쑥 덤불 사이를 지나 길가에 서 준비 태세를 갖췄다.

저녁 햇살 아래 잿더미 들판은 부드러운 설탕 가루를 뿌려놓은 것처럼 보였다. 폐허 뒤쪽에는 소나무 그림자가 관에 박은 못처럼 길고 날카롭게 뻗어 나왔고, 동쪽에는 건물 그림자가 적갈색 대지를 가로지르는 채찍 자국처럼 드리워져 있었다.

자전거 두 대가 시야에 들어왔다. 사거리를 향해 달려오고 있었다.

두목은 약간 놀라 얼굴을 찌푸렸다. 안전지대라면 자전거가 드물지 않겠지만, 코비 로드는 멀고 험했으며, 우기에는 상태가 더 안 좋았다. 두목이 자전거를 지켜보는 동안 앞장선 자전거는 움푹 팬 구멍을 부드럽게 피해 갔지만, 뒤따르던 자전거는 재앙에 빠지기 직전에야 급박하게 방향을 틀었다. 뒤쪽 자전거는 비틀거리다 겨우 균형을 되찾고 다시 달리기 시작했다.

자전거를 탄 두 명 모두 배낭과 짐 꾸러미를 무겁게 짊어지고 있었다. 하지만 짐에 비해 둘의 체구가 작다는 걸 멀리서도 알 수 있었다. 두 여행자가 어리다면 또 다른 가능성을 암시했다. 워릭 시에는 노예시장이 존재했다. 두목은 노예시장 감독관과 사이가 꽤 괜찮았다.

두목은 덜컹대는 자전거 바퀴 소리가 가까워질 때까지 기다렸다가 저무는 햇살 속으로 걸어 나왔다. 길 한가운데 서서 다리를 넓게 벌리고 영웅 같은 자세를 취했다. 외투를 한쪽으로 젖히고 엄지손가락을 벨트에 끼워 손바닥으로 권총 자루를 느슨하게 감싸 쥐었다. 윤기 나는 긴 머리카락을 뒤로 쓸어 넘기고 한 손을 높이 쳐들었다.

앞서 오던 자전거가 급정거하며 바퀴를 획 틀었다. 가늘고 붉은 재 가루가 구름처럼 피어올랐다. 그 탓에 뒤따라오던 자전거가 앞 자전거에 충돌할 뻔했다. 뒤쪽 여행자가 신음 소리를 내며 투덜거렸다. 그는 간신히 앞 자전거를 피해 비틀거리다 멈춰 섰다. 등에 멘 배낭 역시 술에 취한 것처럼 한쪽으로 기울었다.

어려 보이는 여행자들이었다. 당황한 듯 눈을 깜빡거리는 검은 머리 소년과 챙이 넓은 모자를 쓴 소녀였다.

그들 주위에서 붉은 재 가루가 천천히 가라앉았다.

지금이 바로 두목이 가장 좋아하는 순간이었다. 항상 이런 극적인 상황을 즐겼다. 길을 막았을 때, 상대 얼굴에 충격이 스치며 서서히 두려움이 퍼지는 순간.

"여행자 여러분! 잠깐 멈춰보시지. 얘기 좀 나누자고." 두목이 소리쳤다.

"강도네." 소년이 중얼거렸다.

"아, 그래?" 소녀가 고개를 살짝 기울이며 말했다. "와…. 상상도 못 했네."

모자가 그림자를 드리워 소녀의 얼굴이 보이진 않았지만, 두목은 삐딱한 모자 아래로 곱슬곱슬한 빨간 머리카락이 흘러내린 걸 볼 수 있었다. 소녀는 낡은 갈색 코트와 재로 얼룩진 짙은 색 청바지를 입고 있었다. 등에는 여러 가지 짐과 기다란 통이 묶인 배낭뿐 아니라, 라이플 소총도 멨다. 코트 안쪽으로는 축 늘어진 권총 벨트에 권총이 하나 꽂혀 있었다.

"다정하게 대화나 좀 해보자고." 두목이 말했다. "내가 요구하는 건 딱 그뿐이야. 아, 무장한 부하들이 우릴 지켜보고 있단 걸 깜빡했군. 정중히 요청하는데, 무기를 내려놓고 자전거에서 내리시지."

말을 마친 두목이 기다렸다. 하지만 자전거에 탄 둘은 꿈쩍도 하지 않았다.

"모자." 소년이 말했다.

소녀가 귀찮다는 듯 느릿느릿 손을 들어 올렸다. 하지만 두목이 예상한 대로 권총을 내려놓는 대신, 모자를 벗어 자전거 손잡이에 걸쳐놨다. 소녀는 안장에 등을 꼿꼿이 펴고 앉아 한 발은 페달을, 다른 발은 땅을 디뎠다. 땀에 젖어 헝클어진 긴 빨간 머리카락이 창백하고 심드렁한 얼굴 양쪽으로 구불거리며 쏟아져 내렸다. 두목은 소녀가 열아홉 살은 넘지 않았다고 짐작했다. 열아홉 살에 건강한 몸. 확실히 살려둘 만한 가치가 있었다.

하지만 소녀는 여전히 자전거에서 내리지도 않고, 총을 내려놓지도 않았다. 소년 역시 움직이지 않았다. 소년은 마른 몸에 낡고 긴 회색 민병대 외투를 헐렁하게 걸치고 있었다. 갸름한 얼굴에 검은 눈을 가졌고, 여자아이처럼 곱상했다. 소년은 멍한 눈빛으로 두목을 뚫어

저라 응시했다. 머리가 좀 모자란 녀석 같았다. 중요한 건 소년에겐 무기가 없다는 거였다. 두목은 즉시 소년에게 관심을 끊었다.

두목은 다시 소녀에게 시선을 돌렸다. "내가 한 말 들었나?"

"들었어. 총을 내려놓으라고?" 놀랍게도 소녀가 차분한 목소리로 대꾸했다.

"그래, 맞아."

"어이, 아저씨. 서로 협상하는 게 좋을 거 같은데."

"물론 그러시겠지." 두목이 부드럽게 미소 지으며 과장된 몸짓으로 폐허 쪽을 가리켰다. "하지만 아가씨, 안타깝게도 그런 선택지는 없을 거 같군. 그냥 내 말대로 하는 게 좋을 거야. 저기에 내 부하 다섯 명이 숨어 있거든. 모두 명사수로, 아가씨 심장에 총을 겨누고 있지."

소녀가 약간 불쾌한 듯 코를 찡그리며 옆에 선 소년을 쳐다봤다.

"알버트, 말해봐."

"남자가 둘 있어. 하나는 건물 위, 하나는 무너진 창가에." 소년이 대답했다.

"소총이야?"

"아니, 권총."

두목이 험악한 표정을 지었다.

"이제 잡담은 그만해. 내가 말했잖아. 지금 내 부하 다섯이…."

소녀가 폐허 쪽을 쳐다봤다.

"왼쪽, 거기서 조금 더 위." 알버트라 불린 소년이 말했다. "맞아. 스칼렛, 바로 거기야. 다른 한 명은 건물 꼭대기에 있어."

이상하게도 소년은 폐허나 소녀 쪽을 전혀 바라보고 있지 않았다. 그저 검은 눈을 크게 뜨고 두목을 뚫어져라 바라볼 뿐이었다.

"좋아, 문제없어. 누굴 먼저 처치할까?" 소녀가 말했다.

"건물 꼭대기에 있는 남자가 사격 실력이 제일 좋아. 제일 빠르기도 하고. 폐허 뒤에 있는 사람은 형편없어."

폐허 쪽에서 웅얼거리는 소리가 들려왔다. "말도 안 돼. 이봐!"

"웅얼거린 남자 말이야?"

"전에는 괜찮았는데, 지금은 완전히 둔해졌어. 술을 너무 많이 마시거든."

원래 술집 주인이었던 강도 두목은 싸움 중에 성질을 못 참고 한 남자를 죽였다. 그 이후로 지금처럼 강도 신세가 되었다. 목이 마른 데다 대화가 원하는 대로 흐르지 않자 속에서 분노가 치밀어 올랐다. 특히 소년의 무표정하고 텅 빈 눈은 보기만 해도 이상하게 화가 치솟았다. 게다가 어이없게도 너무 정확한 정보를 좔알거리고 있었다. 두목은 뭔가 중요한 걸 놓치고 있는 것만 같았다. 이 사실이 화를 더욱 부채질했다. 저 소녀만 아니었다면, 경매에서 좋은 가격에 팔릴 만한 가치가 있지 않았다면, 진작 권총을 꺼내 그 자리에서 둘 다 쏴버렸을 것이다.

"잠깐," 두목이 입을 열었다. "내가 한마디 하지. 그래, 부하 몇 명이 총으로 너흴 겨냥하고 있다는 건 사실이야. 중요한 건, 네가 무기를 꺼내는 순간 우리가 널 죽일 거라는 점이지. 도망치려 뛰어도 결과는 똑같아."

"페달을 밟는 거죠." 소년이 말했다.

"뭐라고?"

"페달을 밟는 거라고요. 뛰는 게 아니라. 보세요. 우린 자전거를 타고 있잖아요."

"어이, 아저씨. 똑바로 말하라고." 소녀가 거들었다.

"하, 신들이시여! 젠장, 그게 무슨 상관이야!" 두목이 발을 쿵 내려찍으며 소리쳤다.

"네 녀석들이 자전거를 타든, 뛰어가든, 이빨부리새처럼 팔을 퍼덕이며 날아가든, 어쨌든 결과는 똑같을 줄 알아."

부드러운 바람이 소녀의 이마에 흘러내린 곱슬머리 한 가닥을 스쳤다. 소녀가 머리카락을 쓸어 넘겼다. 그녀의 눈은 유리처럼 맑고 차가운 초록색이었다. 두목은 어쩐지 그녀의 눈을 똑바로 볼 수 없었다.

"그래." 소녀가 천천히 입을 열었다. "어이, 아저씨. 진정하라고. 화낼 필욘 없잖아. 당신 요구대로 하면 어떻게 되는 거지?"

두목은 딱 붙는 까만 청바지에 달라붙은 재 가루를 짜증스럽게 털어냈다. 그는 평정심을 잃었고, 그래서 기분이 더 나빠졌다. 루카스와 로난이 눈치를 채고 나중에 두고두고 놀릴 것이다.

두목은 으르렁거리듯 말했다. "굳이 소개하자면, 우린 길 위의 신사들이지. 우리만의 명예와 규범이 있거든. 물론 너희 가방을 뒤져보고, 마음에 드는 게 있다면 사소한 물건 몇 개쯤 가져갈 수는 있지만…." 두목이 어깨를 으쓱했다. "그게 다야."

"그 후에는?"

"너흴 놓아주지."

"알버트, 어때?"

"아니. 저 남자는 우릴 죽일 거야."

두목이 흠칫 놀랐다. "안심하거라. 우린…."

"적어도 난 죽일 거야. 총으로 쏘든지, 목을 베든지. 아니면 늑대들 먹이로 협곡에 내다버릴걸? 스칼렛, 넌 안 죽일 거야. 운이 좋다면 노예 상인에게 팔겠지."

"하, 참나." 소녀가 맑은 초록빛 눈으로 두목을 노려봤다.

두목의 눈동자가 자신도 모르게 이리저리 불안정하게 움직였다.

그는 길 위에서 자세를 바로 했다.

"너희 운명이 어떻게 될지는," 두목은 목이 잠긴 듯 탁한 목소리가 흘러나왔다. "전적으로 우리가 결정할 문제야. 총을 버리고 자전거에서 내려. 두 번 말하지는 않겠어."

"좋아." 소녀가 말하기 시작했다. "듣던 중 반가운 소리네. 거꾸로 내가 제안을 하나 할게. 지금은 꽤 늦은 시간이야. 하늘에 노을이 지고 있잖아. 우린 오늘 험지를 가로질러 수 킬로를 달려왔거든. 언덕에서 다리가 무너지는 바람에 급류를 건너야 했고, 화산재 폭풍과 모래 사태를 뚫고 왔고, 절벽 너머로 수 킬로를 점박이 암석 고양이 떼에게 쫓기기도 했어. 게다가 알버트는 자전거 바퀴가 터져서 늪에 빠지기까지 했지. 지금 너무 피곤한 데다, 엉덩이는 안장에 쓸려서 아파. 관문이 닫히기 전에 도시에 들어가고 싶다고. 내일 워릭에서 할 일이 있거든. 길 위의 신사 여러분과 문제를 일으키거나 총알을 낭비하고 싶지도 않고. 그러니까 우리가 그냥 지나가도록 물러나시지."

두목은 다시 한번 뭔가 비현실적인 느낌이 들었다. 상황이 제대로 흘러가지 않는 분위기였다. 난간에 웅크리고 앉은 루카스가 권총을 빼든 채 차가운 회색 눈으로 모든 걸 지켜보고 있을 것이다. 짐이 잔뜩 든 배낭과 소녀를 주시하며, 이야기가 끝나기만을 기다리면서. 지금쯤 조바심이 났겠지. 루카스는 요즘 명령에 자주 반발하며 두목의 실수를 반겼다. 저 조그만 녀석은 자신이 사격 실력도 더 좋고 몸도 더 민첩하다고 생각하겠지만, 실상 저놈이 가진 건 그저 젊음의 오만함일 뿐….

"스칼렛. 저 사람, 네 말을 전혀 안 듣고 있어." 자전거에 탄 소년이 말했다.

소녀가 고개를 끄덕였다. "알았어. 타이밍을 알려줘."

두목이 몸을 쫙 폈다. 손가락으로 권총을 세게 움켜쥐었다.

"자, 네놈들, 이게 마지막 기회다."

두목의 말에 소녀가 답했다. "진짜 마지막 기회야."

잠시 정적이 흘렀다.

항상 두목이 먼저 총을 뽑으면 루카스와 로난이 일제히 사격을 시작했다. 그가 먼저 움직이면 총격전이 시작되곤 했다. 여행자들은 총을 절대 피하지 못했다. 특히 루카스가 너무 빨랐다. 하지만 지금의 두목은 평소 같은 자신감이 들지 않았다. 오늘은 뭔가 이상했다. 왠지 일을 벌이고 싶지 않았다. 갑자기 콘크리트판 위에 놓아둔 담배 파이프가 떠올랐다.

"지금이라도 담배 파이프로 돌아갈 수 있어요, 존." 검은 머리 소년이 말했다. "담배에 아직 불이 붙어 있을 거예요."

두목의 눈이 휘둥그레졌다. 세상이 그를 짓누르고, 자연의 질서가 거꾸로 뒤집힌 기분이었다. 충격이 날카롭게 그를 꿰뚫고, 공포와 혐오감으로 피가 얼어붙었다.

소년의 얼굴에서 웃음이 사라졌다. 눈빛이 슬퍼 보였다.

소년을 바라보던 두목은 소녀에게로 시선을 옮겼다.

소녀는 아무 말도 하지 않았다.

먼지 날리는 텅 빈 길 위에 세 사람 모두 침묵하며 서 있었다.

"지금이야." 소년이 말했다.

총성이 세 번 울렸다.

그리고 다시 침묵이 찾아왔다.

마지막 순간에 두목을 정말 화나게 한 건, 즉 그의 존엄을 진정으로 모욕한 건, 자신이 총을 쏠 거라고 인지하기도 전에 소년이 먼저 알아챘다는 사실이었다. 평생 그는 공포나 분노가 찾아오면 레버로 조종되는 기계처럼 반응하며 살아왔다. 레버가 당겨지면 언제나 몸이 먼저 반응했고, 그 후에야 의식적인 생각이 따라왔다. 공포와 혼란 속에서 지금도 뇌가 자신의 의도를 미처 알아차리기도 전에 몸이 먼저 권총을 뽑았다. 하지만 소년은 이미 예상하고 있었다. 더욱 충격적인 건, 권총을 아직 들어 올리는 중인데 벌써 두 발의 총성이 들렸다는 사실이었다. 두 발 모두 그가 쏜 게 아니었다. 세 번째 총성이 났지만, 이것 역시 그가 쏜 게 아니었다. 이 상황이 이해되지 않았다. 왜 자신의 손가락이 방아쇠 당기는 걸 거부하는지 알 수 없었다. 떨리는 손에서 권총이 떨어졌다. 봤다기보다는 느꼈다. 갑자기 무릎에 충격이 가해졌다. 두목은 바닥에 무릎을 꿇고 있단 걸 깨달았다.

하지만 무슨 이유에서인지 눈이 움직이지 않았다. 시야 끝으로 검은 형체가 휙 떨어지는 게 보였다. 뭔가 무거운 게 건물 밖으로 떨어졌다. 돌바닥에 퍽 하고 세게 부딪히는 소리와 동시에 폐허 건물의 창문에서 외마디 비명 소리가 들렸다.

두목의 두 눈은 한곳에 고정된 채 움직이지 않았다. 자전거와 자전거 바퀴 테두리에 묻은 재, 여전히 안장에 앉아 있는 소년과 소녀. 둘의 부츠를 덮은 더러운 먼지가 보였다. 소녀는 권총을 벨트에 도로 집어넣고 있었다. 두목은 더 이상 눈의 초점을 맞출 수 없었다. 그때서야 자신이 길 위에 엎드려 쓰러져 있단 걸 깨달았다. 어떻게 이런 변화도 느끼지 못했을까. 모든 게 정말 기이했다. 몸이 쓰러지는 것조차 모르다니.

권총에서 피어오른 화약 냄새가 코끝에 닿았다. 그 냄새를 맡자 다시 담배 생각이 났다.

이윽고 어떤 감각도 느껴지지 않았다.

2

워릭 시의 밤이 깊었다. 이런 늦은 시간에도 돌길에서는 한낮의 열기가 뿜어져 나왔다. 광장 건너편 카페가 하나둘 문을 닫고 있었다. 테이블에 앉아 빈둥거리던 마지막 손님들이 텅 빈 시장의 가판대 주위를 쓸고 있는 노예 소녀들을 구경했다. 은은한 향기가 공기 중에 맴돌았다. 일렁거리는 민병대 기지의 화로 불길이 지명수배자 게시판의 포스터를 비추자, 포스터 속 범죄자들의 얼굴이 살아 움직이는 것처럼 보였다.

신앙의 집 정원을 둘러싼 담 너머로 종소리와 중얼거리는 기도 소리가 들려왔다. 저녁 예배를 마친 신도들이 신앙의 집 출입문을 나와 광장으로 흩어지기 시작했다. 눈에 잘 띄지 않는 테이블에는 스칼렛 맥케인이 앉아 있었다. 커피를 한 모금 마신 후 선글라스를 고쳐 쓰고, 사람들이 신앙의 집에서 나오는 걸 지켜봤다. 십 분 남았다. 모든 게 계획대로 진행되고 있었다. 십 분 후에는 신앙의 집 건물 출입문이 잠길 것이다. 그러면 대대적인 도난극이 시작될 것이다.

지난 나흘 동안, 스칼렛과 알버트는 은밀하게 이곳을 조사했다. 워릭 신앙의 집은 머시아에서 가장 오래된 건물인 동시에 금고에 쌓여

21

있다고 전해지는 막대한 부로도 유명했다. 스칼렛과 알버트를 의심하는 사람은 아무도 없었다. 변장 덕분에 사람들은 일곱 왕국에서 가장 악명 높은 무법자 두 명이 군중 속에 섞여 있다는 사실을 알아채지 못했다. 지금 스칼렛은 귀밑까지 오는 단정한 금발 가발을 쓰고, 무릎까지 내려오는 초록색 면 원피스에, 머시아 스타일의 흰 구두를 신고 있었다. 다리를 꼬고 한 손에 커피잔을 들었다. 물론 발치에는 무기가 들어 있는 천 가방이 있긴 했다. 하지만 단정하고 세련된 겉모습은 전형적인 워릭 시의 부잣집 아가씨처럼 보일 뿐, 불과 몇 미터 떨어진 민병대 게시판에 붙어 있는 포스터 속 부스스한 빨간 머리 도둑처럼 보이진 않았다. 스칼렛은 원피스가 싫고, 가발이 수염처럼 따끔거렸지만, 그래도 이것들 덕분에 나흘 동안 정체를 감출 수 있었다.

도시 사람들이 옆을 지나갈 때, 대화 내용 일부가 스칼렛의 귀를 스쳤다. 보급 열차가 지연되고 있다는 것, 그레이트 노스 로드의 호송대가 오염된 자들에게 습격당하는 바람에 화물차 몇 대가 뒤집히고, 경비병들이 잡아먹히고 물자도 잃었다는 내용이었다. 좋은 소식으로는, 내일 신앙의 집에서 노예 두 명과 신앙의 집 반대파를 일탈행위 죄목으로 채찍질한다는 것, 거기서 수석 멘토가 연설하고, 차와 케이크도 제공된다는 거였다.

채찍질이란 말에 스칼렛은 선글라스 뒤에서 눈살을 찌푸렸지만 무표정을 유지했다. 가만히 기다렸다. 신앙의 집 구역 내부로 들어가는 출입문이 덜컥 닫혔다. 그 위로 밤새 출입문을 봉인하는 빗장이 처졌다. 신도들이 흩어지고, 가늘고 마른 사람이 무리에서 혼자 떨어져 나왔다. 그는 마치 가게 쇼윈도를 구경하려는 듯 여기저기 돌아다니다, 스칼렛이 앉아 있는 곳을 빙 둘러 지나더니 신앙의 집 담장 옆 좁은 골목길로 사라졌다.

스칼렛은 남은 커피를 다 마셨다. 잔 밑에 1파운드 지폐를 놓고 천 가방을 집어 든 후 광장을 빠져나왔다. 그리고 조용한 좁은 골목 길로 향했다. 손에 쥔 가방이 꽤 무거웠다. 걸어가며 가방 속 물건들을 머릿속에 하나하나 떠올렸다. 권총 벨트, 밧줄과 노끈이 든 배낭, 쇠지렛대, 소음 방지용 솜뭉치, 자물쇠 따는 도구, 손전등…. 준비는 완벽했다. 나머지 장비는 도시 외곽 계곡에 숨겨놓은 탈출용 자전거에 있었다. 빠뜨린 건 없었다. 이제 전문가다운 솜씨와 차분한 효율성으로 작전을 완수할 일만 남았다.

"스칼렛!"

깡마른 형상이 어둠 속에서 비틀거리며 튀어나왔다. 스칼렛은 깜짝 놀라 움찔했다. 알버트도 변장을 하고 있었다. 현지 워릭 스타일로, 구겨진 린넨 정장에 흰색 셔츠, 파란색 신발을 신고 있었다. 가발은 쓰지 않았는데, 머리를 빗질한 지 얼마 안 된 듯했다. 알버트는 광택 나는 전단지와 끈적끈적한 종이봉투를 들고 있었다.

스칼렛이 매섭게 쏘아보며 말했다. "갑자기 튀어나오지 마! 큰 소리로 이름을 부르지도 말고!"

스칼렛은 다시 한번 골목길을 훑어봤다. 모든 게 조용했다.

"그래서, 넌 아무 일 없었어? 오늘 저녁은 무사히 넘긴 거 같네."

"무사히 넘긴 것 이상이야. 아주 흥미로운 걸 알아냈거든."

알버트의 미소는 여전히 밝고 솔직했다.

"그래 보이네. 신앙의 집 홍보지도 받고…. 그 종이봉투 안엔 뭐가 들었어?"

"엄청 큰 빵 두 개. 예배 끝나고 나눠줬어. 신앙의 집에서 나올 때, 친절한 여자 멘토가 나한테 막 안겨주더라고. 한 입 먹을래? 진짜 맛있어."

"아니. 사양할게. 필요한 최종 정보는 알아냈어?"

"물론이지. 비밀을 아는 사람을 찾으려고 사람들 머릿속을 엄청 많이 훑어봤어."

"훌륭해. 그러면 그건 어디 있…."

"알고 보니, 멘토의 절반은 신앙의 집 안쪽 성소까지 들어갈 수 없더라고. 비밀 문은 선임 멘토들만 알아. 내가 찾아낸 사람은 여드름 투성이 얼굴의 멘토였어. 예배 사이사이, 쉬는 시간마다 모든 사람을 거의 한 번씩 다 훑었을 즈음에야 그를 발견했어. 하, 진짜 많은 사람의 머릿속을 읽어야 했지. 매번 차 대접까지 받아서, 솔직히 지금 내 방광이 무리한 거 같아. 예배 중 피우는 향들 때문에 머리도 지끈거리고. 시크교의 구르바니, 이슬람교의 살라, 천주교의 미사, 힌두교의 푸자까지 모두 참석했어. 하룻저녁에 마치기는 좀 힘든 일이었지…." 알버트가 멈칫했다. "스칼렛, 너 마음이 아주 급해 보인다."

"그냥, 도대체 네 얘기가 언제 끝날지 궁금할 뿐이야." 스칼렛이 최대한 부드럽게 말했다.

"이제 거의 끝났어. 아니, 하나 더 있구나. 아주 기가 막힌 정령 숭배 춤도 봤어. 이 도시의 여자들은 발을 굉장히 높게 차던걸."

지난 육 개월 동안, 스칼렛은 인내와 끈기의 기술을 터득했다. 그렇기에 선글라스를 벗고 눈을 비빈 후, 알버트를 때리고 싶은 충동을 억누를 수 있었다.

"알버트, 금고 비밀 입구가 어디야?"

"중앙 로비. 커튼 뒤에 있어."

"위장 폭탄은 없어?"

"있어."

"다른 위험 요소는?"

"그냥 이미 아는 것들뿐이야. 독가스, 함정…." 알버트가 어깨를 으쓱하며 말을 이었다. "머릿속 이미지들을 봤어. 문제없을 거야. 아, 그리고 금고 안도 살짝 보였어. 금이랑 보석, 지폐 더미…. 그러니까 다 네가 좋아하는 것들이었어." 알버트가 종이봉투를 열더니 빵을 한 입 베어 물었다. "스칼렛, 이번 건은 계속 진행하는 거야?"

스칼렛은 예전처럼 몸에 전율이 흐르는 걸 느꼈다. 실행을 코앞에 둔 긴장 섞인 설렘이었다.

"당연히 밀고 나가야지. 다른 건? 더 알아낸 거 없어?"

"오늘 밤은 현관 입구에 경비원 두 명이 보초를 설 거야. 거기에 추가로 감시 멘토가 정원을 왔다 갔다 할 거고. 내가 그 멘토랑 직접 얘길 나눠봤는데, 종교 포트폴리오 구축에 대해 조언을 많이 해줬어. 먼저 초심자용 종교를 두 개 선택하래. 유대교와 신도교 같은 종교 말이야. 일 년 동안 나와 잘 맞고 효과가 있는지 지켜본 다음, 다른 종교로 다양화해서…."

스칼렛이 손을 들었다. "그래, 아주 흥미롭네. 하지만 지금 알고 싶은 건 감시 멘토가 어떤 인물인지야. 말해줄 만한 거 있어?"

알버트가 빵을 씹으며 생각에 잠겼다. "덩치가 크고 털이 많았어. 이름은 버트야."

"좀 더 중요한 정보 없어?"

"멘토 예복 아래에 종교의식용 칼과 총을 차고 다녀. 전문적인 훈련을 받은 사람이라 다루는 방법을 잘 알아. 과거에 폭력적인 일을 했고. 몇 분간 머릿속을 들여다보니, 요즘엔 주로 쌀로 빚은 술이나 포커 게임, 케닐워스 구역에서 온 여자들에게 관심이 많더라." 알버트가 생각에 잠긴 목소리로 계속 말했다. "멘토라고는 하지만, 그렇게 영적인 사람 같진 않았어."

스칼렛이 코웃음 쳤다. "당연하지. 멘토 중에 정말 영적인 사람은 없어. 좋아. 잘했어, 알버트. 더 기다릴 필요 없겠어. 가자."

스칼렛이 앞장서고, 알버트는 빵을 먹으며 골목길을 따라 계속 걸었다. 달빛이 그들을 비스듬히 가로질러 먼 길가까지 은빛으로 물들였지만, 신앙의 집 담장 옆길은 칠흑같이 캄캄했다. 스칼렛의 모든 감각이 기대감으로 깨어났다. 바로 이 느낌이었다. 이거야말로 그녀가 살아가는 이유였다. 지금 이 순간 그녀는 진정으로 살아 있었다. 여태껏 밋밋하던 세상이 갑자기 선명하고 생생하게 다가왔다. 달빛은 더 밝게 빛났고, 그림자는 더 짙어졌다. 옷이 피부에 닿아 따끔거리는 느낌까지 더 생생해졌다. 모든 소리, 모든 냄새, 공기의 맛마저 풍부한 의미를 가득 담고 있었다. 아주 사소한 것에도 어떤 기회나 위험이 숨어 있을지 몰랐다.

스칼렛은 이미 담장까지 조사를 다 마쳤다. 담장 벽돌 사이에 석회 조각이 떨어져 나가 발판으로 쓰기 좋은 지점을 찾아냈고, 홈통에 돌 조각을 남겨 위치를 표시했다. 표시한 지점에 도착한 후 잠깐 기다렸다. 주변을 살피고 소리에 귀를 기울였다. 도시의 소음은 미미했다. 적어도 알버트가 빵 씹는 소리보다는 작았다. 이젠 달빛과 그림자뿐이었다. 그녀는 천 가방을 열고 권총 벨트를 꺼내 허리에 맸다. 나흘 만에 처음으로 제대로 차려입은 기분이었다.

스칼렛은 담장에 손가락을 댔다…가 잠시 멈췄다.

"알버트, 조용히 좀 먹을래? 대초원의 늪지대 소처럼 먹잖아. 그렇게 시끄럽게 쩝쩝대다간 민병대가 우릴 찾아낼 거야."

"미안. 긴장해서 그래."

"아니, 그건 아니지. 지금까지 우린 은행을 여섯 번이나 털었어. 이번 건도 다를 게 없다고. 이제 빵 내려놔."

"여긴 좀 달라, 스칼렛. 워릭 신앙의 집에 대해 떠도는 소문 알잖아."

"그래. 하지만 하나도 안 믿어. 금에 대한 얘기만 제외하고."

"알겠어."

알버트는 빵을 마지막으로 격렬하게 씹고 꿀꺽 삼켰다. 홍보지들을 버리고 손가락을 겉옷에 쓱쓱 문질러 닦았다.

"좋아, 준비됐어."

"그래. 네 배낭은 천 가방 안에 있어. 배낭부터 메. 여기서 기다리다가, 내가 휘파람을 불면 그때 합류해."

담장은 대략 4미터 정도 높이였지만, 스칼렛은 십일 초 만에 기어올랐다. 꼭대기에 도착해 돌담에 걸터앉아 몸을 낮추고 조심스럽게 담장 아래를 살폈다. 나무가 죽 늘어선 신앙의 집 정원은 거대한 검은 직사각형을 이루었고, 현대적인 워릭 시의 불빛들이 주위를 에워쌌다. 북쪽으로는 엄청나게 넓고 거대하지만 폐허가 된 옛 도시의 터가 있었는데, 별빛 아래 아치형 입구와 건물 지지대가 마치 뼈처럼 희미하게 빛났다.

나무 너머로 별채 기숙사 건물에 불빛이 한두 개 깜박였다. 멘토들은 대부분 이제 막 잠자리에 들었을 것이다. 달빛에 비친 신앙의 집 본관은 거대한 회색 덩어리로 보였다. 첨탑들 아래에서 잠든 육중하고 제멋대로 뻗은 그림자 괴물 같았다. 지금까지 어떤 도둑도 이곳을 뚫지 못했다. 심지어 스칼렛의 옛 고용주였던 악명 높은 범죄 조직 손가락 형제단조차 도전에 실패했다는 소문이 돌았다. 워릭 신앙의 집은 금은보화뿐 아니라 복잡하고 정교한 방어 시스템으로 일곱 왕국 전역에 명성이 자자했다. 그야말로 난공불락의 요새로 여겨졌다.

스칼렛은 씩 웃었다. 그건 알버트 브라운의 특수한 능력을 모를 때의 이야기였다.

스칼렛은 조용히 휘파람을 불었다. 곧 아래에서 엄청난 숨소리와 신음 소리가 들렸다. 알버트가 숨을 헐떡이며 담장 위로 간신히 올라왔다. 마치 한 팔로 구명보트에 간신히 기어오르는 듯 요란했다.

스칼렛이 알버트를 노려봤다. "대체 왜 그래?"

"차 때문이야. 너무 많이 마셨더니 배 속에서 출렁거리는 소리가 들려."

"작업할 땐 항상 속이 비어 있어야지. 규칙 1."

알버트가 옆에 위태롭게 걸터앉았다. "여기서 뛰어내려야 해? 나 배가 터질 거 같은데."

"그래? 그거 볼만하겠네…."

스칼렛은 담 위에서 몸을 돌려 재빨리 내려갔다. 맨다리에 차가운 돌이 닿자 얼굴이 찌푸려졌다. 아무리 좋은 변장술이라도 원피스는 이런 일에 적합하지 않았다. 도시 외곽에 자전거와 함께 숨겨둔 믿음직한 오래된 코트와 청바지가 그리웠다.

스칼렛은 담에 잠깐 매달려 있다가 어둠 속으로 가볍게 뛰어내렸다. 그리 높진 않았다. 스칼렛은 부드럽고 마른 흙 위에 착지했다. 주위엔 꽃향기가 가득했다. 경계심을 늦추지 않고 조용히 선 채, 심장이 열광적으로 고동치는 소리를 들었다. 적진에 뛰어들 땐 늘 그렇듯 흥분으로 몸이 떨렸다. 이젠 돌이킬 수 없었다.

머리 위에서 무슨 소리가 들렸다. 스칼렛이 담장에서 살짝 물러났다. 삐걱거리는 소리와 짧게 훅 떨어지는 소리가 난 후, 조금 전까지 그녀가 서 있던 자리에 둔탁한 충격음이 들렸다. 스칼렛은 한숨을 내쉬고 권총 벨트를 점검했다. 탄창과 주머니는 모두 제자리에 있었다. 탄약, 자물쇠 따는 도구, 칼…. 등 뒤에서 알버트가 비틀비틀 일어나

옷과 배낭에서 흙을 털어내는 소리가 들렸다.

알버트가 스칼렛 옆으로 다가서며 말했다. "이 불쌍한 양복은 절대 원래 모습을 되찾을 수 없을 거야."

"누가 신경이나 쓰겠어? 우리도 절대 워릭에 돌아오지 않을 텐데."

"맞아. 돌아오면 바보겠지. 하지만 좀 슬프기도 해."

스칼렛이 늘어선 나무들 사이로 조용히 움직였다. 밝은 달빛에 대지가 은빛으로 물들었다.

"슬프다고? 왜?"

"음, 우리가 금고를 터는 장소들 말이야. 오랜 역사가 깃들어 있잖아. 으스스한 폐허나 독특한 지역 풍습 같은 거. 그중엔 꽤 착한 사람들도 있고."

스칼렛이 코웃음 쳤다. 이게 바로 알버트의 놀라운 점이었다. 지난 육 개월간 무법자로 살아왔음에도 알버트는 여전히 구제불능의 낙관론자였다.

"알버트, 지명수배자 포스터 봤잖아. 우린 제일가는 공공의 적이야. 사람들한테 붙잡혀서 정체가 발각되면 광장 한가운데서 교수형에 처해질걸. 고문당하다 끔찍하게 죽던지. 사람들은 우릴 죽이고 싶어 한다고."

"알아. 하지만 그 점만 제외하면…."

"'제외'는 없어. 이들은 생존 도시의 시민들이라고. 내가 줄곧 말했잖아. 잔인하고, 복수심이 강하고, 증오로 가득 찬 사람들이야. 멘토 집단은 그중에서도 최악이지. 저 기둥을 봐. 필요한 증거는 모두 저기 있으니까."

스칼렛이 속도를 늦췄다. 둘은 늘어선 나무들 끝자락에 다다랐다.

자갈이 깔린 길과 은빛으로 물든 넓은 잔디밭이 신앙의 집 본관까지 펼쳐져 있었다. 자갈길은 멀지 않은 곳에 있는 어두운 연못을 끼고 두 갈래로 갈라졌다. 둥근 연못의 테두리를 장식한 흰색 타일은 모든 걸 포용하는 신앙의 집의 원을 상징했다. 즉, 신앙의 집은 허용된 모든 종교를 받아들인다는 걸 보여주는 방식이었다. 하지만 여기에도 처벌용 단상이 있었고, 단상 위에는 가늘고 곧게 선 기둥이 있었다. 바로 채찍질 기둥이었다. 스칼렛의 눈이 번쩍였다. 내일 멘토 집단은 또 다른 희생자 세 명을 저 기둥에 세울 것이다.

뭐, 운이 따르면 그때쯤 멘토들은 다른 문제로 정신이 없겠지만.

스칼렛과 알버트는 잠시 조용히 선 채로 정원을 지켜봤다. 이런 때는 성급하게 행동하면 안 된다. 신앙의 집에선 아무 기척도 느껴지지 않았다. 거대한 건물 외벽은 아무 무늬 없이 흰색 석고로 덮여 있었다. 벽에는 세월의 흐름에 따라 움푹 패고 얼룩진 자국이 나 있었다. 건물 입구로 향하는 곡선형 벽돌 계단이 보였다.

둘은 나무 사이로 몸을 숨기며 신앙의 집 건물 쪽으로 이동하기 시작했다.

"스칼렛, 좀 전에 우리를 그린 지명수배자 포스터 말했잖아. 지나갈 때 봤어? 자세히 말이야…. 현상금이 2만 5천 파운드로 올랐더라."

"그래. 나도 봤어."

"음, 너도 알겠지만, 나만 있을 땐 원래 2만 파운드였잖아. 즉, 이제 너도 5천 파운드 정도의 가치가 됐다는 거지. 잘했어, 스칼렛."

알버트가 스칼렛을 보며 빙긋 웃자, 그녀 역시 웃으며 응수했다. "시끄러워. 이 일이 잘 끝나면, 오늘 밤 이후론 가치가 훨씬 더 오를 테니까. 자, 이제 잔디밭을 가로질러야 해. 곧바로 현관문으로 가서 안에 침입한 후, 내부 경비원을 처리하는 거야. 준비됐지?"

"응." 잠깐 침묵이 흘렀다. "음, 사실 아직 아니야." 알버트가 헛기침을 했다.

"있잖아, 이게 다 그 차 때문인데…."

스칼렛이 눈을 가늘게 뜨고 알버트를 노려봤다. 지금 해결하지 않으면, 그는 작전에 집중하지 못할 것이다.

"맙소사! 알았어. 하지만 빨리 해. 제일 가까운 나무에서."

알버트가 뻣뻣한 걸음걸이로 재빨리 사라졌다. 스칼렛은 정원을 보며 서 있었다. 처벌대의 채찍용 기둥이 달빛에 빛나고 있었다. 최대한 마음을 억누르려 했지만 기둥으로 계속 시선이 갔다. 구름이 달 위로 지나자 기둥이 사라졌다. 아주 잠시 스칼렛의 마음은 다른 곳을 향했다. 동틀 무렵 황금빛 햇살 아래 우뚝 서 있는 세 개의 기둥….

스칼렛은 눈을 힘껏 깜박이며 머릿속에서 그 모습을 몰아냈다. 잔디 밟는 소리가 났다. 덤불에서 알버트가 걸어오는 소리겠지. 그런데 알버트가 아니었다. 검은색 긴 멘토 예복을 입은 남자였다. 멘토인 듯한 남자는 건물 모퉁이에서 나타났다. 불그레한 얼굴에 땅딸막하고 건장한 남자였다. 길고 검은 머리카락은 높이 솟은 하얀 옷깃 뒤로 넘겨져 있었다. 둘은 정확히 동시에 서로의 존재를 알아차렸다. 스칼렛이 먼저 반응했다. 앞으로 움직이며 권총으로 손을 뻗었다. 남자도 민첩하게 움직였다. 순식간에 예복 아래서 튀어나온 오른손엔 권총이 쥐어져 있었다. 그와 동시에 스칼렛의 손에서 단검이 날아갔다. 단검이 남자의 손목을 맞혔고, 그의 손에서 총이 떨어졌다.

스칼렛과 남자는 계속 앞으로 움직였다. 이제 남자는 왼손을 꺼냈다. 왼손에는 새 부리처럼 휘어진 긴 칼이 들려 있었다. 그가 돌진하며 스칼렛의 팔을 향해 거칠게 칼을 내려쳤다. 스칼렛이 옆으로 몸을 피하자 칼끝이 땅을 갈랐다. 남자는 다시 허리높이에서 옆으로 칼을 휘둘렀다. 스칼렛은 재빨리 몸을 앞으로 숙이며 손으로 땅을 짚었다. 칼이 그녀의 머리 위를 휙 지났다. 마치 갈대밭 사이를 지나는 물고기처럼 칼날이 휘날리는 머리카락을 강하게 스쳤다. 스칼렛은 한쪽 다리를 수평으로 세게 휘둘러 남자의 정강이를 강타했다. 남자가 비틀비틀댔다. 그 순간 스칼렛이 몸을 일으켰고, 남자는 허둥지둥 칼을 마구 휘둘렀다. 스칼렛은 칼을 감싸듯 몸을 돌리며 다시 한번 발로 찼다. 하이힐이 남자의 바지 중심부의 물컹한 부분을 정확히 맞혔다. 풍선이 터지듯 퍽 소리가 났다. 동시에 남자의 몸이 반으로 접혔다. 남자의 입이 턱 벌어지는 순간, 스칼렛이 주먹을 세게 올려쳤다. 또 다른 종류의 소리가 났다. 이번엔 계란이 깨지는 듯한 소리였다. 남자는 모든 뼈가 사라진 듯 흐느적거리며 뒤로 날아가 바닥에 쿵 떨어졌다. 별 모양으로 팔다리를 쫙 벌린 채 맥없이 땅에 퍼졌다.

스칼렛은 눈을 가린 머리카락을 혹 불고 똑바로 섰다. 올려친 주먹을 잠시 문질렀다. 손마디가 아팠다.

알버트가 나무 뒤에서 단추를 채우며 나왔다.

"휴, 다행이야…. 이젠 훨씬 가벼워졌어." 알버트가 갑자기 걸음을 멈췄다. "어, 이 남자는 누구야?"

스칼렛이 알버트를 노려보며 말했다. "난 모르지. 버트였나, 빌이었나? 직접 본 건 너잖아. 이제 얼른 와서 이 사람 다리를 잡아. 눈에 안 띄는 곳에 묶어놔야 하니까."

스칼렛은 알버트가 망설이거나 질문을 해대지 않고 시킨 대로 하는 모습에 만족했다. 이제야말로 작전이 본격적으로 시작된 것이다. 바닥에 쓰러져 있는 남자 덕에 알버트가 즉시 작전 행동에 돌입할 수 있었다. 생명을 위협할 수도 있는 알버트의 별난 습관을 없애는 데 육 개월이 걸렸지만, 스칼렛은 거의 완벽하게 조절해 냈다. 알버트는 이제 긴급 상황에 대해 스칼렛 못지않게 훈련이 잘돼 있었다.

스칼렛과 알버트는 의식을 잃은 남자를 옮겼다. 남자의 입을 틀어막고 나무에 몸을 묶었다. 그리고 다시 신앙의 집 건물로 향했다. 출입문 너머 신앙의 집 내부에서는 여전히 밝은 빛이 새어 나왔다.

워릭 시의 밤은 고요했다. 신앙의 집과 그 안의 보물이 그들을 기다리고 있었다.

알버트가 문으로 다가가 그 너머를 뚫어져라 바라봤다. 잠시 후, 스칼렛을 흘끔 쳐다보고는 아무 말 없이 손가락 두 개를 세웠다. 그리고 엄지손가락을 추켜올렸다.

예상대로 안에는 두 명의 경비원이 있었다. 그들은 누군가가 침입할 거라고는 전혀 생각도 못 한 상태였다.

스칼렛이 알버트에게 고개를 끄덕이고 총을 꺼냈다. 그리고 문 쪽으로 다가갔다.

3

모든 걸 고려해 봤을 때, 알버트는 범죄자로서의 인생이 꽤나 순조롭게 흘러간다고 생각했다. 물론 단점도 있지만 어느 직업이나 단점은 있기 마련이고, 사실 단점보다 장점이 더 컸다. 이 점은 확실했다. 왜냐하면 비교적 조용한 순간이 올 때마다, 예를 들면 쫓기거나 사냥당하거나 총에 맞는 상황이 아닐 때, 이런저런 장단점을 다 비교해 봤기 때문이다.

이 직업의 가장 큰 단점 네 가지는 다음과 같았다.

1. 끔찍한 죽음의 위협이 끊임없이 닥쳐온다.
2. 모욕적인 말을 자주 듣는다.
3. 야생 지대에서 계속 야영을 한다. 가시덤불이 민감한 신체 부위를 찌르거나, 유황 막대 너머로 무시무시한 곰과 늑대가 먹잇감을 찾아 사납게 맴돌기도 한다.
4. 간혹 죄책감이 따끔따끔하게 괴롭힌다.

그날 저녁은 단점 4번이 알버트를 괴롭혔다. 멘토 버트를 예로 들어보면, 그날 저녁만 해도 서로 즐겁게 대화를 나눴는데, 불과 한 시간 후에는 축 늘어진 그의 몸을 나무 그루터기에 묶고 양말로 입을 틀어막아야 했다. 물론 그럴 만한 이유가 있었지만, 두 현실 사이에 괴리감이 존재하는 건 분명했다. 그리고 지금 알버트는 현관 바닥에 누워 있는 검은 양복 차림의 두 경비원을 보며 또다시 그런 감정을 느꼈다. 둘은 입에 재갈을 물고 결박당한 채였고, 스칼렛은 현관에서 보이지 않도록 안내 데스크 뒤로 그들을 끌고 가고 있었다. 경비원들이 막힌 입 사이로 욕설을 내뱉고, 화가 난 두 눈을 부릅뜨고, 머릿속으론 명백히 적개심을 내보이고 있음에도 불구하고, 알버트는 미안한 마음이 들었다. 그는 싸움 중에 흐트러진 신앙의 집 홍보물들을 정리하며 미안한 듯 웃어 보였다. 이들과 즐겁게 대화할 수 있는 세상이라면 얼마나 좋을까. 갑자기 들이닥쳐 머리통을 세게 내리치고 전날 워릭 포목점에서 구입한 14미터짜리 고급 팬티 고무줄로 이들을 묶는 대신 말이다. 어쩌면 언젠가 세상이 더 나아질지도 모른다. 알버트는 진심으로 그런 날이 오길 바랐다.

반면, 떠돌이 무법자 생활의 가장 큰 장점 네 가지는 다음과 같았다.

1. 스칼렛과 함께한다.
2. 자유롭다.
3. 체력이 좋아진다.(이는 끊임없이 도망쳐 다닌 덕분이다.)
4. 일곱 왕국을 여행하며 경이로운 풍경을 보고, 다양한 사람들을 만나고, 아름답고 신비한 곳을 탐험한다. 내면 깊숙이 숨어 있던 지식에 대한 갈증을 해소한다.

이번 탐험은 특히 장점 4번 면에서 만족스러웠다. 앵글리아의 광활한 하늘과 늪지대를 벗어나 황폐한 그레이트 노스 로드의 아스팔트 도로를 건너, 화산재 구역의 언덕 지대와 협곡을 자전거로 통과했다. 흥미로운 카르스트지형을 잠깐 감상한 후 매력적인 워릭 시에서 며칠을 보냈다.

그리고 지금은 워릭 시의 그 유명한 신앙의 집까지 탐험하려는 참이었다.

스칼렛이 다시 움직이기 시작했다. 복도를 가로지르자 금발 가발이 반짝였고, 드레스에 어울리지 않는 총과 금고털이 도구들이 달랑거렸다. 알버트가 후다닥 뒤를 따랐다. 그는 동전이 들어 있는 플라스틱 기부함, 안내 책자 진열대, 찻주전자, 소박한 나무 의자들이 줄지어 있는 곳을 지나며 씁쓸한 미소를 지었다. 몇 시간 전만 해도 예비 신도로 변장해 여기 서 있었는데…, 이제는 그 장소를 털고 있다니! 물론 다양한 경험을 진심으로 좋아하긴 했다. 어떤 일도 절대 똑같지 않았다.

복도 끝에 있는 문에 도달했다. 스칼렛이 잠시 멈춰 귀를 기울였다. 알버트는 배낭을 고쳐 메며 바닥에 웅크린 경비원들을 돌아봤다.

"저 사람들 괜찮겠지?"

"뭐, 베개까지 챙겨주진 않았지만, 숨은 쉬는 거 같네…." 스칼렛이 발로 조심스럽게 문을 밀었다. "알버트, 그런 눈빛으로 보지 마. 지금까지 아무도 쏘지 않고 여기까지 왔잖아. 거기에 만족해야지."

"확실히 달라지긴 했네."

알버트가 복도 너머를 훑어봤다. 모든 게 고요했다.

"요즘 내가 꽤 자제한 거 같은데? 며칠 전 강도들 빼고는…." 스칼렛이 얼굴을 찌푸리며 기억을 더듬었다.

"스칼렛, 일주일 전쯤 머시아 국경 경비병, 기억 안 나?"

"아, 그건 예외지. 팔을 살짝 스친 것뿐이잖아. 지나가는 우리를 막지 말았어야지." 스칼렛이 문을 통과했다. "이제 어느 쪽으로 가야 해?"

"2번 홀. 중앙 로비 맞은편. 어쨌든 그 경비병 말이야…. 그냥 '꺼져'라고만 해도 충분했을 거 같은데."

"오, 물론이지. 내가 그 말도 했던 거 같은데."

중앙 로비는 매끄러운 석재와 움푹 팬 벽돌로 이루어진 공간으로, 어둡고 시원했다. 전등불이 은은하게 비추고 회색과 금색 커튼이 드리워져 있었다. 강한 향냄새가 났다. 로비 양쪽에는 각 예배당으로 연결되는 무채색 문들이 열려 있었고, 로비 맞은편 끝에는 커튼이 드리운 아치형 입구가 하나 있었다. 스칼렛과 알버트는 지체 없이 아치형 입구로 곧장 걸어갔다.

스칼렛의 업무 효율성은 알버트가 육 개월 동안 옆에서 지내며 배운 것들 중 하나였다. 이외에도 셀 수 없이 많은 걸 배웠는데, 합법적인 것들도 있었다. 안전한 야영지를 고르는 법, 요리용 불을 피우는 법, 진흙쥐와 족제비용 덫을 설치하는 방법, 자는 동안 흡혈 두더지가 밤새 침낭 바닥을 뚫고 올라오지 못하게 막는 방법 등. 그뿐 아니라 새총 모양 막대를 사용하는 여섯 가지 방법, 토끼 가죽을 벗기고 뼈를 발라내는 가장 좋은 방법, 나침반이 무용지물이 되고 머릿속에 윙윙거리는 소리가 멈추지 않을 때에도 흑요석 지대를 건너는 방법, 조롱박나무에서 물을 빼내는 방법, 검은 습지를 안전하게 통과하는 방법, 심지어 방화 부츠 없이도 불의 지역을 건너는 방법까지 배웠다. 방랑자들과 물물교환을 하고, 도둑이나 나병환자들과 빵을 나눠 먹었으며, 광신도와 함께 기묘한 신앙 의식에 참여하기도 했다. 그레이트 노스 로드를 용감하게 뚫고 가는 자동차 호송대와 앵글리아 해안을 따라 항해하는 배를 타고 여행하기도 했다. 멀리서 철 무더기 언덕을 구경하다 자기장 파동에 뼈가 세게 흔들리는 충격적인 경험도 했다. 요컨대 알버트는 이제서야 사람다운 삶을 살아본 것이다. 스톤무어 감옥에서 갇혀 보낸 자유가 없던 삶은 마치 오래전 일처럼 느껴졌다.

물론 스칼렛은 다른 기술들도 가르쳤다. 탐험에서 유용하게 쓰이는 남몰래 조용히 숨어 움직이는 기술과 자물쇠 따기, 소리 없이 창문 열기, 문 잠금장치 따기 등의 기술부터 칼과 쇠지렛대를 이용해 금고나 서류함, 책상 서랍을 쉽게 열 수 있는 섬세한 기술까지…. 물론 알버트가 이런 기술에 능숙해졌다는 말은 아니지만, 그래도 요샌 타고난 엉성함 때문에 목숨을 위험에 빠뜨리는 일은 거의 없었다. 이 것만으로도 큰 성과였다.

스칼렛과 알버트는 중앙 로비 끝에 있는 아치형 입구에 다다랐다. 그 너머로 보이는 2번 홀은 어둡고 조용했으며, 보라색 커튼이 쳐져 있었다. 스칼렛은 잠시 멈춰 귀를 기울였다.

"그러니까," 스칼렛이 속삭이듯 작게 말했다. "비밀방의 입구가 저 보라색 커튼 뒤에 있다는 거지?"

"여드름쟁이 멘토가 제대로 알고 있다면."

"여드름쟁이긴 해도 제대로 알긴 하나 보네. 저 안에 또 다른 멘토가 있을까?"

"있을 수 있어."

"함정은?"

"분명히 있어. 진짜 방어 시스템은 여기서부터 시작이야."

안에 들어서자 향냄새가 더 강해졌다. 예배 의식을 진행하는 반원형의 텅 빈 공간에는 등받이 없는 낮은 의자들이 빙 둘러 놓여 있었다. 깔끔한 진열대에는 알버트가 그날 저녁 참여했던 예배 목록이 아직도 걸려 있었다. 그동안 이미 여러 신앙의 집을 침입해 봤기 때문에 알버트는 그들의 운영 방식, 즉 연극적인 요소와 일상 요소를 섞어놓은 방식을 잘 이해했다. 여긴 질서 정연함이 가장 중요한 곳이었다. 어떤 신을 숭배하고 어떤 예배를 선택하든 신앙의 집에선 언제나 질서 정연함이 최우선이었다. 깔끔하게 정돈된 커튼과 촛불, 반짝이는 금장식, 아늑한 분위기, 편안한 의자, 로비에 있는 찻주전자까지 모든 면에서 그런 점이 드러났다. 이곳은 사람들이 담소를 나누고 정교하게 만들어진 물건들과 따뜻함을 즐길 수 있는 장소였다. 모든 게 사람들의 편의를 위해 설계됐고, 바깥 세계는 완전히 차단돼 있었다. 바깥의 냉혹한 현실, 즉 무너진 옛 워릭 시의 폐허나 더 끔찍한 짐승이 출몰하는 언덕 쪽으로는 창문조차 나 있지 않았다. 그 대신 신성한 영적 세계가 살짝 보이도록 만든 교묘한 장치들이 있었다. 깜깜한 어둠을 향해 열린 문, 높은 곳에 물감으로 그린 별이 보이도록 만든 창문, 희미한 빛 속에 신과 성인의 조각상이 진열된 벽면의 좁은 장식장 등. 이곳은 의도적으로 신비롭고 어둡게 만들어졌….

"알버트."

"왜?"

"내가 방금 물어봤잖아."

"그랬어? 뭐라고?"

"집중해! 우린 지금 작업 중이야! '문이 어디에 숨겨져 있어?'라고 물었어."

"왼쪽 커튼 뒤에. 레버 조심하고."

알버트가 어깨의 배낭을 좀 더 편하게 고쳐 멨다. 배낭을 드는 건 그의 몫이었다. 스칼렛은 각종 도구와 총을 책임졌다.

커튼을 한쪽으로 젖히자, 편평한 출입문의 윤곽과 벽에서 툭 튀어 나온, 손잡이가 달린 짧은 레버 세 개가 모습을 드러냈다. 스칼렛이 묻는 듯한 표정으로 알버트를 돌아봤다.

"오른쪽 레버야. 나머지 두 개는 우릴 끔찍하게 죽일걸."

"아하…. 알겠어. 그럼 레버를 위로 밀어, 아래로 당겨?"

"위로. 문이 안쪽으로 회전하며 열릴 거야."

"문 뒤에 누가 있어?"

알버트가 정신을 집중하며 조용한 어둠 속을 탐색했다. "없어."

"좋아."

스칼렛이 주저 없이 레버 손잡이를 당겼다. 문은 정말 안쪽으로 회전하며 알버트의 예상보다 훨씬 빠르게 열렸다. 워릭 신앙의 집 성소로 향하는 통로가 어둠 속으로 쭉 뻗어 있었다. 멀리서 등불 하나가 타올랐다.

두 사람은 통로를 응시했다. 일곱 왕국 전역에 떠도는 소문이 사실이라면, 그리고 알버트가 멘토들을 조사할 때 본 놀라운 이미지들이 사실이라면 상상할 수도 없는 부와 재산이 그들을 기다리고 있었다.

통로가 그들에게 손짓하는 듯했다.

하지만 스칼렛과 알버트 둘 중 누구도 움직이지 않았다.

"음, 괜찮아 보이는데." 알버트가 말했다.

스칼렛은 찌푸린 표정으로 멀리서 빛나는 등불과 금이 녹아내린 듯 등불을 감싼 후광을 쳐다봤다.

"그렇지? 바로 그게 마음에 안 들어. 누군가의 머릿속에서 이 통로에 대해 뭔가 본 거 있어?"

알버트가 잠깐 기억을 더듬었다. 여러 멘토의 머릿속에서 훔쳐본 이미지들이 꿈의 조각들처럼 눈앞에 희미하게 떠올랐다.

"자세한 건 없었어. 어딘가에 '뒤집히는 돌'이 있는 건 분명한데, 정확한 위치는 못 알아냈어. 방어 시스템에 대해 유도 질문을 많이 했지만, 대부분 내게 종교 홍보지를 나눠주느라 바빴거든. 그래도 금고까지 가는 길은 확실히 알아. 저쪽 끝까지 가서 오른쪽으로 돈 후 직진하면 돼."

"서두르지 마…."

스칼렛이 벨트에서 손전등을 꺼내 앞을 비스듬히 비췄다. 통로 바닥에는 회색의 큰 사각 타일이 깔려 있었다. 타일의 너비는 통로 너비와 같았고, 다섯 번째 타일마다 색이 약간 달랐다. 나머지 타일보다 약간 옅은 색이었다. 스칼렛이 코를 찡그렸다.

"다섯 번째 타일들은 밟은 흔적이 거의 없지?"

알버트가 고개를 끄덕였다. "진짜 그러네. 그동안 안 썼는지 위에 먼지가 쌓여 있어."

"그렇단 말이지…. 저 타일들은 피해서 가자."

두 사람은 통로를 따라 천천히 전진했다. 보폭을 조정해 다섯 번째 타일들은 건너뛰었다. 늘 그렇듯 스칼렛은 차분하고 신중했으며 흐트러짐이 없었다. 손전등으로 꼼꼼히 사방을 비춰 벽이나 천장에 이상한 점이 있는지 훑어봤다. 석고 벽은 마치 맨살처럼 깨끗했다. 스칼렛이 걸음을 멈출 때마다 알버트는 등 뒤의 열린 문을 돌아봤다. 좁은 커튼 사이로 2번 홀이 여전히 보였다. 짙은 잿빛에 감싸인 고요하고 텅 빈 장소였다. 알버트는 그 공간이 왠지 마음에 들지 않았다.

"문을 닫고 올 걸 그랬어, 스칼렛."

"안 돼. 급하게 탈출해야 할 수도 있어." 갑자기 스칼렛이 알버트의 팔을 낚아챘다. "조심해! 발밑을 잘 봐!"

하마터면 다섯 번째 타일을 밟을 뻔한 알버트는 겉으론 평범해 보이는 옅은 색 타일을 보며 두려움에 몸을 떨었다. 워릭 신앙의 집에 대해 떠도는 불쾌한 소문들이 머릿속에 절로 떠올랐다.

"스칼렛, 저 아래에 뭐가 있을 거 같아?"

"뒤집히는 돌 아래?"

스칼렛이 씩 웃으며 알버트를 흘끗 봤다. 그녀는 이미 앞으로 이동 중이었다.

"글쎄. 거대 식인 개구리를 걱정하는 거라면, 그건 아닐 거야."

"소문을 안 믿는구나? 다행이네. 근데 이유가 뭐야?"

"어떻게 관리하겠어. 그런 커다란 개구리 떼를 저 밑에 가둬두고 건강하게 관리할 수 있겠어? 뭘 먹일 거야? 서로 잡아먹는 건 어떻게 막아?" 스칼렛이 마른 어깨를 으쓱했다. "불가능해. 말도 안 되지. 내 말 믿어. 아무튼, 타일 밑에 뭐가 있든지 우리가 알게 될 일은 절대 없어. 저걸 밟는 일 따윈 없을 테니까…. 자, 이건 또 뭔 거 같아?"

두 사람은 통로 끝에 다다랐다. 통로 양옆에는 닫혀 있는 아치형 문이 있고, 정면에는 높은 선반 위에서 등불이 유혹하듯 빛났다. 등불 아래에는 목제 성서대 위에 책이 놓여 있었다. 알버트가 멈칫했다. 방어 시스템을 물어봤을 때, 한 멘토의 머릿속에서 봤던 이미지와 완전히 일치했다.

"이곳의 성서 중 하나야. 오염된 자의 가죽으로 표지를 만들고 보석으로 책등을 장식했어. 탐스러워 보이지만, 사실은 함정이야." 알버트의 눈길이 천장으로 향했다. "그래, 바로 저기! 문 위에. 작은 관 보이지? 성서를 가져가면 저기서 가스가 나와."

스칼렛이 알버트를 보며 빙긋 웃었다. "잘했어, 알버트. 그걸 놓칠 뻔했네. 위로 올라가게 나 좀 잡아줄래? 눈은 딴 데 봐. 바보 같은 원피스를 입고 올라가려니 불편해 죽겠네."

스칼렛은 벨트에 달린 주머니를 열고 미리 준비해 놓은 솜뭉치를 꺼냈다. 한 발로 알버트의 손을 디디고 성서대 위로, 선반 위로 차례차례 뛰어올랐다. 그녀는 선반 위에서 몸을 내밀어 관 입구를 틀어막은 후 다시 가볍게 뛰어내렸다.

얌전히 스칼렛을 기다리며 알버트는 텅 빈 긴 통로를 뒤돌아봤다. 여전히 통로에는 아무도 나타나지 않았다.

"스칼렛, 이 성서는 어떡할 거야?"

"가져가야지. 조가 보석을 괜찮은 가격에 팔 수 있을 거야."

스칼렛이 성서대에서 성서를 집어 들자 약하게 딸칵 소리가 났다. 하지만 아무 일도 일어나지 않았다. 알버트에게 책을 건네자 배낭에 넣었다.

"이제 오른쪽으로 가자. 알버트, 문 뒤에 누가 있어?"

알버트가 집중해서 근처에 감지되는 생각이 있는지 탐색했다.

"없어."

"좋아."

스칼렛이 문을 열었다. 전등불이 깜박이는 넓은 사각형 방이 나왔다. 여러 개의 문과 테이블과 편안한 의자들이 있고, 벽면에는 진열장이 늘어서 있었다. 진열장 안에는 흔히 볼 수 있는 신앙의 집 기념품들이 전시돼 있었다. 개척 전쟁 시대까지 거슬러 올라가는 유물들이었다. 개척민들이 오염된 자를 쐈던 총부터 워릭 시민들이 폐허를 개간하고 새로운 밭을 일구도록 허락한 문서까지. 사진도 있었다. 짙은 콧수염을 기른 최초의 멘토들, 중앙 광장에서 돌연변이나 이단자를 처형하는 모습, 심지어 흩어진 도시에 희망과 영적 교리를 퍼뜨린 최초의 이동식 신앙의 집 사진까지 있었다. 그 시절 신앙의 집은 나무 마차 위에 커튼 친 칸막이를 설치한 것에 불과했고, 멘토들은 초라한 사다리로 오르내려야 했다. 알버트는 멘토들이 길을 따라 위험을 피하며 야생 지대를 헤쳐나가는 모습을 상상했다. 어떻게 안전을 지켰을까? 아마 그 당시에는 오염된 자의 수가 적었을 것이다.

알버트는 여느 때처럼 진열장 앞에서 꾸물거렸다. 평소처럼 그 앞에서 가만히 옛 사진들을 제대로 들여다보고 싶었다. 하지만 그럴 수 없었다. 스칼렛이 방 한가운데서 기다리고 있었다.

"알버트, 좀 서두를래?" 스칼렛이 작은 소리로 쏘아붙였다. "경치나 감상하는 늙은이처럼 뭐 하는 거야. 빨리 금고로 가야 해."

"그런데 여기 정말 매력적이지 않아?"

알버트가 급히 다가왔다. 신발이 바닥에 깔린 카펫을 부드럽게 밟았다.

"정말 많은 역사가 담겨 있어! 이 집은 역사로 가득 차 있다고."

"나한텐 금으로 가득 찬 게 훨씬 매력적이거든."

스칼렛 머릿속을 떠도는 이미지들이 그 말을 증명했다. 알버트는 예의상 못 본 척하려 애썼지만, 금화가 가득 든 통, 금괴와 은괴 등 보물들이 그녀의 머릿속에서 소용돌이치고 있었다. 작전이 성공에 가까워지자 탐욕이 부풀어 오르며 스칼렛의 냉철한 현실 감각을 압도하고 있었다.

"그렇게나 많이 쌓여 있진 않을 거야."

알버트의 말에 스칼렛이 노려봤다. "설마 내 머릿속을 읽은 건 아니겠지?"

알버트가 양팔을 벌렸다. "그랬다 쳐도 내 잘못은 아냐. 우린 지금 작전 중이라 네가 모자를 안 썼잖아. 게다가 사실 지금 넌 생각을 내게 던지다시피 하고 있다고. 알록달록하고 번쩍거리는 전등을 매단 것처럼 생각이 너무 요란하고 화려하단 말이야. 어쨌든 멘토들이 본 금고의 모습은 그렇지 않았어. 내가 말하려던 건 이게 다야."

"알았어. 그만 투덜대. 금고는 어디야?"

"바로 앞에 있는 문."

"좋아. 여기 있는 큰 옅은 색 타일을 조심해. 밟으면 안 돼."

스칼렛과 알버트는 조심스럽게 그 타일을 돌아 문 앞으로 다가갔
다. 스칼렛이 손잡이를 잡은 채 얼굴에 붙은 머리카락을 쓸어 올렸다.

"문이 안 잠겨 있어. 이 문 뒤에 누구 있어?"

알버트가 정신을 집중했다. "아니."

"알았어."

스칼렛이 문을 열었다. 문 뒤에는 검은 양복을 입은 키 큰 대머리
남자가 서 있었다. 손엔 예리한 날이 번쩍이는 긴 칼이 들려 있었다.
그는 아무 소리 없이 달려들었다. 칼끝이 스칼렛의 심장을 겨냥했다.

4

깜짝 놀란 알버트는 비명을 지르려 했다. 하지만 그럴 여유 따윈 없었다. 그 대신, 내려찍는 칼날을 필사적으로 피하던 스칼렛에 부딪히며 몸이 뒤로 휘청 밀렸다. 비틀거리며 한 걸음 뒤로 물러나다 바로 뒤에 있던 커다란 옅은 색 타일을 밟고 말았다. 딸칵 소리가 나며 타일이 푹 꺼졌다. 갑자기 타일이 미끌거리더니 한가운데를 중심축으로 시소처럼 흔들렸다. 바닥이 입을 쫙 벌렸고, 그 사이로 알버트가 떨어졌다.

스칼렛은 숨어 있던 멘토의 거센 두 번째 공격을 피해 몸을 휙 숙였다. 동시에 손을 뒤로 뻗어 허공을 휘젓는 알버트의 손목을 붙들었다. 있는 힘껏 두 다리로 버티며 알버트의 무게를 지탱했다. 덕분에 알버트는 곧장 타일 속으로 곤두박질치는 대신, 구멍 측면에 부딪히며 타일 가장자리에 배가 세게 찧였다. 미친 듯이 발로 허공을 차며 손가락으로 붙잡을 만한 걸 찾아 헤맸다.

구멍 아래 어딘가에서 차가운 바람이 휙 불어왔다. 뭔가가 헛되이 공기를 빨아들이며 깊은 물속에서 다급하게 첨벙거리는 소리가 들렸다.

멘토가 거칠게 칼을 휘둘렀다. 스칼렛이 얼른 뒤로 피하면서 손이 툭 떨어지자, 알버트는 타일 끄트머리에서 아래로 미끄러졌다. 그는 타일 가장자리를 꽉 움켜쥐었다. 발아래 쪽에서 축축한 뭔가가 돌에 부딪히는 소리가 났다. 잠시 후, 거대한 물체가 다시 깊숙한 물속으로 떨어지듯 첨벙 소리가 났다. 뭔가가 신발 끝을 쳤다. 부드럽게 긁는 소리가 들리더니 또다시 첨벙 소리가 들렸다.

스칼렛이 알버트의 손을 확 잡아당겼다. 그는 다시 위로, 빛 속으로 끌어 올려졌다. 스칼렛은 그의 손을 놓고 곧바로 앞으로 나아가 멘토와 싸우기 시작했다. 알버트는 팔꿈치를 타일 바닥에 대고 상체를 앞쪽으로 힘껏 밀었다. 바닥을 더듬으며 몸을 질질 끌고 간신히 구멍에서 빠져나왔다. 무릎을 꿇고 구멍 속을 내려다봤다. 깊은 어둠 속에 불룩하고 허연 눈알들이 보였다. 저 아래에서 그를 집요하게 올려다봤다. 그 시선 위로 뒤집혔던 타일이 덜컥 닫혔다.

알버트는 후들후들 떨리는 다리로 일어났다. 그 순간, 헉! 하는 외마디 소리와 함께 쿵 소리가 나더니, 쨍그랑하며 뭔가가 떨어지는 소리가 들렸다. 알버트가 쳐다봤을 때는 날카로운 칼이 타일 위에서 빙글빙글 돌고, 그 옆에 멘토가 팔다리를 웅크린 채 쓰러져 있었다. 스칼렛이 금고실 문 앞에서 머리를 움켜쥐고 있었다.

알버트의 가슴이 덜컥 내려앉았다. "스칼렛! 괜찮아?"

"물론이지."

스칼렛은 전혀 숨차지 않았다. 단지 짜증이 난 것 같았다. 금발 가발은 비뚤어진 데다 윗부분이 크게 잘려나가 있었다.

"이것 봐." 스칼렛이 투덜거렸다. "완전히 망가졌어. 조가 뭐라 하겠지? 가발 구하는 데 오래 걸렸잖아. 하나 더 필요하다고 하면 분명 엄청 화내겠지."

스칼렛은 엉망이 된 가발을 떼어내 옆으로 던졌다. 길고 빨간 머리카락이 얼굴 주위로 자유분방하게 쏟아져 내렸다.

알버트가 숨을 깊이 들이마셨다. "어쨌든 넌 안 다친 거지?"

"당연하지. 왜 그래? 너 떨고 있잖아."

"아냐. 아무것도 아냐. 괜찮아."

"저 아래에 뭐가 있었어?"

알버트가 스칼렛을 바라보며 말했다. "물. 그리고 눈알이 불룩한 것들이 막 뛰어오르더라."

"아…." 잠깐 멈칫했던 스칼렛이 재빨리 두 손을 비비며 말했다. "뭐…, 그래서 옅은 색 타일은 밟으면 안 되는 거야. 알았지? 발밑을 잘 봐야지. 말이 나와서 말인데, 대체 이놈은 뭐야?" 바닥에 쓰러진 멘토를 쿡 찔렀다. "왜 감지하지 못한 거야?"

"정말 미안. 하지만 스칼렛, 여기 봐봐. 문 안쪽에 금속 밴드를 둘러놨어. 너도 알잖아. 쇠가 내 능력을 막는 거."

알버트는 스칼렛의 눈빛에서 심문하는 듯한 기색이 사라진 걸 봤다. 그녀의 장점 중 하나는 불필요한 일에 집착하지 않는 거였다. 그가 상황을 설명하자 문제가 끝났다. 알버트의 답변에 만족한 스칼렛은 바로 다음 행동으로 넘어갔다.

알버트는 뻗어 있는 멘토의 다리 위를 넘어갔다. 스칼렛이 어린 나이에 이토록 많은 불법 기술을 익혔다는 사실은 오랫동안 호기심의 대상이었다. 분명 가르친 사람이 있을 텐데, 스칼렛은 절대 말해준 적이 없었다. 그녀의 과거 대부분처럼 표면 아래에, 보이지 않는 곳에 숨겨져 있었다. 하지만 알버트는 굳이 기억을 훔쳐보고 싶지 않았다. 스칼렛은 친구였다.

"이 사람, 혹시 죽은 건 아니지?" 알버트가 물었다.

"안 죽었어."

스칼렛은 멘토 옆으로 다가가 몸을 굽혔다. 그의 허리 주머니에서 열쇠꾸러미를 집어 올렸다.

"하지만 깰 때는 머리가 엄청 아플 거야. 그래도 싸지. 금고에 들어가려는 우리를 막았으니까."

알버트가 스칼렛 등 뒤 열려 있는 문 너머를 봤다. 멘토가 그들을 지켜봤던 작은 구멍이 보였다. 그리고 희미한 전등불 아래 철제 선반과 테이블이 늘어선 방이 있었다. 테이블 위에는 수많은 상자들이 깔끔하게 쌓여 있고, 여기저기 황금빛이 번쩍였다. 낯익은 느낌이 들었다. 멘토들의 머릿속을 조사할 때 본 이미지였다. 빌린 기억들이 갑자기 눈앞에 실제로 펼쳐지면 타인의 삶을 잠깐 걸친 듯한 기분, 혹은 불법침입자가 된 듯한 기분이 들었다. 어떤 면에서는 나쁘지 않은 느낌이었다.

알버트는 다시 뒤처지고 있었다. 스칼렛은 금고실 안으로 빠르게 걸어갔다. 작업할 때는 항상 빨리 행동했다. 민첩하고 침착했으며, 매우 절제된 모습이었다. 뭐가 튀어나오든 즉각 반응할 준비가 돼 있었고, 뒤돌아보는 경우는 거의 없었다. 알버트는 오래전부터 스칼렛이 가장 싫어하는 방향이 뒤쪽이라는 걸 알고 있었다. 마치 끔찍한 뭔가가 뒤를 따라다니는 것처럼. 스칼렛은 그 존재를 알면서도 도망칠 수 없는 것 같았다. 그렇다고 결코 따라잡게 두지도 않겠지만.

지금 스칼렛은 열쇠를 이리저리 돌려 현금 상자들을 열고 뚜껑을 활짝 젖히며 선반과 선반 사이를 바쁘게 뛰어다니고 있었다.

"우리가 미처 파악하지 못한 멘토들이 분명 건물 안에 있어. 여기서 십 분 이상 머물면 안 돼. 포대 자루를 꺼내."

알버트는 배낭에서 포대 자루를 꺼내 스칼렛에게 하나 던졌다. 그 역시 포대를 하나 벌리며 가장 가까운 통로로 걸어갔다. 이곳엔 그의 파트너를 흥분시키는 것들이 있었다. 지폐 더미, 동전들, 보석류, 금괴와 은괴, 왕국 전역의 전문 도시에서 거래되는 각종 사치품과 조각상이 줄줄이 있었다. 신앙의 집은 일반 시민이 상상할 수 없는 방식으로 부를 축적했다. 신앙의 집에 반대하거나 유전적 요건을 갖추지 못한 사람들을 잔인하게 다뤘다. 알버트는 신앙의 집에서 최대한 많이 훔쳐가는 데 아무런 양심의 가책도 느끼지 않았다.

지폐부터 챙기려던 찰나, 알버트는 좀 더 흥미로운 걸 발견했다. 비어 있는 선반 위에 팔뚝 길이의 작고 투명한 플라스틱 상자가 보였다. 그 안에는 분홍색 새틴 쿠션 위에 새까맣게 부식된 울퉁불퉁한 금속 물체가 놓여 있었다. 금속 물체 밖으로 약해 보이는 플라스틱 선들이 튀어나와 있고, 길고 가는 관과 갈고리 모양의 고리 같은 것도 보였다. 알버트는 수장되거나 쓰레기에 파묻힌 도시에서 간혹 고대 유물이 발굴된다는 걸 알고 있었다. 그는 오랫동안 고대 유물을 볼 기회를 고대했다. 뭔가 이상하고 강한 냄새가 코를 스쳤다. 시큼하고 퀴퀴하며 톡 쏘는 냄새. 잃어버렸다가 다시 발견된 과거의 냄새였다. 알버트는 얼굴을 찌푸리며 상자 가까이 몸을 숙였다.

"알버트, 멍때리지 마."

알버트가 머리를 번쩍 들었다. 스칼렛이 통로 건너편에서 노려보고 있었다. 그녀의 포대는 반쯤 차 있었다.

"미안해."

"입이 포대 자루만큼 크게 벌어졌네. 지금까지 뭘 넣었어?"

"음…, 아무것도"

"아무것도 안 넣었다고? 맙소사! 이번 작업에 대해 몇 번이나 얘기했잖아! 일이 끝난 후에는 얼마든지 멍청하게 멍때려도 돼. 하지만 지금은 '끝난 후'가 아니잖아?"

"네 말이 맞아."

"그럼 이제 집중해. 우선순위 알지? 제일 먼저 지폐, 다음은 동전, 녹일 수 있는 금, 보석류 순이야. 공간이 남으면, 조가 팔 만한 장식품을 챙겨. 알았지?"

"알겠어."

스칼렛은 반대편으로 움직이고 있었다.

"좋아. 잘하고 있어, 알버트. 하지만 곧 끝내고 나가야 해. 계속 귀 기울이는 거 잊지 말고. 귀 기울이는 거든, 감지하는 거든 뭐든 간에."

"알겠어."

알버트는 다시 열린 문 쪽을 봤다. 앞쪽 방은 여전히 조용했다. 진열장과 의자들은 전깃불 아래 희미하게 보였다. 멘토는 그대로 바닥에 누워 있었다. 알버트는 주위를 둘러보고 귀를 기울였지만, 문에 붙어 있는 철 밴드가 이런 노력을 방해했다. 유일하게 감지할 수 있는 건 맹렬하게 금으로 가득 찬 스칼렛의 생각뿐이었다.

알버트는 상자들 사이를 얌전히 지나가며 동전과 지폐를 포대에 쓸어 담았다. 스칼렛이 옳았다. 그는 스스로도 잘 해내고 있다는 생각이 들었다. 그간 스칼렛이 가르친 기술 외에도 능력을 조절하는 힘이 꾸준히 향상됐다. 생각을 읽는 능력을 예로 들어보면, 스톤무어를 떠날 때보다 훨씬 더 정교해졌다. 이제 다른 사람의 생각을 원하는 대로 탐색할 수 있었다. 심지어 군중 속에서도 가능했다. 물론 그럴 때마다 자신의 머릿속에 소란이 일고, 주변 사람들의 생각이 마구 소용돌이쳐 보이는 건 여전했다. 하지만 이젠 그런 소란을 잠재우고 예민함을 무디게 하는 법을 배웠다. 그 덕에 전과 같은 공포심은 밀려오지 않았다. 중요한 건 이제 그가 절대 공포, 즉 주변을 엄청난 혼란에 빠뜨리는 초능력 폭발에 굴복하지 않는다는 거였다. 즉, 은행이나 신앙의 집처럼 스트레스가 많은 환경에서도 자신 있게 사람들의 생각을 읽을 수 있었다. 그렇게 할 수 있는 비밀 무기는? 바로 집중력이었다! 최선을 다해 집중하기!

"맙소사, 알버트. 너 또 딴생각 중이잖아."

"미안, 스칼렛. 미안해."

"그 망할 포대 좀 채워줄래?"

"당연하지. 물론이야…."

알버트는 서둘러 장식품 몇 개를 더 주워 담았다. 그리고 뒤늦게 생각난 듯 이상한 금속 유물이 든 플라스틱 상자도 집어 들었다. 알버트가 스칼렛에게 다가갔다. 스칼렛은 만족스러운 기색으로 포대를 등에 동여매고 있었다.

"앞으로는 신앙의 집이나 계속 털자. 다른 덴 필요 없어. 은행 따윈 잊자고. 베드포드의 시시한 하이 플레인스 은행 때보다 금을 세 배도 넘게 챙겼으니까. 그리고…." 스칼렛이 말을 끊고 얼굴을 찡그렸다. "그게 뭐야?"

알버트가 플라스틱 상자를 신중하게 들어 올렸다.

"나도 잘 모르겠어."

스칼렛이 상자를 보며 눈을 깜박거렸다.

"알겠다. 대재앙 이전의 유물 같군. 버려."

"왜? 뭔가 특별해 보이지 않아?"

"아니. 그냥 쓸모없는 쓰레기 같은데. 그 대신 이 상자 속 물건이나 챙겨. 봐, 돈이 가득 차 있잖아."

"이 플라스틱 상자도 가치 있을 거 같은데…. 이렇게 예쁜 쿠션 위에 있잖아. 조가 뭐라고 할지 보자."

"뭐라고 할지 뻔하지. 그 하찮은 조각은 배를 만드는 데 전혀 도움이 안 된다고 할걸. 맙소사! 우리 손에 지금 머시아 재산의 절반이 있다고. 지금 제일 중요한 문제는 뭘 가져갈까야. 그런데 돈도 안 되는 유물 조각 따위에 매달려 있다니. 당장 버려."

"아, 알겠어."

다퉈봐야 좋을 게 없었다. 그 대신 알버트는 스칼렛이 보지 않을 때 몰래 포대 속에 상자를 넣었다.

포대가 꽉 찼다. 스칼렛과 알버트는 문가에서 눈을 마주쳤다. 스칼렛의 눈이 초록빛 불꽃처럼 빛났다. 아직도 도둑질의 환희에 흠뻑 젖어 있었다. 반대로 알버트는 갑자기 우울한 기분이 들었다. 종종 이런 기분을 겪곤 했다. 금고를 돌아보고 미처 열지 못한 상자들, 즉 밝혀내지 못한 비밀들을 바라봤다.

알버트는 스칼렛이 바라보고 있단 걸 깨달았다.

"우리가 들 수 있는 만큼은 다 가져온 거야."

스칼렛의 말에 알버트가 진심 어린 한숨을 내쉬었다.

"알아. 하지만 조금이라도 남겨두는 게 잘못 같아서. 저 밖의 가난한 사람들을 생각하면…. 버림받은 사람들이랑 노예들이랑…. 오늘 저녁에 중심가를 청소하던 애들 봤어? 사실상 누더기를 걸쳤어."

"그래, 나도 봤어." 스칼렛이 티 나게 시계를 쳐다봤다. "그래서 요점이 뭐야?"

"잘 모르겠어. 어쨌든 우린 그 사람들을 도와야 해."

"돕고 있잖아."

"스칼렛, 더 많이 도와야 해."

"그래, 알았어. 철학적 사색은 우리가 안전해졌을 때 내일 모닥불 옆에서 계속하자고." 스칼렛이 다시 앞쪽 방을 향해 돌아섰다. "생각 좀 해봐. 그땐 철학적 사색과 멍때리기를 번갈아 해도 돼. 즐거운 시간이 될 거야. 하지만 지금은 최선의 탈출 방법을 고를 때….” 스칼렛의 말이 뚝 끊겼다. “알버트, 그 멘토 놈 어딨어?”

알버트가 방 안을 둘러봤다. 방은 여러 면에서 전과 다름없어 보였다. 진열장, 편안한 의자, 고요하게 닫혀 있는 문들, 카펫, 그리고 옅은 색의 커다란 뒤집히는 돌…. 스칼렛이 집어 던진 가발도 보였다. 거대한 애벌레처럼 벽 아래에 끼어 있었다.

하지만 그 멘토는 보이지 않았다.

알버트가 입술을 깨물었다. “불쌍해! 구르다가 타일 구멍에 빠진 게 분명해.”

“그래. 아니면 그냥 일어나서 도망쳤을 가능성이 더 크고.”

그 말을 하자마자 종소리가 요란하게 울렸다.

스칼렛이 욕설을 내뱉었다. “참나, 딱 맞춰서 경보가 울리네…. 다 네 잘못이야, 알버트. 너 때문이라고.”

“내 잘못이라고? 그 사람을 친 건 너잖아! 네가 약하게 쳐서 그런 거지!”

“그래, 바로 그거야! 이게 다 죽이지 않는다는 멍청한 규칙 때문이라고! 그놈을 식인 개구리에게 던져줬어야 했는데. 그랬다면 이런 문제도 없었겠지. 아무튼 일단 그 문제는 덮어두자고. 자, 봐봐. 지금 중요한 건 집중력이야. 네가 멘토들을 조사했으니 내부 구조를 잘 알겠지. 뭔가 감지되는 게 있어? 방향은?”

알버트가 앞에 섰다. 심장이 두근거리는 소리를 무시하려 애쓰며 눈을 감았다.

“그래…. 생각이 느껴져. 사람들이 오고 있어.”

“좋아. 어느 방향에서?”

“어…, 모든 방향에서.”

확실히 사방에서 생각들이 들끓고 있었다. 아직은 거리가 먼 것 같았지만 사방에서 점점 가까워지고 있었다. 알버트가 정신을 완전히 집중하자 사람들의 생각이 배로 느껴졌다. 그것들은 흘러넘쳐 서로 뒤섞였다. 각각의 이미지도 볼 수 있었다. 폭력과 보복으로 얼룩진 일관되게 악의에 찬 이미지들이었다.

알버트는 이미지들을 떨쳐냈다.

"오른쪽 문이 좋겠어. 위층으로 연결돼. 정원이 보이는 창문이 있을 거야. 하지만 멘토들이 거기도 있어서….."

"해치우는 데 오래 걸리진 않을 거야." 스칼렛이 벨트에서 권총을 꺼냈다. 탄창을 확인하고 차갑게 알버트를 봤다. "상황이 험악해질 수도 있어. 그냥 해보는 말인데, 오해하진 말고. 어쩌면 지금이 네게 딱 맞는 상황일 수도….."

"난 못 해." 알버트의 입에서 바로 못 한다는 말이 튀어나왔다. 처음으로 배 속에서 차가운 공포가 밀려왔다. "못 한다는 거 알잖아. 해선 안 돼. 너무 위험해. 불가능해."

스칼렛이 딸칵 소리를 내며 권총을 닫았다.

"알았어. 이제부터 내 생각을 바로바로 읽어야 해. 내가 생각하는 대로 곧장 따라 해. 말할 시간 없을 테니까."

스칼렛 말이 맞았다. 어딘가 근처에서 톱니바퀴 돌아가는 소리가 났다. 숨어 있던 기계장치가 작동하는 소리였다. 신앙의 집 곳곳에서 자물쇠가 철컥거리는 소리가 났다. 도주로가 닫히고 있었다. 바로 옆방에서 쿵쿵거리는 부츠 발자국 소리와 짧고 단호한 명령이 들려왔다. 하지만 스칼렛과 알버트는 그 소리를 들을 수 없었다. 이미 그곳에서 사라지고 없었기 때문이다.

스칼렛과 알버트는 신앙의 집 내부를 올라가며 여섯 명의 멘토를 만났다. 그들 말고 더 있었을 수도 있다. 어쨌든 알버트 기억에 적어도 여섯 명은 됐다. 자세한 건 기억이 잘 안 났다. 빠른 방향 전환, 그들을 향해 달려드는 형체들, 돌에 부딪힌 총알, 번쩍이는 칼과 검, 비명, 울부짖는 소리, 강하게 밀고 때리는 힘, 험한 욕설, 끊임없이 튀어나오는 분노에 찬 얼굴들, 스칼렛과 알버트를 잡으려는 손들. 이렇게 주위에서 미친 듯이 변화무쌍한 일들이 펼쳐진 탓도 있었지만, 또 다른 이유도 있었다. 경험상, 이런 접근전은 항상 기억을 뒤죽박죽으로 만들곤 했기 때문이다. 오늘처럼 흐릿하고 어두운 복도와 정체 모를 향이 짙게 깔린 층계에서 추격전이 벌어졌을 때는 혼란만 더해질 뿐이었다.

이런 상황에서 알버트를 진짜 보호해 준 건 스칼렛이었다. 도망치는 내내 스칼렛 뒤에 바싹 붙어 그녀의 생각과 그녀가 보는 것에만 정신을 집중했다. 늘 그렇듯 이런 상황에서도 스칼렛의 생각은 예리하고 질서 정연했다. 머릿속은 선명함과 반짝이는 빛으로 가득 차 있었다. '계단을 올라가고… 멈추고…, 지금 몸을 숙였다가… 뒤로 물러나서… 기다렸다가… 시체를 뛰어넘고….' 그녀가 행동을 취하기 전, 찰나의 순간에 모든 의도가 전해졌다. 각각의 동작은 바로 다음 동작으로 부드럽게 연결됐다. 알버트는 스칼렛의 생각과 행동에만 집중했다. 스칼렛 옆에 붙어 반복적으로 그녀의 생각을 최대한 따라 하며 알버트는 살아남을 수 있었다. '문을 통과하고… 의자 뒤로… 왼쪽으로 피하고… 오른쪽으로 뛰어넘어… 이제 몸을 숙이고 달려….' 아무튼 이런 방식으로 혼란을 걸러냈고, 다양한 상황이 물처럼 옆을 스쳐 지났다. 알버트는 이렇게 침착함을 유지했다.

스칼렛과 알버트는 위층 방으로 뛰어들었다. 머리 위로 총알이 날아다녔다. 등에 멘 가방에 맞기도 했다. 스칼렛은 몸을 돌려 문을 쾅 닫고 빗장을 채웠다. 작은 석조 방이었다. 방 안 유일한 창문을 통해 흘러들어 온 달빛이 벽면에 쏟아졌다.

문에 뭔가 부딪히는 소리가 났다. 스칼렛과 알버트는 창문으로 다가가 밖을 내려다봤다. 뛰어내리기엔 꽤 높았다. 아래엔 신앙의 집 정원이 검게 펼쳐져 있었다.

"더 심한 탈출로도 있었는 걸 뭐. 왼쪽 난간으로 뛰어내려서 그 아래 난간으로 내려가야 해. 거기서 저 가는 나뭇가지로 몸을 던져. 저기 보이지? 그런 다음 재빨리 나무를 타고 내려가서 도망치면 돼."

스칼렛이 말했다. 알버트 역시 더 심한 탈출로를 겪어본 적 있지만 자주는 아니었다.

"좀 까다로워 보이네."

"날 못 믿으면 그렇겠지." 스칼렛이 전처럼 짧게 싱긋 웃었다. "나 믿지?"

알버트는 옆에 서 있는 스칼렛을 바라봤다. 빨간 머리카락이 야생의 폭포처럼 흘러내렸고, 창백한 얼굴이 빛났다. 관자놀이와 손에 상처가 났고, 원피스는 이제 처음의 모습을 잃었다. 칼자국 때문에 옷이 더 형편없어 보였다. 그럼에도 스칼렛은 깔끔한 하얀 구두 차림으로 가볍게 균형을 잡고 침착하게 서서 곧 있을 중요 행동을 준비하고 있었다.

스칼렛을 믿냐고? 알버트가 바지를 살짝 추켜올렸다.

"언제나 믿지."

"그럼 가자."

5

스칼렛과 알버트는 완전히 도망가진 못했다. 추격자들이 다시 시야에 보였다. 언덕 꼭대기에서 스칼렛은 하얀 실처럼 보이는 워릭 대로를 따라 희미한 먼지구름이 이동하는 걸 볼 수 있었다. 구름 앞쪽은 날카롭게 기울어져 있었으며, 뒤쪽은 흐트러지고 불규칙적이었다. 언덕 사이로 조용히 먼지가 일었다. 스칼렛은 팔꿈치를 움직여 쌍안경을 치켜들었다. 추격대였다. 트럭에는 민병대가 탔고, 검정색 밴에는 추적견이 있었으며, 마지막으로 오토바이 세 대가 뒤따라왔다. 거리가 멀어 엔진 소음, 개 짖는 소리, 추격자들이 무법자의 흔적을 쫓으며 내뱉는 피에 굶주린 욕설은 들리지 않았다. 하지만 스칼렛은 그 모든 걸 충분히 생생하게 그려낼 수 있었다. 붙잡힌다면 무슨 일이 벌어질지도.

손에 쥔 쌍안경이 땀에 젖어 미끄러지는 것 같았다. 스칼렛은 쌍안경을 내려놨다. 추격대가 다시 지평선에 걸친 희미한 구름처럼 보였다.

"이야, 흥분된다. 스칼렛, 저들이 속아 넘어갈까?"

알버트는 경사로의 마른 땅 위 스칼렛 옆에 엎드려 있었다. 스칼렛처럼 배를 바닥에 찰싹 붙이고 팔을 굽힌 채 두 다리를 뻗고 있었다. 재와 먼지, 피와 화약에 뒤덮인 옷은 주변 바위들과 구별이 되지 않을 정도였다. 그들은 마치 언덕에 돌출된 두 개의 가느다란 돌 같았다.

"저들은 도시 놈들이야." 스칼렛이 말했다. "멍청하기 짝이 없지. 당연히 속아 넘어갈 거야."

"그랬으면 좋겠다. 더 이상 자전거는 못 타겠어. 다리가 떨어져 나갈 거 같아. 엉덩이가 이렇게 쓰린 적이 없었어."

"엄청 좋겠네. 알버트, 난 그런 사정 따윈 전혀 알고 싶지 않거든. 그리고 걱정 마. 놈들은 이쪽으로 오지 않을 거야."

"진짜 백 퍼센트 확신해?"

스칼렛이 망설였다. 사실 일 퍼센트도 확신하지 못했다. 하지만 알버트가 눈치채게 하고 싶진 않았다.

"물론이지. 확실해."

"좋아."

알버트는 모래 고래가 물 위로 뛰어오르듯 몸을 벌떡 일으켰다. 언덕 꼭대기에서 순식간에 다리를 꼬고 앉아 기분 좋게 배낭으로 손을 뻗었다.

"음…. 기다리는 동안 사과 먹을래. 넌? 엄청 맛있는 어핑햄 자두도 있어."

"이런, 맙소사!" 스칼렛이 알버트의 팔을 붙잡고 옆으로 휙 끌어내렸다. "이 바보야, 아직 일어나지 마! 저들도 쌍안경을 갖고 있을 거야."

알버트는 고분고분 몸을 낮췄다. 스칼렛과 알버트는 침묵 속에 나란히 엎드려 있었다. 스칼렛은 여전히 팔꿈치에 몸을 의지한 채 머리카락 한 가닥을 씹었다. 챙이 넓은 모자가 다시 머리 위를 안전하게 감쌌고, 여전히 초록색 원피스 차림새였다. 원피스는 도주 과정에서 묻은 먼지로 얼룩져 있었다. 스칼렛은 햇살이 종아리에 쏟아지고, 치마 끝자락이 협곡에서 불어오는 따뜻한 미풍에 펄럭이는 걸 느낄 수 있었다. 극심한 피로감과 방망이질 치는 두려움만 아니었다면 꽤 즐거운 듯 보였을 것이다.

하지만 불평해 봐야 소용없다. 이제 모든 건 스칼렛이 만든 속임수에 달려 있다. 힘들었던 하루의 끝에 마지막으로 주사위를 던진 셈이었다.

워릭을 벗어나는 일은 정말 쉽지 않았다. 신앙의 집 정원을 빠져나오는 것만도 몹시 힘들었다. 거리 추격전은 더 심했다. 민병대가 대거 출동하는 바람에 스칼렛과 알버트는 새벽 무렵이 돼서야 자전거를 세워놓은 장소에 도달할 수 있었다. 재빠르게 출발하면서, 추격을 따돌리기 위해 안전지대 경계 부근 계곡 다리를 폭파했다. 그러고도 만약을 대비하기 위해 일부러 다른 방향으로 출발한 후, 언덕 지대에 도달해서야 남쪽으로 다시 돌아갔다. 하지만 그것만으로는 충분치 않았다. 추격대가 잿더미 들판 너머 멀리서 그들을 발견하고는 계속 쫓아왔다. 결국 스칼렛은 시간을 벌기 위해 필사적인 작전을 써야만 했다.

스칼렛과 알버트는 작은 언덕길로 가는 샛길을 무시하고 큰 도로를 따라 2킬로쯤 더 자전거를 몰았다. 그리고 자전거를 등에 짊어지고 힘들게 비탈진 자갈길을 올라 능선 위에 도달했다. 추적견을 상대로 이 작전이 효과를 볼 수 있도록 처음 200미터가량은 언덕의 시냇물을 따라 기어올랐다. 그 후에는 쑥 덤불을 따라 지그재그로 움직여 작은 길과 합류했다…. 운이 따르면 이 정도로도 충분할 것이다. 스칼렛은 긴장해서 목이 아프고 배가 딱딱하게 뭉쳤다. 이 작전마저 효과가 없다면, 그녀와 알버트는 한 시간 안에 죽을 것이다.

쌍안경으로도 분기점이 어딘지, 갈림길이 어딘지 명확히 보이지 않았다. 하지만 먼지구름을 보면 민병대가 뭘 하는지, 이 속임수가 통했는지 알 수 있을 것이다.

"꽤 멀리까지 쫓아오네." 알버트가 말했다. "평소보다 훨씬 끈질긴 거 같아."

"그러게."

추격전 때문에 스칼렛은 입술이 바싹 말랐다. 바로 옆 가방에 물이 있지만, 지금은 움직일 때가 아니었다.

"거룩하고 신성한 신앙의 집을 더럽혔으니까…." 스칼렛이 말했다. "도망치면서 시장 절반을 엉망으로 만들고 다리까지 부쉈고."

알버트가 고개를 끄덕이며 덧붙였다. "게다가 네가 자전거를 타고 도망치면서 마을 노인 두 명을 넘어뜨렸지."

"셋이야. 네가 눈치채지 못한 조그만 노인도 하나 있었거든."

"저 사람들이 엄청 화난 것도 당연해. 쉿! 왔어!"

스칼렛은 긴장한 채 숨을 멈췄다. 먼지구름이 샛길 근처까지 다가왔다. 쌍안경으로 보니 먼저 트럭이 멈추고, 오토바이가 그 옆에 급정거했다. 사람들이 내려서 길가로 움직이기 시작했다. 그들은 지면을 살펴보며 고민하고 있었다.

"자전거가 직진한 자국이 있잖아. 그러니까 너희들도 계속 직진해야지." 스칼렛이 혼잣말로 중얼거렸다.

추격대는 망설이는 것 같았다. 서로 열띤 토론을 하고 있었다. 스칼렛은 모자 아래로 땀방울이 한 줄기 흘러내리는 걸 느꼈다. 마침내 민병대가 차량으로 돌아갔다. 추격 군부대가 출발했다. 그들은 계속 앞으로 직진했다. 먼지구름이 경사진 언덕 너머로 사라졌다.

스칼렛이 한숨을 크게 내쉬더니 쌍안경을 내려놓고 말했다. "우리가 해냈어."

"그럼 이제 괜찮은 거네." 알버트는 벌써 편안한 표정으로 점심 도시락을 열고 있었다. "괜히 걱정했네."

스칼렛과 알버트는 언덕 꼭대기의 그 자리 그대로 앉아 있었다. 이곳은 야생 지대 영역이었다. 높은 벼랑 아래로는 흙 경사면이 가파르게 이어지다 넓은 내리막길로 갈라졌다. 내리막길엔 무너져 내린 돌들이 강물처럼 가득 차 있었다. 내리막길 기슭에는 억새풀이 여기저기 자란, 햇볕 드는 협곡이 넓게 열려 있었다. 아래에는 시냇물이 있었다. 시냇물은 경사진 거대한 검은 암석 사이를 구불구불 흐르며 오후 햇살에 반짝였다. 그 너머로는 다시 살굿빛 언덕을 향해 오르는 또 다른 경사면이 있었다.

알버트는 비상식량에서 사과를 꺼냈다. 하루 종일 뭘 먹을 시간도 없었다. 스칼렛은 가장 먼저 물통에 든 물부터 모조리 마신 후 가방과 짐을 끌어당겼다. 훔친 물건들, 소총, 플라스틱 통에 든 기도 매트 등 그녀가 가진 모두를 가까이 당겼다. 욕설 상자를 꺼내 목에 걸었다. 위장하고 있을 동안엔 벗어놓는 게 현명했다. 더러운 목걸이 줄의 익숙한 감촉이 느껴졌다. 늘 그렇듯 욕설 상자의 무게는 고통스럽지만 동시에 마음을 안심시켜 줬다. 짐 가방에서 동전을 꺼내 욕설 상자에 몇 개 넣었다. 상자가 좀 더 무거워졌다.

"몇 개 더 넣는 게 좋을 거 같은데." 그 모습을 지켜보던 알버트가 말했다. "나흘치 욕설이니까. 좀 쌓였잖아."

"그래."

"와, 네가 그렇게 욕을 많이 하는 건 처음 봤어. 지금도 눈물이 찔끔 날 정도라니까. 욕설 상자를 엄청 큰 걸로 바꾸는 거 어때?"

"물론 욕 좀 하긴 했지. 그런데 설마 내 탓만 하려는 건 아니지? 우린 열 번도 넘게 죽을 뻔했어. 사과나 줘."

"치즈도 남았던 거 같아. 좀 전에 날 끌어 앉힐 때, 엉덩이에 짓눌리는 바람에 좀 뭉개지고 터지긴 했지만…."

"사과면 충분해."

협곡을 따라 따뜻한 바람이 올라오고 있었다. 스칼렛은 모자를 뒤로 젖히고 바람이 이마를 부드럽게 스쳐 지나도록 했다. 그 자리에 앉은 채 햇살과 바람과 온기가 팔다리에 와 닿는 느낌을 즐겼다. 옆에는 훔쳐 온 전리품 포대 자루들이 있었다. 스칼렛은 정당하게 얻어낸 자유를 만끽하는 기분이었다. 스칼렛과 알버트는 다시 한번 악독한 생존 도시와 신앙의 집의 코를 납작하게 하는 데 성공했다.

하지만 이번 건은 정말 쉽지 않았다…. 스칼렛은 갑자기 한 가지 생각이 떠올랐다.

"있잖아, 알버트." 스칼렛이 말했다. "오늘 어땠어? 도둑질을 포함한 전 과정 말이야."

알버트는 크고 검은 눈으로 바라봤다. 머리카락과 얼굴은 흙먼지로 빨개졌고, 양복은 긴박했던 도주 과정에서 찢어지고 더러워져 있었다.

"도둑질? 잘한 거 같은데."

"그래?"

"난 멘토들의 머릿속을 훌륭하게 읽어냈고, 넌 언제나처럼 섬세한 기술로 멘토들의 중요 부위를 잘 걷어찼고."

"도주 과정은 어땠지? 다시 잘 생각해 봐. 개선할 게 있을까?"

알버트가 눈썹을 찌푸렸다. "음, 글쎄…. 뭐든 완벽하긴 힘들잖아.

개선이 필요한 사소한 점들이야 항상 있겠지. 하지만 너도 알다시피 대체로 아주 순조로웠던 거 같은데."

"그럼 넌 할 말 없단 거지?"

"없어."

"자전거를 타고 필사적으로 달아나기 시작했던 때조차? 네가 워릭 노예 철창 옆에 자전거를 세우고 노예를 풀어주느라 시간을 지체했던 때도?"

알버트가 미소 지으며 고개를 끄덕였다. "아, 맞다. 너무 마음이 아팠어. 주변에 노예상들도 없었고. 그냥 자물쇠를 부수고 내보낸 것뿐이야."

"나도 알지. 하지만 성벽에서 저격수들이 총질을 해대고, 도시 절반이 난리를 치며 우리 뒤를 쫓고 있는데, 꼭 그래야 했어?"

"간단한 문제야. 그 사람들은 의지할 데도 없는 데다 가난하고 절망적이었어. 노예 일부는 웨일스 사람 같았고. 스칼렛, 그들은 도움이 필요했어. 우린 그들에게 삶의 기회를 준 거야."

"아니. 그렇지 않아. 우리가 떠나고 십 분 후에 도로 잡혀갔을 테니까…."

스칼렛은 짜증 난다는 듯 옆머리를 긁었다. 머리에 쓴 모자가 불편했다. 하지만 벗고 싶은 생각은 없었다. 지금 너무 지쳤고, 그럴 땐 생각이 멋대로 폭주하곤 했다. 머릿속에서 생각이 부글부글 넘쳐흐르면, 옆에 무심한 척 앉아 있는 알버트가 쉽게 눈치챌 것이다. 모자는 방어벽이었다. 알버트가 머릿속을 읽지 못하게 보호해 줬다. 스칼렛은 빈 물병을 흔들며 깊은 경사로 아래쪽 물줄기를 바라봤다.

"스칼렛, 덥지 않아? 바람이 시원한데."

"지금 당장은 모자를 안 벗을 거야."

"네 생각 안 볼게."

"일부러 보진 않겠지. 하지만 무의식중에 볼걸. 잠결에 그럴 수도 있고." 스칼렛은 사과를 다 먹고 씨앗 부분을 무심하게 경사면 아래로 던졌다. "내가 말하고 싶은 건 이거야. 넌 충동적으로 우리 목숨을 걸었어. 물론 관대한 충동이긴 했지. 하지만 노예들 때문에 귀중한 시간을 잃었어. 도망치는 게 뭣보다 중요했다고."

"그래? 진심이야? 난 잘 모르겠어…."

알버트가 찌푸린 표정으로 바라봤다. 얼굴에 좌절감과 뭔가 할 말을 찾는 표정이 드러났다. 스칼렛은 기다렸다.

"스칼렛, 우린 왜 이 일을 하는 거지?"

"생존 도시를 터는 거? 그놈들을 괴롭히고, 기반을 약화시키기 위해서지. 신앙의 집이 빼앗아 간 부를 도로 훔쳐서, 그 일부를 진짜 필요한 사람들에게 나눠주기 위해서고. 특히 우리도 나눠 갖고. 알버트, 이게 우리 삶이야. 우린 무법자라고. 이건 고귀한 소명이야. 아니면 스톤무어로 돌아가서 평생 최고위원회에 비굴하게 고개를 숙이며 살고 싶어?"

예상대로 그 말은 알버트를 불편하게 했다. 그는 몸을 부르르 떨었다.

"스톤무어는 다시 떠올리고 싶지 않아. 하지만 항상 다른 희생자들을 무시하면 안 돼."

"무시 안 해. 요새 우리 수익의 절반을 나눠주고 있잖아. 네 덕분에. 조와 울프스 헤드 사람들과 우리가 만난 여러 추방자들에게도 나눠주고 있고…." 스칼렛이 어깨를 으쓱했다. "불평하는 거 아니야. 그렇게 하니까 나도 좋아. 실은 내일 헌팅던에 들러 돈을 좀 나눠줄 생각이야."

잠깐 침묵이 흘렀다.

"나 없이 너 혼자?" 알버트가 물었다.

"울프스 헤드로 금방 갈게. 헌팅던에 들러도 크게 돌아가진 않아. 거기서 해방 노예들에게 돈을 좀 나눠주려고."

"정말 그게 다야? 확실해?"

"넌 그것만 알면 돼." 스칼렛이 말했다.

한동안 둘 다 말이 없었다. 스칼렛은 목소리에 짜증이 섞여 있던 걸 깨달았다. 후회가 됐다. 피곤함은 제쳐두고, 오늘은 엄청난 성공을 거둔 날이었다. 워릭 신앙의 집은 오랫동안 계획해 온 목표였다. 그들은 한 팀으로 훌륭하고 대담하게 일을 해냈다. 광장에 붙은 지명수배자 포스터가 옳았다. '스칼렛과 알버트: 공공의 적 1순위.' 그들은 도둑질을 거듭할수록 실력이 좋아졌다. 생존 도시들은 속수무책으로 당했다. 기분 좋은 일이었다. 뭐, 어느 정도 좋긴 한데…. 성공적인 도둑질에서 오는 큰 만족감에도 불구하고, 이상하게 내면의 공허함과 불안은 여전히 남아 있었다.

알버트가 말하고 싶던 게 바로 이 점이었을 것이다. 스칼렛은 그를 흘끗 쳐다봤다. 알버트는 해진 바지 무릎에 두 손을 얹고 골짜기를 바라보고 있었다. 얼굴에는 어떤 감정도 보이지 않았다.

"미안." 스칼렛이 말했다.

"괜찮아."

"알버트, 워릭에서 정말 잘했어. 우리 둘 다 잘 해냈지. 다음엔 어디로 가고 싶어? 노섬브리아? 아니면 다시 앵글리아로?"

알버트가 어깨를 으쓱했다. "응. 아니면 웨섹스도 좋고."

"웨섹스는 안 돼. 손가락 형제단이 아직 날 찾고 있어. 내 머릴 원하겠지."

스칼렛이 짧게 건조한 웃음을 지었다.

"아직도? 이제는 잊었을 거 같지 않아?"

스칼렛의 머릿속에 손가락 형제단의 무시무시한 두목 소암스와 티치가 음울한 스토우 요새에 앉아 자신에 대해 곱씹고 있는 그림이 스쳤다. 그리 편안한 그림은 아니었다.

"형제단은 돈을 잃고 그냥 넘어가는 법이 절대 없어. 아무튼, 울프스 헤드에서 조와 함께 계획을 짜보자. 지금 당장은 물이 더 필요해. 괜찮으면, 내가 저기 내려가서 물 좀 떠올게."

"내가 갈게, 스칼렛. 다리 운동 좀 해야겠어. 그리고 골짜기에 있는 저 검은 바위들이 꽤 흥미로워 보이거든."

알버트가 갑자기 일어났다. 햇빛을 등지고 깡마르고 남루한 형체가 드러났다. 그는 스칼렛 쪽을 보지 않고 물병들을 모아 가파른 돌비탈길을 미끄러져 내려갔다.

스칼렛은 혼자 남았다. 알버트가 갈대와 검은 암석 파편 사이의 길을 택해 강을 향해 경사면 바닥까지 내려가고 있었다. 스칼렛은 챙이 넓은 모자를 벗어 바로 옆에 내려놨다. 모자 밑에 있던 머리카락은 땀에 젖어 색이 진해진 데다, 얇고 무질서한 파도 모양으로 엉겨붙어 있었다. 이마 위쪽을 둘러싼 가느다란 금속 밴드가 햇빛에 매끄럽게 반짝였다. 또 밴드가 모자에서 떨어져 나간 것이다. 어떻게든 다시 모자에 고정시킬 필요가 있었다.

스칼렛은 불편한 기색으로 입술을 오무리며 손을 뒤로 뻗어 밴드의 고정 걸쇠를 풀었다. 마치 꽃이 개화하듯 밴드가 머리에서 느슨하게 풀려났다. 스칼렛은 밴드를 무릎에 놓고 이마에 남은 가려운 자국을 양손으로 거세게 문질렀다. 보통은 크게 신경 쓰지 않았지만, 이렇게 더운 날씨에는 욕설 상자보다 더 성가셨다. 얼굴을 찌푸렸다. 알버트를 가뒀던 칼로웨이 박사는 대체 이런 걸 어떻게 계속 차고 다닌 거지?

알버트의 마른 몸이 아직 아래에 있는 게 보였다. 물통을 채울 만한 곳을 찾기 위해 강둑 근처에서 머뭇거렸다. 알버트의 그림자가 얼룩처럼 바로 그를 뒤쫓았다. 마치 몸에서 까만 조각 하나가 녹아내린 듯했다. 여기서 보면, 알버트는 아무것도 아닌 것처럼 보였다. 야생에서 움직이는 하나의 파편 조각에 불과했다. 가까이 본다고 별 볼일 있어 보이진 않았지만.

그러나 알버트는 분명 특별한 존재였다. 스칼렛은 매일 그에게 놀랐다.

스칼렛은 언덕고양이처럼 몸을 쭉 뻗고 팔꿈치에 힘을 줘 뒤로 누웠다. 계곡에서 불어오는 뜨거운 바람이 덩굴처럼 얽혀버린 머리카락을 말리도록. 이빨부리새 한 마리가 따뜻한 상승기류를 타고 계곡 위로 날아올랐다. 새가 사냥하는 모습을 바라봤다. 언덕 지대는 조용해 보였지만 분명 여기에도 생명체들이 있다. 돌 아래에서 활발히 움직이고 있는 생명체들이….

시간이 점점 지체되고 있었다. 이제 그만 떠나야 했다.

스칼렛도 알버트에게 다소 불공평하다는 걸 알고 있었다. 노예 문제가 아니라 머릿속을 읽는 문제, 즉 그와 있을 때 모자를 쓰는 것 말이다.

알버트에게 악의가 있는 건 아니었다. 스칼렛의 내면 깊숙한 곳, 그녀란 존재의 본질에 얽혀 있는 비밀을 엿보려는 의도 따윈 없었다. 하지만 그에겐 그럴 수 있는 능력이 있다. 알버트가 머릿속을 엿보더라도, 스칼렛은 알아차리지 못할 것이다. 이런 사실을 견딜 수 있을 때도 있었지만, 그렇지 못한 때도 있었다. 그럴 땐 그냥 모자를 써야 했다.

이제 알버트는 골짜기 경사면을 벗어나 계곡 바닥까지 내려갔다. 끈으로 묶은 물병들을 어깨에 걸치고 조심스레 움직였다. 여기저기 기울어진 검은 돌기둥과 암석이 널려 있는 험한 지형이었다. 뜨거운 열기 때문인지 알버트의 등에서 그닥 멀지 않은 곳에 있는 바위 일부가 물결치는 아지랑이처럼 보였다. 계곡 바닥면엔 바람이 불지 않아 꽤 더울 것이다.

스칼렛은 알버트가 걷는 모습을 눈으로 무심히 좇으며 생각에 잠겼다. 육 개월이었다. 그만큼 많은 도둑질을 했다. 그는 매번 점점 더 침착해졌고, 능력을 다루는 기술도 훌륭히 발전했다. 긴급 상황에 대한 대처도 나아졌다. 군중 속에서도 능력을 잘 발휘했다. 거의 모든 사람의 머릿속을 읽을 수….

그때 스칼렛이 고개를 획 들었다.

잠깐. 저 뜨거운 아지랑이, 뭔가 이상한데….

스칼렛의 눈길이 재빨리 알버트의 등 뒤에서 물결치는 땅으로 향했다.

아지랑이가 아니었다. 너무 길고, 너무 가늘고, 너무 구불구불했다. 마치 땅덩이가 녹아내리면서 용암처럼 느리게, 그리고 의도적으로 알버트를 향해 흘러가는 것 같았다.

눈 깜빡할 새, 스칼렛의 손에 권총이 들렸다.

바위뱀의 거대한 몸통은 알버트 키의 세 배 정도에, 좌우 너비는 60센티 정도 돼 보였다. 갈색, 회색, 살구색이 모자이크처럼 뒤섞인 비늘은 완벽하게 위장 역할을 했다. 뱀이 바위 그림자를 벗어날 때만 옅은 색의 날카로운 등 무늬를 볼 수 있었다.

권총은 소용이 없었다. 이렇게 먼 거리에서는 맞힐 수 없었다. 하지만 총소리로 알버트에게 경고를 할 순 있었다.

스칼렛이 총을 들고 공중으로 한 발 쐈다. 골짜기를 따라 총소리가 메아리쳤다. 소리는 바위틈에서 앞뒤로 울리며 마치 눈사태를 일으킬 듯 요란하게 퍼졌다.

알버트가 위를 올려다봤다. 작고 마른 몸이 뒤로 돌아섰다. 바로 그 순간, 뱀이 속도를 높였다. 뱀은 떨며 몸을 휘감아 앞으로 나아가면서 빠르게 공격 태세를 취했다. 몸통이 물결치듯 힘차게 휘더니 끌 모양의 커다란 머리가 위로 우뚝 섰다. 뱀의 키가 알버트의 두 배로 커졌다. 죽음처럼 창백한 지그재그 등 무늬가 햇살을 받아 잠깐 번개처럼 빛났다.

제기랄! 소총! 스칼렛은 배낭으로 몸을 날려 바로 무기를 꺼냈다.

소총을 꺼내는 순간, 관자놀이가 쿵쿵 고동쳤다. 멀리서 천둥소리 같은 굉음이 났다.

스칼렛은 총을 번쩍 들며 급히 무릎을 꿇고 자세를 취했다. 그리고 바위 사이를 조준했다…가 멈췄다.

스칼렛은 총을 도로 내렸다.

거대한 뱀은 사라지고 없었다. 강가 지면은 붉은 액체 방울, 살점 조각, 햇볕에 타 뒤틀린 가죽 조각들로 얼룩덜룩했다. 알버트 앞쪽에 펼쳐진 넓은 계곡 바닥면도 달라졌다. 사방에 잔해들이 널려 있었다. 바위 기둥 몇 개가 사라졌고, 나머지는 부서졌다. 근처 암석들도 갈라지고 산산조각 났다. 강 위로 붉은 먼지구름이 조용히 떠다녔다.

스칼렛의 시선이 알버트에서 멈췄다. 알버트는 고맙다는 표시로 가는 팔을 들어 올리더니 엉성하게 엄지척을 했다. 그는 천천히 걸어가 강가 자갈밭에 웅크려 앉았다. 차례차례 병에 물을 담고, 옆에 있는 바위에 병을 세워놨다. 알버트는 조심스러우면서도 꽤 능숙하게 그 과정을 소화했다. 딱 한 번 균형을 잃고 물에 빠질 뻔했지만.

스칼렛은 다시 언덕에 앉았다. 심장박동을 가라앉히고, 이마에 다시 맺힌 땀을 바람에 말렸다. 좀 전에 돌바닥에 꿇었던 무릎에서 피가 났다. 밝은 녹색 원피스 차림으로 다리를 꼬고 앉았다. 허벅지에 차가운 소총이 느껴졌다. 바람에 머리카락이 얼굴 위로 날렸다.

"망할 알버트. 왜 일을 할 때는 저렇게 못 하는 거야?"

스칼렛은 욕설 상자에 동전을 더 넣었다. 이제 상승기류를 타고 나는 새가 두 마리가 됐다. 새들이 험준한 바위 위로 솟아오르는 모습을 지켜봤다. 새는 힘들이지 않고 날개를 조금만 움직여 방향을 틀거나 높이를 조절하더니, 곧 해를 향해 사라졌다.

골짜기는 평화로웠다. 바람이 불고, 하늘은 점점 어두운 색으로 물들어 갔다. 알버트가 골짜기의 암벽과 돌 사이를 올라오는 데 시간이 한참 걸렸다. 그가 힘들게 올라오는 동안, 스칼렛은 그대로 자리에 앉아 홀로 조용히 언덕 너머를 응시했다.

2

울프스 헤드 여관

언덕 꼭대기에선 콘월까지 쭉 뻗은 초록색 구릉지대가 보였다. 길가 바위에는 어린 남자아이가 숨을 돌리며 앉아 있었다. 옆에는 그보다 약간 더 큰 소녀가 앉아 있었다. 소녀는 가는 다리를 구부려 천으로 된 단화의 바닥을 바위에 딱 붙였다. 무릎에 얹은 양팔 위에 고개를 괸 채, 이빨부리새 떼가 햇살 아래 골짜기를 나는 모습을 지켜봤다. 새들은 가장 키 큰 나무의 꼭대기를 빙빙 돌고 있었다. 연한 초록빛 나무들은 끝이 뾰족한 첨탑 모양도 있었고 둥근 돔 모양도 있었다. 골짜기엔 울창한 숲이 펼쳐져 있었고, 꼭대기에는 가시금작화와 빌베리 덤불이 있었다.

어린 남자아이는 누나의 자세를 똑같이 따라 했다. 가끔 다리를 감싼 팔에서 무릎이 미끄러지면 다시 조심스레 다리를 끌어 올렸다.

"누나, 빌베리 더 먹어도 돼?"

"안 돼. 이미 많이 먹었잖아."

"하지만 아직 배가 고픈데."

소녀도 배가 고팠다. 하지만 빌베리가 든 통들은 이미 가방에 넣은 데다 서로 부딪히지 않도록 옷으로 감싸놓기까지 했다. 지금 그걸 모두 도로 풀고 싶진 않았다.

"집에 가면 줄게."

"하지만 엄마는 다 잼으로 만들걸."

"그럼 다른 걸 주시겠지."

남매는 흐릿한 석회암 길을 따라 언덕 위를 걸었다. 어린 동생이 앞서고 누나가 뒤에서 따라갔다. 보통 언덕 꼭대기에서 다른 농장 사람들을 마주치곤 했지만, 오늘은 둘밖에 없었다. 남매와 바람과 주변 풍경뿐이었다. 언덕 능선은 잠자는 개의 등처럼 휘어 있었다. 그들은 등뼈의 부드러운 혹을 따라 길을 오르내렸다. 그러다 가시금작화 덤불에 다리가 쓸리기도 했다.

소녀가 일정한 리듬으로 걷자 등 뒤에서 양 갈래로 땋은 머리가 통통 튀었다. 소녀는 내려가서 해야 할 일을 생각 중이었다. 염소와 닭을 돌보고, 엄마를 도와 차를 만들고, 플로렌스와 함께 메이슨 네에 가서 숫양에 대해 물어보고, 헛간에 장작을 다시 채우고, 토마스를 재우고, 저녁 무렵 시간이 좀 남으면 정원을 가꾸고…. 진지하고 실용적인 성격대로 모든 일을 항목별로 나열하고 순서를 정리한 다음, 잊은 게 없는지 확인하고 또 확인했다. 그렇게 할 일을 목록으로 만드는 게 편했다. 그러면 일을 절반은 해놓은 듯 만족스러웠다.

남매는 길이 움푹 파인 곳으로 내려갔다. 여느 때처럼 동생은 거기서 쉬를 했고, 남매는 다시 집이 바로 내려다보이는 가파른 언덕을 향해 올라갔다. 가장 힘든 구간에서 소녀는 동생의 엉덩이를 받쳐주며 위로 오르도록 격려했지만, 이제 동생도 제법 몸집이 커져서 혼자서도 미끄러지거나 넘어지지 않았다.

마지막 언덕 꼭대기에 다다랐을 때, 소녀는 골짜기가 접힌 곳에서 검은 연기가 피어오르는 걸 발견했다. 깡마른 얼굴에, 입술은 꼭 다

문 채 가방끈을 꼭 잡고 연기를 응시했다.

동생이 누나를 돌아보며 물었다. "누나, 저게 뭐야?"

"모르겠어. 건초 더미가 불탔거나, 뭐, 그런 거겠지. 맙소사, 빌어먹을. 잠시도 자릴 못 비우겠네….."

"누나, 욕하지 마. 엄마가 싫어하잖아."

"알아. 하지만 엄만 여기 없잖아? 그리고 아무리 엄마라도 만약 건초 더미를 태웠다면 심한 말을 듣고 있을 거야."

억지스러웠던 소녀의 화난 목소리는 그리 오래가지 못했다. 검은 연기는 짙었고, 기름기가 껴 있었다. 연기는 바람 탓에 그들이 있는 언덕 쪽으로 기울어질 때조차 그 형태를 유지했다.

소녀는 어린 동생의 손을 잡고 길을 따라 끌고 갔다. 동생은 피곤해서 달리기 싫어했지만, 소녀는 단호했다. 잠시 후, 동생이 뻗대자 짜증이 치솟은 소녀는 동생을 때렸다. 어린 동생은 울면서 비틀비틀 누나 뒤를 종종걸음으로 쫓아왔다. 소녀의 걸음은 불규칙했다. 빠르게 움직였지만, 계속 연기를 바라보며 정확한 위치를 파악하려 멈추곤 했다.

메이슨 네도 아니고 파울러 네도 아니었다. 너무 가까웠다. 모닥불 연기도 아니었다. 그러기엔 연기가 너무 크고 짙었다. 소녀는 하늘에서 춤추는 검은 조각들을 바라봤다.

"엄마가 왜 건초에 불을 지른 거야?"

"뭐?" 소녀는 머리카락을 질겅질겅 씹었다.

"건초 말이야."

"저게 건초인지는 나도 몰라. 맙소사, 나도 대체 저게 뭔지 모른다고. 토마스, 좀 서둘러. 어서 가자."

남매는 언덕 꼭대기에서 내려와 부서진 목책을 넘어 숲속으로 들어갔다. 초록빛이 그들을 감쌌다. 여름 고사리 아래 밝은 석회석을 뼈처럼 하얗게 드러낸 길은 가파르게 아래로 향했다.

소녀가 앞장서서 걸었고, 동생이 뒤따랐다. 동생은 줄기를 꺾으며 고사리 덩굴 아래의 건조하고 비밀스러운 아치형 공간을 찾아다녔다.

바람 방향이 바뀌었다. 골짜기 아래에서 나던 연기가 숲속까지 올라왔다. 연기 냄새와 함께 뭔가 시큼한 오염의 냄새도 났다. 소녀는 고사리 숲에 멈춰 코를 벌름거렸다. 경계하듯 가만히, 아무 말 없이 나무 사이로 언덕 아래를 내려다봤다.

어린 동생이 고사리 숲을 뚫고 나오다 소녀의 등에 부딪혔다. 넘어지지 않으려 발을 번갈아 뛰다 결국 엉덩방아를 찧으며 미끄러졌다. 동생은 누나 옆에 주저앉았다.

"누나, 이것 봐. 내가 노란색 돌을 찾았어."

"그래…."

"얼마나 동그란지 봐봐."

"그러네…. 예뻐…."

"누나, 딴 데 보고 있잖아."

그랬다. 소녀는 배운 대로 주의 깊게 아래를 살펴보고 있었다. 눈으로 보고 귀로 듣는 것에 집중했다. 길은 휘어진 언덕을 따라 녹색 그늘 속으로 사라졌다. 고사리 끝부분이 망토를 두른 신도처럼 고개를 숙이고 있었다. 마치 끝없는 슬픔에 조용히 잠겨 있는 듯했다.

주위는 침묵에 휩싸여 있었다.

새도, 동물도, 아무것도 보이지 않았다.

소녀는 침묵이 언덕을 올라 그들 쪽으로 몰려오는 걸 느꼈다.

몸을 휙 돌려 동생을 잡아 안고 길에서 벗어났다. 소녀는 고사리 숲에서 가장 깊숙한 곳으로 뛰어들었다. 고사리 줄기들이 바닷물처럼 가슴에 세게 부딪히며 부러졌다. 숲 가장 깊은 곳으로 가 둘 다 몸을 웅크렸다. 그곳은 어둡고 푸르고 건조했다.

"토마스," 소녀가 부드럽고 나지막한 목소리로 말했다. "게임을 하나 할 거야. 너 게임 잘하잖아. 그치?"

동생은 능선 위에 있을 때처럼 통통한 무릎에 턱을 받친 채 누나 옆에 몸을 웅크렸다. 얼굴을 찌푸리고 있었다.

"내 돌멩이."

"뭐?"

"누나가 날 안았을 때 노란 돌멩이를 잃어버렸어."

"잠깐만 이대로 있으면 찾게 될 거야. 토마스, 우리 사자 시체놀이 하자. 우리 둘 다 꼼짝하지 않고 최대한 버티는 거야. 할 수 있지?"

"응. 그런데…."

"지금 바로 시작하는 거야."

"그런데…."

"네가 이기면 선물을 줄게. 분명 네가 나보다 먼저 움직이고 말걸? 준비됐어? 좋아. 하나, 둘, 셋, 시작!"

선물이라는 말에 순식간에 동생의 집중력이 높아졌다. 동생은 비틀거리더니 앞으로 폭 쓰러졌다. 과장된 몸짓으로 한바탕 발길질하며 몸부림치다 팔다리를 땅으로 툭 떨구더니 조용해졌다. 소녀는 몸을 아치형으로 구부려 텐트처럼 동생 몸을 위에서 덮었다. 동생이 작은 소리라도 내면 무자비하게 내리눌러 소리를 덮을 수 있도록.

남매는 꼼짝 않고 누워 있었다. 곧 은밀히 숲을 올라온 오염의 기운이 그들을 찾아왔다. 고사리 줄기 사이로 눈에 보이지 않게 휘며 피부를 스쳐 더럽게 만들었다. 연기보다 교활하고 더 쉽게 침투했다. 어린 동생은 여전히 조용했다. 소녀는 희미한 빛 속에 눈을 크게 떴다.

눈을 깜박이거나 몸을 움직이지도 않았다.

곧 희미하게 바스락거리는 소리가 들렸다. 뭔가가 무리 지어 길을 빠르게 올라오는 소리였다. 무리가 더 가까이 몰려오자, 고사리들이 획, 뚜둑 하며 휘어지는 소리와 함께 여러 개의 발이 단단한 석회석 땅을 밟는 소리가 숲에 울렸다. 맨발로 땅을 밟는 소리였다. 흰 발톱이 땅을 긁는 소리가 들렸다. 무리 사이엔 어떤 말도, 대화도 없었다. 딱 한 번 날카로운 휘파람 소리가 살짝 들렸을 뿐이었다. 거대한 공포가 소녀를 엄습했다. 그녀는 긴장으로 이와 잇몸까지 드러낸 채 이미 죽은 사람처럼 누워 있었다.

오염의 농도가 짙어졌다. 땀이 소녀의 목덜미를 타고 흘러내려 동생 옆에 떨어졌다. 길 위에 있던 무리는 이제 고사리 숲을 양옆으로 헤치며 다가오고 있었다. 얼마나 가까이 접근해 올지 알 수 없었다.

소리가 점점 가까워지며 크게 들렸다. 머리 위로 고사리가 흔들리며 그림자가 움직였다. 역겨운 악취가 남매를 덮쳤다가 무리의 계속된 이동과 함께 빠르게 사라졌다. 소녀는 꼼짝도 하지 않았다. 어린 동생도 움직이지 않았다. 남매는 숨죽인 채 숲속에 함께 누워 있었다.

한참 후 긴장이 풀렸지만, 소녀는 여전히 자세를 바꾸진 않았다. 그 자리에 그대로 머물렀다. 곧 소녀는 흐느끼기 시작했다. 나지막한 목소리로 욕설을 내뱉었다.

동생은 처음에는 따뜻함에 졸음이 쏟아졌지만, 이젠 지루했다.

"누나, 그렇게 욕하지 마. 그럼 내가 이긴 거다."

"그래. 네가 이겼어. 확실히 이겼어."

"상으로 뭘 줄 거야? 왜 안 일어나?"

"아, 토마스. 일어나기 싫어."

"일어나야 해."

"싫어."

"누나, 집에 가야지."

소녀는 마침내 뻣뻣하게 굳은 몸을 일으켰다. 고사리 덤불 위로 조용한 숲을 주의 깊게 둘러봤다. 두 눈은 굴에서 조심스레 나온 새끼 토끼처럼 크고 흐릿했다. 소녀는 그날 아침, 염소를 돌보고 돌아온 식사 자리에서 엄마가 양 갈래로 땋아준 머리 한쪽을 손으로 잡고 있었다. 엄마의 손을 잡듯이.

나무 주변에는 여전히 오염의 흔적이 남아 있었다. 소녀는 나무 사이에 오염이 보이지 않게 얽혀 힘줄처럼 하얗고 팽팽하게 드러나 있는 상상을 했다. 하지만 새가 작은 소리로 지저귀니, 그곳의 분위기가 깨끗해진 듯 느껴졌다.

남매는 길 위로 돌아갔다. 길 쪽의 고사리는 찢어지고 엉망이 돼 있었다. 동생은 약간의 수고 끝에 길가 풀숲에서 노란 돌멩이를 찾고 매우 기뻐했다.

소녀는 동생의 손을 잡고 함께 숲을 내려갔다.

첫 번째 목초지 초입에서 건초 더미가 그대로 남아 있는 걸 발견했다. 검은 쇠고랑 역시 그날 아침 소녀가 놓아둔 그대로 건초 더미 옆에 기대어 있었다. 소녀는 쇠스랑을 집어 앞으로 치켜든 채, 농가를 둘러싼 나무 뒤에서 피어오르는 검은 연기 기둥을 향해 걸어갔다.

두 번째 목초지에서 염소 떼를 발견했다. 소녀는 어린 동생을 품에 안아 눈을 가렸다.

"토마스, 보지 마!"

동생의 몸이 잔뜩 굳었다. "무슨 일이야? 엄마는 어딨어? 플로렌스는? 집에 무슨 일 있어?"

"보면 안 돼."

소녀는 필사적으로 동생의 머리를 강하게 자기 어깨에 파묻었다.

"아야! 누나, 왜 못 보게 하는 거야? 놔줘!"

"절대 안 놔줄 거야. 토마스, 알아들었어? 절대 안 돼. 난 언제까지나 너와 함께 있을 거야. 하지만 지금은 보지 마. 눈을 뜨지 마. 당장 눈을 감아."

소녀는 불타고 있는 집을 향해 앞으로 나아가기 시작했다. 가냘픈 한쪽 어깨에는 빌베리가 잔뜩 든 가방이, 반대쪽 어깨에는 어린 동생이 매달려 있었다. 바람의 방향이 바뀌었고, 대기가 요동쳤다. 연기 기둥이 머리 위에서 부서졌다. 검회색 작은 조각들이 주변 잔디에 떨어져 내렸다. 비처럼 천천히, 하지만 무겁게 떨어져 내렸다.

6

이 폭풍은 불의 지역에서부터 몰려왔다. 재가 내륙까지 비처럼 쏟아져 내렸다. 그레이트 노스 로드 양쪽으로 술집과 싸구려 여관이 밀집된, 소위 '자동차 도시'로 불리는 헌팅던은 밤새 재로 뒤덮였다. 걸쭉한 흑갈색 액체가 한 칸 높게 지어진 나무로 된 인도의 가장자리와 아스팔트 도로 위에 쌓이고 있었다. 선라이즈 여관의 선술집 창문에서 인도를 따라 종종걸음으로 달려가는 몇몇 사람들의 모습이 보였다. 사람들이 술집과 식당 앞을 지날 때마다 초점에서 흐릿하게 사라졌다 다시 나타나곤 했다. 그들은 고체와 액체 사이의 경계에, 존재의 한계에 매달린 것처럼 보였다.

스칼렛은 망사 커튼을 내려놓고 불안정하게 몸을 틀어 술집 안을 둘러봤다. 한창 흥겨운 분위기였다. 줄줄이 매달린 등불 아래 손님들은 여관 여자들과 함께 테이블에 앉거나 바에 서 있었다. 모든 사람이 술을 마시며 카드를 치거나, 다트를 던지거나, 오염된 자의 텅 빈 해골 안에 동전을 튕겨 넣고 있었다. 한쪽 구석에는 꽃무늬 원피스를 입은 노파가 그녀만큼이나 나이 들어 보이는 피아노를 쳤다. 술집 안은 술기운과 함께 쏨쓸하지만 어딘가 결연한 즐거움이 짙게 배어 있었다. 커튼이 무겁게 드리운 나무 계단은 커브를 그리며 더 많은 게임 테이블이 있는 발코니 층으로 이어졌다. 몇 분 전, 스칼렛은 바로 그곳에서 스컬 토스 게임으로 돈을 모두 잃었다.

물론 진짜 돈을 모두 잃은 건 아니었다. 현재 수중에 있는 돈을 잃었을 뿐이다. 워릭 작전의 전리품은 대부분 알버트가 갖고 갔고, 지금쯤 앵글리아 국경을 넘어 울프스 헤드까지 절반 정도 갔을 것이다. 스칼렛은 자기 몫의 일부를 헌팅던에 도착하자마자 도시 외곽 빈민가의 해방된 노예 무리와 레드로즈 카페의 여자들에게 나눠줬다. 지난 육 개월 동안 알버트의 권유 덕에 이런 즉흥적인 기부에 익숙해져 있었다. 신앙의 집의 재산을 도시의 소외 계층에 전달하는 데 은밀한 기쁨을 느꼈다. 하지만 그녀를 유혹하는 즉흥적 충동은 더 있었다. 알버트가 예상한 대로, 그녀는 나머지 몫으로 지금 기분 전환 중이었다.

간혹 게임에서 대박을 터뜨리기도 했지만, 그렇지 못한 때도 있었다. 스칼렛은 결과에 별로 연연하지 않았으며, 알버트의 불만에도 불구하고 죄책감도 느끼지 않았다. 그녀는 자신을 잊고, 일을 끝낸 후면 늘 찾아오는 텅 빈 허전함을 메꿔야 했다. 다만 이번에는 도를 넘은 게 문제였다. 마지막으로 운을 시험하려 트럭 운전사들에게 돈을 빌린 것이다. 하지만 지금 그 돈까지 모두 잃었다.

스칼렛은 반쯤 눈을 감은 채 벽에 머리를 기댔다. 위층에 돈이 있으니 한잔 마신 후 가져오겠다고 트럭 운전사들에게 단단히 맹세한 터였다. 트럭 운전사들은 스칼렛이 위층에 올라가 돈을 가져오길 기다리며 바 쪽에서 의심스러운 눈빛으로 주시하고 있었다. 하지만 아직 행동에 나설 만큼 의심하진 않는 듯했다. 운전사들은 모두 권총을 차고 있었다. 저런 장거리 트럭 운전사들은 오염된 자가 출몰하는 야생 지대를 통과하는 데에도 익숙한 거친 사람들이었다. 스칼렛이 슬적 문을 빠져나가려 했다간 난리가 날 것이다.

어쨌든 밤은 이제 시작이었다. 뭔가 좋은 생각을 해낼 수 있을 것이다.

스칼렛은 눈을 비비며 다시 창 쪽으로 몸을 돌렸다. 머리가 아파왔다. 자전거에 온갖 짐을 싣고 비틀거리며 가던 알버트의 모습이 떠올랐다. 돈을 모두 잃지 않겠다고 그를 계속 안심시켰던 게 생각났다. 약속에 약속을 거듭하며…. 약속을 한 사람이 바보일까, 그걸 믿은 멍청이가 더 바보일까? 얇은 커튼을 옆으로 젖히고 빗방울이 맺힌 창문에 이마를 갖다 댔다. 찬 기운이 유리 너머로 그녀에게까지 스며들었다.

밖의 폭풍이 더욱 거세졌다. 맞은편 스테이크 바의 네온 불빛이 빗속에 녹아내리는 듯 보였다. 도로는 한 가닥 검은 줄기 같았고, 인도는 버려진 길처럼 텅 비어 있었다. 언뜻 보기엔 그랬다. 스칼렛은 눈을 가늘게 뜨고 빗방울 너머를 쳐다봤다. 장거리 버스 정류장 근처, 재가 섞인 비가 회오리치며 튀어 오르는 비닐 차양 아래에 한 남자가 서 있었다.

여행자로 보이는 남자는 은색 단추가 달린 갈색 모직 코트를 입고 있었다. 날씨 때문인지 옷깃은 세우고 있었다. 길고 큼직한 더블버튼 코트는 긴 여행으로 먼지투성이인 데다 비에 젖어 원래보다 색이 짙어졌다. 남자는 코트 주머니에 두 손을 넣고 어깨를 살짝 웅크리고 있었다. 명상에 잠긴 것처럼 고개를 수그린 채 신발 사이로 흐르는 빗물을 내려다보고 있었다. 비바람에도 불구하고 남자는 모자를 쓰고 있지 않았다. 뒤와 양옆을 짧게 자른 머리카락이 검은 리본처럼 머리에 납작하게 들러붙었다. 곧은 콧날과 푹 꺼진 뺨이 특징적이었다. 남자의 눈은 보이지 않았다. 휘몰아치는 돌풍 속에서도 놀라울 정도로 고요했다.

차가운 유리에 스칼렛의 이마가 찡- 울렸다. 창문에서 몸을 떼고
의자에 걸려 있던 모자를 집어 들며 일어섰다. 갑자기 술집을 떠나고
싶은 충동이 생겼다. 거센 폭풍에도 불구하고 헌팅던을 떠나 길 위로
나서고 싶어졌다. 살면서 이런 직감은 따라야 한다는 걸 진작 터득했
다. 테이블 위 반쯤 비운 맥주에 대한 미련은 없었지만 일부러 병을
집어 들고 술집을 가로질렀다.

"방에 올라가려고?"

트럭 운전사들은 스칼렛이 움직이길 기다리고 있었다. 문신을 새
긴 거구의 운전사가 군중을 헤치고 나와 스칼렛 앞을 막아섰다. 청바
지에 붉은 체크무늬 셔츠를 입고, 가슴털이 끝나는 부분부터 검은 턱
수염이 나 있었다.

"자, 우리 돈 내놔."

스칼렛이 여유로운 미소를 지으며 인사 삼아 맥주병을 들었다.
"지금 막 방에 올라가려던 참이었어."

스칼렛은 이 트럭 운전사에게 꽤 많은 돈을 빌렸다.

"설마 몰래 내빼려는 건 아니겠지?"

마침 그때 스칼렛은 위층 창문에서 배수관을 타고 도망칠 궁리를
하던 참이었다.

"전혀. 이 맥주병 좀 들고 있지 그래? 삼 분, 아니 이 분 안에 돌아
올 거야."

"내 생각엔 에스코트가 필요할 거 같군. 돌아오는 길을 잃지 않도
록 말이야."

"아니. 남자를 방에 데려가지 않는 게 내 원칙이거든. 그 대신에
이건 어때? 갔다 온 후 나랑 블랙잭 한판 붙는 건? 내 운이 바뀌려는

예감이 들거든."

스칼렛이 웃으며 그 남자를 쳐다봤다. 애매하게 알 수 없는 눈빛으로 뻔뻔하게 그의 시선을 받아쳤다. 운전사는 수염을 긁적이며 비켰다.

"그것도 괜찮겠군. 그럼 딱 이 분이야."

"물론이지."

스칼렛은 몸을 돌려 맥주를 가볍게 한 모금 마시는 척했다.

그때 어디선가 시원한 바람이 불어왔다. 길거리로 향한 대각선 맞은편의 문이 닫히며 딸칵하는 소리가 났다. 스칼렛은 맥주병을 입술에 댄 채 잠깐 멈칫했다.

한 남자가 술집 안으로 들어왔다.

스칼렛은 그가 버스 정류장에 서 있던 여행자라는 걸 바로 알아차렸다. 남자는 생각보다 훨씬 젊었다. 깨끗하고 말끔하게 면도한 얼굴은 차라리 청년에 가까웠다. 양어깨와 뒤로 넘긴 머리카락에는 빗물과 재가 흩뿌려져 있었다. 코트 주름 위로 술집 조명이 반짝였다. 남자는 돌계단에 선 채 고개를 옆으로 돌리며 술집 안을 훑어봤다. 완전히 실내로 들어오지 않고 계단에 서서 술집 안의 사람들을 무심하게 살폈다.

스칼렛은 근처 테이블에 맥주병을 내려놨다. 모자를 깊숙이 눌러썼다. 권총 벨트로 손을 가져갔다.

남자가 군중 사이를 헤치며 앞으로 걸어오기 시작했다. 스칼렛을 보고 있진 않았지만, 그녀를 향해 온다는 걸 알 수 있었다. 자신이 목표일 수도 있다는 막연한 의심은 이제 확실해졌다. 가까이서 보니, 더블버튼 코트가 그에게 커 보였다. 칼라 주변이 헐렁한 나머지 속이 들여다보일 정도였고, 그 가운데에 가느다란 목이 어색하게 튀어나와 있었다. 소매 끝동 역시 양손을 집어삼킬 것처럼 위협적으로 길게 내려와 있었다. 남자는 몸집이 작고 소녀처럼 연약해 보였다. 바람 한 점만 불어도 날아갈 것 같았다.

하지만 스칼렛은 그에게 매우 두려움을 느꼈다.

스칼렛은 권총 자루를 꽉 잡았다. 탈출구를 찾기 위해 움직이기 시작했다. 처음 계획은 계단으로 가는 거였지만, 남자가 그쪽 방향을 차단했다. 스칼렛은 진로를 바꿨다. 술집 출입문 외에도 바 카운터 뒤에 문이 하나 더 있었다. 다른 출구도 있겠지만 많은 사람과 테이블 때문에 길이 막혀 있었다. 현재 위치는 모든 출구와 거리가 멀었다. 스칼렛은 부주의했던 자신을 탓했다.

사람이 너무 많은 탓에 권총을 쏠 수도 없고 무작정 도망칠 수도 없었다. 스칼렛은 우회하는 방식으로 사람들 사이를 조금씩 비집고 나가 방향을 바꾸며 길을 냈다. 술집 반대편의 젊은 남자도 그녀의 움직임에 맞춰 이동했다. 그는 스칼렛의 행보를 예측해 앞서나가려 했다. 남자 역시 이동 경로가 순탄치 않았다. 깔깔대며 웃는 여자와 술에 취해 얼굴이 벌게진 남자의 팔꿈치에 맞아 한두 번 밀려나기도 했다. 그럴 때마다 찌푸린 표정으로 잠시 멈춘 후 다른 길을 택했고, 결국 어떻게든 그녀와 점점 가까워졌다. 스칼렛은 탈출 선택지가 체계적으로 차단되고 있단 걸 깨달았다.

스칼렛은 어느새 바 앞에 다다랐다. 한 커플이 술을 들고 자리를 옮기자, 바에 서 있는 남자가 눈앞에 보였다.

남자는 스칼렛을 보며 미소 지었다. 깊은 파란색의 눈동자였다.

"스칼렛 맥케인 씨 맞죠?"

술집 안의 나머지 사람들은 여전히 제자리에 있었지만, 스칼렛은 뱀이 허물을 벗듯 갑자기 주변이 깨끗이 정리되고 그들로부터 분리된 것 같았다.

스칼렛은 애써 덤덤한 표정을 유지했다. "아닌데."

"애석한 일이네요. 뭐, 아무튼 제가 한잔 사죠."

남자의 목소리는 부드럽지만, 시선은 꿰뚫듯 날카로웠다. 모든 관심을 스칼렛에게 쏟는 듯 불편할 정도로 강렬한 집중력이 느껴졌다.

목덜미가 서늘해지며 소름이 돋았다. 스칼렛은 이런 눈빛을 전에도 본 적이 있었다.

스칼렛이 고개를 저었다. "이봐, 미안하지만, 난 가야 해."

"아, 먼저 얘기 좀 나누죠." 남자가 팔을 들었다. "바텐더! 여기 안위크 라이트 두 개요!"

선라이즈 여관의 바텐더는 위협적으로 보이는 거구의 대머리로, 검은 셔츠와 청바지에 근육을 억지로 욱여넣은 듯했다. 바텐더가 얼음 상자에서 맥주 두 병을 뽑아 칼자루로 뚜껑을 딴 다음 카운터 위로 획 밀었다. 맥주는 스칼렛의 팔꿈치 근처에서 멈췄다.

"고마워, 바텐더."

남자가 태평하게 바에 몸을 기댔다. 깔끔하게 접힌 지폐 몇 장을 바텐더에게 밀어주고, 스칼렛을 향해 미소 지었다.

"교양 있게 하죠, 스칼렛 맥케인 씨. 어떻게 생각해요? 여기 사람들이 꽤 많아요. 무고한 구경꾼들이…." 남자는 술집 안의 사람들, 즉 씩씩대는 트럭 운전사 무리와 화려하게 치장한 여자들과 점원을 훑어보다 말을 잠깐 끊었다. "뭐, 물론 '무고한'이란 단어는 과장된 표현일 거 같지만." 시선을 내려 권총 위에 놓인 스칼렛의 손을 봤다. "아무튼, 싸우기에 적합한 장소는 아니잖아요?"

둘은 잠시 서로를 응시했다. 젊은 남자는 무기가 없는 듯했다. 스칼렛은 재빨리 권총을 꺼내 쏠까 고민했다. 하지만 왠지 망설여졌다.

권총에서 손을 떼고 남자처럼 바에 몸을 기대며 한쪽 발을 의자 발판에 올렸다. 바 뒤의 문을 흘끗 봤다. 쪽문으로 연결된 문일 수도 있고, 그냥 지하실이나 창고로 통하는 문일 수도 있다. 제길, 너무 부주의했다. 진작 주위를 제대로 살폈어야 했다. 혹은 더 일찍 이곳을 떠나거나. 아니면 아예 처음부터 여길 오지 말았어야….

"여기 분위기 좋네요." 젊은 남자가 말했다.

"그렇지."

"땅콩 좀 먹을래요?"

"아니. 사양하겠어."

남자는 스칼렛보다 키가 3, 4센티 정도 커 보였지만, 나이는 많아 보이지 않았다. 목소리, 태도, 심지어 작은 몸짓까지 절제돼 있는 동시에 매우 자신만만했다. 이 두 가지 면이 남자의 모든 행동에 나타났고, 심지어 침묵할 때조차 느껴졌다.

"내가 누군지 알아요?" 남자가 물었다.

스칼렛이 바 위에 있는 맥주병을 돌렸다.

"둘 중 하나겠지. 하지만 손가락이 모두 붙어 있는 걸로 보아, 손가락 형제단은 아니야. 그렇다면 신앙의 집 요원이겠지. 난 최고위원회가 요원을 보낸다면 좀 더…."

"나이가 많은 사람이요?"

"'좀 더 인상적인 사람'이라고 말하려 했지만, '나이가 많은 사람'도 괜찮겠네."

신앙의 집 요원으로 밝혀진 젊은 남자가 씩 웃었다. 치아는 하얗고, 눈은 반짝였다. 그는 아무 답도 하지 않았다.

"날 어떻게 찾은 거야?"

"그레이트 노스 로드에선 소문이 빨리 퍼지죠. 여긴 최고위원회 본부가 있는 밀턴 케인즈에서 그리 멀지 않거든요. 헌팅던에도 지명 수배자 포스터가 붙어 있고 소책자도 돌아다녀요."

"소책자?"

"당신들의 흥미로운 활약상에 대해 자세히 나와 있죠." 그가 더 크게 미소 지었다. "명성이 자자하더군요. 오늘 아침에 당신을 보고 뭔가 특이하다고 생각한 사람이 있었고, 바로 제가 확인하러 온 거죠."

"나 말이야? 내가 특이하다고?"

"네, 그럼요. 술집에 들어오자마자 바로 알아봤어요. 감히 말하자면, 포스터보다 더 예쁜데요. 어…, 사실, 흉측한 빨간 머리 할멈을 찾고 있었거든요."

스칼렛이 입술을 일그러뜨렸다. "지금 아부하는 거야?"

"천만에요. 분명 고된 생활의 흔적이 얼굴에 묻어나거나, 굳은 표정을 짓는 건 크게 도움이 되지 않죠. 하지만 당신은 다른 사람들과 움직임이 달라요. 더 빠르고, 더 의도적이죠. 명확한 목표가 있는 사람처럼. 당신을 둘러싼 인생의 실은 팽팽하고 곧게 뻗어 있어요. 여기 있는 대부분의 사람들처럼 늘어지고 처진 게 아니라…. 그래서 당신을 바로 알아봤어요." 젊은 요원이 스칼렛에게 윙크했다. "게다가 이 술집 안에서 유일하게 금속 밴드로 머릿속을 가린 사람이기도 하고요."

순간 스칼렛의 몸이 얼어붙었다. 이를 꽉 물었다. 이미 빠르게 뛰고 있던 심장이 정박해 놓은 밧줄에서 풀려난 듯 심하게 흔들리다 두 배로 빠르게 뛰기 시작했다.

"스칼렛 씨, 알버트 브라운은 어디 있죠?"

스칼렛은 대답하기 위해 목청을 가다듬었다. 입안이 바싹 말라 맥주를 한 모금 마셨다.

"근처 어딘가에 있겠지."

"잘 모르겠네…. 정말인가요? 근처에 있다면, 내가 느낄 수 있을 텐데…. 음, 조용한 장소로 옮길까요? 그러면 당신도 곧 다 털어놓겠죠." 그가 태연하게 말했다.

맥주병의 유리를 통해 사방에서 다른 손님들이 가까이 몰려오는 걸 볼 수 있었다. 한 시간 전에 스컬 토스 게임을 같이 했던 트럭 운전사도 포함해서…. 스칼렛은 갑자기 이 술집이 안식처처럼 느껴졌다.

"그건 힘들겠는데. 당신이 말한 것처럼 여긴 싸우기 좋은 장소가 아니야. 그런데 난 여기 계속 있을 거거든."

젊은 요원의 미소는 여전히 변함없었다. 그는 작게 어깨를 으쓱했다. 더블버튼 코트의 어깨 부분이 올라갔다 내려왔다.

"스칼렛 씨, 제가 여기 있는 인생 패배자들을 진짜 신경 쓸 거라고 생각했나요? 하지만 당신이 원하면 그들도 포함시킬 수 있죠. 신앙의 집 최고위원회는 당신을 간절히 만나고 싶어 하니까요. 물론 알버트 브라운도 포함해서요. 둘 다 아침까지 버스에 태우려고요. 맥주를 마저 마시고 밖으로 나가시죠."

스칼렛이 망설이다 미소 지었다. "좋아. 네가 이겼어. 여길 떠나지. 자, 나가자." 그녀가 큰 목소리로 말했다.

사람들 사이에서 웅성웅성하며 움직임이 일어났다. 검은 수염 트럭 운전사가 스칼렛 앞에 나타났다. 그 뒤로 나머지 채무자들이 화난 눈빛으로 서 있었다. 하나같이 다 앞선 사람보다 덩치가 컸다.

앞장선 운전사의 수염이 분노로 곤두섰다. "뭐야? 무슨 일이야?"

"여러분, 미안한데," 스칼렛이 말하며 모자를 만졌다. "계획이 바뀌었어. 난 여길 떠나. 이 친구가 날 데려가겠대."

여러 개의 눈길이 일제히 젊은 요원을 향했다. 거구의 남자들이 다가서자 젊은 요원 위로 그림자가 드리웠다. 요원은 눈을 깜박이며 그들을 바라보다 코트 깃을 살짝 여몄다.

"안녕하세요, 여러분."

"안녕하슈." 수염 난 운전사가 말했다. "젊은이, 계획을 방해해서 미안하지만, 저 여자와 거래가 남았거든. 그냥 떠나게 둘 순 없어."

"거래요?"

"우리에게 빚을 졌거든."

"아하, 그러니까 도박 말이군요." 젊은 요원이 고개를 끄덕인 후 말했다. "상상만 해도 고통스럽네요. 그런데 털북숭이 씨, 저도 미안하지만, 스칼렛 씨는 저와 함께 갈 거예요. 문제를 일으키고 싶진 않지만요."

모든 사람의 시선이 요원에게 쏠렸다. 스칼렛은 천천히 한 걸음 뒤로 물러났다.

"너 방금 날 뭐라고 불렀냐?" 수염 난 운전사가 물었다.

"들었잖아요." 젊은 요원의 얼굴에서 미소가 사라졌다. "아, 그리고 나라면 그런 시도는 하지 않겠어요."

"무슨 시도?"

그 순간, 요원은 스칼렛의 미세한 움직임을 눈치채고 얼굴을 찌푸렸다. 하지만 입을 열기도 전에, 검은 수염의 트럭 운전사가 팔을 뻗어 요원의 코트 깃을 세게 움켜쥐고 바에서 끌어냈다. 요원은 거의 코트 속으로 사라진 것처럼 보였다. 그때 요원이 창백한 손을 들어 올렸고, 그 일이 벌어졌다. 검은 수염의 트럭 운전사가 위로 휙 들어 올려지고, 발이 공중에 떴다. 운전사는 요원의 코트 깃을 놨다. 운전사는 발뒤꿈치를 중심으로 채찍질당하는 팽이처럼 허공에서 빙빙 돌았다. 주변 동료들이 급히 뒤로 물러났다. 운전사가 빠르게, 더 빠르게 돌자, 수염이 밖으로 뻗치며 머리 주변으로 흐릿하게 고리 모양 띠가 보였다. 움직임이 멈췄다. 하지만 수염이 제자리를 찾기도 전에, 운전사는 모여 있는 사람들의 머리 위를 가로질러 날아가 뒤쪽의 가장 가까운 창문을 뚫고 나갔다. 나무와 유리가 한바탕 부서져 내렸고, 깜깜한 어둠이 그를 삼켰다. 운전사가 길에 떨어지는 둔탁한 충격음이 멀리서 들렸다.

술집엔 침묵이 흘렀다.

"끝났군." 젊은 요원이 말했다.

너무나도 갑작스러운 충격에 스칼렛은 움직이는 것조차 잊었다. 그녀와 술집 안의 사람들이 모두 얼어붙어 멍하니 그를 바라만 봤다.

요원이 코트를 털었다. "솔직히 여긴 너무 사악한 장소군요. 모두 뒤로 물러나시죠. 바텐더 씨, 당신도 마찬가지고."

카운터 뒤에 있던 바텐더가 야구방망이를 들고 나타났다.

"스칼렛 씨는 거기 그대로 있어요." 젊은 요원이 말했다.

술집 여자들과 종업원 몇 명이 고통스러운 신음을 날카롭게 뱉었다. 여름 옥수수처럼 밝은 머리색의 트럭 운전사 하나가 급하게 문밖의 거리로 뛰어나갔다. 술집 구석에서 피아노 치던 노파가 뚜껑을 덮고 악보를 집어 든 후 살금살금 발끝으로 자리를 떴다.

"피아노 연주자가 사라졌군. 이건 나쁜 신호인데."

스칼렛의 말에 젊은 요원이 고개를 끄덕이며 말했다. "그래요? 흥미롭군요. 자, 스칼렛 씨, 이제 나와 함께 가고 싶어졌으면…."

하지만 스칼렛은 꿈쩍도 하지 않았다.

"이봐, 술집에선 절대 싸움을 시작하지 말 것. 그게 제일 먼저 배우는 거지. 골치 아픈 일만 불러오거든."

요원이 불만스럽게 눈을 치켜떴다. "맙소사, 내가 시작한 게 아니라, 저 남자가 시작했어요. 뭐, 앞으로 또 그러진 않겠죠."

술집 문이 활짝 열리며 폭우가 안으로 들이쳤다.

노란 머리 트럭 운전사가 다시 안으로 뛰어오며 외쳤다. "정직한 바트가 죽었어! 목이 부러져 죽었다고!"

순간 술집 안의 사람들이 단체로 놀란 듯 헉하고 숨을 들이켰다. 모두 충격에 빠져 고요히 끔찍한 소식을 되새겼다. 사람들의 시선이 코트를 입은 젊은 남자와 스칼렛에게 쏠리더니, 손이 일제히 권총 벨트로 향했다. 다들 수염이 곤두섰고, 눈이 커졌으며, 베니션 블라인드처럼 눈썹에 주름이 잡혔다. 여자들은 계단으로 피했다. 총을 장전하는 딸칵 소리가 연속적으로 들려왔다.

"여어, 여기서 가장 인기남을 죽인 거 같은데." 스칼렛이 말하며 바 뒤로 살짝 움직였다.

젊은 요원이 얼굴을 찌푸렸다. "하, 어이가 없군요." 요원의 목소리가 높아졌다. 술집 안을 날카롭게 둘러봤다. "이 시골뜨기들아, 내가 누군지 알아? 난 신앙의 집 최고위원회의 대리인이야! 내가 이곳의 사법권을 갖고 있다고. 만약…."

그때 스칼렛이 앞으로 돌진하며 요원의 갈비뼈를 힘껏 밀쳤다. 요원이 말을 멈추고 바닥에 쓰러졌다. 스칼렛은 왼쪽으로 몸을 던져 카운터 상판 위로 뛰어올랐다가 몸을 굴려 반대쪽으로 넘어갔다. 빈 병과 맥주 박스 사이로 힘겹게 착지한 순간, 총성이 울리기 시작했다. 총알이 마구 날아와 머리 위 거울을 산산조각 냈고, 바 앞쪽에도 박혔다. 스칼렛은 얼른 몸을 웅크렸다. 총알 세례가 쏟아지는 소리가 들렸다.

스칼렛은 젊은 요원이 쓰러진 모습을 상상했다.

뭐, 누구든 그가 스스로 이런 결과를 초래했다고 말할 것이다. 스칼렛은 모자를 고쳐 쓰고, 카운터 뒤에서 무릎으로 빠르게 기어갔다. 거울에서 떨어진 유리 파편들이 은빛 소나기처럼 쏟아져 있었다. 총소리가 계속 이어졌다. 대머리 바텐더의 움츠린 몸을 지나갔다. 바닥에 엎드린 채 몸을 웅크린 바텐더와 눈이 마주쳤다. 스칼렛은 계속 기어갔다. 바텐더를 지나 작은 문에 도달했다. 문을 열고 뒷방으로 나갔다.

뒷방은 공기가 차갑고 바닥에 하얀 타일이 깔려 있었다. 맥주와 청소 세제 냄새가 났다. 스칼렛은 지하실로 내려가는 계단과 경첩이 달린 창문을 발견했다. 작은 창문이었지만, 몸을 비집고 들어가기엔 충분했다. 망설이지 않고 더러운 싱크대 위로 뛰어올랐다. 창문 사이로 머리부터 집어넣었다. 한두 번 몸을 꿈틀거린 끝에 깜깜한 바깥으로 떨어졌다.

스칼렛은 흠뻑 젖은 골판지 상자 더미 위를 대굴대굴 구른 후 다시 일어났다. 그대로 골목길을 따라 그레이트 노스 로드로 나왔다. 술집 문의 유리 뒤에선 여전히 총격전의 섬광이 보였다. 스칼렛은 그레이트 노스 로드를 가로질러 반대편 골목길로 달렸다. 쓰레기봉투 더미 뒤에 그녀의 자전거가 기다리고 있었다.

골목길에 도착했을 때, 뒤에서 부드럽지만 묵직하게 쿵 소리가 났다.

갑자기 모든 총소리가 멈췄다.

이제 비는 그쳤고, 주위는 무척 조용했다. 술집에선 어떤 소리도 들리지 않았다. 스칼렛은 자전거 옆에 웅크려 앉았다. 길게 늘어진 골목 그림자의 보호 속에 몸을 숨겼다. 거칠게 숨을 몰아쉬며 권총을 꼭 쥐었다.

스칼렛은 길 건너편 술집 문을 지켜보며 기다렸다. 창문 너머로 등불이 비쳤다. 깨진 창의 유리 파편과 길 위에 대자로 널브러진 수염 운전사의 시체도 보였다. 쓰레기봉투 위로 물방울 떨어지는 소리, 부츠 주변 진흙에서 물이 졸졸 흐르는 소리도 들렸다.

스칼렛은 술집 문을 주시했다. 이제 분명히 누군가 나올 것이다. 트럭 운전사 중 누군가는 총질에 싫증이 나 바깥 공기를 쐬기 위해, 혹은 민병대가 도착하기 전에 도망치기 위해서 말이다. 그게 아니면 분명 어떤 목소리라도 들릴 것이다. 술김에 누군가를 죽인 후 뒤따르곤 하는 잘난 척하는 소리, 와자지껄한 웃음소리, 억지로 기분 좋은 척하는 소리 같은 것 말이다. 노파도 악보를 들고 슬금슬금 다시 나타나 피아노를 치기 시작하겠지….

무슨 일인가 일어나긴 했다.

문 유리 너머로 어떤 형체가 불룩 솟았다. 액체 같은 것이 등불 빛에 왜곡돼 보이더니, 곧 하나로 뭉쳐 가늘고 긴 실루엣이 됐다. 술집 문이 열리고 마름모꼴 빛이 나무 현관 위로 쏟아졌다. 마른 몸의 젊은 남자가 걸어 나왔다. 걸음을 멈추자 긴 코트 자락이 살짝 휘날렸다. 아마 어둠에 눈을 적응하기 위해 멈춘 것 같았다. 그는 탐색하듯 길을 아래위로 훑었다. 그리고 마치 무슨 소릴 들은 것처럼 고개를 한쪽으로 기울였다.

스칼렛은 모자를 더 단단히 눌러썼다. 총을 꽉 쥐었다. 골목 벽에 몸을 밀착했다. 딱딱하고 축축한 벽돌이 목덜미에 닿았다.

노리는 게 뭐든, 요원은 찾아내지 못했다. 왼손으로 코트 깃에 붙은 뭔가를 털어냈다. 아마 천장에서 떨어진 석고 가루 같았다. 아까 트럭 운전사를 창밖으로 던질 때와 같은 동작이었다. 젊은 요원은 현관에서 내려와 술집이 늘어선 길을 따라 빠르게 걸어갔다. 조명 빛에 따라서 그의 모습이 보였다 안 보였다 하며 멀어졌다.

정적이 흘렀다. 물이 똑똑 떨어지는 소리만 들렸다.

잠시 후, 스칼렛은 아직도 웅크리고 있단 걸 깨달았다. 뻣뻣하게 몸이 굳은 채, 어둠 속으로 사라지는 요원을 주시했다. 마치 요원이 스칼렛의 의지력을 낚싯줄에 엮어 끌고 가는 것 같았다.

스칼렛은 나지막하게 욕설을 내뱉으며 요원에게서 시선을 뗐다. 자리에서 일어나 벽에 세워놓은 자전거를 조용히 떼어냈다.

그레이트 노스 로드 건너편의 술집은 문이 열린 채 불빛이 흘러나오고 있었다. 하지만 안에선 아무 소리도 들리지 않았고, 어떤 움직임도 없었다.

7

앵글리아의 날씨는 180도 급변했다. 며칠간 폭우가 쏟아져 내리더니, 이젠 하늘이 매우 맑아져 푸른색 방패처럼 보였다. 해가 쨍하니 뜨고, 갈대밭엔 수레국화가 피었다. 강둑 진흙이 바삭하게 굳어지며 연회색 껍질을 형성했다. 자전거 무게를 견딜 만큼 단단한 곳도 있었지만, 그렇지 않은 곳도 있었다. 자전거 바퀴가 지나갈 때 밑에서 축축한 보라색 진흙이 튀어나오기도 했다. 알버트는 습지 가장자리에서 혼자 야영을 하며 목적지까지 왔다. 눈에 띄지 않는 길로 습지 지대를 가로질러 적절한 시간에 목적지에 도착했다. 바로 왕국 사이를 떠도는 방랑자들의 휴식처이자 만남의 장소로 유명한 울프스 헤드 여관이었다.

이빨부리새가 하늘을 날아가는 거리로 따지자면, 울프스 헤드 여관은 그레이트 노스 로드의 가장 가까운 교역소에서 겨우 8킬로 떨어져 있을 뿐이었다. 하지만 사방으로 넓은 갈대밭과 깊고 검은 물에 둘러싸여 있어 찾기 어려웠다. 우연히 이 길을 지나는 여행자는 일 년 내내 나타난다는 늪지 벌레, 거머리, 흡혈 수달과 여름철 모기떼에 대한 소문 때문에 여관을 찾으려는 엄두조차 내지 않았다. 이런 위협적인 생물들 덕에, 이 습지에는 정말 위험한 존재인 오염된 자가 거의 나타나지 않았다. 그럼에도 불구하고 여관 철문 위에는 오래된 기관총 두 대가 벽면 총구멍 안에 장착돼 있었으며, 벽 아래 긴 녹색 잔디밭에는 함정 장치가 숨겨져 있다는 소문이 돌았다. 여관 주인인 매그스 벨처, 벨처 할멈이 지하실에 오염된 자의 미라를 갖고 있다는 소문까지 돌았다. 매그스 벨처의 할머니 시대에 일어났던 습격 사건의 유물이라고들 했다. 혹시라도 누군가 공격해 오거나 술값을 안 내면, 벨처가 다시 한번 솜씨를 발휘할 거라는 걸 그 누구도 의심치 않았다. 이러한 사실은 여관 술집의 질서를 유지하는 데 꽤 도움이 됐다.

울프스 헤드 여관은 넓은 들판 한가운데 있었다. 습지보다 낮게 위치했지만, 흙으로 높게 쌓은 둑이 습지의 물을 막아줬다. 아래 두 개 층은 반듯하게 다듬은 돌로 지어졌고, 아랫부분이 바깥쪽으로 경사져 진흙투성이 목초지로 향하는 제설차처럼 보였다. 한쪽에는 작은 마당이 있고, 마당부터 1층 입구까지 나선형 계단이 가파르게 이어졌다. 입구 위에는 좁은 기관총 구멍이 있고, 그 위로 두 개 층을 더 올라가면 벽이 나무와 벽돌 소재로 바뀌고, 투숙객 방의 창살 달린 창문이 밖으로 불룩 튀어나와 있었다. 건물 지붕은 모두 빨간 기와로 덮였고, 경사가 가팔랐다. 굴뚝 꼭대기엔 울프스 헤드(늑대 머리)라는 이름답게 늑대가 뛰어오르는 모양의 피뢰침이 세 개 세워져 있었다. 폭풍이 몰아칠 때면 늑대 모양 피뢰침들이 탁탁 소리와 함께 불꽃을 튀기며 구리 전선을 통해 번개를 아래쪽 들판으로 흘려보냈다.

알버트는 스칼렛과 처음 울프스 헤드 여관을 찾았을 때부터 이곳이 좋았다. 그는 자전거를 거치대에 세우고 자갈 깔린 안뜰을 지나 철문으로 가는 계단을 올랐다. 모든 불안감이 사라지는 것 같았다. 작은 판자로 장식된 복도 안쪽에는 작고 까만 남자가 웃는 얼굴로 마른 팔을 내밀었다. 무기를 수거하기 위해 기다리는 직원이었다. 스칼렛과 함께 오면, 이 절차를 끝내는 데 항상 시간이 오래 걸렸다. 권총, 던지는 용도의 단검 두 개, 잭나이프, 너클, 스칼렛이 예비 부츠 끈이라고 주장하지만 사악한 목적이 의심되는 기다란 노끈까지 꺼내야 했기 때문이다. 모든 무기는 로비 구석에 있는 커다란 검은 금고 안에 보관됐다. 하지만 오늘은 절차가 훨씬 빨리 끝났다. 알버트가 넘긴 건 끝이 약간 뾰족한 발톱깎이 한 개뿐이었다.

내부에는 담배 연기와 가죽 냄새가 물씬 풍겼다. 낮은 천장을 검게 그을린 대들보가 받치고 있었다. 문 옆 천장에는 낡은 나무 간판이 고리에 매달려 있었다. 간판에는 색이 바랜 글자가 거칠게 적혀 있었는데, 내용은 다음과 같았다.

울프스 헤드 여관의 필수 규칙

살인 금지

폭력 금지

비방 또는 욕설 금지

도시에서 쫓겨난 우리는 이곳에서 모두
친구라는 가면을 쓴다.

이 규칙을 어긴 자는 누구든
지하실로 끌려갈 것이다.

매우 짧지만, 마지막 구절은 알버트에게 늘 깊은 인상을 줬다. 잘못을 저지른 자들이 지하실로 끌려가면 어떤 일이 벌어지는지 스칼렛에게 물었지만, 그녀 역시 답을 줄 수 없었다.

"아무도 몰라. 그게 진짜 무서운 거지. 한 가지 확실한 건, 거기서 다시 나온 사람이 한 명도 없단 거야."

스칼렛은 헌팅던에 갔기 때문에, 이번엔 알버트 혼자 방문했다. 그는 한 쌍의 두꺼운 커튼 사이를 지나 주황 불빛이 희미하게 비치는 술집으로 들어갔다. 오늘 술집은 상인, 흰 가운을 걸친 광신도, 모피 가공업자, 도망자, 아무짝에도 쓸모없는 자들로 붐볐다. 또한 거기엔 게일 벨처도 있었다. 매그스 벨처의 딸인 그녀는 건장한 몸집과 분홍빛 피부를 가졌고, 늘 바 뒤 회전의자에 앉아 모든 손님을 감독했다. 하지만 알버트가 찾는 사람은 보이지 않았다. 선 채로 사람들을 훑어봤다. 연기가 자욱한 데다 불이 어둑한 실내에 눈이 적응하는 데 잠깐 시간이 걸렸지만, 곧 가까이에서 웃고 있는 두 개의 생각을 감지할 수 있었다. 가슴이 벅차올랐다. 알버트가 그쪽으로 서서히 걸어가자…, 조와 에티가 창가 의자에 앉아 알버트를 기다리는 게 보였다.

알버트가 조의 멧목 클라라를 타고 처음 여행을 시작한 이후로 육 개월이 흘렀다. 육 개월 전, 그는 단 한 번의 격렬한 절대 공포 분출로 클라라를 완전히 파괴해 버렸다. 그 시점을 기준으로 지금까지 그들의 삶엔 많은 변화가 일어났다.

알버트는 스칼렛과 함께 일하기 시작하면서 절대 공포를 억제하기 위해 많은 노력을 기울였다. 자신을 안정시키는 데 스칼렛의 존재가 아주 효과적인 도움이 됐다. 바위뱀 사건을 제외하면, 요즘 알버트는 제어 불가능한 힘이 폭발할 듯한 두려움이나 분노를 거의 느낀

적이 없었다.

한편, 조는 그들과 함께한 첫 여정에서 번 돈으로 새 뗏목을 제작했다. 템스강 하구 어촌 마을에서 건조된 '클로이'는 클라라보다 크고 넓었다. 더 강력한 엔진을 장착했고 밀수품을 넣기 위한 비밀 공간도 추가했다. 조와 손녀인 에티는 클로이를 타고 템스강을 오르내리며 항해를 다시 시작했다. 이뿐 아니라, 조는 항해에 적합한 배를 건조할 계획도 세웠다. 표면상 조는 훈제 청어 상인이었으나, 비공식적으로는 스칼렛과 알버트가 훔쳐 온 금과 보물들을 팔았다. 이런 물건들은 처리하기 쉽지 않았으나, 조는 인맥을 활용해 거래를 성사시켰다. 이익금은 템스강변의 가난하고 병든 사람들에게 전달했다. 이런 사업을 원활히 추진하기 위해 스칼렛, 알버트, 조는 울프스 헤드 여관에서 정기적으로 만났다. 그들은 거기서 새로운 소식을 나누고, 계획을 세웠으며, 서로 다시 만나는 기쁨을 즐겼다.

알버트가 걸어오자, 에티가 기쁨의 비명을 질렀다. 조는 침착하게 고개를 끄덕였다.

"그래, 다시 돌아왔구나. 전보다 더럽고 초라해지긴 했지만. 그래도 멀쩡히 살아왔네?"

"그럭저럭요."

"스칼렛은 어디 있니?"

"며칠 안에 올 거예요."

조가 툴툴댔다. "분명 자기 몫을 축내고 있겠지. 뭔 짓을 하는지 알겠군. 아무튼, 너희 둘 다 목이 매달리거나 사지가 찢기거나 기둥에 매달려 까마귀 밥이 되지 않았으니 잘 해낸 거라고 해야겠지. 여기 앉으렴. 맥주가 많단다." 조가 마른 팔을 휘저으며 말했다.

알버트가 조와 에티 옆으로 다가갔다. 짙은 녹색 습지를 등지고 창가에 앉은 조는 깡마르고 햇볕에 검게 그을려 있었다. 붕 뜬 흰머리가 공처럼 둥글게 솟아 있었고, 관절은 울퉁불퉁하고, 뼈는 마치 낫과 쟁기처럼 피부 아래에 불룩 튀어나와 있었다. 하지만 알버트는 조의 시선 속에 여전히 짓궂게 번뜩이는 날카로움이 살아 있고, 머리 위에선 생각이 활발하게 움직이는 걸 보고 진심으로 기뻤다. 스칼렛의 의심과 달리, 알버트는 대개 친구들의 생각을 함부로 읽진 않아서 예의바르게 시선을 돌렸다. 이번 경우엔 시선을 돌리기 더 쉬웠다. 에티를 보며 미소 짓느라 정신이 없었기 때문이다.

에티는 한 달 사이에 키가 조금 더 자란 것 같았다. 하지만 성격은 그대로였다. 작은 몸집에 금발 머리, 빨간 볼과 반짝이는 눈동자. 다정한 에너지가 소용돌이쳤고, 가만히 앉아 있지 못했으며, 생명력이 넘쳤다. 그리고 말은 전혀 하지 않았다. 처음 흥분해서 비명을 지른 이후로 아무 소리도 내지 않았다. 알버트가 자리에 앉자 꼭 껴안으며 그의 팔에 편안하게 머리를 기댔다. 예전에 뗏목 위에서 그랬던 것처럼.

알버트는 습지를 건너다 발견한 밝은 녹색의 금 깃털을 에티에게 선물했다. 경이로움에 찬 에티의 입이 소리 없이 O 자를 만들었다. 에티는 깃털을 창가에 대고 손가락 사이로 돌리며 빛의 각도에 따라 다양한 색으로 반짝이는 걸 바라봤다.

"내 건 없니?" 조가 사기 주전자를 들어 알버트에게 맥주를 따라 줬다.

"죄송해요. 할아버지에게 드릴 건 엄청난 양의 전리품밖에 없어요."

"뭐, 그것도 괜찮지."

조가 잔을 들었다. 그들은 서로의 건강을 위해 건배하고 맥주를 마셨다.

"그래, 워릭이었나? 거긴 어땠니?"

"전반적으로 다 잘됐어요. 신앙의 집을 털고도 살아남았으니까요." 알버트는 몸을 앞으로 기울였다. "할아버지, 워릭은 진짜 놀라운 곳이에요! 거대한 폐허의 숲 안에 도시가 지어져 있어요. 현대식 벽 너머로 우뚝 선 빌딩과 거미 다리처럼 가늘고 까만 아치형 입구도 봤어요! 그리고 주변 땅도 이상했는데… 언덕에 흉측한 각도로 솟아오른 검은 바위들이 있었어요. 어떤 건 집채만큼 크고, 표면이 유리 같았어요. 그런데 이 암석들이 모두 같은 지점을 향해 기울어 있지 뭐예요. 워릭 근처에서는 남동쪽을 향하고… 훨씬 더 북동쪽에 있는 그랜섬 근처에서는 모두 남쪽을 향하고 있더라고요!"

알버트가 말을 멈추고 잠시 숨을 골랐다. 조가 점잖게 텁수룩한 눈썹을 찡긋 올렸다.

"놀라운 사실이구나."

"그렇죠? 이 암석들은 어떻게 만들어진 걸까요? 어쩌다 거기에 박힌 걸까요?"

조가 어깨를 으쓱했다. "어쩌다는 뭘? 대재앙의 산물이겠지."

"그럴지도 모르죠! 거대한 힘이 암석을 거기로 날려 보낸 거 같아요. 대재앙은 어떤 거였을까요? 궁금해요."

"누가 알겠니…. 아니, 사실 누가 신경이나 쓰겠어? 자, 네 탐험 얘기로 돌아가 보자. 워릭 신앙의 집이 널 실망시키지 않은 거 같구나. 엄청난 보물에 대한 소문은 그저 부풀려진 거냐?"

"전혀 아니에요!" 알버트가 웃으며 말했다. "할아버지가 거래해야 할 금은보석과 장신구가 포대에 가득 들어 있어요. 아, 바다로 나갈 배를 만들 돈도요. 그게 다가 아네요…."

알버트가 옆에 둔 가방을 열었다. 검게 변한 유물이 담긴 플라스틱 상자를 꺼내 요란스럽게 테이블 위에 놨다.

"보세요! 놀랍죠? 고대에서 살아남은 으스스한 유물이에요!"

조는 상자를 빤히 쳐다봤다. "화석이 된 똥 같은데."

"진짜요?" 알버트는 살짝 실망했다. "할아버지라면 유물의 신비한 미스터리를 알아볼 거라고 생각했는데…."

"유일한 미스터리는, 네가 왜 그걸 등에 짊어지고 왕국들을 건너왔냐는 거지. 대체 누가 곰팡이 핀 녹슨 총을 원하겠니? 문을 고정하는 데 쓰던가, 아니면 늪에 던져버리는 게 낫겠구나." 조가 킬킬 웃으며 말을 이었다. "하지만 금에는 관심이 많지. 네 파트너가 몰래 도박장에 가면서 전리품을 모조리 챙겨간 게 아니라 다행이구나."

"그렇죠…."

알버트의 열정이 순식간에 사그라들고, 스칼렛과 헤어진 후부터 따라다닌 작은 슬픔이 그 자리를 대신했다.

"스칼렛이 그런 행동을 하게끔 만드는 감정을 안 느꼈으면 좋겠어요. 스칼렛은 과거의 뭔가로 깊이 괴로워하지만, 결코 털어놓진 않아요. 왜죠? 우린 동정심도 많고 따뜻하게 대해줄 수도 있는데. 우린 친구잖아요."

조가 코웃음 쳤다. "제정신으로 하는 말이니? 스칼렛이 가장 원치 않는 게 바로 동정심이야! 따뜻하게 대한다고? 그 애에게 분노만 일으킬 뿐이야. 그것 땜에 우릴 미워할걸. 스칼렛은 고통을 혼자 견뎌야 해."

잠시 침묵이 흘렀다.

"참 현명한 말이네요. 할아버지의 너른 이해심에 스칼렛이 퍽 놀라겠어요. 스칼렛 말이, 할아버지가 여자를 가장 잘 이해할 때는 시장 가판대에서 청어를 팔 때뿐이라더니."

"그래? 그럼 내게 어떻게 손녀가 생겼다고 생각한다니?"

"할아버지가 숲에서 에티를 주웠다고 생각하던데요. 아니면 훔쳤거나, 뭐 그런 거죠. 에이, 이제 즐거운 얘기나 해요. 분위기 좀 밝게요! 평화로운 템스강 생활에 대해 얘기해 주세요!"

조가 맥주를 꿀걱 마셨다.

"흡혈 수달에게 입 맞추는 것만큼이나 평화로웠지. 마지막 방문지로 헨리라는 강변 도시에 들렀는데, 부두 사람들이 에티가 말을 못 한다는 걸 알아챘어. 그들이 소리를 지르며 돌을 던지더구나. 시에선 우리에게 떠나라고 했어. 그래도 철창행을 피할 수 있어 다행이었지."

조는 울프스 헤드 여관의 응접실을 가득 메운 추방자들을 바라봤다.

"여기 있는 사람들을 봐라. 사지가 없는 사람, 모반을 가진 사람, 형체도 크기도 모두 제각각인 사람들…. 신앙의 집이 악하다고 정의 내리거나 금기시하는 이상한 믿음을 가진 사람들…. 이제 나와 에티도 여기에 속하는 거지…."

잠시 알버트는 아무 말도 할 수 없었다. 에티의 헝클어진 머리카락을 쓰다듬으며 꼭 껴안았다. 어린 소녀는 깃털을 내려놓고 색연필 한 움큼을 쥐고 메모지에 뭔가를 그렸다. 색색의 선들이 엄청나게 복잡하게 얽혀 있었다. 뭘 그린 건지 알버트는 알 수 없었다.

"그런 일을 겪었다니, 마음이 너무 아파요." 알버트가 마침내 입을 열었다. "세상이 불공평해요. 하지만 전에 말씀하셨죠. 더 나은 삶을 찾아 멀리 떠날 수도 있다고. 그 꿈은 여전한가요?"

"그래. 그게 바로 내가 바다 배를 만드는 이유지. 언젠가는 웨일스나 콘월 해안을 따라 항해할 거란다. 잔혹한 웨섹스와 머시아를 뒤로하고…."

조가 마른 어깨를 으쓱하고는 창밖 습지를 바라봤다.

"템스강에 대해 물었지? 강에는 소문이 많이 돌지. 오염된 자들이 점점 퍼지고 있어. 그것들은 더 이상 야생 지대에만 갇혀 있지 않고 도시의 안전지대까지 위협한다더구나. 일부 지역은 농사에 실패해서 기근이 들었단 얘기가 있어. 폭동이 일어났다는 소문도 있는데, 신앙의 집과 지배 가문들이 진압하느라 애를 먹는다더구나. 그사이 최고위원회는 그들에게 복종하지 않는 모든 행위를 단속하고 있고…."

조가 갑자기 몸을 쭉 펴며 혼자 낄낄거렸다. "참나, 그건 그렇고, 갑자기 생각난 게 있단다! 재미있는 얘깃거리야. 이것 좀 보렴."

조는 가방에서 접혀 있는 작은 책자를 꺼내더니, 알버트가 볼 수 있게 들어 올렸다. 소책자는 값싼 노란 종이 위에 잉크가 번진 채 인쇄돼 있었다. 표지엔 두 사람이 지붕 위를 뛰어다니며 쌍권총을 쏘아대는 조잡하고 단순한 목판화 그림이 있었다. 하늘엔 그믐달이 떠 있고, 배경엔 작지만 분명하게 교수대가 그려져 있었다.

알버트가 흥미롭게 그림을 봤다. "디자인이 예쁜데요." 그러다 다시 한번 책자를 응시했다. "잠깐만요, 이거 혹시…."

"맞아. 웨섹스 출판사의 최신 고품질 문고판 서사시, 〈스칼렛과 알버트의 대모험〉이란다. 지난주 말로우에서 발견했지. 핫도그 가판대 뒤에서 2펜스에 팔더구나."

"그들의 대담한 범죄와 비정상적인 악행에 대한 이야기." 알버트가 표지를 읽었다. "와우. 소제목 단어가 강렬하네요. '비정상적인 악행'이 대체 무슨 뜻이에요?"

조가 씩 웃었다. "읽어보면 알 거란다."

알버트는 여전히 표지 그림을 빤히 보고 있었다. "내 머리가 저렇게까지 엉망은 아닌데…. 스칼렛이 진짜 저렇게 나이 들어 보인다고요?"

"글쎄, 그 애의 화난 표정만큼은 잘 그렸구나. 그래, 네가 제 발에 걸려 굴뚝으로 떨어지는 모습을 그렸다면 더 비슷했겠지만. 대체 누가 너희를 정확히 그릴 수 있겠니? 항상 도망치느라 바쁜데. 그래도 언젠가 둘이 교수대에 평화롭게 매달릴 때가 오면, 누군가 새로운 판본에 너희 모습을 아주 똑같이 담아내겠지."

알버트가 책자를 받아 들었다. 잠깐 망설이다 한 장을 넘겨 첫 구절을 소리 내어 읽었다.

"옛 템스강이 흐르고, 도덕이 잊힌 곳,
레클레이드라는 도시에
빨간 머리 도둑이 있었으니,
아주 어마어마한…."

"그만하렴!" 조가 단호하게 말했다. "에티에게 적절치 않구나. 저 애가 자러간 후에 더 읽게 해줄게."

"기다리기 힘들 거 같은 걸요." 알버트는 공손하게 책을 테이블에 내려놨다. "스칼렛이 이걸 못 봐서 아쉬워요. 우리 얘기가 담긴 책자라니! 멋진데요!"

조가 고개를 끄덕였다. "너희가 점점 유명해지고 있다는 신호지. 유명한 무법자들은 모두 이런 식으로 칭송받았단다. '웨섹스의 방랑자'라는 별명을 가진 쾌활한 믹은 유쾌한 모험을 상세히 그린 서사시를 여럿 갖고 있었어. '숙녀들의 노상강도'로 알려진 샘 굿펠로우는 노섬브리아의 연작 가곡에서 주인공으로 다뤄졌고 수많은 정복담이 아주 세밀하게 묘사됐어. 나도 젊었을 때 침대 밑에 그런 책자들을 쌓아두곤 했단다."

"샘 굿펠로우라…." 알버트의 머릿속은 모험을 즐기는 영웅, 딱 맞는 조끼와 멋진 업적들로 가득 찼다. "화려한 악당처럼 들려요. 그는 어떻게 됐어요?"

"아, 샘 굿펠로우는 책자를 통해 유명해진 후, 뱀버러 부두에서 잡혀 대포로 저 멀리 날아갔지."

"그럼, 쾌활한 믹은요?"

"뉴튼 애벗 광장에서 팔팔 끓는 기름 속에 넣어졌고."

알버트가 잠깐 생각에 잠기더니 다시 물었다. "그렇군요…. 그러니까 서사시로 쓰이는 게 꼭 좋은 건 아니네요?"

"뭐, 항상 좋은 건 아니지." 조가 인정했다.

"절대적으로 안 좋아." 그때 누군가의 목소리가 들렸다. "전혀 안 좋다고. 내 말 믿어."

그 목소리가 바로 머리 위에서 다시 들렸다. 알버트와 조가 고개를 들었다. 에티가 기뻐서 꺅꺅 소리를 질렀다. 놀란 알버트는 충격에 뒤로 움찔했다. 스칼렛이 거기 서 있었다. 온몸에 마른 진흙을 잔뜩 뒤집어쓰고, 코트는 찢겼으며, 모자는 비뚤어져 있었다. 한쪽 머리카락은 대충 땋아 묶고, 나머지 한쪽은 모기장처럼 얼굴을 가리고 있었다. 배낭과 기도 매트 통은 크게 비뚤어져 등에서 반쯤 벗겨져 있었다. 얼굴은 창백했고, 두 눈은 움푹 들어갔으며, 몸은 마치 건드리면 산산조각 날 것처럼 허약해 보였다.

알버트가 벌떡 일어났다. "스칼렛…."

"괜찮아. 밤을 새서 그래. 쓰레기 더미에 숨어 있다가 세 시간 동안 쉬지 않고 달려왔거든. 안녕, 에티. 조."

"늑대가 먹다 뱉은 꼴이로구나." 스칼렛이 앉도록 조가 의자를 밀어줬다. "맥주 마시겠니?"

"맥주, 소시지, 목욕. 뭐가 먼저든 상관없어."

스칼렛이 모자를 벗어 테이블 위로 던지고 피곤한 듯 손으로 머리를 쓸어 넘겼다.

"헌팅던에서 문제가 좀 생겼어. 우리에 대한 소문이 퍼지고 있어. 소책자 같은 것들도 돌아다니고."

스칼렛이 주전자 쪽으로 손을 뻗었다.

알버트는 스칼렛을 보고 있었다. 그녀가 모자를 벗자마자 생각들이 머리 위로 튀어 올랐다. 의도한 건 아니지만, 알버트 눈에 자전거 핸들과 끊임없이 윙윙 스쳐 지나가는 도로가 보였다. 그리고 미소 짓는 잘생긴 청년의 모습도 보였다.

스칼렛이 알버트를 봤다. "알버트, 하지 마."

"미안. 그 남자는 누구야?"

"신앙의 집 요원. 널 쫓고 있어. 뭐, 우리 둘 다긴 하지. 헌팅던 술집에서 거의 잡힐 뻔했어. 탈출하기 전에 잠깐 얘기해 보긴 했지만."

알버트는 그 말뜻을 이해했다. "어땠어?"

"방금 너도 그 남자 얼굴 봤잖아. 마르고 왜소해. 코트가 좀 크더라."

알버트가 얼굴을 찌푸렸다. "별 특징이 없는 거 같네."

"아, 그리고 술집에 있던 열받은 사람들에게 바로 앞에서 총알을 여러 발 맞고도 살아서 걸어 나왔어."

"아하."

"그래."

"그럼, 그 남자를 죽이지 않았단 거냐? 너답지 않구나."

조의 물음에 스칼렛이 답했다. "응, 못 죽였지."

스칼렛은 의자에 머리를 기댔다. 뺨에서 얇게 말라붙은 진흙 덩어리가 떨어졌다.

"죽이기 쉽지 않을 거 같아. 알버트, 그 요원에겐 능력이 있었어. 너 같은 능력이…." 스칼렛이 못마땅한 표정을 지었다. "어쩌면 그도 스톤무어의 산물일지 모르지."

스톤무어. 그 순간까지, 그 단어가 나오기 전까지 울프스 헤드 여관의 작은 술집은 따스함과 나지막하게 웅성거리는 소리로 알버트를 안전하게 감싸며 바깥세상을 차단해 줬다. 하지만 이젠 달걀 껍데기가 깨지듯 벽이 갈라지며 눈이 시리도록 차가운 빛이 새어들어 왔다. 알버트는 스칼렛 너머를 봤다. 저 멀리 커다란 돌이 여기저기 박힌 습지와 양쪽으로 펼쳐진 칙칙한 숲이 보였다. 하늘은 흐리고 검었으며, 비가 내릴 듯 무거웠지만, 곳곳에 해가 뚫고 나와 풍경을 샅샅이 드러냈다. 빛줄기들이 황무지 위를 천천히 흐르며 사물의 윤곽을 밝히고 돌들을 가려냈다. 빛 한 줄기가 지평선 위로 이동하며 언덕 사이에 자리 잡은 거대한 회색 건물을 비췄다. 하얀 벽이 보였는데, 멀리서 보니 긴 벽은 노출된 사슬처럼 길고 물결치는 띠 모양을 이뤘다. 갑자기 그 사슬이 끊어지지도 않고 보이지도 않게 수 킬로를 뻗어와 친구들 사이에 앉아 있는 그를 꽉 휘감는 것만 같았다.

알버트가 의자에 등을 기댔다. 에티는 여전히 그림을 그렸다. 이제 다른 색연필을 집어 들고 종이 위에 원을 빙글빙글 그리며 예쁜 색들을 새까만 나선형 선으로 덮어버리고 있었다.

8

결국 스칼렛은 목욕을 먼저 했다. 식사를 즐길 만한 상태가 아니어서 소시지와 맥주는 나중에 먹기로 했다. 울프스 헤드 여관의 거친 손님들조차 옆 테이블에서 그녀를 흘끔흘끔 쳐다봤고, 게일 벨처는 스칼렛이 바닥에 뚝뚝 흘린 마른 진흙 자국을 뚱한 표정으로 쓸어 담았다. 다행히 여관에 빈방이 있었고, 증기 목욕탕의 풀무도 잘 작동했다. 스칼렛은 종업원에게 세탁할 옷을 건네주고 목욕탕으로 향했다. 양철 욕조에 한 시간 동안 몸을 푹 담그고 꾸벅꾸벅 졸았다. 부르지도 않았는데 에티가 스칼렛을 따라왔다. 에티는 스칼렛이 벗어놓은 권총 벨트 옆 수건 바구니에 앉아 증기 사이로 얼굴을 찌푸렸다.

분홍빛으로 물든 스칼렛의 피부가 부드러워지며 근육이 풀렸다. 진흙 껍데기도 다 씻겨나가자, 스칼렛은 방으로 돌아가 세탁 맡긴 옷을 기다렸다. 에티가 역시 따라 들어왔다. 에티는 침대에 앉아 짚으로 만든 매트리스 위에서 몸을 튕기며 놀았다. 스칼렛이 촛불을 켰다. 플라스틱 통을 열고 기도 매트를 바닥에 펼쳤다.

"에티, 규칙은 알고 있지?" 스칼렛이 티셔츠와 반바지 차림으로 매트 위에 자리 잡으며 엄격한 목소리로 말했다. "명상하는 동안 방

해하면 안 돼. 요 작고 통통한 발가락으로 매트를 살짝 건드리기만
해도 무릎에 올려놓고 엉덩일 때려줄 거야. 설마 안 때릴 거라 생각
마! 알버트도 전에 그렇게 혼났으니까, 너도 똑같이 혼낼 거야."

에티가 스칼렛을 보며 웃었다. 에티는 빈 통을 집어 들고 안을 들
여다봤다.

스칼렛은 눈을 감았다. 잔잔하게 흔들리는 촛불이 컴컴한 눈꺼풀
위로 은은하게 춤췄다. 오래전에 배운 대로 숨을 깊이 들이쉬고 무거
운 몸에서 빠르게 벗어났다. 노곤하게 지친 근육을 지나, 라일락 비
누 향과 젖어 있는 엉킨 머리카락을 지나, 여관방을 나가 울프스 헤
드 여관을 완전히 벗어났다. 아래엔 습지대가 펼쳐졌다. 광활한 어둠
속에서 드문드문 흩어져 있는 정착 도시의 불빛이 반짝이는 먼 곳으
로 향했다. 스칼렛은 그렇게 정신과 몸을 분리한 다음 확실한 생각에
집중했다. 몸 아래 기도 매트의 짜임을 그려봤다. 울퉁불퉁하고 복잡
해 보여도 실제로는 한 가닥, 한 가닥의 실들이 질서 정연하게 엮여
만들어진 거였다. 그 개념을 마음에 새기고, 늘 그렇듯 엉키고 불분
명해 보이는 그녀의 삶의 실타래를 부드럽게 풀어내며 하나씩 분리
해 보기 시작했다.

마지막 명상은 사흘 전이었다. 신앙의 집을 털기로 한 날 아침, 푸
르스름한 새벽녘의 워릭 시에서였다. 그 이후로 너무 많은 일이 일어
났다. 신앙의 집을 습격하고, 도망치고, 뱀이 나타나고, 헌팅턴에서
끔찍한 밤을 보내고, 자전거로 늪지대와 습지를 가로지르고…. 엄청
난 소음, 고군분투, 위험, 폭력…. 그러나 지금 생각해 보면 대부분 크
게 중요치 않은 일처럼 느껴졌다. 자세한 내용은 이미 머릿속에서 흐
릿해졌다.

단 한 가지만 빼고. 당연히 그 젊은 요원의 일이었다. 신앙의 집

요원이 그렇게 빨리 스칼렛을 추적했다는 사실이, 지역 첩자들의 정보만으로 그녀와 거의 동시에 헌팅던에 도착했다는 사실이 충격적이었다. 분열된 왕국에서 그만한 효율성과 목적의식은 흔치 않았다. 최고위원회가 그 어느 때보다 전력을 다하고 있단 걸 암시했다. 그 젊은 요원은…, 만약 그가 정말 알버트 같은 능력자면서 알버트와 달리 바보 같은 양심의 가책이나 자기 능력에 대한 회의감 없이 곧바로 행동하는 자라면 정말 무서운 존재일 것이다. 젊은 요원은 자기 능력을 두려워하지 않았다. 능력에 대해 고민하기보다 노력해서 능력을 단련한 사람이었다. 그런 면에서 냉정하고 강한 성향이 엿보였다. 스칼렛은 작고 따뜻한 침실에 앉아 요원의 얼굴을 다시 떠올려 봤다. 무심한 미소, 결단력, 속도…. 스칼렛은 요원에게 이름도 묻지 않았단 걸 깨달았다.

어쨌든 젊은 요원의 등장은 심각한 영향을 미쳤다. 워릭 건의 성공도 덮어버릴 만한 위협적 요소였다. 물론 워릭 건은 성공적이었다. 난이도가 아주 높았지만 품위 있고 진취적이며, 최소한의 피해로 작전을 수행해 냈다. 뭐, 헌팅던 술집이 시체로 가득 차긴 했지만, 그건 스칼렛의 잘못이 아니었다. 신앙의 집이 책임져야 할 또 다른 범죄였을 뿐! 중요한 건 그녀와 알버트가 다시 한번 잔인한 도시 지배자들의 허를 찔렀단 점이다.

하지만 이상하게도 이런 생각이 평소와는 달리 힘을 발휘하지 못했다. 열려 있던 술집 문과 안에서 희미하게 흘러나오던 죽음의 빛이 스칼렛 눈앞에 계속 떠올랐다.

어쩔 수 없지. 세상 어디에나 불의는 존재했다. 약한 존재는 고통받고, 강한 존재는 무슨 수를 쓰든 아무 일도 당하지 않는 법이었다.

아니야….

그건 아니었다.

진정 강하다면 사랑하는 사람에게 아무 일도 일어나지 않게 해야 했다.

스칼렛은 더 이상 정신이 분리되는 걸 견딜 수 없었다. 정신이 돌처럼 쿵 떨어져 내렸다. 자신에게, 육체에게 다시 돌아왔다. 위가 욱신거렸다. 한숨을 쉬며 고개를 숙이자 머리카락이 커튼처럼 그녀를 감쌌다. 마침내 내면의 피로가 이겼다.

옆구리에 부드러운 감촉이 스쳤다. 스칼렛이 깜짝 놀라 몸을 벌떡 일으키며 눈을 번쩍 떴다. 시간이 얼마나 흘렀는지 알 수 없었다. 매트 위, 에티가 옆에 앉아 있었다. 고개는 깊이 숙이고, 스칼렛의 자세를 따라 하듯 다리는 가부좌를 틀었다. 통통한 손은 무릎 위에 포개져 있고, 코를 작게 골며 숨을 깊이 내쉬고 있었다.

스칼렛은 자동적으로 일어나라는 말이 튀어나오려 했지만, 곧 입을 다물었다. 매트 효과인지 몰라도 분명 치솟아야 할 분노가 느껴지지 않았다. 잠든 아이 옆에 잠시 앉아 있다가 일어나 발로 에티를 쿡 찔렀다. 에티는 하품을 하며 기지개를 폈다.

"에티, 다음번엔 진짜 엉덩일 때려줄 거야. 자, 지금은 당장 뭣 좀 먹어야겠어."

습지의 안개가 퍼지듯 저녁이 스며들고 있었다. 마지막 하늘 빛이 검은 둑 사이의 짙푸른 수로 물줄기에 반사됐다. 물떼새가 울었다. 공허하고 잘 안 잊힐 소리였다. 서쪽 하늘에는 서서히 보랏빛으로 변해가는 멍 같은 구름 덩어리가 걸려 있었다.

방 밖에는 깨끗하게 세탁하고 건조해 접은 스칼렛의 옷이 놓여 있었다. 그녀와 에티는 울프스 헤드의 술집 겸 식당으로 돌아갔다.

거기서 식사를 주문 중인 알버트를 발견했다. 알버트는 소고기 소시지, 으깬 순무, 자색 양배추와 맥주를 한 잔 더 주문했다. 게일 벨처는 주문받은 음식을 준비 중이었다. 게일은 멋있게 생긴 여자로, 담황색 머리에 뼈대가 굵고, 다소 무뚝뚝하고 거칠었다. 그래서 알버트가 무서워한다는 걸 스칼렛도 알고 있었다. 뒤쪽 내실에는 이 여관의 여주인으로, 주름이 자글자글한 매그스 벨처가 흔들의자에 앉아 뜨개질을 하고 있었다. 놀라울 정도로 빠른 속도로 뜨개바늘을 움직였다. 손가락이 흐릿하게 보일 정도였다.

"스칼렛 맥케인, 널 찾는 사람이 있어." 게일 벨처가 쟁반에 접시를 가득 쌓으며 말했다. "너랑 알버트, 둘 다. 너희가 올 줄 알고 여기서 기다린 지 하루이틀 됐어. 제안할 일이 있다던데. 딱 너희한테 맞는 일이라고 하더라. 아마 불법적인 일이겠지. 무슨 뜻인지 알지?"

지난 몇 달 동안, 울프스 헤드의 유쾌한 분위기 속에서 일이 몇 가지 들어왔었다. 스칼렛은 지금까지 모든 일을 거절해 왔다. 스칼렛이 술집을 둘러봤다.

"누가 우릴 찾는 거지? 저쪽 상인? 광신도? 아니면 저기 우락부락한 광석 밀수업자?"

"전부 틀렸어. 벽난로 옆에 있는 사람이야."

게일 벨처가 붉고 튼튼한 팔로 한쪽 구석을 가리켰다.

구석 자리에 앉아 있는 흰머리 여자는 너무 눈에 안 띄는 나머지, 여관의 일부처럼 보였다. 어두운 그림자에 섞여 쿠션 사이에 파묻힌 작은 새 같았다. 옷은 특징 없는 무채색이었으며, 존재감 또한 그랬다. 스칼렛은 실수로 여자를 깔고 앉을 수도 있을 것 같았다. 팔꿈치 옆에는 손도 대지 않은 맥주와 피클 한 접시가 있었다. 여자는 혼자 카드 게임에 열중해 있었다.

"저 늙은 여자 말이야? 누군데?"

"샐 퀸. 북쪽에서 온 상인이야. 가끔 여기 들르곤 하지."

"믿을 만한 사람이야?"

"뭐, 딱 우리만큼?"

스칼렛이 모자챙을 올리며 씩 웃었다. "썩 확실한 보증은 아니네."

"샐 퀸은 본인 기준에선 정직한 상인이야. 물론 한편으론 양심의 가책 따윈 느끼지 않는 빈틈없고 냉정한 사업가고. 너 같은 부류지. 자, 식사 맛있게 해."

소시지와 으깬 순무는 맛있었다. 다행이었다. 올프스 헤드에서 제공하는 음식은 그게 다였기 때문이다. 그들은 식사 후 조와 함께 앉았다. 에티는 구석 자리에서 꾸벅꾸벅 졸다가 작은 금발 머리를 쿠션에 기댔다. 스칼렛은 젊은 요원에 대해 다시 이야기했고, 조는 연신 혀를 차고 탄성을 지르며 들었다. 알버트는 아무 말이 없었다. 평소보다 훨씬 가라앉아 보였다.

"그 젊은 녀석 말이다. 이름이 뭐라던?" 조가 마침내 물었다.

"전혀 몰라."

"그 녀석이 널 엿봤니? 네 머릿속을 읽었냐고?"

"아니⋯. 그런 거 같진 않아. 하지만 할 수 있다고 암시하긴 했어. 내가 금속 밴드를 쓰고 있단 걸 알더라고. 모자를 벗은 적도 없고 보여준 적도 없는데, 밴드의 존재를 알고 있었어."

알버트가 잇새로 신음을 내뱉었다. 어두운 창밖을 응시했다.

"하, 그래. 너의 그 소중한 머리 밴드 말이지⋯. 지금도 하고 있네. 알겠어."

스칼렛이 알버트 말에 고개를 끄덕이며 말했다. "그래. 헌팅던에서도 쓰고 있길 잘했지. 아니었다면 요원이 내 머릿속을 엿보고 울프스 헤드 여관에 대해 알아냈을 거야. 우리가 여기 있단 것도 알았겠지."

"애초에 헌팅던에 가지 않았다면 그럴 여지조차 없었겠지." 알버트가 지적했다.

스칼렛은 양손을 테이블 위에 평평하게 올려놓고 손가락을 하나하나 조심스럽게 정리했다.

"알다시피, 난 우리 전리품을 일부 나눠주러 간 거야. 거기엔 도움이 필요한 사람들이 많거든. 노예였던 사람, 고아, 전염병 지역에서 온 난민…."

"네 방문 덕에 바텐더와 술꾼, 도박판 딜러와 도박꾼들 역시 혜택을 본 건 두말할 필요도 없겠지. 나머지 현금은 어디 있니? 다 날린 게야. 그렇지?" 조가 물었다.

"그럼 뭐 어쩔 건데? 그건 내 일이었어. 그리고 모두 동의하겠지만, 가장 중요한 건 내가 목숨을 건졌단 거지." 스칼렛이 허리를 꼿꼿이 세우며 말했다.

조가 코웃음 쳤다. "그래. 엄청나게 기쁘구나. 절로 춤이 다 나올 지경이네. 어쨌든 네가 위층 욕조에서 뒹구는 동안, 알버트와 내가 나머지 돈을 모두 게일의 안전 금고에 넣어놨단다. 혹시라도 네가 오늘 밤 포커 게임에서 돈을 잃을까 봐 걱정돼서 말이지. 이 사실에 너도 기뻐하렴. 자, 그럼 이제 다음 계획을 얘기해 보자꾸나. 요원 녀석이 나타날 수도 있으니, 너희는 여기 오래 머물면 안 되겠네. 이 여관은 헌팅던에서 그리 멀지 않은 데다, 누가 봐도 확실한 피난처니까. 최고위원회가 이곳을 모르더라도, 그 악마 같은 녀석이라면 여길 아는 사람을 쉽사리 찾아낼 거야. 이미 알아내서 여기로 오는 중일 수도 있고."

침묵이 흘렀다. 창문에는 어둠이 반짝였다. 스칼렛은 헌팅던 술집에서 들었던 둔탁하고 부자연스러운 쿵 소리와 갑자기 모든 총성이 멈췄던 순간이 기억났다. 그러자 깊은 물속에서 뭔가 떠오르듯 또 다른 기억이 떠올랐다. 육 개월 전, 바로 바다로 떨어질지 모르는 빌딩 끝의 높은 콘크리트판 위에서 나눴던 그 대화.

"알버트, 그가 스톤무어 출신이라고 생각해?" 스칼렛이 갑자기 물었다. "젊은 요원 말이야. 그가 너와 같은 능력자라면 말이 되는 거 같은데."

알버트가 멍한 표정으로 스칼렛을 바라봤다. "모르겠어. 어쩌면…."

"칼로웨이 박사는 네가 거의 독보적이라고 했어. 이건 박사가 한 말이야. 네 생각은 어때? 젊은 요원이 어쩌면 박사의 다른 후계자일 수도 있잖아. 반항하지 않았던 인물 말이야."

"난 대부분 다른 수감자들에게서 격리돼 있었어. 그들에게 어떤 능력이 있는지 못 봤어. 하지만 분명 능력자였겠지. 그러니까 거기 있었을 거고…." 알버트가 빠르고 조급한 손짓으로 그 문제를 제쳐놨다. "어쨌든 훨씬 더 중요한 질문은 내일 뭘 할 건지, 어디로 갈 건지에 대한 거야."

"우리와 함께 남쪽으로 가도 된단다. 다시 한번 예전처럼 템스강을 따라 여행하는 거지. 클로이엔 항상 자리가 있으니까. 단, 또다시 우리 배를 산산조각 내진 않아야겠지. 아니면 스칼렛, 혹시 손가락 형제단과 그들의 피비린내 나는 처절한 복수가 무서운 게냐?"

"난 무서워서 도망치는 게 아냐. 이건 현명하게 미리 조심하는 거라고. 어쨌든 지금 당장은 웨섹스와 남부 머시아를 피해야 해."

"그럼 어디로 갈 거냐? 앵글리아를 향해 동쪽으로? 아니면 북쪽?"

그들은 잠시 침묵 속에 앉아 있었다.

"북쪽으로 간다면, 우리가 시간을 쓸 만한 가치 있는 일을 할 수도 있겠지." 스칼렛이 자리에서 몸을 돌려 술집 구석 자리를 쳐다봤다.

가까이서 보니 샐 퀸은 멀리서 볼 때보다 더 작았다. 짙은 색 나무 등받이 때문에 한층 왜소해 보였으며, 여관 손님들의 편안함을 위해 놓은 얼룩진 쿠션 더미에 거의 파묻혀 있었다. 아이처럼 뼈대가 가늘고 한숨만큼이나 눈에 띄지 않았다. 다리도 바닥에 안 닿았다. 흰 머리카락은 짧게 잘랐고, 얼굴은 마치 버려진 종이를 공처럼 꾸깃꾸깃 구겼다가 황급히 다시 편 것처럼 온통 잔주름으로 덮여 있었다. 샐 퀸은 깃이 높고 견장이 달린 가죽 재킷에 검은 셔츠, 검은 청바지, 은 세공 장식이 있는 검은 부츠를 신고 있었다. 스칼렛과 알버트가 다가갔을 때에도 여전히 카드로 페이션스 게임을 하고 있었다. 테이블 위를 빠른 손놀림으로 움직이며 카드 더미에서 카드를 하나씩 옮겼다. 멘토, 시장, 보안관 등 핵심 카드를 연속으로 쌓아 올리며 무법자 카드가 나오기 전에 일곱 가지 문양을 완성하려 노력 중이었다. 스칼렛은 샐 퀸의 손가락 사이에서 흔들리는 왕국별 색깔을 지켜봤다. 머시아의 빨간색, 웨섹스의 초록색, 앵글리아의 파란색…. 그것들은 합쳐졌다 녹아들고 다시 섞였다 분리됐다.

"스칼렛 맥케인과 알버트 브라운." 샐 퀸이 고개도 들지 않은 채 말했다. "자, 앉지 그래. 그릇에 담긴 피클 무 좀 먹고 있어. 게임은 거의 끝나가."

스칼렛과 알버트가 자리에 앉았다. 샐 퀸은 게임을 계속했다. 표정이 험한 무법자 카드가 나오자 갑자기 카드를 테이블 가운데로 집어 던졌다.

"망할 무법자들. 항상 예기치 못한 순간에 나타난다니까." 샐 퀸은 이렇게 중얼거린 후, 스칼렛과 알버트를 보고 씩 웃었다.

스칼렛도 따라 웃었다. 알버트는 기계적인 미소를 지었는데, 시선은 약간 초점이 흐려져 있었다. 샐 퀸에게 집중하고 있단 걸 알 수 있었다. 스칼렛이 샐 퀸의 제안을 평가하는 동안, 샐 퀸이란 사람을 평가하는 건 알버트의 몫이었다.

"샐 퀸? 제안할 일이 있다고 들었어."

스칼렛의 말에 샐 퀸의 얼굴에 주름이 잡혔다. 까만 눈은 밝았고 장난기로 가득했다.

"맞아. 해야 할 일이 있는데, 그걸 해낼 만한 특별한 기술을 지닌 팀을 찾고 있지."

"우린 효율적인 데다 아주 전문적인 팀이지."

"너희에 대해 여러 소문을 들었지. 서사시에 따르면, 너희가 저지른 범행 일부는 정말 눈이 튀어나올 만큼 놀랍더군."

작은 체구의 샐 퀸이 쿠션에 몸을 기대앉았다.

"아무튼, 시간 낭비하지 말자고. 스칼렛 맥케인, 파묻힌 도시들에 대해 들어봤겠지? 대재앙 때 거센 폭풍이 어떻게 도시를 휩쓸고 갔는지, 어떻게 도시와 사람들을 덮어버리고 그들의 비밀을 영원히 파묻어 버렸는지에 대해."

스칼렛이 눈살을 찌푸리며 대답했다. "파묻힌 도시들은 알고 있어. 사실 그중 한 곳은 직접 가보기도 했거든. 그냥 땅 위에 삐죽 튀어나온 폐허 몇 개가 전부던데. 반쯤 묻힌 빌딩, 벽, 거대한 사냥 거미로 가득 찬 수많은 구멍과 함정들이 있었지. 구멍을 뒤지고 다니는 멍청이는 사냥 거미에게 잡아먹혀 버릴걸. 가치 있는 건 모두 오래전에 약탈당했다고."

"웨섹스에 있는 도시를 말하는 거겠지? 맞아. 남쪽은 화산재가 비교적 적게 쌓였으니까. 하지만 내가 말하는 곳은 다른 데야. 내가 다녀온 노섬브리아 북쪽은 화산재가 두껍게 쌓였고 뜨겁기까지 하지. 그 아래에 파묻힌 도시는 지표면보다 훨씬 아래쪽에 있어. 단 한 곳, '애쉬타운'만 빼고."

스칼렛은 알버트의 강렬한 관심을 느낄 수 있었지만 무표정한 얼굴을 유지했다.

"계속 말해봐."

"애쉬타운은 외딴 지역이야. 야만적인 뿔부리새들이 돌아다니는 곳이지. 강 하나가 언덕 지대를 가로지르면서 엄청난 규모의 숨겨진 도시가 모습을 드러냈어. 몇 년 전 발견된 이후, 광부들이 이 도시를 탐험하고 있지. 지금 들판 아래로 벌집처럼 수없이 터널들을 뚫었는데도 아직 도시의 외곽 경계를 발견하지 못했어. 여전히 발굴 작업이 계속되고 있지."

"왜죠? 거기서 뭘 찾고 있나요?" 알버트의 목소리에 명백한 흥분이 드러났다.

샐 퀸은 목소리를 낮추며 술집 안을 둘러봤다. 근처엔 아무도 없었다.

"그 도시는 하나의 거대한 공동묘지거든. 지하엔 거리가 펼쳐져 있다고 해. 발굴된 터널 안에 완벽히 온전한 모습으로 고대 도시가 보존돼 있다더군. 그뿐 아니라 얼어붙은 빌딩, 가로등, 도로, 광장까지, 그 규모와 정교함은 두 눈을 의심할 정도라지. 집 안에는 죽은 자들이 아직 살고 있대. 뒤틀리고 쪼그라진 시체들이 가장 깊은 곳에 모여 수 세기 전 그들을 집어삼킨 공포에서 여전히 피난처를 찾고 있는 거지."

샐 퀸이 피클 무를 하나 집어 들었다.

"뭐, 그건 그렇고, 내가 관심 있는 건 광부들이 파내는 물건이야. 광산 회사에서 직원들에게 비밀 유지 각서에 반드시 서명하도록 했기 때문에 가장 귀중한 유물의 정확한 정체에 대해선 대부분 술집에 떠도는 소문뿐이지. 고대의 물건들이 분명해. 골동품, 예술 작품, 책 같은…. 누군들 정확히 알겠어? 물론 한 가지 확실한 건, 이 모든 귀중품들이 돈을 지불할 여력이 있는 단 하나의 조직의 금고로 들어간 단 거야."

"신앙의 집이겠지." 스칼렛이 말했다.

"맞아. 최고위원회가 그 유물들로 뭘 하는지는 신만 알겠지. 하지만 나같이 정직한 상인들이 발굴 과정과 이익에서 배제당하고 있어. 애쉬타운은 광부들에게 필요한 걸 대주려고 파묻힌 도시 위에 만들어진 작은 현대식 마을이야. 그곳에 직접 가봤지. 나도 한몫 잡으려고. 협상해 봤지만 실패했지."

샐 퀸이 어깨를 으쓱하자 어깨 견장이 움직였다.

"이 보물들을 얻는 데 관심 있는 고객들이 있거든. 그들은 참을성이 없지. 내게 다른 방법을 시도해 보라고 제안…하더군."

샐 퀸이 스칼렛에게 다시 미소 지었다. 스칼렛은 옆자리의 알버트를 흘끗 봤다. 예상한 대로 알버트의 입이 약간 벌어져 있고, 시선은 다른 곳을 향했다. 마음이 상상 속 지하 묘지, 즉 메마른 언덕 아래 해가 들지 않는 거리에 머물고 있단 걸 알 수 있었다. 스칼렛이 알버트의 정강이를 살짝 찼다.

"'다른 방법'이라…." 스칼렛이 천천히 말했다. "이 제안 꽤 위험하게 들리는데."

"위험하지만 엄청난 이익이 따르지. 그래서 너희를 찾은 거고."

스칼렛이 잠시 생각에 잠겼다.

"파묻힌 도시에선 유물을 발굴한 후 어디로 가져가지?"

"언덕 쪽에 지은 창고로. 일주일에 한두 번 휘발유 트럭에 싣고 야생 지대를 가로질러 그레이트 노스 로드를 통해 운반하더군. 대부분은 밀턴 케인즈에 있는 최고위원회 본부로 향해. 길고 외로운 여정이지. 스칼렛 맥케인, 문득 그런 수송 차량은 매복당하기 쉽다는 생각이 들더군."

스칼렛이 얼굴을 찌푸렸다. "수송차에 경비병은?"

"있지. 중무장한 채. 도둑과 오염된 자들을 막기 위해서."

"그렇다면 불가능하게 들리는데. 광산 위의 창고를 털면?"

"창고는 더 빈틈없이 지키고 있더군."

"파묻힌 도시 자체를 공략하면?"

"언덕에 설치된 철문을 통해서만 접근할 수 있어. 문에는 경비 팀과 기술자들이 배치돼 개폐장치를 제어하지. 드나드는 사람은 모두 훔친 물건이 없는지 몸수색을 받아. 파묻힌 도시엔 거대 식인 벌레, 하얀 흡혈 두더지, 독가스 주머니 같은 게 있을 수도 있고…. 안 돼. 훔친다면 지상에서 해야 할 거야. 창의적인 노상강도들이 예전에 그런 일을 했잖아. 전설적인 샘 굿펠로우를 생각해 보라고!"

"그래. 그리고 마지막엔 대포 속에 넣어져 바다로 발사돼 죽었지." 스칼렛이 이렇게 말하며 일어섰다. "샐 퀸. 제안해 줘서 고맙지만 좀 더 생각해 보고 다시 얘기할게."

"물론이지." 자그마한 샐 퀸이 카드 뭉치를 집어 들었다. "난 여기서 기다릴게."

"어떻게 생각해?" 스칼렛이 물었다.

스칼렛과 알버트는 술집을 가로질렀다. 시간이 꽤 늦어 손님이 줄어 있었다. 조와 에티는 테이블에 없었다.

"샐 퀸? 아니면 그 제안?"

"샐 퀸. 제안은 말할 필요도 없이 미친 자살 행위야."

"네가 그렇게 생각할 정도면 정말 안 좋은 거겠지. 그럼 우리 안 하는 거야?"

"절대 안 해. 하지만 샐 퀸이란 상인은 마음에 들어."

"나도 그래. 정직한 사람 같아. 채굴 장소에 대해 말한 건 분명 사실이야. 언덕 지대와 커다란 트럭들, 시뻘건 하늘 아래 울타리 쳐진 구조물의 형태가 머릿속에서 이미지로 보였거든…. 기본적으로 샐 퀸은 말과 머릿속 생각이 일치해. 진실을 말하고 있다는 신호지. 그런데 조 할아버지는 어디 갔을까?"

"에티를 재우러 갔겠지. 그럼 샐 퀸은 신앙의 집과 관련이 없다는 거네?"

"응. 암시장 상인 같아. 그녀가 말했듯 유물을 원하는 고객이 있어. 그들의 이미지도 보였고. 대머리에 마른 남자, 아니 여자던가. 구분하기 힘들어."

접시와 에티가 버린 종이들이 마구 어질러진 테이블에 도착했다.

"있잖아, 스칼렛. 우리도 일찍 쉬는 게 좋겠어. 너무 피곤하다. 어디로 갈지 아침에 결정해도 되겠지. 아니면 조 할아버지를 기다릴래?"

"조도 침대에 누웠을 거야."

스칼렛의 마음 뒤편에서 뭔가가 그녀를 끌어당기고 있었다. 누더기를 걸친 어두운 생각이었다. 그 생각은 계속 나타났다 사라졌다 했기에 집중해서 볼 수 없었다. 스칼렛은 창밖으로 어두워진 습지가 보이는 테이블 옆에 서 있었다.

"알버트, 방금 뭐라고 했지? 그 고객에 대해? 셀 퀸에게 연락한 고객 말이야."

"스칼렛, 뭔가 이상해. 에티가 이 그림들을 가져가고 싶다고 할 줄 알았는데. 그림 그리는 걸 좋아하잖아…."

알버트가 흩어진 연필 중 하나를 집었다.

"셀 퀸의 고객 말이야? 마르고 대머리라고 했잖아. 모습을 보긴 했는데 정확히 말하긴 힘들어…." 알버트의 목소리가 갑자기 잦아들었다. 테이블 위에 있는 걸 보고 있었다.

스칼렛 역시 움직이지 않았다.

"알버트," 스칼렛이 조용히 말했다. "그 사람 말이야. 혹시 기이한 느낌의 패치워크 코트를 입고 있었어? 검은색에 도마뱀 비늘 같은 조각들을 한데 꿰매어 만든 거 같은…."

스칼렛은 답을 잠시 기다리다 다시 알버트의 이름을 불렀다. "알.버.트."

"미안. 그래. 맞아. 그랬어…."

하지만 지금도 알버트는 스칼렛에게 집중하지 않았다. 그 대신 테이블 한가운데에 있는 케첩 병에 손을 뻗었다. 그리고 병 옆에 기댄 작고 네모난 물건을 집었다. 스칼렛이 볼 수 있도록 테이블에 평평하게 놓고 천천히 돌려 봤다.

얇은 금속 주화였다. 주화에는 손가락 모양이 찍혀 있었는데, 손가락이 네 개였다. 새끼손가락은 밑동부터 잘리고 없었다.

9

아주 잠깐, 알버트는 심한 충격으로 스칼렛이 기절하는 줄 알았다. 스칼렛은 비틀거리다 벽에 기대 몸을 가눴다. 얼굴은 창문에 비친 유령 같았고, 입술은 오래된 흉터처럼 하얗게 질렸다.

스칼렛은 심호흡을 하며 내면의 힘을 끌어모으고 있었다. 뺨에 다시 혈색이 돌고, 눈에 생기가 돌아왔다. 스칼렛은 허리 벨트로 손을 뻗었다. 하지만 곧 총이 다른 무기들과 같이 복도 금고 안에 잠겨 있단 걸 깨달았다. 나지막이 욕설을 내뱉고 몸을 돌려 실내를 둘러봤다.

알버트는 재빨리 상황을 파악했다. 그 역시 손가락 형제단으로 알려진 범죄 조직의 상징을 알고 있었다. 그들은 도둑질, 착취, 암시장 거래로 악명 높았다. 스칼렛 말에 따르면, 손가락 형제단은 그녀를 배신하고 죽이려고 했다. 그래서 스칼렛은 형제단의 돈을 들고 도망쳤다. 물론 모든 이야기에는 양면이 있는 법이다. 손가락 형제단은 그들을 배신한 사람이 누구든 상관없이 가차 없는 보복을 가한다는 면이 존재했다. 팔다리를 절단하거나, 산 채로 매장하거나, 올빼미 먹이로 던지기도 했다. 알버트는 오랫동안 형제단과 아무 접촉이 없어서 좋았다.

그런데 지금 손가락 형제단이 이곳에 나타났다.

그 사실이 의미하는 함축적 위협들이 알버트의 마음속에 까마귀 떼처럼 **빽빽**하고 시커멓게 모여들었다. 알버트는 스칼렛과 함께 울프스 헤드 여관의 술집 안을 둘러봤다. 늦은 밤, 술꾼 몇몇이 앉아 있고, 게일 벨처는 바 뒤에서 잔을 닦고 있었다. 지붕 들보 아래엔 등불이 희미하게 달려 있고, 잔 부딪히는 소리, 나지막한 소음, 중얼거리는 듯 피곤에 젖은 대화 소리가 들려왔다. 아무도 스칼렛이나 알버트에게 주의를 기울이지 않았다. 그 누구도 알버트의 공포를 느끼지 못한다는 게, 그의 심장이 얼마나 크게 쿵쾅거리는지 그 소리에 놀라지 않는다는 게 너무 이상했다.

아무리 둘러봐도 그들에게 적의를 가진 사람이나 손가락 형제단으로 의심될 만한 사람은 안 보였다. 하지만 조와 에티의 모습 또한 어디에서도 보이지 않았다.

"스칼렛, 조 할아버지와 에티는 손가락 형제단에 잡혀간 게 아닐 수도 있어."

"아니. 그들이 잡아간 거야."

"게일 벨처에게 말하자. 무기를 챙겨야지."

"게일 벨처는 우리에게 무기를 주지 않을 거야. 조심해야 하니까 목소리를 낮춰. 벨처 가족은 어떤 이유로든 소란을 용납하지 않아. 이 여관은 절대적으로 중립을 지키니까. 지하실 얘기를 잊지 마."

"하지만 조와 에티가 납치당했다면…."

"납치당했다는 증거가 없잖아."

스칼렛은 테이블 위의 빈 접시들을 바라봤다. 알버트가 지켜보는 가운데, 스테이크 칼 세 자루를 집어 냅킨으로 닦은 후 코트 소매 안에 하나씩 밀어 넣었다.

"누군가가 그럴듯한 이유로 조와 에티를 유인해 냈다면," 스칼렛이 중얼거렸다. "에티를 먼저 유인한 후 조가 따라가도록 했다면, 게일 벨처 입장에선 전혀 문제될 게 없어. 일단 여관 밖으로 나간 순간부터는…."

알버트는 스칼렛의 말을 끝까지 듣지 못했다. 분노와 두려움의 불꽃이 머릿속에서 폭발했다. 입에서 강한 쇠 맛이 느껴졌고, 귀에는 윙윙거리는 소리가 가득했다. 머리를 흔들며 불안감을 떨쳐내려 애썼다. 안 돼. 바위뱀 때문에 절대 공포가 폭발했을 때 계곡 절반이 파괴됐다. 여기서 그런 일이 일어나면 안 된다. 절대 공포가 불러일으킬 참상이 그려졌다.

그때 에티가 유인당하는 모습이 떠올랐다.

"스칼렛, 서둘러야 해."

알버트는 스칼렛이 더 많은 식기를 집어 몸 곳곳에 숨기는 걸 봤다.

"그것들은 다 왜 가져가는 거야?"

스칼렛이 알버트를 봤다. "묻지 마. 숟가락으로 할 수 있는 일들이 있어."

스칼렛과 알버트는 실내를 빠르게 가로질렀다. 구석 자리에서는 샐 퀸이 카드놀이에 열중하고 있었다. 스칼렛은 옆을 지나가면서 알버트를 슬쩍 찔렀다.

"샐 퀸이 형제단을 끌고 온 거야."

"그럼 우리가…."

"고의로 그런 건 아닐 거야. 네가 샐 퀸의 머릿속을 들여다보고 정직하다고 했잖아. 샐 퀸은 이 일에 대해 몰랐을 거야. 분명 그들이 샐 퀸에게 덫을 놓고, 그녀가 우릴 찾아내자 뒤따라온 거야."

"검은 패치워크 코트를 입은 대머리 고객 말하는 거야? 남자인지 여자인지, 아무튼 그 사람이 손가락 형제단이라고?"

"남자야. 이름은 티치고. 그래. 맞아. 손가락 형제단 사람이야." 스칼렛이 고개를 저었다. "티치가 여기 왔다면, 우리에겐 힘든 일이 될 거야. 샐 퀸은 기다리라고 해. 나중에 처리하자."

게일 벨처가 바에 일렬로 쌓인 반짝이는 맥주잔 뒤에서 고갯짓하며 아는 척을 했다. 스칼렛이 손을 흔들었다.

"안녕, 게일. 혹시 우리 친구들이 떠나는 거 봤어? 둘만 있었어?"

게일 벨처는 혈색 좋은 커다란 손을 바 위에 올려놨다.

"잘 모르겠네. 사람들이 많았거든. 꼬마가 누군가랑 함께 나갔는데, 할아버지 같았어…."

게일 벨처의 두 눈이 가늘어졌다.

"아니, 잠깐…. 그럴 리가 없는데. 조금 뒤에 그 할아버지 혼자 황급히 나가는 걸 봤거든. 왜, 무슨 문제 있어?"

"아냐. 그냥 궁금해서. 좋은 밤 보내, 게일."

바깥쪽 복도에는 종업원이 자리를 비우고 없었다. 복도 불빛이 희미했다. 거대한 무기 상자엔 자물쇠가 채워져 있었다. 알버트가 잠깐 자물쇠를 흔들었다.

"위층을 확인해 볼까? 방을 뒤져보자."

"거기 없을 거야. 안 그래? 형제단은 우리가 밖으로 나오길 원해."

울프스 헤드 여관의 문은 자정 전에 잠긴 적이 없었다. 스칼렛이 빗장을 들어 올려 문을 열었다. 스칼렛과 알버트가 계단 꼭대기로 나왔다. 몹시 추웠다. 아래 보이는 마당은 은빛이 어른거리는 우물 같았다. 아무도 안 보였다. 하늘엔 은하수가 한 줄기 밝은 띠처럼 하늘 중앙을 가로질렀다.

스칼렛은 번개같이 뛰어 두 걸음 만에 계단을 내려갔다. 알버트가 비틀거리며 뒤따라갔다. 갈비뼈 아래가 조여오고 다리가 무겁고, 정신이 흐려지는 걸 느꼈다. 절대 공포가 커지고 있었다. 통제력을 잃었던 예전처럼 안 좋은 상황이었다. 알버트는 스칼렛과 자기 능력을 믿고 마음을 가라앉힐 때라는 걸 잘 알았다. 하지만 감정을 진정시키기 힘들었다. 에티가 머릿속에 계속 떠올랐다.

자전거 보관소 불빛이 반짝이며 마당 한가운데를 가로지르는 검은 줄무늬를 드리웠다. 보관소는 비어 있었다. 손님들의 자전거는 거치대에 놓여 있고, 공구도 걸려 있었다. 청소용 호스와 펌프가 보였다. 스칼렛의 진흙투성이 자전거는 벽에 기대 있었다.

스칼렛은 마당 한가운데에 침착하게 서서 알버트를 기다렸다.

"뭔가 감지돼?"

알버트가 두 눈을 감았다. 곧바로 근방에서 여러 사람의 생각들이 감지됐다. 뱀처럼 똬리를 튼 채 주위를 경계하며 악의에 가득 찬 어두운 생각들이었다. 그 너머 어딘가 멀리서 작고 연약하며 겁에 질린 생각이 약하게 느껴졌다. 머릿속에서 욱신거리는 게 두 배로 커졌다.

"그들이 별채 뒤쪽 출입구 근처에서 대기하고 있어." 알버트가 작게 속삭였다. "조 할아버지는 안 느껴져. 에티는… 아주 희미하게 느껴지는데 더 멀리 있어. 아마 길 위인 거 같아."

"에티는 괜찮아?"

"살아 있어."

"그런데 조가 안 느껴진다고?"

"응." 잠깐 침묵이 흘렀다. "그런 의미는 아니야. 할아버지가 어떻게 됐다는….

"당연하지."

알버트는 스칼렛이 움직이길 기다렸다. 머릿속에서 소음이 점차 커졌다. 힘의 압박 때문에 관자놀이가 욱신거렸다.

"그들이 에티를 데려가고 있어. 뒤쫓아야 해."

스칼렛이 고개를 끄덕였다. "우릴 습지로 끌어내 여관에서 멀어지게 하려는 거야. 그러면 여기 숨어 있던 놈들이 우리 뒤를 쫓아오겠지."

스칼렛이 알버트를 쳐다봤다. "너 괜찮아? 절대 공포 때문에 그래? 그런 거라면, 혹시 그 힘을⋯."

"아니. 난 못 해. 그러지 마. 그 힘은 널 다치게 할 거야. 조와 에티도."

스칼렛이 코를 찡그렸고, 그 주제는 더 이상 언급하지 않았다.

"좋아. 그럼 네가 미끼 역할을 해. 네가 길을 따라 걷기 시작하면, 난 뒤따라갈게. 빠르게, 하지만 조용히 가. 절대 뒤돌아보지 말고."

알버트가 침을 꿀꺽 삼켰다. "그들이 날 쫓아올까?"

"당연하지." 스칼렛이 알버트의 어깨를 쾌활하게 두드렸다. "아니면 그냥 널 쏴 죽일 수도 있고."

그 말과 함께 스칼렛이 눈 깜짝할 새 사라졌다.

알버트는 스칼렛의 계획을 의심하지 않았다. 좁은 어깨를 쭉 펴고 자갈길을 느릿느릿 가로질렀다. 별채가 가까워지자 숨어 있는 사람들의 생각이 여름 바람에 나뭇잎 흔들리듯 갑자기 동요하는 걸 감지했다. 알버트를 발견한 것이다.

앞쪽에는 벨처 가족 소유의 영지 경계를 표시한 기둥이 있었다. 그곳까지는 벨처 가족의 중립 포고령이 지배력을 가졌다. 알버트는 기둥 사이를 지나 습지대 샛길을 따라 둑길로 올라갔다. 뒤쪽에서 좀 전 생각들의 주인들도 같이 움직였다. 누군가가 알버트 뒤를 따라오고 있었다. 누구든지 간에 그들은 자신이 맡은 임무를 잘 수행했다.

그냥 귀만 기울였을 때는 아무 소리도 들리지 않았으니까.

별빛에 둑길이 은빛으로 물들고, 길 양옆엔 갈대가 아래 방향으로 삐죽 솟아 있었다. 둑길 아래엔 습지대가 반짝이며 곡선을 그린 지평선까지 펼쳐져 있었다. 마치 습지대가 하늘을 받치는 거대한 은빛 접시처럼 보였다.

약 30미터 앞쯤, 바람과 폭풍에 일그러진 버드나무가 서 있는 지점에서 둑길이 한쪽으로 휘어졌다. 알버트는 컴컴한 그림자가 드리운 그곳을 향해 천천히 걸어갔다. 뒤에서 따라오던 생각들도 알버트의 속도에 맞춰 접근했다. 그들은 공격할 타이밍을 재면서 점점 가까워지고 있었다. 어딘가에서 희미하게 살금살금 돌을 밟는 소리가 들렸다. 뒷덜미 털이 쭈뼛 섰다. 뒤돌아보고 싶은 충동이 엄청나게 솟구쳤지만 필사의 의지로 시선을 계속 버드나무에 고정했다.

가까이, 더 가까이…. 이제 뒤따라오는 사람들의 강력한 의지가 느껴졌다.

그들이 곧 공격할 것이다.

쿵.

우당탕.

여러 소리가 복잡하게 뒤엉킨 소음이 들렸다. 침을 꿀꺽하는 소리, 놀람과 고통으로 헐떡거리는 소리.

그 후 낮게 억눌린 욕설이 짧게 딱 한 번 들렸다. 그리고 아무 소리도 들리지 않았다.

알버트는 버드나무를 향해 계속 걸어갔다. 세 걸음 후, 스칼렛이 알버트 옆에 나타났다. 숨을 약간 거칠게 쉬었고, 손에는 권총, 탄창 띠, 그리고 은색 지팡이처럼 보이는 걸 들고 있었다. 탄창 띠를 제 위치에 고정하고, 지팡이처럼 보이는 것과 총을 거기에 꽂아 넣었다.

"스칼렛, 괜찮아?"

"응."

"방금 욕한 거, 너야?"

"맞아. 발가락이 돌에 부딪혔어."

"아프겠다. 그쪽엔 몇이나 있었어?"

"형제단 놈들, 아니면 돌들?"

"형제단."

"넷. 마지막 놈은 장비가 아주 좋더라. 이것 좀 봐. 내가 엄청 많이 챙겼거든. 심지어 지팡이로 위장한 검까지 있더라고! 때마침 잘됐지. 숟가락을 다 썼거든."

그들은 버드나무가 있는 모퉁이를 돌아 은빛 갈대 사이로 난 둑길을 계속 걸어갔다. 앞쪽에는 바람에 시달린 듯한 나무와 덤불이 모여 짧은 가로수 길을 형성하고 있었다. 멀리 길 끝에서 별빛이 보였지만, 나무 아래 길은 터널처럼 아주 깜깜했다.

"매복하기 딱 좋은 장소네." 스칼렛이 말했다.

알버트도 같은 생각이었다. 여러 곳에서 새로운 생각들이 감지됐지만 위치가 분명치 않았다. 그런데 걱정스럽게도 에티가 더 이상 감지되지 않았다. 머릿속에서 윙윙거리는 소리가 끊임없이 들리며 그의 능력을 방해했다. 알버트는 그 소리를 차단하려 애썼다.

"스칼렛, 모자."

스칼렛이 모자를 벗어 납작하게 접은 후 벨트에 꽂았다. 금속 밴드가 제거되자, 그녀의 생각이 느껴졌다. 알버트는 차가운 의지와 분노뿐 아니라, 평소에는 보이지 않던 불안감도 느낄 수 있었다. 스칼렛은 마른 대머리 남자에 대해 생각하고 있었다.

둘의 걸음이 느려졌다. 길 양쪽으로 무성한 덤불이 높게 자라 있었다. 알버트의 눈이 점차 어둠에 익숙해졌다. 앞쪽, 길 위에 뭔가가 보였다.

몸체 앞쪽에 손잡이가 달려 있고, 뒤쪽이 뚫린 좁다란 금속 수레였다. 수레 손잡이는 이인용 자전거에 연결돼 있었다. 자전거 몸체에는 안장 두 개와 핸들 두 개가 서로 평행하게 앞뒤로 장착돼 있었다. 수레는 길을 막고 비스듬히 서 있었다. 자전거 안장은 비어 있었지만, 수레 뒤쪽에는 축 늘어진 형체가 둘 실려 있었다. 하나는 길고, 다른 하나는 짧았다.

그들은 나란히 누워 있었다. 움직임이 없었다.

알버트는 갑자기 두려움에 휩싸였다. 머릿속에 갈라진 틈이 생기고, 그 틈으로 절대 공포의 힘이 흘러나왔다. 근처의 나뭇가지들이 흔들리기 시작했다. 알버트는 엄청난 노력으로 틈을 다시 닫고 현실에 집중했다. 바로 앞으로 달려가 친구들을 확인하고 싶었다. 하지만 나무 사이에 반쯤 숨어 있는 생각들을 걸러내는 데 정신을 쏟아부었다.

"네 명이야." 알버트가 나지막이 말했다. "2시 방향에 한 명, 가장 큰 나무 아래 엎드려 있어. 3시 방향에 한 명, 풀숲에 웅크려 있고. 10시 방향에 한 명, 나무 뒤에 있어. 그리고 마지막은….

수레 뒤에서 누군가가 나와 그들을 향해 걸어오기 시작했다.

어둠 속에서도 알버트는 그 남자를 알아볼 수 있었다. 샐 퀸과 스칼렛, 두 명 모두의 기억 속에서 본 남자였다. 알버트와 키가 비슷했고, 뼈대가 가늘었다. 균형 잡힌 몸에 청바지와 흰 셔츠, 비늘처럼 반짝이는 조각들을 꿰맨 검은색 패치워크 코트를 입고 있었다. 대머리에, 오목조목한 턱, 둥근 광대뼈를 가진 섬세하게 생긴 얼굴이었다. 긴 속눈썹 아래의 두 눈은 밝은 색에, 컸다. 허리 벨트에는 칼 아니면 지팡이로 위장한 검 같은 게 꽂혀 있었다. 어쩌면 총일 수도 있고. 뚜렷이 보이지는 않았다. 남자는 한 손으로 수레 가장자리를 쓸어내리며 부드럽지만 과시하는 듯한 태도로 수레 주위를 거닐다가 걸음을 멈췄다. 그리고 알버트와 스칼렛을 바라봤다.

"안녕, 스칼렛." 남자가 말했다.

"안녕, 티치."

"오랜만이야, 아가씨."

"그러네. 그렇게 오랜만은 아닌 거 같지만."

마른 나뭇잎이 버석거리는 듯한 웃음소리가 들렸다.

"여전히 작고 사나운 비둘기군. 끊어진 사슬을 덜렁이며 혼자 날아다니는…."

남자의 매끄러운 얼굴은 무표정했고, 목소리는 얇고 건조해 생기가 전혀 없었다. 이런 모습은 알버트에게 밀폐된 방이나 오래된 우물 바닥에 놓인 물건을 떠올리게 했다. 부드럽지만 따뜻함이 느껴지지 않았다. 쐐기풀 침대처럼 편안함이나 휴식을 안겨주지 못했다.

"그런데 사실 난 이제 혼자가 아니야." 스칼렛이 말했다.

"더 바보 같은 짓이지. 널 약하게 만들 뿐이니까." 남자는 수레와 그 안에 누워 있는 사람들을 흘끗 봤다. "사슬을 잡고 널 당기기 쉽게 해주거든."

"티치, 저들을 다치게 하면 좋을 게 하나 없다는 것쯤은 물론 알고 있겠지?"

티치는 대답하지 않았다. 스칼렛의 말은 그에게 아무 영향도 미치지 못했다. 알버트는 티치의 머릿속을 살펴봤지만, 조와 에티는 거기에 없었다. 그 대신 티치는 사방에서 부하들이 스칼렛과 알버트를 쏘며 그들을 붙잡는 광경을 상상하고 있었다. 알버트는 티치의 상상 속에서 자신이 쓰러지는 걸 봤다. 티치는 알버트의 죽음을 하찮고 간단한 일로 여겼다.

분노가 알버트의 머릿속에 생긴 틈을 다시 압박했다. 주변 길 위의 나뭇잎과 잔가지가 천천히 원을 그리며 점점 밖으로 크게 흩날리기 시작했다. 스칼렛의 머리카락이 얼굴 옆에서 나부꼈다.

스칼렛이 알버트를 흘끗 봤다.

"네가 우릴 배신한 이후 계속 널 감시하고 있었지. 신문, 책자, 온갖 종류의 터무니없는 홍보물까지. 꽤나 바빴더구나." 남자가 건조하고 생기 없는 목소리로 말했다.

"티치, 읽은 걸 모두 믿으면 안 돼."

스칼렛이 엉덩이를 살짝 움직여 외투를 옆으로 젖히고 총에 손을 얹었다.

"날 끌어들여 원하는 게 뭐야? 돈? 문제는 내가 지금 무일푼이란 거야. 최근 헌팅던에서 운이 좀 안 좋았거든."

다시 건조한 웃음소리가 들렸다.

"운이 안 좋았다고? 그거 놀랍지도 않군. 한 번도 돈을 제대로 쥐고 있던 적이 없었잖아. 이번에는 돈을 어떻게 잃었지? 스컬 토스? 카드 게임? 아니면 자기 연민에 취해 술을 퍼마셨나? 처음부터 항상 그래왔잖아."

스칼렛이 침묵했다. 알버트는 잠깐 스칼렛 마음의 빗장이 열린 걸 느꼈다. 하지만 지금 이 순간에도 그녀는 자제력을 잃지 않았다. 빗장은 바로 다시 걸렸고, 목소리가 차분하게 흘러나왔다.

"알버트?"

"티치가 명령을 내릴 거야. 그가 가장 먼저, 그리고 다른 사람들과 함께 총을 쏠 거야."

"또 다른 건?"

"없어."

"좋아. 때가 되면 말해줘." 스칼렛이 나지막이 말했다.

티치는 스칼렛과 비슷하게 살짝 움직여 총의 개머리판을 드러냈다.

"그러니까 이 소년이 바로 그 아이군? 어떤 애일지 궁금했어." 티치가 조금 더 가까이 다가왔다. "내 나머지 부하들은 네가 다 죽였겠지? 가르쳐준 걸 잊지 않았다니 기쁘구나."

"돈은 구해줄 수 있어. 하지만 먼저 여자애랑 늙은이를 돌려보내." 스칼렛이 말했다.

"우린 돈을 원하는 게 아니야."

"그럼 뭐야?"

티치는 대답하지 않았다.

스칼렛이 어깨를 으쓱했다. 알버트는 그녀의 생각이 한 점으로 모이는 걸 느낄 수 있었다. 스칼렛은 오직 그녀의 손가락과 벨트에 찬 권총만 생각하고 있었다.

"정말 이럴 거야? 내 작은 목숨 시계는 스토우에서 아직 잘 작동하고 있을 거라고 생각했는데."

"스칼렛 맥케인, 네 시계는 이제 시간이 거의 다 됐어. 총을 버려. 손을 머리 위로 올리고 무릎 꿇⋯."

"지금이야." 알버트가 말했다.

생각을 읽을 때 중요한 것, 특히 목숨이 위태로울 때 반드시 해야 하는 건 방해 요소를 걸러내는 일이었다. 알버트는 오래전에 이 기술을 터득했다. 그래서 바로 이 순간, 덤불 속 세 남자의 인간적인 면, 즉 어두운 곳에서 희미한 나비처럼 펄럭이던 집과 가정, 맥주와 우정에 대한 소박한 생각들은 무시했다. 수레에 누워 있는 조와 에티의 모습도, 그 모습이 불러일으키는 분노도 무시했다. 그 대신 티치의 머릿속에 숨겨진 생각의 실타래만 주시했다. 실이 목적을 향해 팽팽히 조여지는 걸 바라봤다. 그리고 몇 초 안에 그가 발포 명령을 내릴 걸 알아챘다.

그래서 알버트가 먼저 말했다. 알버트가 입을 채 다물기도 전에 스칼렛이 총을 네 방 쐈다.

스칼렛은 아주 순간적으로 반응했다. 팔 움직임이 희미하게 보일 정도였다. 총성이 네 번 울렸고, 총알이 네 발 발사됐다. 세 발은 목표물에 명중했다. 펄럭이던 나비 둘은 흔적도 없이 사라졌고, 나머지 하나는 고통스러워하며 빛을 잃고 있었다.

오직 네 번째 총알만 빗나갔다. 스칼렛이 빠르긴 했지만, 티치는 춤추듯 옆으로 피했다. 티치의 엉덩이 쪽에서 불꽃이 튀더니 총알이 발사됐다. 스칼렛의 손에서 권총이 날아갔다.

스칼렛이 욕설을 내뱉으며 뒤로 한 발 물러났다. 매끄러운 동작으로 단번에 벨트에서 검을 꺼내 티치에게 덤벼들었다.

티치의 입술이 벌어졌다. 소리 없이 웃고 있었다. 이제 그의 손에도 검이 들려 있었다. 스칼렛을 향해 몸을 움직이며, 그녀가 휘두르는 광란의 칼날 공격을 가볍게 받아냈다. 한 번, 두 번, 그리고 또 한 번. 둘의 검이 별빛 파편처럼 소용돌이쳤고, 부딪힐 때마다 종소리 같은 소리가 울렸다. 알버트는 스칼렛이 놓친 권총을 찾아봤지만 보이지 않았다. 머릿속에서 통증이 점점 강하게 고동쳤다. 덤불에서 부상당한 남자의 신음 소리가 희미하게 들렸다. 다른 둘은 조용했다. 이미 죽은 것 같았다.

알버트는 수레에 있는 조와 에티에게 가고 싶었지만, 스칼렛이 길 한가운데에 있었다. 티치가 너무 강했다. 바람에 휘날리는 연기 돌풍처럼, 더 이상 방어하지 않고 모든 각도에서 춤추듯 공격해 왔다. 스칼렛이 아무리 몸을 돌리고 피하며 공중에서 필사적으로 검을 휘둘러도 소용없었다. 티치는 스칼렛의 모든 움직임을 한발 먼저 예측했다. 알버트는 스칼렛의 무력감을 느낄 수 있었다. 끝이 가까워졌다. 스칼렛은 힘이 빠져 뒤로 물러났다. 티치는 공격하는 척하다가 몸을 돌렸다가, 다시 공격하는 척하다가… 마지막 일격을 가했다.

칼날이 스칼렛의 옆구리를 찔렀다. 동시에 알버트도 폭발적인 고통을 함께 느꼈다. 알버트는 스칼렛과 함께 비명을 질렀다. 분노와 두려움이 몰려온 바로 그 순간, 절대 공포 역시 폭발했다.

알버트에게서 터져 나온 힘이 상대를 가리지 않고 모두 덮쳤다. 티치는 둑길 가장자리 너머로 날아갔다. 땅에 쓰러진 스칼렛은 길을 따라 미끄러졌다. 수레가 진동하며 둑을 향해 옆으로 휙 움직이자, 조와 에티의 몸이 수레 옆면에 세게 부딪혔다. 나뭇가지가 휘어지고 부러지며 습지에 떨어져 내렸다. 차가운 별빛이 갑자기 알버트의 얼굴, 찢기고 뿌리가 뽑힌 덤불, 하늘을 향해 기울어진 수레바퀴를 비췄다.

알버트는 이것이 단지 시작일 뿐이라는 걸 알았다. 절대 공포는 수레와 나무를 갈기갈기 찢어버릴 것이다. 산 자와 죽은 자, 적과 친구를 가리지 않고 모두 산산조각 낼 것이다. 절대 공포가 그들을 모두 부수고 파괴할 것이다! 그는 절대 공포를 막을 수 없었다. 그는 무력했다! 할 수 있는 건 아무것도 없었으니….

알버트는 뒤에서 비틀거리며 다가오는 무거운 발걸음을 알아차리지 못했다. 갑자기 뭔가가 옆통수를 세게 가격했다.

10

알버트의 귀에 가장 먼저 들린 건 시계 초침 소리였다.

"알버트." 스칼렛의 목소리가 들렸다.

"응?"

"깬 거 다 알아. 도로 자지 말고 눈떠."

"꼭 그래야 해? 지금 울프스 헤드 여관의 거위 깃털 침대에 누워 있다고. 라일락 비누 향이 나는 어떤 사람이 방금 아침을 갖다주는 꿈을 꾸는 중인데. 오트밀죽이랑 꿀, 커피랑 버터 바른 빵도 잔뜩 있어."

"알버트, 지금 이곳의 현실도 거의 그만큼 훌륭해."

"정말?"

"그럼. 자, 눈떠봐. 후회하지 않을 거야."

"알았어."

알버트가 망설이며 한쪽 눈을 떴다. 뭔가 끈적끈적한 것 때문에 눈꺼풀이 붙어 있어 눈을 뜨기 힘들었다. 가장 먼저 보인 건 몇 미터 떨어진 곳에 앉아 있는 스칼렛이었다. 의자에 묶여 있었다. 발목과 손목이 노란색 철사 고리로 결박돼 있었다. 무기는 없어졌고, 코트는 벗겨졌으며, 옆구리에는 옷 위로 마른 피가 꽃처럼 얼룩져 있었다. 머리도 엉망진창이었다. 헝클어진 머리카락 뭉치가 스칼렛의 멍든 얼굴 위에 흘러내렸다. 묘지에서 막 파낸 시체가 아닌 이상, 이보다 더 나빠 보일 수는 없을 것이다.

알버트의 상태도 스칼렛과 크게 다르지 않았다. 그 역시 손발을 움직일 수 없었고 머리는 통증으로 욱신거렸는데, 아까 절대 공포의 폭발 때문만은 아닌 게 분명했다. 한쪽 눈이 떠지지 않았고, 턱도 마찬가지였다. 마치 열정적인 아마추어 외과의사, 혹은 미성년자가 뼈를 분해했다가 다시 붙여놓은 것 같았다.

알버트는 얼굴을 찡그리려다 바로 멈췄다. 너무 아팠다.

"대체 이게 무슨 좋은 현실이란 거야?" 알버트가 쉰목소리로 말했다. "버터 바른 빵은 어디 있고?"

스칼렛은 알버트에게 비뚜름한 미소를 지었다.

"분명 라일락 비누 향 나는 사람이 곧 갖다줄 거야. 불평 그만하고 주위를 봐. 좋은 소식은 우리가 지금 여기 살아 있다는 거야."

주변 환경에 다시 초점을 맞추기 위해 알버트는 다시 한번 고통스러운 노력을 기울여야 했다. 눈을 여러 번 깜박이자 눈가에 말라붙은 피가 떨어져 나갔다. 그제야 주변을 살펴볼 수 있었다.

그곳은 천장이 거대하고 둥근 돔 형태의 홀 안이었다. 동굴처럼 어둡고 넓었다. 벽돌은 오랜 세월의 흔적으로 검었고, 창에는 덧문이 쳐져 있었다. 알버트가 있는 곳을 중심으로 여러 층의 객석이 동심원 형태로 벽면 높은 곳에 위치해 있었다. 홀은 넓었지만 밝은 조명이 한 곳에만 집중돼 나머지 공간은 대조적으로 더 어두워 보였다. 단상 위에 세로로 설치된 네 개의 아크등이 그곳을 마치 무대처럼 환히 밝히고 있었다. 단상에는 의자가 없는 거대한 책상이 놓여 있고, 뒤쪽 벽에는 시계로 가득 찬 선반들이 어둠 속에 높이 솟아 있었다. 알버트는 자신이 본 걸 재확인하기 위해 눈을 가늘게 떠야 했다. 선반에는 수를 헤아릴 수 없을 만큼 많은 시계가 있었다. 시계 종류는 모두 제각각이었다. 몇 개는 중앙 머시아의 시계 장인들이 만든 익숙한 태엽 시계였고, 몇 개는 의미 없는 상형문자와 기호가 새겨진 기괴한 골동품으로 보였는데, 아마 대재앙 시대 이전의 것 같았다. 나무 케이스가 있는 시계, 금속 시계, 화려한 플라스틱 케이스 시계 등 여러 종류가 있었고, 갈비뼈처럼 폭이 넓은 시계와 꽉 쥔 주먹만큼 작은 시계도 있었다. 시계는 모두 째깍거리며 가고 있었다. 시계 소리들이 서로 엇갈리면서 불규칙하게 뛰는 심장 소리처럼 들리며 아크등의 웅웅거리는 소리와 뒤섞여 텅 빈 공간 전체에 불안감을 조성했다. 그 소리는 먼지와 거미줄 사이로 탄산음료 기포가 터지듯 톡톡 튀며 진동했다.

책상 뒤쪽으로 넓은 떡갈나무 문이 보였다. 아주 깔끔하게 잘 닦인 문은 노후된 홀의 모습과 전혀 어울리지 않았다. 문은 닫혀 있었고, 빛이 반사돼 표면이 빛났다. 그 문 역시 홀 안의 연극적인 분위기를 조성하는 데 한몫했다.

스칼렛과 알버트가 앉아 있는 의자는 책상과 홀 중앙 사이에 놓여 있었다. 홀 중앙에는 거대한 밧줄과 사슬이 몇 개 달려 있었다. 일부는 콘크리트 추에 고정돼 있고, 나머지는 바닥의 도르래에 감겨 있었다. 밧줄과 사슬은 위로 계속 올라가 마지막 객석 높이에 이르러서야 어둠 속으로 사라졌다. 그중 두 개의 밧줄 끝에는 가시 달린 갈고리, 버클, 가죽 끈으로 이루어진 복잡한 장치가 있었다.

알버트는 시간을 들여 모든 걸 천천히 훑어봤다.

"그래, 스칼렛. 말 좀 해봐. 정확히 어떤 점에서 이게 '좋은' 거야?"

옆구리엔 칼에 찔린 상처를 입고, 철제 의자에 거칠게 묶여 있음에도 스칼렛은 기분이 상당히 괜찮아 보였다.

"바보야, 좋은 거지. 우릴 안 죽였잖아. 난 형제단이 우릴 죽일 거라고 생각했거든. 티치가 우릴 죽이려고 했으면, 어젯밤 목을 베어 늪에 던져버렸을 거야. 그러지 않고 스토우까지 100킬로나 되는 거리를 자전거 수레와 트럭을 이용해 엄청난 노력을 기울여 우릴 데려왔지. 내 상처까지 치료해 주고."

"여기가 스토우야?"

"응. 우린 지금 손가락 형제단 본부에 있어."

알버트는 관자놀이 통증만큼이나 심한 내적 혼란을 느꼈다.

"하지만, 잠깐만…. 마지막으로 기억나는 건…."

"걱정 마. 나도 기억이 좀 흐릿하니까. 어쨌든 싸움에서 살아남은 형제단원들이 자전거로 우릴 머시아 국경 너머까지 데려왔어. 그 후 우릴 큰 도로로 데려갔고. 도로에는 트럭이 기다리고 있었어."

갑자기 모든 기억이 알버트를 빠르게 스쳤다. 그가 의자에서 움찔했다.

"에티! 조와 에티는…."

"둘 다 살아 있어. 트럭 뒤쪽에 함께 있었어. 조는 얻어맞긴 했지만, 그놈들이 우릴 에티와 조가 있는 수레에 던졌을 즈음엔 서서히 깨어나고 있었어. 에티는 그냥 잠든 거 같아. 그 애를 아프게 하진 않은 거 같아. 오히려 네가 걱정거리였지. 형제단 놈에게 세게 얻어맞았잖아. 넌 한참 동안 의식을 잃었어. 그러다 네가 침을 뚝뚝 흘리기 시작했을 때야 비로소 안심할 수 있었지."

알버트가 비참한 표정으로 스칼렛을 쳐다봤다. 지난 육 개월 동안 생긴 자신감이 먼지투성이 바닥으로 도로 빠져나가는 걸 느낄 수 있었다.

"미안해, 스칼렛. 도움이 되고 싶었는데⋯. 절대 공포가 나와버렸어. 늘 두려워했던 일이 벌어진 거야. 진짜 위기 상황에서 통제력을 잃었어."

스칼렛의 신음이 홀에 울려 퍼졌다.

"맙소사, 제발 사과하지 마! 난 네가 능력을 써서 반가웠으니까! 이젠 때가 됐어! 오히려 충분히 통제력을 잃지 않은 게 문제였지."

알버트는 자신을 휩쓸고 간 절대 공포와 절대 공포에서 느껴지던 굶주림과 해방의 기쁨을 떠올렸다. 여전히 손가락에선 찌릿찌릿한 흥분이 감돌았고, 피부를 따라 울려 퍼지는 절대 공포의 메아리를 느낄 수 있었다. 절대 공포는 길들일 수 없는, 그와는 분리된 별개의 존재였다. 그건 결코 멈추지 않았을 것이다. 멈추고 싶어 하지 않았다.

"아니야. 그들이 날 때려서 다행이야. 아니었다면 널 포함한 모두를 죽였을 거야." 알버트가 작은 목소리로 말했다.

"진짜 그렇게 생각해? 넌 그냥 나무 몇 그루 가지치기하고, 티치를 늪에 빠뜨렸을 뿐이야."

"그랬어? 티치가 다쳤어?"

"불행히도 안 다쳤어. 그냥 흠뻑 젖었을 뿐. 물론 화는 냈지만."

"이런⋯."

어딘가 멀리서 철커덩 소리가 크게 들리더니 홀 전체에 메아리가 울려 퍼졌다. 알버트와 스칼렛은 가만히 기다렸지만 아무도 오지 않았다.

"전부 분위기를 만들려는 작전이야. 곧 그들이 올 거야." 스칼렛이 말했다.

알버트는 손목을 잡아당겼다. "조와 에티가 보고 싶어. 걱정돼."

"볼 수 있을 거야. 소암스가 거창하게 등장해 손가락 형제단이 원하는 걸 말하면, 우린 그와 거래를 하는 거지. 조와 에티를 자유롭게 놔주고, 그 대가로 내게 은행 강도 일 같은 걸 시키겠지. 그럼 모든 게 달콤하고 즐거워질 거야." 스칼렛이 다시 씩 웃었다. "지금 당장 가장 큰 문제는 코를 긁고 싶단 거야. 간지러워."

"스칼렛, 어제 티치를 만났을 때는 좀 불편해 보이던데?"

"아, 티치는 깐깐한 노인네거든. 하지만 소암스는 수다쟁이야. 그와는 괜찮아."

알버트에겐 별로 그럴듯하게 들리지 않았다. 그는 끔찍하게 음울한 홀을 둘러봤다.

"음침하지, 알버트? 나도 예전엔 무서웠어. 그들의 목적에 딱 맞지. 여기 끌려온 사람들에게 최대한의 공포를 심어주기 위해 모든 게 철저하게 설계돼 있거든."

"지금도 여긴 제 역할을 톡톡히 해내고 있네."

"넌 아직 종탑도 눈치 못 챘잖아. 저긴 올빼미를 위한 거야."

알버트가 잠깐 스칼렛을 응시하다가, 그녀의 시선을 좇아 홀 중앙에 매달린 도르래와 밧줄과 사슬이 뒤엉킨 모습을 봤다. 그리고 힘겹게 고개를 들어 천장을 올려다봤다. 아무 소리도 안 들리고 어두운 그림자만 보였다.

"그래, 저 위야." 스칼렛이 말했다.

그때, 바로 뒤 어딘가에서 문이 열렸다. 발소리가 홀을 가로질러 다가왔다. 알버트와 스칼렛은 뒤돌아볼 수 없어서 누군지 몰랐다. 알버트가 의자에서 몸을 움직였다.

"또 시작이군." 스칼렛이 과장되게 하품했다. "그냥 편안하게 있어. 저들은 늑대 같아. 일단 두려움의 냄새를 맡으면 사나워지지. 이봐, 티치!" 그녀가 소리쳤다. "옷은 다 말랐는지 알버트가 궁금해하던데! 감기 안 걸렸길 바라!"

티치의 말쑥하고 작은 체구가 의자 주변에서 모습을 드러냈다. 검은 구두를 신은 무용수처럼 움직였고, 손은 검 손잡이 위에 얹혀 있었다. 진흙으로 뒤덮였던 검은 패치워크 코트가 지금은 눈부시게 빛났다. 조각보 같은 패치워크 표면은 아크등 불빛 아래 동물 가죽처럼 윤기가 흘렀다. 피부는 두개골에 창백하고 팽팽하게 달라붙어 있었다. 지금처럼 미소 지을 때면, 입가에는 따옴표 같은 날카로운 주름이 생겼다.

"기운을 차렸나 보지? 잘됐군." 티치가 답했다.

티치 뒤에는 덩치 큰 남자 둘이 따라오고 있었다. 검은 양복을 입고 머리 위에 납작한 모자를 썼다. 한 명은 뚜껑 달린 커다란 플라스틱 양동이를, 다른 한 명은 검을 들고 있었다. 그들은 티치 옆에 멈춰 섰다.

스칼렛은 나른하게 눈을 깜빡이며 티치에게 물었다. "보스를 기다리나 봐?"

티치의 미소는 변하지 않았다. "내 파트너가 지금 오는 중이지. 하지만 그 전에 해야 할 일이 있거든."

티치가 양동이를 든 부하에게 손짓하자 뚜껑을 열었다.

높은 곳에서 희미하게 깃털 스치는 소리와 애처롭게 우는 소리가 들렸다.

"올빼미들이 피 냄새를 맡았군." 티치가 말했다.

티치는 양동이에서 집게를 꺼내 붉고 축 처진 고기 한 덩어리를 집어 들더니 어두운 종탑으로 높이 던졌다. 엄청난 날갯짓과 딱딱 무는 소리, 사슬이 철컥거리는 소리가 났다. 고깃덩어리는 다시 내려오지 않았다.

티치는 집게를 양동이에 도로 넣고 청바지에 손을 닦았다.

"저 녀석들이 오늘 아침엔 좀 안절부절못하는군. 며칠 굶겼더니 더 큰 걸 원하나 봐."

알버트가 티치의 말에 어떻게 대꾸할지 고민하는 사이, 아크등 불빛 너머에서 땡그랑 소리가 들렸다. 조명을 받던 문이 열렸다. 문 뒤는 컴컴했다. 잠시 정적이 흘렀다.

덜컹거리고 삐걱대는 소리가 났다. 문을 통해 바퀴 달린 기묘한 장치가 들어왔다. 녹색 가죽과 검은색 나무로 만든 커다란 의자가 금속 골조로 고정된 채 네 개의 거대한 수레바퀴 위에 높이 솟아 있었다. 의자에는 몸집이 거대한 남자가 앉아 있었는데, 의자를 가득 채우고도 살이 접혀 넘칠 만큼 뚱뚱했다. 그는 회색 바탕에 분홍색 줄무늬가 있는 양복과 하얀 셔츠를 입고, 분홍색 넥타이를 매고 있었다. 가슴 주머니에는 꽃이 핀 듯 분홍색 손수건이 꽂혀 있었다. 양복 줄무늬는 남자의 넓은 가슴과 튀어나온 배의 굴곡을 따라 흘러내렸다. 알버트는 이렇게 거대한 사람을 본 적이 없었다. 원뿔 모양의 짧은 두 팔이 충동적으로 용접한 듯 양쪽에 불편한 모양새로 매달려 있었다.

남자는 한 손으로 의자 앞바퀴에 고정된 조종간을 잡고 있었다. 검은 양복 차림에 납작한 모자를 쓴 형제단 부하 두 명이 뒤따라왔다. 그들이 뒤에서 밀면 거대한 남자가 의자를 조종했다. 원뿔 모양의 짧은 두 다리는 의자 앞쪽에서 덜렁덜렁거렸는데, 그럴 때마다 남자의 신발이 내적 리듬에 따라 움직이듯 경쾌하게 흔들렸다. 의자는 불평하듯 삐걱대며 뱀 둥지처럼 바닥에 꼬여 있는 전선과 조명 사이를 요리조리 이동하더니, 마침내 책상 뒤에 자리 잡았다. 형제단 부하들이 물러섰다. 거대한 남자는 우아한 동작으로 재킷에서 금테 안경을 꺼내 코에 걸쳤다.

분홍빛 얼굴은 둥글고 윤기가 흘렀으며, 턱살과 목살은 햇볕에 오래 놔둔 아이스크림처럼 축 늘어져 있었다. 노란 곱슬머리는 두껍게 엉켜 있었으며, 관자놀이 부근은 희끗희끗했다. 밝고 환하게 웃는 얼굴은 엄청나게 못생겼다. 입이 아주 컸고 코는 매우 작았으며, 눈은 살에 파묻혀 거의 보이지 않았다. 하지만 얼굴은 미소 짓고 있었다. 티치가 뻣뻣하고 딱딱하며 무뚝뚝한 표정에, 몸은 피부와 뼈만 남은 것처럼 보였다면, 새로 나타난 남자는 활달하고 경쾌한 기운을 뿜어냈다. 그는 안경 너머로 의자에 앉아 있는 포로들을 바라보며 환하게 웃었다. 눈빛이 반짝였다.

"스칼렛 맥케인! 진짜 너로구나! 티치가 농담하는 줄 알았지 뭐야! 훌륭해! 기뻐! 너무 오랜만이구나!" 남자가 소리쳤다.

"안녕, 소암스." 스칼렛이 말했다.

"다시 만나서 반가워, 이 아가씨야!"

소암스의 목소리는 풍부하고 깊었다. 듣기 좋게 조절한 목소리엔 활기와 힘이 넘쳤다.

"그런데… 대체 이게 뭐지?" 소암스가 깜짝 놀라며 안경을 고쳐 썼다. "깡패처럼 꼼짝 못 하게 묶어놓다니? 맙소사! 티치, 풀어줘! 어서 풀어주라고! 우리가 야만인이야? 아님 콘월이나 웨일스 사람이야? 쟤들을 어서 의자에서 일어나게 해줘!"

티치는 못마땅한 표정이었지만 반대하지 않았다. 분명 이런 일을 예상한 것 같았다. 티치가 검을 든 형제단원에게 고개를 끄덕이자 스칼렛에게 다가와 몸을 결박한 철사를 자르고, 알버트도 풀어줬다. 그 형제단원의 왼손은 손가락이 하나 없었다.

스칼렛은 뻣뻣한 걸음걸이로 왔다 갔다 하며 팔다리에 피가 다시 돌게 했다. 알버트도 똑같이 따라 했다가 다리가 풀릴 뻔했다. 머리에 띵한 현기증을 느끼며 비틀거렸다. 스칼렛이 다가와 팔꿈치를 내밀어 기댈 수 있게 해줬다.

"맙소사, 불쌍하게도 굶주렸구나. 아침도 안 먹인 거야?"

"올빼미들 아침으로 주려고 했지." 거대한 소암스의 탄식에 티치가 대꾸했다.

"이런, 그게 손님을 접대하는 방식인가?" 소암스가 고기 양동이를 든 부하에게 손가락을 튕겼다. "에머릭, 우리 손님들에게 커피 좀 갖다주게. 그동안 스칼렛과 알버트 브라운 군은 이리 가까이 오고! 어서, 얼굴 좀 보자고! 부끄러워하지 말고."

스톤무어에 갇혀 있을 때, 알버트는 칼로웨이 박사의 책상 앞에서 고통스러운 처벌을 기다리곤 했었다. 어떤 처벌을 받을지 알 수 없는 불확실성은 불안감을 더 키웠다. 스칼렛과 함께 소암스의 책상 앞으로 걸어갈 때도 비슷한 느낌을 받았다. 분홍빛 얼굴의 거대한 남자가 그들을 내려다보며 웃고 있었다. 알버트는 자신이 작고 무력하게 느껴졌다. 다시 여섯 살이 된 느낌이었다. 분명 이 또한 의도된 거겠지.

책상을 자세히 살펴봐도 상황은 나아지지 않았다. 소암스 앞에는 신문지가 쌓여 있고, 선반이 하나 있었다. 선반 위에는 다양한 금속 장비가 놓여 있었는데, 경첩이 달리고 칼날과 갈고리가 있는 장비들로, 꿰뚫고 자르고 찌르기 위한 도구들이었다. 검은색 손잡이는 오랜 사용으로 닳아 있었고, 칼날 부분은 아크등 아래 사악하게 빛났다. 알버트는 그 광경을 보고 겁에 질렸다.

반면 옆에 서 있는 스칼렛은 여유로웠다.

"소암스, 좋아 보이네. 장치가 더 발전했어. 시계도 많아지고 조명도 나아지고. 올빼미 사슬은 그대로네."

"잘 작동하면 왜 바꾸겠니?" 소암스의 목주름이 떨렸다. 검은 두 눈이 즐거움으로 반짝였다. "아, 여전히 똑같은 스칼렛 맥케인이군. 자존심 강하고 반항적이고, 미용사가 절실히 필요해 보이고. 보틀 가의 메이블 스닙스라는 미용사가 있어. 여기 스토우에. 기억하라고."

"꼭 기억할게."

"네 활약상도 날로 대단하던데." 소암스가 육중한 손을 신문지 위에 올려놨다. "웨섹스, 머시아, 앵글리아까지…. 이런, 정말 멀리도 갔군. 온갖 못된 짓을 하고 다니면서. 물론 기사에 항상 네 이름이 나오는 건 아니지만, 난 알지."

"이젠 심지어 서사시까지 나왔더라고." 스칼렛이 말했다.

"알아. 끔찍한 엉터리 시였지만. 어쨌든 손가락 형제단이 늘 알고 있던 사실을 보여주더군. 스칼렛, 네겐 사람을 끄는 매력이 있어. 너랑 네 엄청난 동료에게는…."

얼굴 주름이 움직이며 소암스가 고개를 돌렸다. 소암스와 티치, 스칼렛은 모두 알버트를 바라봤다. 알버트는 여전히 선반 위에 놓인 끔찍한 도구들을 보고 있었다.

"어, 안녕하세요." 알버트가 말했다.

"저 애를 만만하게 봐선 안 돼."

티치의 말에 소암스가 답했다. "아주 매력적인 거 같은데. 우울한 고블린 같군. 능력이 있는 거야?"

"있어. 하지만 어떻게 써야 하는지 모르더군. 싸움으로는, 눈 감고 두 바퀴 돈 후 오십 보 밖에서도 칼로 저 애의 눈을 찌를 수 있을 거야. 우리 이모도 할 수 있을걸. 이모네 개도 잘 해낼 거 같군. 스칼렛이 저 남자애랑 붙어 다니는 건 싸움 실력 때문이 아니야."

소암스의 굵고 낮은 웃음소리가 다시 울려 퍼졌다. "스칼렛이 왜 저 소년과 다니는지는 다들 알지. 사랑하는 스칼렛, 네가 누군가를 찾았다니 기쁘구나. 물론 일종의 대체품이겠지만."

알버트가 스칼렛을 흘끗 봤다. 스칼렛의 볼이 붉으락푸르락하는 걸 볼 수 있었다.

형제단원이 홀을 가로질러 돌아왔다. 양동이 대신 쟁반을 들고 있었다. 그 위에는 커피잔과 스콘 한 무더기, 클로티드 크림과 잼이 놓여 있었다. 그가 지나가자 종탑에서 큰 동요가 일었다. 새 울음소리와 덜컥거리는 소리가 더 커졌다. 하얀 깃털 한두 개가 홀의 희미한 불빛 사이로 떨어졌다.

"자, 커피 좀 마시렴. 알버트 군, 스콘도 먹고. 개인적으로 난 잼을 먼저 바르고 그 위에 크림을 바르는 걸 좋아하지. 티치는 정반대로 하는데, 아주 야만적인 행동이야." 소암스가 말했다.

알버트가 커피를 받았다. 쟁반을 든 형제단원이 컵을 건넸다. 그 역시 손가락이 하나 없었다.

스칼렛은 스콘을 받아 게걸스레 두 입 크게 베어 물었다. 태평하고 무관심한 태도로 보였다. 알버트는 스칼렛이 겉으로만 그런 척하는 거라는 의심이 들었지만, 절대 공포 때문에 너무 지쳐서 그녀나 주위 사람의 머릿속을 들여다볼 힘이 없었다.

"맛있네." 스칼렛이 말했다. "자, 이제 사업 얘기를 해야지. 서로 오해에 대해서도 얘기하고, 내 친구들에 대해서도 할 말이 있잖아."

스칼렛의 말에 처음으로 소암스의 표정이 어두워졌다. 금테 안경 뒤의 눈이 가늘어졌다. 물렁한 몸이 고치 속 번데기처럼 양복 안에서 꿈틀거렸다.

"급하군. 너무 급해. 이제 막 다시 친해지려는 중이잖아. 저 축 늘어진 스웨터를 입은 소년은 이제 처음 알아가는 중이라고. 알버트

군, 내 도구들을 쳐다보더군."

소암스의 커다란 손가락 끝이 책상 위 선반을 사랑스럽게 스쳐 지났다.

"말해보게. 이 도구들을 어떻게 생각하지?"

알버트가 침을 꿀꺽 삼켰다. "좀 날카롭네요."

"날카롭고 예리하지. 그렇고말고. 그럼 이 도구들로 뭘 한다고 생각하나?"

"힘없는 희생자들을 고문하는 데 쓰겠죠, 아마도."

소암스가 활짝 웃었다. "위대한 싯다르타 신이여. 아니야! 시계용 도구라네. 잘 봐."

소암스는 책상 아래로 손을 뻗어 긴 갈고리 막대를 풀었다. 그리고 예상치 못한 솜씨로 의자 바퀴를 획 회전시켜 뒤쪽 시계 선반으로 몸을 돌렸다. 갈고리 막대를 가볍게 높이 들어 올려 선반에서 작은 시계를 꺼내 무릎 위로 가져왔다. 그는 시계를 앞에 놓은 채 바퀴를 다시 돌려 책상으로 돌아왔다.

"내가 여기 모든 시계를 조정했지. 보면 알겠지만, 시곗바늘이 거꾸로 돌아가고, 숫자는 시간이 아니라 다른 걸 나타내. 각각의 시계는 내 손아귀에 있는 누군가의 운명을 나타내지. 남아 있는 날과 주를 째깍째깍 세면서…. 자, 이 시계를 봐."

평범한 황동 시계였다. 시계는 무서워서 떠는 듯한 소리를 내며 움직였다. 소암스가 시계를 뒤집었다. 선반에서 날이 예리한 칼을 집어 시계 뒷면의 뚜껑을 비틀어 열었다.

"이 시계는 애벗 씨와 연결돼 있지. 레클레이드의 유명한 식료품 상인이야. 거기 가본 적 있지? 어쨌든, 내 지원 덕에 애벗 씨는 부자가 됐어. 그리고 부를 유지하기 위해 내게 정기적으로 소액의 수수료

154

를 지불하지." 부드러운 입술이 오므라들었다. "그런데 최근 몇 달 동안 수수료가 들어오지 않더군! 알버트 군, 이게 말이 되나?"

"아, 아마 뭔가 어려움을 겪고 있는 게 아닐까요? 애벗 씨에게 물어봤나요?"

"당연히 물어봤지. 애벗 씨는 지역의 기근과 오염된 자들의 약탈을 탓하더군. 하지만 그건 내 알 바가 아니야. 어려움은 누구에게나 찾아오는 법이니까. 안 그런가, 알버트 군?"

소암스는 움직이는 시계의 내부 부품을 칼로 쿡쿡 찔렀다.

"애벗 씨의 심장박동이 팔딱거리는 게 보여? 얼마나 연약한 존재인지! 시곗바늘이 다 돌아 서서히 멈추고 마침내 연약한 종이 울리면…. 어디 보자. 이틀 후까지… 빚을 안 갚으면, 애벗 씨는 모든 게 끝장날 거야."

소암스가 뚜껑을 탁 닫았다.

"모든 게 끝장난다고요? 그 말은…." 알버트가 소암스의 말을 따라 했다.

소암스가 눈을 크게 뜨고 입을 작은 원 모양으로 만들어 과장되게 애처로운 표정을 지었다. 그렇게 만들어진 세 개의 둥근 구멍에서부터 얼굴 살이 잔물결처럼 바깥쪽으로 퍼져나갔다.

"오, 이런. 올빼미들을 말하는 거야. 올빼미…." 소암스가 깊게 울려 퍼지는 슬픈 목소리로 말했다.

알버트가 책상에서 한 걸음 물러났다.

"좀 가혹한 거 같아요."

"사슬에 묶어 높이 끌어 올리면 그 무엇도 다시 내려오지 못하지." 티치가 차갑게 말했다.

"뭐, 소화되지 않는 뼈 같은 것들은 빼고. 아, 그렇게 불안해하지 말라고, 알버트 군. 소문에 의하면 자넨 더 심한 짓을 했다던데? 그래서 말인데, 자네와 스칼렛이 우리에게 피로 빚진 부채에 대해 한번 얘기해 볼까."

스칼렛이 조급하게 손짓했다. "속도 좀 올리면 어때? 다 아는 얘기는 빨리 지나가자고. 당신은 내가 돈을 빚졌다고 해. 난 레클레이드에서 당신에게 줄 돈을 구했지만, 왠지 당신 부하들은 날 죽이려고만 했고. 또 당신은 내가 어젯밤 형제단원들을 죽였다고 하지만, 난 내 목숨을 구하려 했을 뿐이고. 자, 이 모든 일에 서로 의견이 다를 수 있단 걸 인정하고 바로 본론으로 들어가지. 형제단은 내 친구들을 잡고 있어. 그들을 풀어주는 대가로 원하는 게 뭐야?"

알버트는 스칼렛이 말하는 동안 소암스를 지켜봤다. 거대한 몸이 천천히 의자 뒤로 움츠러들었다. 양손은 한데 모아졌고 손가락은 뾰족하게 세워졌으며, 두 눈은 작은 안경알의 반짝이는 표면 뒤로 사라졌다. 좀 전까지 쾌활하고 친근했던 모습이 갑자기 사라졌다. 마치 깨끗하게 닦아버린 듯 얼굴에는 아무런 표정도 없었다.

"그래," 소암스가 부드럽게 말했다. "네 친구들 말이야. 여자애는 아주 매력적인 꼬마더군. 알다시피, 그 아이와 훨씬 덜 매력적인 그 아이의 할아버지가 지금 우리 형제단의 손님이지. 잠깐 너와 알버트 군의 얘기로 돌아가 보자고. 티치는 네 배신에 치를 떨었어. 널 그냥 올빼미 밥으로 주고 싶어 하지. 하지만 난 신문을 읽었거든. 너희 둘 다 만만치 않은 상대라는 걸 잘 알지. 그냥 버리기엔 너무 아깝단 말이야. 너희 가치를 증명해 내면 네 친구들은 살 수 있어. 실패하면 죽는 거고. 이 정도면 충분히 본론을 말한 거 같은데, 아가씨?"

알버트가 스칼렛과 소암스를 번갈아 봤다. 홀에는 침묵이 흘렀다.

스칼렛이 어깨를 으쓱했다. "그냥 은행 이름이나 말해."

"은행?"

소암스의 온몸에 전율이 흐르고, 작은 다리가 극도의 흥분으로 떨렸다.

"이런 이런, 아가씨. 우린 은행 따위엔 관심 없어. 네가 눈 감고도 은행을 털 수 있단 걸 알거든. 우리도 마찬가지고. 네 귀여운 꼬마는 분명 그 이상의 가치가 있을 텐데."

"그럼 뭘 원해?" 스칼렛이 물었다. 얼굴이 찌푸려졌다. "뭘 원하는데? 빨리 말해."

"제안은 이미 알고 있잖아."

"무슨 말인지 모르겠는데."

알버트가 문득 깨달았다. 그가 스칼렛보다 빨리 이해하는 경우는 드물었다. 적어도 은행 강도 건이나 금고털이 등 실용적인 문제에 있어서는…. 하지만 지금은 먼저 연결고리를 찾았다.

"광산!" 알버트가 외쳤다. "애쉬타운! 파묻힌 도시 말하는 거야! 거기서 유물을 훔쳐달라는 거지!"

"샐 퀸이 제안한 일 말이야?" 스칼렛이 물었다.

"사실 우리가 제안한 일이지. 샐 퀸에게 그 일을 의뢰한 사람이 티치야. 티치와 내가 바로 그 일을 원하는 고객이지. 우린 샐 퀸과 자주 거래했거든. 그녀는 여러 왕국에서 건너온 암시장 물건의 훌륭한 공급책이지." 소암스가 미소 지었다. "하지만 이번에 샐 퀸을 고용한 주요 목적이 사실은 너흴 잡기 위해서란 걸 고백해야겠군. 우린 너희 이름을 알려주고 까다로운 애쉬타운 일에 고용하라고 제안했지. 매우 다행스럽게도, 샐 퀸이 앵글리아의 연줄을 이용해 그 무시무시한 여관에서 너희를 찾아냈어. 그 덕에 보다시피 빠르게 널 다시 우리 손아귀에 넣을 수 있었지. 일석이조란 말도 있잖아. 과거의 풀리지 않은 신비에 대한 우리의 욕구도 여전하거든. 우린 애쉬타운의 비밀에 관심이 많아. 신앙의 집이 비밀을 독점해선 안 되지. 그러니까, 맞아. 난 파묻힌 도시의 보물로 가득 찬 트럭을 원해. 그걸 이곳 스토우로 가져와."

스칼렛도, 알버트도 아무 말이 없었다. 알버트는 샐 퀸이 묘사했던 광산, 광산의 무서운 풍경, 문을 뚫고 나와 도로를 큰 소리로 질주하는 중무장한 고속 트럭을 떠올리고 있었다.

"당황한 모양인데."

티치의 말에 스칼렛이 어깨를 으쓱했다. 그녀가 애써 침착함을 유지하고 있단 걸 알버트는 알 수 있었다.

"엄청 어려운 일이야. 불가능하다고 하는 사람도 있을 테고…."

"아, 하지만 그 귀여운 아이가 저 천장 밑 어둠 속으로 천천히 끌려 올라가는 걸 생각해 봐…. 알버트 군, 식인 올빼미 크기가 사람만 하다네. 깃털은 반투명하고, 눈은 핏빛처럼 빨갛다더군. 아마 동굴 동물처럼 색소 문제겠지. 녀석들은 몇 년 동안 저 어둠 속에 있었거든."

그 말에 스칼렛이 또렷하게 답했다. "어려운 일이지만 우리라면 가능하지. 시간은 얼마나 줄 거야?"

"난 불합리한 사람이 아니야." 소암스가 책상 서랍을 열었다. "어디 보자…. 그래, 이게 좋겠군…."

소암스는 흰색과 노란색의 녹슨 꽃으로 장식된 작은 금속 자명종 시계를 꺼냈다.

"작고 귀여운 여자애를 위한 작고 예쁜 타이머군…."

소암스는 시계를 책상 위에 올려놓고 다이얼을 돌린 후 버튼을 눌렀다. 시계가 떨리더니 째깍거리기 시작했다.

"자…. 지금이 거의 정오니까, 정확히 일주일 시간을 줄게. 일주일 후 정오까지 보물이 우리 손에 들어와야 해. 그렇지 않으면 여자애를 저 위에 매달 거야."

"일주일? 애쉬타운은 노섬브리아에 있어! 거기까지 가야 하잖 아⋯."

소암스가 귀찮다는 듯 손을 내저었다.

"버스가 있잖아. 톰킨스 버스 시간표를 찾아봐."

"계획도 세워야 해."

"너처럼 머리 좋은 사람에겐 쉬운 일이지."

"무기도 있어야 하고⋯."

"슬쩍해."

"돈은⋯."

"훔치면 되지."

"그럼, 먼저 조와 에티가 살아 있단 걸 보여줘."

소암스가 스칼렛을 뚫어져라 보더니 갑자기 분노에 찬 고함을 질 렀다. 의자에서 폭발하듯 앞으로 튀어나가 책상을 주먹으로 쾅 내리 쳤다. 시계 도구들이 덜거덕거리며 튀어 올랐다. 스칼렛과 알버트는 깜짝 놀라 뒤로 물러섰다. 소암스의 입술에 거품이 일었고, 얼굴이 달아올라 머리카락 뿌리까지 붉어졌다.

"내가 잘못 들은 건가?" 소암스가 소리쳤다. "감히 내게 요구를 해? 그런 짓을 해놓고도? 스칼렛 맥케인! 넌 누구에게 명령할 처지가 아니야! 지금 당장 종탑에 매달지 않은 걸 다행으로 알아! 일주일 안 에 우리가 원하는 화물을 갖고 여기로 돌아와. 안 그러면, 온갖 신들 에게 맹세코 그 뚱뚱한 꼬맹이와 엉망으로 생긴 노인네를 빌어먹을 올빼미 밥으로 던져버릴 거니까!"

소암스는 감정 소모에 지친 듯 의자에 다시 앉았다. 가슴에서 분홍색 손수건을 꺼내 입과 이마를 가볍게 눌러 닦았다.

"둘 다 현재 살아 있고 건강하다는 내 말을 믿어. 물론 그 상태는 앞으로 딱 일주일 동안만 유지될 테지만. 이제 다른 질문이 없다면, 면담은 끝났어."

"저, 질문 하나 있어요."

알버트는 소암스의 말을 열심히 들었다. 대부분 명확했지만 한 가지 궁금한 점이 있었다.

"파묻힌 도시에서 가져오는 유물 말인데요. 정확히 어떤 거죠, 소암스 씨? 왜 필요한 건가요?"

"똑똑한 질문이군. 하지만 대답하지 않을 거야."

소암스는 형제단원들에게 신호를 보냈다. 그들은 서둘러 앞으로 왔다.

"신앙의 집 최고위원회가 관심을 보이는 거라면 우리 조직도 관심 있다는 것만 말해두지. 우린 잠재력을 알아보는 데 탁월하거든. 망가지고 쓸모없는 것도 말이야…. 그러니까 스칼렛도 받아들였지. 안 그러니, 스칼렛?" 소암스가 상냥하게 웃어 보였다. "일주일 후에 보자고. 티치, 이들을 배웅해 줘!"

형제단원들이 의자를 잡아당겨 돌렸다. 바퀴가 삐걱거리며 소암스를 문 쪽으로 실어 날랐다.

티치는 이미 홀 반대편 출구로 향하고 있었다. 그는 잠깐 밧줄과 쇠사슬 옆에 멈춰 섰다.

"아주 영리한 시스템이야. 저 무게 추 보여? 저것들 덕에 물건을 손쉽게 꼭대기까지 올릴 수 있지."

티치가 밧줄을 퉁겼다. 흔들림이 종탑까지 닿자 멀리서 날개를 퍼덕이는 소리가 들렸다.

"그 꼬마라면 순식간에 들어 올릴 수 있겠지." 티치가 스칼렛과 알버트에게 윙크했다. "여기서 기다려. 짐을 갖다주지. 먼 길을 가야 하니까."

티치가 홀을 떠났다. 알버트와 스칼렛은 어둠과 그림자, 그리고 올빼미 소리만 들리는 공간에 남겨졌다.

"스칼렛, 이 사람들 밑에서 일했던 거야?"

"응."

스칼렛의 얼굴은 감정을 읽을 수 없는 가면 같았다.

"그땐 그게 좋은 생각인 줄 알았거든."

3

파묻힌 도시

소녀는 저들이 무슨 말을 어떤 순서로 했는지 정확히 기억할 수 없었다. 누가 먼저 시작했는지, 저들이 먼저 했는지 자신이 먼저 했는지도. 물통에 처박아 버린 남자는 분명 구경꾼인 것 같았다. 그저 재미있다는 표정으로 쳐다봤을 뿐이니까. 하지만 다른 세 명의 남자들, 그녀가 판유리에 내던진 남자와 우체통 위에 축 늘어진 남자와 발치에 신음하며 쓰러져 있는 남자는 기억 속에 흐릿하게 엉켜 있었다.

분명한 건, 그들이 하나같이 다 나쁜 놈이라는 거였다. 구경꾼들도 마찬가지였다. 소녀가 휙 돌아 침을 뱉고 욕설을 퍼붓자, 도시 사람들은 해파리처럼 안팎으로 물결쳤다. 막대기로 그녀를 쿡쿡 찌르고 치던 남자, 돌을 던진 소년, 손톱을 세우고 와락 달려들자 좋아하며 웃기만 하던 나머지 사람들…. 그들은 모두 도시 사람들이었다! 주먹을 날릴 만한 턱이 한 개였다면! 지금 당장 저 사람들을 한꺼번에 때려눕혔을 텐데…. 하지만 사람들은 계속 뒤로 물러나기만 했다.

땅이 기울어진 것 같고, 머리가 계속 아팠으며, 주머니 속 물병마저 비어 있었다. 그 모든 것이 그녀를 더욱 힘들게 할 뿐이었다. 하지만 세상이란 이런 거였다. 나쁜 일들은 연달아 일어났다. 아주 맑은 하늘에서 갑자기 문제들이 쏟아져 내린다.

바로 지금처럼. 날카롭고 새된 호루라기 소리가 두 번 들렸다. 녹색 중산모를 쓴 민병대가 군중 속을 빠르게 뚫고 왔다.

맙소사. 소녀가 싫어하는 게 하나 있다면 그건 바로 민병대였다. 물론 멘토도 싫고, 도시 사람들도 다 싫었지만…. 제길, 왜 움직일 때마다 눈이 이렇게 아픈 거지? 알려줄 사람 없을까? 단지 빵을 사려했을 뿐인데….

소녀는 천천히 몸을 돌리며 눈을 깜빡여 눈앞의 현실에 초점을 맞추려 애썼다. 민병대원은 덩치가 크고 목이 굵었으며, 셔츠가 배에 꽉 끼었다. 경찰봉, 수갑…. 하지만 권총은 없었다. 다른 놈들과 같은 실수였다. 먼지와 실타래가 엉킨 것 같은 소녀의 머리카락과 해진 옷만 본 거겠지…. 그냥 작은 여자애로만 보는 것이다. 의식 없이 쓰러져 있는 주위 남자들은 신경도 안 쓰다니 우스운 일이었다.

초짜들이 할 만한 실수였다. 소녀는 민병대원의 손을 가볍게 피했다. 경찰봉은 하릴없이 뒤쪽의 허공만 갈랐다. 몸을 한번 흔들고 한 바퀴 돌아 민병대원 엉덩이에 발길을 날렸다. 민병대원이 비틀거렸다. 소녀는 머리를 좌우로 흔들며 통증을 떨쳐낸 후, 군중을 흐트러뜨리기로 했다. 고개를 들고 사람들에게 돌진했다. 절망과 분노를 쏟아내며 늑대처럼 울부짖었다. 사람들은 빠르게 흩어졌지만 멀리 가진 않았다. 마치 소녀에게 고무줄로 연결된 것처럼 곧 다시 몰려와 갈고리와 막대기를 휘둘러 댔다.

소녀는 줄무늬 천막을 친 시장 가판대 사이를 누비며 탈출구를 찾았다. 여기저기, 이쪽저쪽으로 가며… 도중에 흥미로운 물건들도 봤다. 모직 제품, 도자기, 금속 공구, 자전거 등…. 아마도 웨섹스에서 수입했을 것이다. 이런 별 볼일 없는 머시아 국경도시에선, 이름조차 모르는 이 도시에선 제대로 된 공장을 본 적이 없었으니…. 멋진 모자들이 줄줄이 색깔별로 진열돼 있었다. 녹색 줄, 파란색 줄, 진홍색 줄…. 모자를 하나 집으려 손을 뻗었으나 앞쪽에 사람들이 다시 모여들고 있었다. 남자들이 길을 막고 소녀를 향해 막대기를 휘둘렀다. 이제 그들은 더 이상 웃지 않았다. 소녀는 그들에게 욕설을 내뱉고 가판대 모자들 위로 뛰어올랐다. 밀짚모자와 주말용 고급 여성 모자가 진흙투성이 부츠에 짓밟혔다.

벽이 가로막고 있어 배수관 외엔 이동할 방법이 없었다. 생각할 겨를도 없이 소녀는 배수관 중간까지 뛰어올라 팔다리에 힘을 주고 나머지 반을 잽싸게 기어올랐다. 뭔가가 옆구리를 강타했다. 엉덩이뼈에 충격이 느껴졌다. 돌멩이들이 머리 옆쪽 벽돌에 부딪혔다. 소녀는 지붕 위로 몸을 끌어 올렸다. 잠시 지붕 홈통 위에서 비틀거리다 몸을 돌려 아래쪽 추격자들에게 욕설을 퍼부었다. 기와를 손으로 긁으며 간신히 가파른 지붕 꼭대기까지 기어오른 후, 꼭대기를 뛰어넘어 지붕 반대쪽으로 미끄러져 내려갔다. 잠깐 멈췄다가 현관 지붕으로 뚝 떨어져 물통을 밟고 거리로 뛰어내렸다.

소녀는 뛰어내린 충격으로 다리를 약간 절뚝이며 다시 이동했다.

"여기로!" 그때 누군가 부르는 목소리가 들렸다.

소녀는 속도를 늦추고 멍하니 주위를 둘러봤다. 어떤 집의 옆길 보도에서 지하로 내려가는 계단을 발견했다. 지하실이 하나 있었다. 촛불이 깜빡거리는 게 보였고, 아래쪽 문이 열려 있었다.

누군가가 소녀를 올려다보며 손짓했다.

"이쪽으로 들어와! 어서…." 남자가 낮게 속삭였다.

소녀는 멈춰 선 채 그를 바라봤다. 머리가 아팠다. 정신을 집중하기 힘들었다. 하지만 모르는 사람이란 건 확실했다. 남자는 도시 사람이었다. 그녀에게 도움이 될 리 없었다.

소녀는 다시 가던 길을 가려 했다.

"대체 왜 그렇게 멍청한 거야?" 목소리가 다시 들렸다. "사람들이 떼거지로 글래스 가와 처형장 거리로 돌아오고 있어. 교차로에서 도주로를 차단하겠지. 그 사람들, 피가 들끓고 있거든. 네가 방금 신앙의 날 모자가 진열된 가판대를 짓밟고, 지배 가문 아들의 코를 부러뜨렸으니까. 저 소리 안 들려? 이제 중죄인 감옥행으로는 안 끝나. 아마 널 갈기갈기 찢어 죽일걸." 남자는 어두운 그림자 속에서 이빨을 번뜩이며 씩 웃었다. "아니면 여기로 들어오든가."

소녀는 멍한 머리가 남자의 말을 천천히 이해하는 동안 멈춰 서서 거리 쪽을 바라봤다. 진짜로 포위망을 좁히며 추격해 오는 사람들의 웅성거림과 와자지껄한 함성이 들렸다. 이런 식으로 최대한 빨리 죽음을 맞이할 수 있다면…. 순간 그 생각에 거의 넘어갈 뻔했다. 진짜 그럴 뻔했지만, 저들에게 더 이상의 만족감을 안기고 싶진 않았다. 저 도시민들은 자기가 이겼다고, 그들의 힘으로 소녀를 물리쳤다고 생각할 것이다. 혹시 죽더라도, 그 죽음은 소녀가 정한 방식대로여야 했다.

"시간이 없어." 목소리가 말했다.

결국 소녀는 재빠르게 지하실 계단을 내려갔다. 그곳에 서 있던 키 작은 남자를 지나 안으로 들어갔다.

하지만 이 결정이 실수였단 걸 즉시 깨달았다. 지하실 안은 층고가 낮고 어두웠다. 천장 아래 고정된 반원형의 창살 창문으로만 빛이 들어왔다. 창문은 지하실 양쪽으로 나 있었고, 보도의 신발 높이까지만 밖을 내다볼 수 있었다. 빈 상자와 술통, 판석 바닥, 딱딱하게 굳은 먼지와 곰팡이, 게다가 한쪽 구석에는 녹슨 사슬 더미까지 있었다.

소녀가 돌아서서 눈을 가늘게 뜨고 남자를 봤다.

남자는 달래는 듯한 몸짓을 했다. "문은 잠그지 않았어. 자, 문에서 떨어질게. 난 무기도 없어. 네가 날 죽일 수도 있단 것도 잘 알아. 단지 너랑 얘기하고 싶었을 뿐이야."

남자는 확실히 키가 작았다. 소녀보다도 약간 작았다. 몸에 딱 맞는 체크무늬 재킷과 올리브색 코듀로이 바지를 입고 있어서 좁은 어깨와 생쥐 같은 체구가 더욱 강조됐다. 하지만 옷은 다 고급이었다. 남자도 그 사실을 인식하고 자기 모습과 옷에 만족한 듯했다. 창문 아래로 걸어가는 남자의 에나멜 구두가 반짝였다. 화려하게 넘긴 밝은 갈색 머리카락에 가려진 작은 얼굴은 커다란 설탕 장식 아래 놓인 시시한 컵케이크 같았다. 그는 위험을 감지한 동물처럼 짧고 불안정하게 움직였다. 모든 움직임이 매우 빨랐다.

"아저씨, 거리 유지하라고." 소녀가 말했다.

소녀는 소매로 코피를 쓱 닦았다. 아까 그들 중 한 명에게 맞은 게 분명했다. 이제야 통증이 느껴졌다.

"기꺼이 그러지."

남자가 잠깐 미소를 번뜩이자 가지런한 치아가 모습을 드러냈다가 다시 숨었다.

"거리 유지는 필수니까. 하지만 여기서도 숨결이 느껴질 정도군. 자, 앉고 싶으면 앉아. 저쪽에 통이 있어."

소녀는 아까 싸움 중 욕을 홍수처럼 뱉어냈던 게 떠올랐다. 피 묻은 손가락으로 벨트에서 지갑을 만지작거리다 동전을 꺼내 목에 걸린 더러운 끈 주머니에 넣었다. 아주 엄숙한 태도로 이 의식을 치렀다. 동전 몇 개를 옮겨 담고 목에 걸린 무게가 확연히 무거워진 후에야 다시 고개를 들었다.

"뭐라고 했어?" 소녀가 물었다.

남자의 입가가 움찔했다. 그는 재킷 주머니에 손을 넣었다.

"세상에, 꼴이 말이 아니구나."

소녀는 어둠 속에서 눈을 가늘게 떴다. 엉덩이가 아팠고 다리에 힘이 풀렸다. 단지 빵 좀 사려 했을 뿐인데. 그게 다였는데…. 벽을 타고 미끄러져 내려 바닥에 쭈그려 앉았다.

"먹을 것 좀 있어? 아니면 마실 거라도."

"없어."

남자는 뒤쪽 창문을 흘끗 쳐다봤다. 귀를 기울였지만 추격하던 떼거리는 멀리 있는 듯 고함도 들리지 않았다.

"그래서, 이 소동은 대체 뭐야?" 남자가 물었다. 잠시 답을 기다리다 말을 이었다. "네가 벌인 사소한 말다툼. 몸싸움. 평화를 깨는 소동. 기억하지? 겨우 오 분 전 일이야. 물론 네겐 긴 시간일 수도 있겠지만."

소녀에겐 상황이 이미 흐릿해졌다. 손바닥으로 한쪽 눈을 비볐다.

"몰라. 저들이 날 모욕했어."

"그래서 성인 남자 여럿을 때려눕히고, 도시 절반을 쑥대밭으로 만든 거군." 남자가 콧구멍을 벌름거렸다. "좀 과한 거 같기도 하고…. 어찌 보면 인상적이기도 하군. 이름이 뭐야?"

"스칼렛 맥케인."

"어디서 왔니, 스칼렛?"

"이 근처는 아니야."

"가족은 있어?"

"없어." 소녀가 빨개진 눈으로 남자를 쳐다봤다. "대체 이런 질문은 왜 하는 거지?"

반짝이는 구두가 먼지 바닥 위에서 앞뒤로 흔들렸다.

"잠깐 그 질문을 되돌려 주지. 스칼렛, 대체 넌 왜 그런 행동을 한 거지? 시장에서 바보들과 싸움을 벌이고, 소리 지르고 욕하고, 팔을 부러뜨리고 창문을 깨고. 그게 너한테 무슨 도움이 되지?"

"상관없어. 먹을 거나 마실 거 있어? 물이라도 괜찮아."

"아까 물었잖아. 아직 없어. 내 질문에 어떻게 답하느냐에 따라 생길지도 모르지."

"어떤 질문 말이야? 난 곧 가봐야 해."

"가서 뭐 하게? 어디 쓰레기통에서 자려고?" 남자가 고개를 저었다. "잠깐 입 다물고 내 말 잘 들어. 시장에서 널 지켜봤어. 넌 분명 재능이 있어. 물론 분노도 많지만."

"아, 그렇게 생각해?"

소녀가 비웃듯 코웃음 쳤다. 일어나려 했지만, 부츠가 진흙탕 바닥에 미끄러졌다. 균형을 잃은 걸 수도 있고, 뭔가 이상했다.

"두 가지 모두 유용한 자질이지. 아니면 유용하게 만들 수도 있고. 적어도 우리 조직의 보스인 소암스와 티치는 그렇게 생각해."

소녀는 길 쪽에서 소리가 점점 커지는 걸 들을 수 있었다. 배 속이 갑자기 울렁거리는 듯했고 집중하기 어려웠다.

"당신 조직?"

"손가락 형제단 말이야."

"뭔지 몰라. 대체 무슨 말을 하는 건지 모르겠네."

"이 의미를 몰라?"

남자가 주머니에서 손을 꺼냈다. 왼손을 들어 올려 창문에 비춰 보였다. 어둡고 칙칙한 지하실 등불 속에서도 왼쪽 새끼손가락이 밑동부터 깔끔하게 잘려나간 걸 볼 수 있었다.

소녀는 움찔 몸을 일으켜 벽에 똑바로 기대앉았다.

"대체 무슨 일이 있었던 거야? 누가 그랬지?"

"조직에 헌신한다는 표시야. 내가 직접 잘랐지."

"미쳤군."

"열받은 사람들이 밖에서 추격 중인데 더러운 지하실에 누워 있는 굶주린 누더기 소녀가 퍽이나 할 만한 소리군." 작은 남자는 양손을 앞으로 모으고 소녀를 보며 웃었다. "나를 봐봐. 내가 궁핍해 보여? 굶주리고 모욕당한 거처럼 보여? 아님 가난해 보여? 정반대지. 형제단은 자기 사람을 잘 돌보거든."

소녀가 먼지 바닥에 침을 뱉었다. "아, 그래. 당신은 부자야. 당연히 그렇겠지. 당신은 도시 사람이니까. 난 당신한테 바라는 게 없어. 여기서 나가게 해줘."

소녀는 안간힘을 쓰며 일어나려 했다.

"네 증오심은 진흙 속에 묻힌 검은 원석처럼 빛나고 있어. 하지만 이해력은 별로 높아 보이지 않는군. 형제단은 너와 같아. '도시 사람'이 아니야. 멘토나 은행 지점장, 민병대와는 달라. 우린 너처럼 그들을 혐오해. 다만 그들을 이용하고 그들로부터 정보를 얻지. 그리고 시간과 장소와 방법을 똑똑하고 신중하게 선택해. 너같이 시시한 부랑자처럼 덤불 속에 숨어 있지 않고 안전하고 편안한 곳에서 행동하지. 아, 이제 잠깐 문을 잠가야 할 거 같군…."

남자는 말을 멈추고 문에 빗장 두 개를 채웠다. 소녀는 남자 뒤 창살 너머로 부츠와 신발이 거리를 달려오는 걸 봤다. 뇌우 속 빗방울처럼, 부싯돌과 강철 사이에 튀는 불꽃처럼 튀어 오르듯 달려왔다. 그 진동에 땅이 흔들렸다.

소녀가 벽에 기대어 일어섰다. 얼굴은 보이지 않았지만 몰려드는 군중이 내뿜는 악의를 쳐다봤다. 맞은편 남자가 온전한 손가락 하나를 입술 위에 갖다 댔다.

군중은 소녀의 흔적을 발견하지 못한 채 길 끝에 도달했다. 좌절감에 휩싸인 신발들이 우왕좌왕했다.

뭔가 문을 덜컥덜컥 움직였다. 잠깐 흔들더니 곧 멈췄다.

부츠와 신발들 사이로 새로운 에너지가 흘렀다. 도망자가 숨을 만한 다른 은신처, 다른 거리를 누군가 제안한 것이다. 저쪽으로! 저 멀리! 고함치는 소리는 거리를 따라 휩쓸려갔지만 완전히 사라지진 않았다. 마치 냄새처럼 지하실 가장자리를 맴돌았다.

남자의 얼굴에 미소가 잠깐 스쳤다. "저들이 진짜 필사적으로 널 찾는구나."

소녀가 가졌던 에너지는 군중과 함께 사라진 듯했다.

소녀는 무기력하게 말했다. "말이 많네. 정작 중요한 말은 안 하면서. 당신 옷차림, 손가락 형제단, 아까 말한 활동들. 한마디로 범죄 조직이란 거지?"

몸집이 작은 남자는 창가 끄트머리의 그림자 속에 서 있었다. 미소를 지으며 음울한 기운을 뿜어냈다.

"이제야 이해력이 돌아왔나 보군. 하지만 틀렸어. 우린 사업을 해. 그게 다야. 소암스와 티치는 신앙의 집의 통제를 벗어난 곳에서 기회를 찾는 사업가들이지. 형제단 사람들이 내게 창의적인 방법으로 새로운 인재를 찾아보라더군. 그래서 지금 실천하는 중이지. 네가 지붕을 오르던 방식은⋯." 남자는 말을 멈추고 소녀가 말을 이해하길 기다렸다.

"별거 아니야. 난 항상 여기저기 오르곤 하니까."

오랜만에 소녀의 눈에 초점이 다시 돌아왔다. 소녀는 퀴퀴한 지하실에서 언덕과 숲의 풍경을 떠올렸다.

남자는 소녀의 정신이 다시 이곳으로 돌아올 때까지 잠시 기다렸다.

"현명하게 굴어. 살아서 스토우를 떠날 가능성이 거의 없단 걸 너도 잘 알겠지. 올라갈 수 있는 지붕은 한정돼 있으니까. 하지만 꼭 그런 결말을 맞을 필요는 없잖아? 상황이 진정될 때까지 몇몇 사람들을 만나도록 널 데려가 줄 수 있어. 음식도 주고 잠잘 곳도 마련해 줄 수 있지."

소녀는 창문과 창살을 바라보며 계단을 올라가 거리로 나가는 상상을 했다. 하지만 피곤이 몰려와 생각을 억눌렀다. 생각은 벽에 부딪혀 힘없이 꿈틀거렸다. 사람들이 내지르는 소리가 여전히 들려왔다. 그리 멀지 않은 곳 같았다.

"괜찮은 제안 같지?"

"손가락 말이야. 나도 그렇게 해야 해? 그렇다면 난⋯."

"그건 티치와 소암스에게 달렸어. 난 몰라. 하지만 넌 아직 그들을 만날 수 없어. 우선 몸을 깨끗이 씻어야 해. 뭐든 작은 단계부터 밟아야지." 남자가 잠시 기다렸다. "자, 어떻게 할래?"

소녀가 어깨를 으쓱했다. 남자는 잠자리와 음식과 안전을 제안하고 있었다.

"좋아. 알았어."

"훌륭하군. 그렇다면⋯."

남자는 주머니에서 펜라이트를 꺼내 지하실의 가장 어두운 측벽을 비췄다. 술통과 나무와 엉망진창으로 뒤섞인 쓰레기 더미 뒤에는 사람 허리높이의 문이 있었다. 문은 불과 2미터 정도 떨어진 곳에 있었지만, 소녀는 문이 있단 걸 전혀 눈치채지 못했었다.

소녀가 문을 응시했다. "저 안에는 뭐가 있지?"

"새로운 삶이 있지. 내 이름은 카스웰이야. 날 따라오기만 하면
돼."

11

왕국 횡단 컨트리맨 버스의 문이 열렸다. 애쉬타운의 콘크리트 승강장에 발을 내디뎠을 때, 가장 먼저 눈에 띈 건 땅 색깔이었다. 깊고 진한 검은색에 붉은 기가 약간 감돌았다. 고속도로 옆길을 덮은 가는 풀 사이로 그 색이 드러났다. 통나무 말뚝을 박아 만든 울타리 아래쪽에도 검붉은 흙이 묻어 있는 게 보였다. 중심가의 산책로에도, 하얀 판잣집의 물막이판에도, 맥주 배달차의 바퀴에도, 남자들의 부츠에도, 급히 걸어가는 여자들의 치마에도 묻어 있었다. 검은 재가 잔뜩 섞인 검붉은 흙은 어디에나 있었고, 사람들은 그걸 안고 살았다. 재는 먼 옛날 발밑의 도시를 파괴했지만, 광산 덕분에 존재하는 현대 공동체의 번영을 가능케 했다. 즉 땅을 덮은 재는 이곳의 모든 번영의 원천이었다. 재가 이 애쉬타운을 만든 것이다.

서류 검사를 하는 경비병은 없었다. 스칼렛은 승강장에 서서 한낮의 맑은 날씨에 눈을 깜박거렸다. 알버트가 뻣뻣한 모습으로 버스에서 기듯이 내려왔다. 애쉬타운에 내린 사람은 그들뿐이었다. 스칼렛은 추위에 코트를 꽉 여몄다. 오전 내내 버스를 타고 머시아 평원을 벗어나 북쪽 노섬브리아로 계속 올라왔다. 위쪽 구릉지대의 언덕은 촉촉한 구름에 둘러싸여 희미한 초록빛으로 빛나고 있었다.

버스가 덜컹거리며 엔진 소리를 높이더니, 곧 디젤 매연을 내뿜으며 통나무 울타리 관문을 향해 멀어져 갔다.

"하아, 스칼렛, 이런 공기를 마셔본 적 있어?" 알버트가 크게 숨을 들이쉬었다가 입맛을 다시며 내뱉었다. "너무 맛있고 상쾌해! 공기가 이렇게 맑다니! 이유가 뭘까?"

"불의 지역에서 멀어졌으니까? 나도 몰라. 어쨌든 기분이 좋아 보이니 다행이네. 지난 세 시간 동안 내 귀에다 그리 코를 골아댔으니 기분이 좋을 만도 하겠지."

알버트의 머리카락은 옆으로 삐치고 헝클어져 있었다.

"정말 그래. 스물네 시간 동안 버스를 여섯 번이나 갈아탔더니 몸이 뻐근했거든. 너무 오래 앉아 있어서 변비가 생긴 거 같아. 그거 말고는 대담한 범죄를 저지르기에 딱 좋은 상태야!"

스칼렛이 중심가를 홀끗 쳐다봤다. 근처엔 아무도 없었다.

"여기 머무르는 잠깐 동안은 버스보다 훨씬 편안할 테니, 다행히 네 장이 곧 회복되겠네. 단, 조심히 행동하고 지역 주민들과 좋은 관계를 유지할 때의 얘기지만. 한 가지 팁을 덧붙이자면, 우리가 광산을 어떻게 털지 지금처럼 요란하게 떠들지 말아야 할 거야."

알버트가 시무룩해졌다. "알아. 스칼렛, 그냥 초조해서 그래. 스토우로 돌아갈 날이 엿새밖에 안 남았는데, 일은 시작조차 못 했잖아. 얼른 뭔가 해야 해."

"나도 동감이야." 스칼렛이 모자를 고쳐 썼다. "하지만 이젠 시작할 수 있어. 무사히 도착했으니까."

버스 정류장은 애쉬타운 끝자락에 있었다. 스칼렛과 알버트가 서 있는 승강장에서 중심가가 잘 보였다. 술집, 싸구려 여관, 호텔, 식료품 시장, 도박장, 허름한 담배 가게가 중심가 양쪽으로 줄지어 있었다. 헌팅던이나 스토우 같은 여러 개척 도시들을 연상시키는 풍경이었다. 젊은 여자 몇 명이 햇빛이 드는 곳에 서서 양산을 빙빙 돌리며 번갈아 떠들며 웃고 있었다. 절뚝거리거나 어딘가 기형인 사내들이 (아마 광산의 불운한 희생자일 것이다.) 현관을 어슬렁거리며 담배 연기를 내뿜었다. 그들은 어떤 일이건 터지길 기다렸다. 하지만 아무 일도 일어나지 않았다. 상점 창문은 어두웠고, 빛도 반사하지 않았다. 늦은 오후의 애쉬타운은 셔터를 내리고 방치된 분위기였다.

스칼렛은 이런 곳이 어떤지 잘 알았다. 저녁이 되고 광부들이 파묻힌 도시에서 돌아오면, 거리는 밤에 피는 화려한 꽃처럼 강렬하게 활기를 띨 것이다.

북쪽으로 가는 긴 여행으로 스칼렛은 답답하고 짜증이 쌓였다. 너무나도 혼자 있고 싶었다.

"알버트, 우리가 묵을 숙소 좀 찾아볼래? 조용하고 비싸지 않은 곳으로. 난 애쉬타운 밖으로 좀 나가보려고. 지형도 파악하고, 가능하면 광산도 잠깐 둘러보게. 한 시간 후에 여기서 다시 만나자. 아, 조심해. 여긴 평범한 생존 도시랑 달라. 아주 거친 곳이야. 순진해 보이는 떠돌이 아이라도 주머니 속 동전 몇 푼을 위해 네 목을 베고, 그 돈을 옆 도박장에서 다 써버릴 수도 있어. 눈에 띄지 않게 다녀. 현지 주민처럼 행동하고."

스칼렛이 알버트를 봤다. 알버트는 침착하고 유능한 사람인 척 진지하게 듣고 있었다. 지나가는 낯선 사람쯤은 속일 만했다.

"스칼렛, 나만 믿어!"

스칼렛은 열려 있는 울타리 관문을 통해 애쉬타운 밖으로 나갔다. 거기서부턴 포장도로가 끝나고 진한 검은 흙길이 시작됐다. 애쉬타운 뒤쪽에 낮은 언덕이 있었다. 풀이 두껍고 무성하게 자라, 언덕을 오를 때 젖은 씨앗머리들이 청바지에 스쳤다.

언덕 중턱에 이르자, 광산 도로가 고속도로에서 갈라져 나오는 지점과 계곡 반대편의 2킬로쯤 떨어진 능선을 향해 휘어진 지점을 볼 수 있었다. 그리고 바로 스칼렛의 눈 아래 애쉬타운 전체가 보였다. 추측한 대로 애쉬타운은 기본적으로 하나의 큰 거리에 불과했다. 마을 뒤편에는 관리하지 않은 지저분한 땅이 있고, 오염된 자와 짐승을 막기 위한 통나무 울타리가 애쉬타운을 둘러싸고 있었다. 중심가에서 멀어질수록 높은 건물들은 급속도로 판잣집과 창고로 변했다. 평범하고 눈에 띌 만한 게 없는 마을이었다. 특별한 물건은 모두 땅 밑에 숨겨져 있었다.

차가운 공기가 얼굴에 닿자 기분이 나아졌다. 숨을 깊이 들이쉬고 다리를 쭉 폈다. 언덕을 계속 올랐다. 마을 건물이 보이지 않는 언덕 꼭대기에 도착한 후 쌍안경을 꺼냈다. 비를 머금은 구름이 낮게 깔렸고, 계곡 건너편 능선에는 광산에서 파낸 거대한 폐석 더미 위로 안개가 떠 있었다. 잿더미 층이 얇거나 급류에 침식된 곳에는 지표면 가까이 있던 고대 유적의 뼈대가 검은 잇몸에 난 회색 이빨처럼 튀어나와 있었다.

쌍안경을 천천히 움직여 지그재그 사선으로 뻗은 광산 도로를 좇았다. 능선의 삼분의 이 지점 되는 비탈면에는 좁은 평지가 만들어져 있었고, 그 뒤로는 절벽이 솟아 있었다. 그곳엔 밝은 불빛들이 구름 아래 축축하게 젖어 번쩍였다. 강렬한 불빛들, 바로 감시등이었다. 좁은 평지 가장자리를 따라 울타리가 높게 쳐져 있고 100미터마다 보초가 서 있었으며, 도로에는 출입 관문이 있었다. 광산 단지 내에는 회색빛의 낮은 건물이 몇 채 있었다. 사람들이 움직이는 게 보였다.

개를 데리고 있는 남자들과 총을 든 남자들, 그리고 그들 뒤로 절벽 면에 설치된 거대한 철문. 바로 광산 입구였다.

"그래." 스칼렛이 한숨을 대쉬며 말했다. "저곳이 바로 핵심이군. 대체 저 안으로 어떻게 들어가지?"

스토우를 출발해 애쉬타운까지 오는 내내 이런저런 방식으로 계속 던져왔던 질문이다. 처음에는 의식적으로 생각을 안 하려 했고, 나중엔 우선순위에서 밀리기도 했다. 왕국을 가로지르는 것만 해도 확인하고 정리해야 할 게 너무 많았다. 티치는 스칼렛의 모자와 코트를 돌려주며 매우 낡은 '톰킨스의 완벽한 버스 시간표' 한 부를 건넸다. 다행히 알버트의 바지 주머니에 신앙의 집 지폐 한 뭉치가 들어 있었다. 그것 외에는 가진 게 아무것도 없었다. 권총, 충분한 탄약, 배낭, 밧줄, 칼, 식량 등 꼭 필요한 기본적인 장비를 사거나 훔치기 위해 재주를 많이 부려야 했다. 게다가 여기까지 오기 위해 머시아의 야생지대를 가로지르는 낡은 버스도 연달아 타야 했다. 울프스 헤드 여관으로 돌아가 제대로 짐을 챙길 여유 따위 없었다. 스칼렛과 알버트는 곧바로 그레이트 노스 로드로 향했다.

버스를 총 여섯 번 갈아타는 동안, 잠은 거의 잘 수 없었다. 손가락 형제단에 분노를 쏟거나 불평하느라 힘을 낭비하거나, 조와 에티를 걱정하며 시간을 보내는 것 또한 아무짝에도 쓸모없는 일이었다. 지금은 무엇보다 빠르고 현실적으로 행동할 때였다. 시간이 가장 중요한 문제였다.

저 멀리 소암스의 책상 위에선 에티의 목숨 시계가 째깍거리며 가고 있었다. 이미 하루가 지났다. 스토우로 돌아가는 데도 하루가 걸릴 것이다. 즉, 최대 닷새 안에 어떤 식으로든 유물을 탈취해야 한다. 이렇게 어려운 작업을 해내기엔 부족한 시간이었다.

하지만 스칼렛은 어떻게든 해낼 것이다. 다만 어떻게 해낼지 감이 오지 않을 뿐.

스칼렛은 쌍안경을 집어넣고 성큼성큼 다시 마을로 향했다.

중심가 끝자락의 버스 정류장 근처에서 알버트가 기다리고 있었다. 가로등 기둥에 기대어 있었는데, 그냥 가만히 있는 건 아니었다. 옷깃을 세우고 모자는 푹 눌러쓰고, 두 손은 주머니에 깊숙이 넣었다. 어깨는 뒤로 젖히고 가랑이는 불안하게 앞으로 내민 채 이상한 각도로 구부정하게 서 있었다. 마치 휴대용 그림자를 몸에 두른 듯했고, 두 눈은 일관성 없이 위협적으로 번뜩였다. 성냥개비를 씹으며 입술로 빙글빙글 돌리고 있었다. 당황스러운 모습이었다. 거친 북부 사람들조차 의심의 눈초리로 곁눈질했고, 아이를 데리고 가던 엄마들은 그를 피해 멀리 돌아갔다. 스칼렛조차 움찔했다.

"스칼렛, 안녕."

"왜 그렇게 목소리를 깔아? 대체 왜 그런 이상한 자세로 서 있는 거야?"

"여기 주민처럼 행동하라며."

"맙소사. 아무도 널 쏴버리지 않은 게 놀랍네. 그만 빈둥거리고 이리 와. 숙소는 찾았어?"

"스페이드 앤 컴퍼스로 정했어. 이미 예약도 해뒀어. 이쪽이야."

알버트는 한 단 높이 설치된 인도를 따라 앞장섰다.

"네가 원한 대로 조용해. 호텔 술집엔 여자들만 몇 명 앉아 있었는데 친절해 보였어. 내가 안을 들여다보니까, 두 명이 윙크를 날리더라."

"흐음, 그래. 광산 교대 시간이 끝나면 훨씬 더 붐빌 거야."

"활기차면 좋지. 접수대 위 유리 박스 안에 미라 팔이 있었어. 파묻힌 도시에서 가져왔는데, 엄청 희귀한 거래."

"설마 그게 이 호텔을 나한테 추천하는 이유야?" 스칼렛이 고개를 저었다. "그래, 알버트. 네가 확신한다면야 뭐."

스칼렛은 스페이드 앤 컴퍼스가 그들의 목적에 적합하다는 걸 마지못해 인정했다. 호텔은 술집에 앉아 있는 여자들처럼 오래되고 촌스럽게 화려했으며, 프론트 앞쪽 공간이 널찍했다. 그 대신 쉽사리 직원에게 강도질을 안 당하고 체크인할 수 있다는 이유로 이 거리에서 제일 싼 호텔은 아니었다. 접수대 직원은 무뚝뚝했고, 미라 팔은 완전히 쪼그라져 있었다. 그래도 방은 넓고 방수도 잘된 편이고 깔끔했다. 게다가 거리가 내려다보이는 창문과 전용 화장실도 있었다. 사실 유일한 문제는 여기가 '그들의' 방이라는 점이었다. 짜증 나게도 알버트는 호텔방을 존슨과 존슨 부인으로 예약했다.

"이것 좀 봐! 침대가 하나잖아. 왜 아무 말도 안 했어?" 스칼렛이 으르렁거렸다.

알버트가 멍한 표정을 지었다. "직원이 그냥 지레짐작한 거 같아. 나도 주는 대로 따랐고. 그리고 방 한 개가 두 개보다 싸잖아."

타당한 지적이었지만, 스칼렛은 무시했다.

"젠장, 근데 왜 하필 '존슨'이야?"

"글쎄. 도시에 머무를 때면 항상 그 가명을 쓰거든. 나만의 표식이라고 할 수 있지." 알버트가 상냥하게 웃으며 말했다.

"알버트, 같은 이름을 너무 자주 쓰지 마. 누군가가 패턴을 알아챌 수도 있어. 신앙의 집 요원이 우릴 뒤쫓는단 사실을 잊지 말라고. 아무튼, 알았어. 내가 침대를 쓸 테니까, 넌 세면대와 쓰레기통 사이의 바닥에서 자. 이제 일을 시작하자. 정보를 모아야 해."

스칼렛과 알버트는 거리로 나갔다. 간이매점에서 국수를 사 먹고,

마을의 저녁 풍경을 관찰하기 위해 호텔 입구 층계에 자리 잡았다. 얼마 지나지 않아 애쉬타운의 저녁 풍경이 펼쳐졌다. 6시 직후, 더러운 흰색 버스가 언덕에서 광부들을 실어 왔다. 광부들은 파란색 작업복을 입고 무거운 부츠를 신고 있었다. 얼굴은 먼지로 검게 물들고 눈은 충혈됐으며, 다들 피곤해 보였다. 하지만 광부들의 도착과 동시에 중심가는 활기를 띠기 시작했다. 불이 켜지고, 술집에서 음악이 흘러나왔다. 웃음소리, 높아진 목소리, 분주한 움직임이 곳곳에서 느껴졌다.

스칼렛과 알버트는 사람들이 술집으로 향하거나 국수와 치킨을 사려고 줄 선 모습을 지켜봤다. 알버트는 동공이 풀린 눈으로 바라보며 앉아 있었다. 스칼렛은 그가 뭘 하는지 알고 있었다.

스칼렛은 이십 분쯤 지난 후 물었다. "뭣 좀 알아냈어?"

알버트가 멍하니 고개를 끄덕였다. "조각난 정보는 많이 얻었어. 전체 그림을 맞추려면 시간이 좀 걸릴 거야. 샐 퀸이 말한 대로 광산 단지는 경비가 삼엄하고, 트럭은 철문 뒤 언덕 안쪽에서 물건을 실어. 하지만 어떻게 해야 몰래 안으로 들어갈 수 있는지 모르겠어."

"그래. 계곡 맞은편에서 봤을 때도 난공불락처럼 보였어." 스칼렛이 턱을 문지르며 말했다. "그럼… 도로에서 트럭을 탈취해야 할 수도 있겠네. 분명 그게 더 쉽겠지."

바로 그때 판자를 깐 중심가 길이 덜컹거리기 시작했다. 가게 처마에 걸린 등불이 흔들렸다. 아기가 울고, 사람들은 거리에서 서둘러 빠져나갔다. 스칼렛과 알버트가 돌아봤다.

기계 굉음 소리와 함께 트럭 한 대가 무섭게 덜컹거리며 애쉬타운 중심가를 통과하고 있었다. 거대한 회녹색 트럭이었다. 스칼렛만 한 커다란 바퀴 여섯 쌍이 달렸고, 철로 된 차체엔 신앙의 집 상징인 흰색 원형 문양이 그려져 있었다. 양 측면의 해치에는 총구가 튀어나와 있었다. 운전석 쪽엔 작은 창문이 달린 강화 철문이 있고, 험악한 표정의 운전사와 경비병이 창밖을 내다봤다. 차체 꼭대기에는 플라스틱 돔 뚜껑이 달린 회전 포탑이 있었다. 포탑 안에는 또 한 명의 경비병이 기관총을 쥔 채 편히 앉아 있었다. 화물 트럭이 굉음을 내며 지나가자 지면이 흔들렸다. 트럭이 현관 계단 앞을 지나며 웅덩이 물을 튀기는 바람에 스칼렛의 코트와 청바지가 젖었다.

알버트에겐 물이 튀지 않았다. 그는 거대한 트럭이 멀어지는 걸 지켜봤다.

"스칼렛…, 다른 방법을 생각하는 게 낫겠어."

그날 저녁 내내, 그리고 다음 날까지 스칼렛과 알버트는 조사를 계속했다. 알버트는 술집을 돌아다니며 사람들과 대화를 나누고, 그들의 머릿속에서 광산의 보안 시스템과 트럭 이동 경로에 대한 정보를 가능한 한 많이 읽어냈다. 호텔 밖이나 카페 창가 자리에 앉아 광부, 바텐더, 양산을 든 여성과도 대화를 나눴다. 파묻힌 도시와 그 안에 담긴 유물에 대한 전체적인 이미지를 완성하는 게 알버트의 목표였다.

스칼렛은 다른 방법을 택했다. 동이 튼 직후, 마을 위 언덕을 올라갔다. 광산이 가까워지자 감시탑의 그림자 아래에 숨어 가시덤불 사이를 기어간 후, 조용히 엎드려 광산 단지 안의 움직임을 관찰했다. 간혹 언덕 절벽의 철문이 열리고 압축된 잿더미를 실은 트럭이 덜컹거리며 밖으로 나왔다. 이때를 제외하면 철문은 계속 닫혀 있고, 감시병이 끊임없이 보초를 섰다. 스칼렛은 주변 울타리 방어벽을 따라 이동하며 순찰 시간과 교대 간격을 기록했다. 그녀는 한참 후 조심스레 물러나 좁은 평지를 떠나 광산 단지 위쪽의 능선을 올랐다. 그곳에는 이전 발굴 과정에서 나온 폐석 더미 서른 개가 구름과 하늘을 배경으로 회색 푸딩처럼 솟아 있었다. 폐석 더미 사이를 걸으며 벽돌로 둘러싸인 통로 구멍을 들여다봤다. 광산 깊숙한 곳까지 이어진 환기 갱도였다.

스칼렛은 벼랑 끝 튀어나온 곳에 앉아, 늦은 오후에 거대한 철문이 마지막으로 열리는 걸 지켜봤다. 철문에서 하얀 버스 두 대가 나와 지그재그 도로를 따라 애쉬타운으로 내려갔다. 광부를 태운 버스 한 대는 중심가까지 갔고, 다른 한 대는 그리 멀리 가지 않았다. 그 버스는 마을 울타리 바로 안쪽의 작은 건물에 주차했다. 쌍안경으로도 누가 그 버스에서 내리는지 보이지 않았다. 두 버스를 제외하면 광산 단지에서 하루 종일 보이는 움직임이라곤 왔다 갔다 하는 경비병들과 폐석을 실어 나르는 트럭뿐이었다. 중요한 일은 모두 내부 지하에서 일어나는 듯했다.

스칼렛은 마을로 돌아오며 생각에 잠겼다. 요새같이 견고한 광산에 침입할 것인가, 도로에서 중무장한 트럭을 탈취할 것인가? 둘 다 썩 내키지 않았다. 어느 쪽을 택하든 내부 정보가 더 필요했다. 어쩌면 지금쯤 알버트가 정보를 확보했을지도 모르지.

스칼렛이 호텔 가까이 다가갔을 때, 바랜 푸른색 작업복을 입은 남자가 계단에 앉아 있었다. 남자는 흰머리에 수염이 덥수룩했으며, 얼굴엔 세월의 흔적이 깊게 새겨져 있었다. 왼쪽 다리는 아랫부분이 없었고, 바지는 무릎 바로 위에서 깔끔하게 접혀 있었다. 지팡이가 계단에 비스듬히 놓여 있고, 빈 깡통 그릇 하나가 장화 옆에 놓여 있었다. 옆에는 작고 흰 개가 엎드려 있었는데, 머리를 앞발 위에 얹은 모습이 왠지 서글퍼 보였다.

스칼렛은 잠시 망설이다 결정을 내렸다. 길 건너편 간이매점으로 가서 포장된 음식을 들고 길을 다시 건너 남자 옆에 앉았다.

"국수 좀 먹겠어?"

덥수룩한 털 뒤에서 밝고 파란 눈이 스칼렛을 보며 깜박였다.

"돈이면 더 좋겠지만 다른 게 없다면 국수라도 받지. 그런데 동정이 고맙긴 하지만 뭔가 대가를 바랄 거 같다는 경고가 느껴지는군. 애쉬타운에서 이처럼 조건 없는 친절은 결국 앞뒤가 다른 경우가 많아서 말이지. 여기선 모든 게 거래거든. 뭘 원해? 내 옷? 아가씨한테 안 맞을 텐데. 돈? 난 땡전 한 푼 없어. 깡통 그릇은 녹슬고, 지팡이는 약해서 곧 부러질 거야. 개를 원한다면, 저 녀석은 옴에 걸린 데다 끔찍한 위장병도 앓고 있지. 만약 원하는 게 내 몸이라면…."

"시끄럽고. 국수 먹을 거야, 말 거야?"

"먹을게. 고맙군." 남자가 음식을 받았다. "약간 식은 거 같네."

"내 잘못은 아니잖아? 장황하게 떠들어댄 건 당신이니까."

스칼렛은 앉아서 노숙자가 국수를 먹는 모습을 쳐다봤다. 그는 손가락으로 국수를 덜어 작은 개에게 먹였다. 마침내 빈 용기를 옆으로 던지더니 한숨을 내쉬며 몸을 뒤로 기댔다.

"당신, 광산에서 일했나 봐."

"오래전 일이야." 남자가 수염에 묻은 국수 조각을 털어냈다. "흡혈 두더지에게 다리를 잃기 전까지였지."

"안됐군."

"파묻힌 도시에선 더 끔찍한 일도 일어나. 물론 거리에서 떠돌며 사는 건 지루하고 힘들지. 특히 동쪽에서 검은 폭풍이 몰아칠 때는 더 그렇고. 하지만 광산에서 나온 건 전혀 아쉽지 않아. 거긴 사악한 곳이거든. 특히 버려진 구역은."

"사악하다고? 어째서?"

"글쎄, 흡혈 두더지도 골칫거리고, 터널에 들끓는 다른 짐승들도 마찬가지지. 종종 오염된 자가 문제를 일으키기도 하고. 하지만 생각해 보면 과거를 건드리는 것 자체가 잘못된 거야. 파묻힌 도시는 무덤이자 사악한 시체들의 안식처거든. 손대지 말고 그냥 둬야 하는데, 이익에 눈이 멀어 거길 더럽히고 있는 거지…." 그가 다정하게 개의 귀를 긁어줬다. "여기 있는 알피도 그렇게 어리석은 짓은 안 할 텐데. 하지만 축복받아 마지않은 신앙의 집의 종잡을 수 없는 생각을 감히 누가 반대할 수 있겠어?"

"맞는 말이야. 그런데 왜 죽은 자들을 '사악하다고' 한 거야?"

남자의 파란 눈이 번뜩였다. "그들의 얼굴을 보면 알게 될 거야."

스칼렛이 잠시 그를 바라봤다. "난 광산에 관심이 많은 여행자야. 광산 관련한 얘길 듣고 싶어. 원한다면 국수를 더 사다줄 수도 있고."

남자가 고개를 끄덕였다. "마음대로 해. 난 어디 안 가니까. 어차피 빨리 갈 수도 없고."

그날 늦은 저녁, 스페이드 앤 컴퍼스 호텔에선 스칼렛과 알버트의 방에서 회의가 열렸다. 스칼렛은 창문 커튼을 닫고 등불을 켰다. 스칼렛과 알버트는 침대 위에 함께 앉았다. 아래층 라운지 술집에서 음악 소리가 희미하게 들려왔다.

"자, 알버트, 뭣 좀 알아냈어?" 스칼렛이 물었다.

"어느 정도."

알버트의 얼굴이 지쳐 보였다. 머릿속을 들여다본 사람들의 어두운 그림자, 더럽혀진 꿈과 실망이 알버트 얼굴에 드리웠다.

"기본적으로 샐 퀸의 말이 맞았어. 파묻힌 도시는 아주 넓어. 수년 동안 사람들이 거길 파헤쳐 왔어. 1구역에서 3구역까지는 물에 잠겼고, 4구역에서 6구역까지는 여러 가지 끔찍한 이유로 위험해. 그래서 광부들은 현재 7구역만 작업 중이야. 7구역은 다른 터널에서 이어지는 접근 통로가 막혀 있어. 거긴 조명과 장비가 갖춰져 있고 상대적으로 안전해. 철문 안쪽은 지하 적재 구역과 연결돼 있어. 유물은 적재 구역 근처의 특수 창고에 보관해 놨다가 트럭에 실어 가. 밤에는 광부들이 떠나고 보초 몇 명만 남아. 하지만 철문을 안에서 잠그기 때문에 아무도 들어갈 수 없어. 아침이 되면 모든 게 처음부터 다시 시작돼." 알버트는 피곤한 눈을 비비며 한마디 덧붙였다. "한 가지더. 어린아이들도 거기서 일해."

"아이들? 무슨 말이야?"

"말 그대로야. 아이들이 광부거나 노예겠지."

"버스에서 못 봤는데⋯. 아니, 잠깐만⋯." 스칼렛이 손가락을 딱 튕겼다. "두 번째 버스! 언덕에서 봤어. 마을 외곽 어딘가로 가더라. 아이들한테 뭘 시키는 거지?"

"모르겠어. 하지만 좋은 대우를 해주는 거 같진 않아. 스칼렛, 난 어린애들이 갇혀 있는 게 싫어. 스톤무어에서 너무 많이 봐왔으니까. 그리고 광산에 대해 알아낸 것 중 일부는⋯."

스칼렛은 대화가 어떤 방향으로 흘러갈지 잘 알았기 때문에 미리 말을 막고 싶었다. 알버트는 핵심에서 벗어나는 경향이 있었다. 그녀가 손을 들었다.

"그래, 네 말이 맞을 수도 있어. 하지만 그건 관여할 일이 아니야. 우린 조와 에티를 살리기 위해 온 거잖아. 며칠 내로 돌아가지 못하면 조와 에티도 좋은 대우를 받지 못할 거야. 이제 선택지를 고민해 보자. 첫 번째는 개방된 도로에서 화물 트럭을 탈취하는 거야. 맞지?"

알버트가 마지못해 고개를 끄덕였다. "응. 화물 트럭은 지하 창고

가 가득 차면 출발하는데, 며칠에 한 번꼴로 떠나. 어제 한 대가 떠났으니까, 아마 지금쯤 또 한 대를 준비하고 있을 거야. 하지만 트럭 속도가 너무 빠른 데다 중무장까지 하고 있어서 매복이 힘든 건 이미 확인했잖아." 알버트가 스칼렛을 쳐다봤다. "안 그래?"

아주 잠깐 스칼렛은 절대 공포의 힘을 쓴다면 중무장한 트럭도 버티기 어렵다고 알버트를 설득할까 고민했다. 하지만 소용없단 걸 잘 알았다. 알버트는 지난 육 개월 동안 그 힘을 차단하기 위해 노력해 왔다. 그러니 설득이 먹힐 리 없었다.

"맞아. 즉 다른 방법에 기대야 한단 거지." 스칼렛이 가볍게 답했다.

"우리가 직접 광산에 들어가야 하는 거야?"

스칼렛은 알버트의 목소리에서 의구심을 읽을 수 있었다.

"물론이지. 모든 게 조용해진 밤에 침입할 거야. 보초 경비병 한두 명만 있을 때…. 침입한 후에는 적재 구역에서 트럭을 훔치고, 절벽면의 철문을 연 후 차를 밖으로 몰고 나오면 돼."

스칼렛이 편안하게 몸을 쭉 펴고 모자를 얼굴 위로 더 낮게 기울였다.

"간단해."

"네가 말한 '간단해'의 정의가 이상한데. 문제점들을 손가락으로 하나씩 짚어볼게. 어쩌면 네 손가락까지 빌려야 할지도 몰라…. 울타리 방어벽, 경비병, 순찰견…." 알버트가 갑자기 말을 멈췄다. "오, 이런…."

"왜? 난 그냥 웃는 거야."

"아냐. 그냥 웃는 게 아니잖아. 씩 웃고 있잖아. 내가 진짜 싫어하는 그 무서운 웃음…. 특히 나한텐 늘 안 좋은 결과로 끝나는 웃음이잖아."

"그냥 내가 해결책을 찾았다는 걸 알려주는 웃음일 뿐이야."

스칼렛은 머리 뒤로 팔짱을 끼고 만족스러운 한숨을 내쉬며 베개에 몸을 더 깊이 파묻었다.

"넌 좋아하지 않겠지만, 다 방법이 있어."

12

죽은 자들의 땅을 향해 환기 갱도 속으로 뛰어들어야 한다는 사실만 아니었다면, 알버트는 언덕길 산책을 즐겼을 것이다. 늦은 오후의 햇살 아래에서 걷는 건 꽤나 상쾌했다. 비도 오지 않았고, 언덕길의 야생화 덤불은 잘 말라 보송보송하고 향기로웠다. 저 멀리 아래에는 애쉬타운의 건물들이 중심가 양쪽으로 늘어서 마치 열려 있는 지퍼처럼 은색으로 빛났다. 짙푸른 건물 그림자가 동쪽으로 길게 뻗어 있었다. 알버트는 애쉬타운을 떠난 게 전혀 아쉽지 않았다. 마을 사람들의 생각을 엿본 이틀 동안 압박감과 우울감에 짓눌렸다. 머릿속으로 타인의 삶을 대리 경험한 데서 오는 일종의 도덕적 폐소공포증이었다. 그들의 희망, 증오, 욕망이 알버트의 머릿속에서 소용돌이쳤다. 술집과 도박장, 싸움이 벌어진 음식점, 침묵뿐인 좁은 방 안에 묶여 있는 기분이었다. 시간이 지날수록 그런 기억들이 마음을 괴롭혔다. 알버트는 이제 다시 신선한 공기를 마실 수 있어 행복했다.

능선까지 가는 길은 멀었다. 짐이 크고 무거워 천천히 걸어야 했다. 아침나절, 스칼렛과 알버트는 마을 철물점에서 손전등, 유황 막대, 밧줄 몇 묶음 등을 사느라 시간을 썼다. 육 개월 전의 알버트라면 이런 짐이 없더라도 등산이 버거웠을 것이다. 솔직히 첫 번째 가시덤불에서 넘어져 하늘을 향해 운동화를 힘없이 흔들며 누워버렸을 것이다. 하지만 그간 단련돼 지금은 힘이 세졌다. 게다가 눈을 감을 때마다 에티의 얼굴이 떠올랐다.

"에티가 계속 생각나. 아무 일 없었으면 좋겠는데."

"괜찮을 거야."

스칼렛과 알버트는 잠시 숨을 돌리기 위해 비탈길 중턱에서 멈춰 섰다. 굽이치는 언덕의 곡선 너머로 광산 단지의 강렬한 야간 감시 조명이 보였다.

"하지만 네 친구들이 에티를 함부로 대하면⋯."

"그들은 내 친구가 아니야! 그리고 걱정할 일 없어. 무슨 일이 생긴다면 오히려 반대겠지. 조가 어떤 식으로든 형제단원들의 인생을 괴롭히고 있을 테니까."

스칼렛이 물병의 물을 마셨다.

"조와 에티가 무사하다는 증거가 없다면, 내가 물건을 넘겨주지 않을 거란 사실을 소암스도 잘 알고 있어. 우리가 물건을 갖고 돌아가기 전까진 아무 짓도 안 할 거야."

"돌아간 후에는?"

"방법을 생각해 봐야지. 안 그래?"

스칼렛이 물병을 배낭에 고정했다.

알버트가 짧게 고개를 끄덕였다. 그는 계속 걸어갔다. 금세 스칼렛이 옆에 따라붙었다.

"그들은 절대 내 친구가 아니야. 하지만 오래전에 내 목숨을 구해 줬지."

"네 말을 믿을 수밖에⋯."

알버트가 갑자기 고개를 들었다. 애쉬타운에서 6시를 알리는 종소리가 바람결에 희미하게 들려왔다. 광산 단지에서도 응답하듯 종소리가 울렸다. 단지 경계의 울타리 방어벽에서 출입문이 열렸다. 알버트와 스칼렛은 덤불 속에 몸을 웅크리고 낡은 버스 두 대가 언덕길을 내려가는 걸 지켜봤다. 알버트는 두 번째 버스를 유심히 관찰했다. 더러운 유리창 뒤로 작은 머리들이 일렬로 보이는 듯했지만 너무 멀어서 확신할 수 없었다.

출입문이 닫혔다. 이제 광산 단지 내에 수많은 방어 시스템이 가동될 것이다. 열쇠가 돌아가고 빗장이 채워지고, 감시견이 풀려나고 보초 경비병이 감시탑에 자리 잡을 것이다. 절벽 면의 거대한 철문은 밤새 군건하게 닫혀 있다가 동이 틀 때야 비로소 열릴 것이다.

하지만 어떤 방어 시스템도 문제가 되지 않았다. 스칼렛과 알버트는 다른 방법으로 내부에 침입할 계획이었다. 그들은 계속 언덕을 올라갔다.

광산 위쪽 능선에는 어미에게 매달린 갓 태어난 아기처럼 폐석 더미들이 솟아 있었다. 울퉁불퉁한 진흙층 위에는 풀이 자랐지만, 나머지 더미들은 지난 수년 동안 아무것도 자라지 않은 맨땅이었다. 폐석 더미 사이의 그늘진 곳은 차가웠고, 울퉁불퉁하게 엉겅퀴로 뒤덮여 있었다. 알버트는 그 땅 아래 있는 도시를 상상하며 말로 표현할 수 없는 외로움에 휩싸였다. 풀뿌리와 신발 밑창을 통해 파묻힌 도시의 외로움이 스며드는 듯했다.

마침내 목적지에 도착했다. 스칼렛은 가시덤불 옆에 갑자기 멈춰 섰다. 알버트는 가시덤불 사이로 벽돌이 낮게 쌓인 담을 불안하게 흘끗 봤다. 벽돌은 지름 3미터 정도의 원형 구멍을 따라 둥글게 쌓여 있었다. 잎사귀나 기타 이물질이 환기 갱도 안에 떨어지는 걸 막기 위해 구멍 위에는 금속 철망이 벽돌 두 개로 고정돼 있었다. 그 밑으로 칠흑처럼 어둡고 텅 빈 공간이 보였다.

"환기 갱도야. 다른 갱도도 있지만, 이게 제일 나아. 망이 얼마나 녹슬었는지 보이지? 저걸 자르면 되니까. 외다리 노숙자 말에 따르면, 광부들에게 깨끗한 공기를 공급하기 위해 환기 갱도가 광산 중심부까지 바로 연결돼 있대. 이 갱도 구멍은 처음엔 수직으로 떨어지지만, 어느 정도 내려가면 완만하게 휘어지면서 수평으로 각 층에 연결된다고 했어. 일단 지하로 내려가면 터널을 통과해서 트럭이 있는 적재 구역까지 가는 건 식은 죽 먹기지. 이 환기 갱도가 우릴 위한 뒷문인 셈이야."

알버트는 원형 담 너머로 목을 쑥 내밀었다. 깊은 곳에서 올라온 차가운 공기가 피부를 스쳤다. 오싹하고 얼얼한 느낌이 났다. 손바닥에 땀이 나는 게 느껴졌다.

"스칼렛, 진작 물어봤어야 할 질문이 있어. 밧줄이 모두 연결 갱도 바닥까지 충분히 닿는다고 어떻게 확신해?"

"확신 못 해."

스칼렛이 배낭에서 절단기를 꺼냈다. 끝을 알 수 없는 컴컴한 구멍 위로 몸을 숙이고 녹슨 망을 자르느라 바빴다.

"다음 질문?"

"밧줄 끝에 도달했는데도 발이 바닥에 닿지 않으면 어떻게 해?"

"그땐 그냥 떨어지면 돼. 그 정돈 할 수 있잖아."

"그래. 뼈가 부러지고 이가 산산조각 나도 감당할 수 있긴 하지."

"환기 갱도가 경사로처럼 휜다는 걸 잊었나 봐. 뭐, 늙고 이상한 노숙자의 말이지만…. 이제 좀 안심이 돼?"

"완전히는 아니야."

"그만 걱정해. 밧줄을 타고 내려가는 게 처음 있는 일도 아니잖아. 세지필드의 요새 같던 은행 기억나?"

"그래. 하지만 그건 6미터 높이에서 내려간 거잖아. 60미터일지 얼마일지도 모를 지금 같은 높이는 아니었다고. 게다가 세지필드에서도 난 밧줄을 놓치는 바람에 네 머리 위로 떨어졌잖아."

스칼렛이 금속망을 밀었다. 원형 부분이 소리 없이 환기 갱도 안으로 떨어졌다.

"맞아. 똑같은 일이 벌어진다면 미리 좀 소리쳐 줄래? 내가 피할 수 있게."

스칼렛은 엄청나게 빠른 속도로 각자의 가방에서 얇은 파란색 밧줄을 두 개씩 꺼내 모두 묶어 하나의 긴 밧줄로 만들었다. 밧줄 한쪽 끝은 오래된 산사나무 밑동에 단단히 묶었다. 반대쪽은 컴컴한 환기 갱도 안으로 늘어뜨렸다. 나무에 묶은 밧줄을 여러 차례 테스트하며 밧줄이 그들의 무게를 견딜 수 있는지 확인했다. 알버트는 그 모습을 조용히 지켜봤다. 이런 순간에 겁에 질려 횡설수설하면 스칼렛도 어느 정도까진 참아주지만, 알버트가 한계점을 넘으면 항상 그녀에게 한 대씩 맞곤 했다.

마침내 스칼렛이 만족스럽다는 듯 테스트를 끝냈다. 가방을 어깨에 메고 장갑을 낀 후 한 손으로 느슨하게 밧줄을 잡았다. 그녀는 갱도 구멍 입구로 뛰어올라 알버트를 바라봤다.

"알버트, 괜찮아?"

지금 알버트에겐 '괜찮다'는 말조차 과하게 긍정적인 표현이었다. 알버트는 그저 고개만 끄덕였다.

"십 분만 줘. 지하에서 보자."

스칼렛은 컴컴한 갱도 구멍을 등진 자세로 아래로 뛰어내려 하강하기 시작했다. 알버트가 마지막으로 본 스칼렛의 모습은 햇빛에 휘날리는 머리카락과 씩 웃는 얼굴이었다. 이윽고 지상엔 새 울음소리와 고요만이 남았다. 늘 그렇듯 의문이 들었다. 스칼렛은 어디서 이렇게 위험을 즐기는 법을 배웠을까? 대체 어디서 이토록 초연해지는 법을 배웠을까?

밧줄 끝이 벽돌 가장자리에서 잠시 부르르 떨며 팽팽해졌다. 스칼렛이 점점 아래로 내려가자 밧줄 움직임이 줄었다. 알버트는 환기 갱도 입구에 앉아 장갑을 끼며 곧 닥칠지도 모를 죽음에 대한 상상을 떨쳐내려 애썼다. 다른 작업 때와 마찬가지로, 이미 머릿속엔 파묻힌 도시의 단편적 이미지들이 들어 있었다. 마을 광부들에게서 엿본 이미지들이었다. 벽과 통로와 이상한 문이 어둠 속에서 기묘한 빛을 내며 떠다녔다. 엿본 기억 속의 이미지들을 완전히 이해할 순 없었다. 하지만 이 기억들에는 끔찍한 공포가 스며 있었다.

알버트는 조용히 앉아 있었다. 빛이 서쪽으로 사라지고 있었다. 하늘은 검은 구름으로 뒤덮였다.

스칼렛의 허세에도 불구하고, 알버트는 앞으로 닥칠 어려움에 대해 환상을 품지 않았다. 살아남기 위해선 파트너인 스칼렛에게 의지해야 한다는 걸 잘 알았다. 스칼렛 역시 그렇게 생각하고 있단 것도. 그녀가 입 밖으로 꺼내지는 않았지만, 곤란한 상황이 오면 알버트가 능력을 사용해 주길 원했다. 절대 공포의 힘을 이용해야 한다고 여겼다. 하지만 알버트에겐 말처럼 쉬운 일이 아니었다.

땅바닥 신발 옆에 돌멩이가 하나가 있었다. 아주 큰 돌은 아니었다. 둥글고 평범한 노란색 돌이었다. 알버트가 돌을 바라보며 집중했다. 잠시 후, 돌멩이가 흔들리다 곧 멈췄다. 천천히 숨을 들이쉬고 다시 시도했다. 이번에는 돌이 흙에서 부드럽게 위로 떠올랐다. 돌은 알버트의 머리 높이까지 떠오른 후 멈췄다. 알버트가 왼쪽을 보자 돌도 같은 방향으로 움직였다. 오른쪽을 보자 돌도 같이 움직였다. 알버트는 바닥이 보이지 않는 환기 갱도의 가장자리에 앉아 무릎을 꽉 움켜쥐었다. 눈이 움직이는 방향에 따라 돌도 움직였다. 그는 아래로 시선을 움직여 돌멩이를 원래 있던 움푹 파인 진흙 자리로 다시 돌려놨다.

얼굴을 찡그리며 일어섰다. 아주 잘했다. 조용히 혼자 있을 땐 이런 기술들을 쉽게 사용할 수 있었다. 하지만 화가 나거나 흥분했을 땐 어떤 것도 시도하기 어려웠다. 정확성이나 통제력을 기대할 수 없었기 때문이다. 바위뱀 때처럼!

십 분이 지났다. 스칼렛과 같이 일한 지 얼마 안 됐을 때라면 갱도 위를 서성이며 배낭을 조이고, 신발 끈을 묶고, 근처 덤불에서 흥미로운 곤충을 찾는 등 불가피한 일을 최대한 미루는 데 상당한 시간과 에너지를 썼을 것이다. 하지만 이제는 그저 한숨을 내쉴 뿐이었다. 알버트는 밧줄을 잡고 마지막으로 해를 한번 바라본 후 몸을 뒤로 기울였다. 그리고 금속망 안쪽의 갱도 속으로 떨어지며 하강하기 시작했다.

처음엔 머리 위에 둥근 하늘이, 옆에는 곡선형 벽돌이, 아래에는 차갑고 고요하며 거대한 구멍이 있었다. 하지만 점차 하늘이 멀어지며 어둠이 조금씩 알버트를 삼켰다. 이제 확실하게 느껴지는 감각이라곤 신발이 벽을 따라 아래로 움직이는 느낌과 손을 스치는 밧줄의 거친 표면뿐이었다. 무력감이 그를 덮쳤다. 아무리 노력해도 그저 허공에 매달려 있는 것만 같았다. 조심스레 꾸준히 움직였지만 아무 진전도 없는 것처럼 느껴졌다. 알버트는 시간 감각을 잃고 완전히 기계적인 반복 동작에만 집중했다. 등과 어깨의 통증은 무시하려 애썼다.

그의 존재가 공기와 침묵, 그리고 벽돌에 미끄러지는 운동화의 희미한 흰색 빛으로 전락한 것 같았다.

깜깜한 갱도는 계속 아래로 이어졌다.

알버트는 자신을 보호하기 위해 공상을 하기 시작했다. 얼마나 운이 좋은가! 밧줄에 매달리는 모험을 해볼 수 있다니, 행운이었다! 스톤무어 감옥에서 보낸 수년 동안 늘 일곱 왕국의 비밀을 탐험하고 싶었다. 그중에서도 고대의 비밀은 단연코 가장 매력적인 것이었다. 밧줄을 쥔 손이 부들부들 떨릴 때마다 조금씩 시간을 거슬러 올라가고 있는 것이다. 대재앙 이전에 존재했던 도시로. 그곳엔 얼마나 신비로운 것들이 있을까?

어느 순간 마침내 발이 허리높이에서 내려와 몸 아래에서 흔들리고 있단 걸 깨달았다. 환기 갱도가 경사진 미끄럼틀처럼 변한다는 스칼렛의 말이 맞았다. 알버트는 점차 자신감을 가지고 계속 내려갔다. 밧줄 끝에 다다랐을 때는 벽돌 위에 설 수 있을 정도였다. 잠깐 망설인 후, 아예 밧줄을 놓고 마지막 구간은 미끄러져 내려갔다. 빛과 어떤 공간이 있다는 게 느껴졌다. 갱도는 급격하게 휘다가 완전히 수평을 이뤘다. 갱도 구멍이 곧장 복도로 이어져 있어 알버트는 갑자기 텅 빈 공간으로 튀어나와 바닥으로 떨어지며 엉덩방아를 찧었다. 스칼렛은 맞은편 벽에 기대어 지루한 표정을 짓고 있었다.

"드디어 왔네. 재밌었어?"

"끔찍하게 죽지 않은 걸 재미라 친다면…. 응, 매우 재밌었지." 알버트는 욱신거리는 팔을 문지르며 일어나다 멈칫했다. "어, 잠깐만. 이게 뭐야?"

"이두박근이란 근육이지. 드디어 개랑 친해져서 다행이네."

스칼렛은 터널을 따라 손전등을 비췄다.

"자, 들어오는 데 성공했으니 이제 화물 트럭만 찾으면 돼. 가자."

복도는 사각형으로 거칠게 깎여 있었다. 불은 켜져 있지 않았지만 앞쪽에서 부드러운 빛이 희미하게 새어나왔다. 알버트는 스칼렛을 따라 빛 쪽으로 향했다. 지하 공기는 차갑고 건조했으며, 생명력이 없는 느낌이었다. 돌과 먼지 냄새가 났다. 알버트와 스칼렛의 발소리 외에는 아무 소리도 들리지 않았다.

곧 전등이 벽에 나사로 고정된 방에 들어섰다. 불은 꺼져 있었지만 천장에 피어난 인광성 곰팡이 때문에 방이 환했다. 돌무더기 잔해 속에 톱니바퀴로 이루어진 기계장치가 보였다. 장치 옆에는 커다란 흰색 표지판이 있고, 표지판 너머로는 어둠 속으로 터널이 이어져 있었다. 터널 바닥엔 플라스틱 매트가 깔려 있었다.

알버트와 스칼렛은 표지판으로 다가갔다. 표지판은 수년간 쌓인 먼지로 더러웠다. 먼지를 털어내자 광산 노동자를 위한 규칙과 경고 문구가 드러났다.

"스칼렛, 봐봐. 헬멧, 부츠…, 가스에 대비해 호흡기를 착용해야 한대. 앗, 우린 아무것도 없잖아. 난 운동화만 신고 왔는데."

스칼렛이 불편한 목소리로 말했다. "그래. 하지만 날 괴롭히는 건 그 아래 내용이야."

표지판 아래쪽 절반에는 체크리스트가 적혀 있고, 분필 조각이 옆에 매달려 있었다. 그리고 혐오스럽게 생긴 다양한 생명체가 그려져 있었다. 아마 광산에 나타날 수 있는 잠재적 위험 요소 같았다. 알버트가 처음 보는 생명체들도 있었다. 일부는 소름 끼칠 정도로 다리가 많았다. 그림마다 옆에 휘갈겨 쓴 일련번호가 있었다.

"알버트, 저거 봤어? 무슨 구역에서 어떤 생명체가 발견됐는지 알려주는 거야. 윽, 흡혈 두더지, 거대 도마뱀, 구멍 뚫는 굴벌레…. 저 끔찍하게 생긴, 날개 달린 마디 생물은 뭔지도 모르겠네. 젠장, 저것들 좀 봐! 저긴 온통 마디 생물 천지잖아!"

"특히 5구역과 6구역이 심해. 저 구역 근처엔 절대 가지 말자. 끔찍한 놈들을 만날 수 있으니까." 갑자기 알버트가 코를 긁으며 물었다. "근데 우리 지금 몇 구역에 있는 거야?"

스칼렛이 알버트의 어깨를 툭 쳤다. 알버트가 뒤를 돌아봤다. 맞은편 벽에 거의 사람만 한 크기로 숫자 6이 빨갛게 적혀 있었다.

긴 침묵이 흘렀다.

"뭐, 걱정할 필요 없어. 알버트, 여기 오래 머물진 않을 거야. 잽싸게 7구역으로 가서 유물 상자를 몇 개 찾은 후, 트럭을 훔쳐 떠나면 돼. 파묻힌 도시의 대부분은 볼 일이 없을 거야. 이 괴생명체들은 더더욱 볼 일 없고."

"저 끔찍한 마디 생물도?"

"그 녀석은 특히 더…. 하, 너무 지루할 거 같아 아쉬울 지경이네." 스칼렛은 예의 반쯤 웃는 미소를 지으며 말을 이었다. "좋아. 이 큰 터널이 괜찮은 선택지 같아. 이런 중심 통로를 따라가다 보면 금세 작업 구역으로 이어지는 계단을 찾겠지. 그다음엔 유물 포장실과 적재 구역으로 계속 나아가는 거고! 자, 가자."

알버트와 스칼렛은 터널을 따라 빠르게 걸었다. 넓은 길은 수많은 부츠 자국으로 붉게 닳아 있었다. 이리저리 손전등을 비추자 바닥과 천장에서 광부들이 도구를 쓴 흔적이 보였고, 구석에는 녹슨 기름통 몇 개, 낡은 도끼머리, 정체를 알 수 없는 잔해들이 널려 있었다. 한동안 아무도 이 터널을 지나지 않아 방치된 듯 보였다. 터널 안은 매우 조용했다.

예상보다 한참 시간이 걸린 끝에 터널이 세 갈래로 나뉘는 분기점에 도착했다. 스칼렛은 이 길이 분명하다고 확신했으나 분기점에 이르러서는 그 확신이 사라졌다. 갈림길마다 섬뜩한 인광으로 똑같이 빛나고 있었으며, 모두 플라스틱 매트가 깔려 있었다. 이 중 맞는 길이 있더라도 그 길을 알 방법이 없었다.

스칼렛은 찡그린 얼굴로 모자를 고쳐 쓰며 말했다. "갈림길에 길 안내도 없다는 게 말이 돼? 표지판은 어디 있는 거야?"

"뭔가가 먹어버렸을지도 몰라."

"어쨌든 우린 선택해야 해. 네 생각은 어때? 가운데 터널이 약간 더 넓지 않아?"

"난 오른쪽으로 가자고 하려 했는데."

"그럼 왼쪽으로 가자. 우린 끔찍한 선택을 했던 전적이 많잖아. 둘 다 틀렸을 가능성이 높아."

왼쪽 길이 맞는지 틀린지, 알버트는 전혀 알 방법이 없었다. 곧 머릿속에서 적재 구역과 화물 트럭에 대한 생각이 모두 사라졌다. 한동안 계속되던 터널은 모퉁이를 돌며 천장이 더 높고 넓은 공간으로 이어졌다. 머리에서 천장까지의 높이가 꽤 됐다. 높은 천장을 따라 설치된 전등불이 동굴과 그 안에 있는 모든 것들을 부드러운 하얀 빛으로 감쌌다.

동굴 같은 공간 안에 집이 여러 채 있었다.

알버트와 스칼렛은 걸음을 멈췄다.

동굴 안 오래된 검은 콘트리트 바닥 중 일부는 매끄러웠지만, 나머지 일부는 거칠게 갈라져 있었다. 양옆으로 집의 전면부가 회적색 암석을 뚫고 꽃처럼 피어나 있었는데, 암석 속 결정체가 문과 아치형 입구, 기둥과 박공벽으로 변해 유기적으로 자란 듯한 모양새였다. 유령의 집이었다. 건물은 돌벽에서 반쯤 발굴된 채였다. 아직 곳곳이 돌에 묻혀 몽환적이고, 암석층 아래 남아 희미한 윤곽만 드러냈다. 굴착기가 고대 건축물의 복잡한 구조를 파내려 애쓴 흔적이 보이는 곳도 있고, 돌벽을 뚫는 건 포기한 채 문과 창문만 구멍을 뚫어 내부로 들어가는 데 만족한 곳도 있었다. 간혹 그 안쪽으로 좁은 구멍들이 뚫려 있기도 했다. 아마 인력으로 파낸 흔적이겠지만, 거대한 굴벌레를 떠올리게 했다. 동굴 벽의 높은 곳에 자르지 않은 돌이 툭 튀어나와 있었는데, 제일 위쪽의 구멍으로 가는 발 받침대 역할을 했다. 오싹할 정도로 가는 사다리가 놓여 있었다. 성인이 그 사다리를 오르는 모습은 상상할 수도 없었다. 알버트는 노예 아이들이 다시 떠올랐다.

알버트는 숨 쉬는 것도 잊었단 걸 깨달았다. 스칼렛조차 잠시 말을 잃었다.

"엄청난 작업물이야. 이런 곳을 만들기 위해 얼마나 많은 노력을 기울였을까."

스칼렛도 고개를 끄덕였다. "그래. 뭔진 모르지만, 그들은 진심으로 여기 파묻힌 유물을 원하고 있어."

스칼렛과 알버트는 손전등을 이리저리 비추며 동굴 바닥에 깔린 매트를 따라 계속 걸었다. 동굴은 소리가 울려 퍼지기 때문에 조용조용 걸었다. 하지만 최대한 가볍게 걸어도 텅 빈 공간에 발소리가 빠르게 울려 퍼졌고, 곧 웅웅거리는 반향을 만들었다. 소리는 이리저리 튀고 반사됐다가 먼 곳에서 다시 돌아왔다. 사방에서 죽은 자들의 군대가 한데 몰려오는 것처럼….

하지만 아무도 오지 않았다.

"여긴 발굴된 지 몇 년 된 거 같아." 스칼렛이 속삭였다. "발굴 도구도 수레도 돌무더기도 없어. 하지만 저 구멍들은 조심해. 왠지 마음에 안 들어."

한때 고대 거리의 교차로로 추정되는 지점에 이르렀다. 건물 모퉁이가 완전히 모습을 드러냈고, 또 다른 움푹 파인 동굴이 형광등 아래로 길게 뻗어 있었다. 벽면의 검은 줄무늬는 불길에 그을린 흔적을 암시했다. 알버트는 이곳이 살아 숨 쉬는 도시였을 때를 상상하려 해 봤지만 잘되지 않았다. 곳곳의 건축 양식은 전에 가본 생존 도시들과 유사했지만, 깨진 렌즈를 통해 보는 것처럼 흐릿하고 왜곡돼 보였다. 시각적인 잔상이 남는 곳이었다.

주황색 원뿔 모양의 표식이 측면 동굴 입구에 일렬로 놓여 있었다. 스칼렛과 알버트는 그것들을 바라봤다.

"저 표식들은 무슨 의미일까?"

"'출입 금지'. '사망 위험'. '앞쪽에 거대 곤충 있음'. 뭐, 그런 뜻이겠지."

"그렇겠지? 다른 길로 갈까?"

"그러자."

스칼렛과 알버트는 다시 움직이기 시작했다. 그와 동시에 알버트가 한쪽 손을 들었다.

"저 소리 들려?"

스칼렛도 들었다. 얼굴이 긴장으로 팽팽해졌다.

희미하지만 분명 딸깍딸깍하는 소리였다. 어느 방향인지, 어느 정도 거리인지 알 수 없었지만 불규칙적으로 딸깍 소리가 들려왔다. 알버트의 머릿속에 불길한 이미지가 떠올랐다. 돌을 두드리는 발톱, 거대하고 뾰족한 턱이 맞부딪히는 형체….

"아마 발전기 소리겠지. 우리에게 해될 것 없는 기계 말이야."

스칼렛이 알버트와 시선을 마주했다.

"그래. 나도 그렇게 생각해."

그들은 고대의 거리를 따라 계속 걸었다. 재로 뒤덮인 아치형 석조 입구를 통과해 작은 동굴 안으로 들어갔다. 이 동굴은 집들이 거의 노출돼 있지 않았다. 건물 내부의 빈 공간을 찾기 위해 크지 않은 구멍이 여럿 뚫려 있었다. 술집에서 봤던 덩치 큰 광부들이 그 안으로 비집고 들어가는 모습은 상상하기 어려웠다. 천장 곳곳이 무너져 내려 있었다. 알버트는 걷는 속도를 높였다. 혹시라도 여기서 생매장당하고 싶진 않았다.

길이 다시 나뉘었다. 위쪽으론 돌을 거칠게 깎아 만든 광부용 계단이 있었고, 정면에는 고대 콘크리트 벽에 아치형 통로가 나 있었다. 그들은 멈춰서 망설였다.

"위로 올라갈까? 다른 구역으로 갈 수도 있잖아." 알버트가 말했다.

"그래. 그런데 거기가 7구역일까? 알 수 없지."

"적어도 딸깍하는 소리는…. 스칼렛! 저기 누군가 우릴 보고 있어!"

아치형 통로 너머에 회색 형체가 웅크리고 앉아 있었다. 알버트는 깜짝 놀라 뒷걸음질 쳤다. 머리끝까지 피가 솟구치는 듯했다. 스칼렛은 이미 손에 권총을 쥐고 있었다. 그녀의 빠르고 긴장된 숨소리가 들렸다.

가만히 기다렸다. 하지만 회색 형체는 움직이지 않았다. 알버트는 손가락으로 더듬더듬 손전등을 켰다. 떨리는 빛줄기가 조금씩 다가가 날카로운 창처럼 회색 형체를 꿰뚫었다.

웅크린 형체는 매우 마른 사람으로 전혀 움직이지 않았다. 머리를 보호하듯 뼈가 앙상한 두 팔이 머리 위로 교차해 있었다. 알버트는 그 희미한 모습에 당황했다. 손전등 불빛 아래에서도 윤곽이 선명하지 않고 흐릿했다. 팔다리는 부드러운 반죽을 몸에 뭉쳐놓은 것처럼 보였다.

스칼렛이 총을 내렸다.

"진정해…. 고대 거주민이네."

텅 빈 방 안으로 조심스레 들어갔다. 벽에는 그을린 흉터가 거대한 손가락 자국처럼 나 있었다. 그을린 자국은 문에서부터 안으로 뻗어갔다. 삐쩍 마르고 웅크린 형체는 마치 안으로 들어온 뭔가를 피하려는 듯 어색하게 뒤틀려 있었다.

"너무 말랐어. 불에 탄 종이로 만든 것처럼. 만지면 부서질 거 같아…."

스칼렛이 몸을 가까이 수그리더니, 머리를 감싼 부러질 듯한 팔 아래를 들여다봤다. 손전등을 켰다 끄더니 도로 일어섰다.

알버트는 스칼렛의 행동을 지켜봤다.

"스칼렛, 뭐 한 거야?"

"얼굴을 보려고."

"왜? 뭘 봤는데?"

"아무것도… 아무것도 없었어…. 넌 보지 마."

그들은 잠시 거기 서 있었다.

"스칼렛, 대재앙 때 무슨 일이 일어난 걸까?"

"신만이 알겠지. 아주 끔찍한 일이었을 거야."

그들은 다시 계단 쪽으로 후퇴했다. 계단을 한 층 올라간 후 터널 안을 계속 걸었다. 그곳 역시 7구역이 아니었다. 광산 터널은 파묻힌 집들 사이를 구불구불 복잡하게 지났다. 이곳은 버려진 느낌이 더 심했고, 공기가 퀴퀴했다. 시간이 얼마나 흘렀는지 알 수 없을 때쯤, 스칼렛이 계단으로 돌아가 다른 길을 찾아보자고 제안했다. 하지만 계단을 찾을 수 없었다.

미라가 된 시체를 발견한 후, 뭔가 분위기가 달라졌다. 알버트는 스칼렛이 더 퉁명하게 반응하고, 덜 신중하게 결정한다는 걸 알아차렸다. 스칼렛의 움직임이 급해졌다. 갈림길이 나올 때마다 조급해하며 오로지 앞으로 나아가는 것에만 집중했다. 침묵이 계속되자 알버트도 압박감과 불안감이 커져갔다. 둘 다 목이 말랐다. 스칼렛은 물 한 병을 다 비우고 두 번째 병을 마시기 시작했다. 알버트는 손전등 배터리가 다 닳았다.

스칼렛과 알버트는 콘크리트 파편으로 가득 찬 동굴을 통과했다. 한번은 어디까지 뻗어 있는지 알 수 없는 거대한 벽돌벽을 지나기도 했다. 인광성 곰팡이가 바닥을 뒤덮어 부츠 아래가 끈적이는 구역도 지났다. 또 다른 시체들도 발견했는데, 시체들은 항상 빈 방 제일 안쪽 구석에 있었다. 어떤 시체는 바위에서 스스로를 떼어내려는 듯 바위에 납작하게 붙어 있었고, 광부에 의해 다른 장소에서 옮겨진 어떤 시체들은 서로 포개진 채 덩어리가 돼 버려져 있었다. 간혹 시체를 연료로 사용한 흔적도 보였다. 알버트는 시체를 싫어했지만, 이런 취급은 왠지 화가 났다. 이유는 알 수 없었지만.

마침내 넓은 터널로 나왔다. 터널은 언덕을 좌우로 구불구불 가로질렀다. 벽에 일렬로 달린 전등불이 터널을 비췄다. 고무 매트가 깔린 보행로 옆에는 너비가 좁은 레일이 깔려 있었다. 공기 중에 디젤기름 냄새가 났다.

스칼렛은 모자를 뒤로 젖히고 머리를 긁었다. 땀이 흐르고, 뺨이 상기돼 있었다.

"냄새 맡았어? 최근에 사용한 거야. 어느 쪽인지만 알아내면 돼."

알버트가 고개를 끄덕였다. "아마 그 딸깍 소리가 결정에 도움이 될 거야. 다시 들리고 있거든."

"젠장! 어디서?"

"우리 뒤에서. 그게 뭔지 상상도 안 가."

"뭐, 좋은 건 아니겠지. 처음 본 표지판을 떠올리고, 거기 있는 망할 것들 중에 하나 골라. 우리 냄새를 쫓아오는 거 같은데. 뭔가 보여?"

알버트는 방금 내려온 터널의 휘어진 곳을 돌아봤다. "아니."

"좋아. 그럼 왼쪽으로 갈까, 오른쪽으로 갈까? 둘 중 하나는 적재 구역으로 이어지겠지…." 스칼렛이 시계를 흘끗 보더니 욕설을 내뱉었다. "2시야! 언제 이렇게 됐지? 벌써 밤이 절반이나 지났잖아!"

알버트가 놀라서 스칼렛을 멍하니 바라봤다. 그 역시 완전히 시간 감각을 잃은 상태였다. 막연히 한 시간쯤 걸었을 거라고 여겼다.

스칼렛과 알버트는 왼쪽 길을 택한 후 침묵 속에 걸었다. 레일은 앞뒤로 구불구불 이어지다 곧 길고 높은 공간으로 들어섰다. 동굴 한 쪽 면은 툭 튀어나온 거친 돌로 이루어졌고, 반대편엔 거대한 콘크리트 건물의 매끄러운 벽이 있었다. 건물은 삼 층 높이까지 드러나 있었으며, 뻥 뚫린 사각형 창문들이 일렬로 달려 있었다. 이 동굴에도 시체가 많았다. 막대기처럼 마른 시체들이 고개를 숙이고 벽 아래의 반쯤 파인 공간에 앉은 자세로 웅크리고 있었다.

아무것도 없는 측벽 중간에 고리 모양으로 매달린 희미한 전등불이 바닥에 상한 우윳빛 그림자를 드리웠다. 다른 곳은 깊은 어둠에 잠겨 있었다. 동굴 중간쯤 아주 높은 곳의 구멍을 향해 사다리가 뻗어 있었다. 그 옆으론 작은 광산 수레 두 대가 레일 옆에 놓여 있었다. 하나는 돌무더기로 가득 차 있었고, 나머지 하나엔 땅 파는 도구가 여러 가지 담겨 있었다.

스칼렛이 만족스러운 미소를 지었다.

"증거가 여기 있네. 최근에 작업한 흔적이야. 점점 가까워지고 있어. 레일을 계속 따라가면 광산 끝에 도착할 거야."

알버트가 뒤로 물러서며 코를 찡그렸다.

"여기 냄새가 안 좋아."

"가스가 고여 있는 걸지도 몰라. 서둘러 통과하자." 스칼렛이 속
도를 높이며 말했다. "어서."

텅 빈 창문 밑을 빠르게 이동하며 웅크린 검은 시체들을 줄줄이
지나쳤다. 알버트는 시체의 쪼그라진 팔다리와 웃고 있는 누런 이를
생각하지 않으려 애썼다. 목표 의식이 강해지는 걸 느꼈다. 진심으로
바깥 공기를 다시 마시고 싶어졌다. 스칼렛이 옳기를, 곧 적재 구역
에 도착하기를 바랐다.

알버트는 문득 한 가지 생각이 떠올랐다.

"경비병들 말이야. 트럭에 경비병이 있다면 가능한 한 피를 보진
말자."

스칼렛이 애매한 소리를 냈다. "그들이 얼마나 협조적인지에 달
렸겠지."

"꼭 총을 쏠 필요는 없잖아. 그냥 머리를 때려서 기절시킬 수도 있
고. 조금 거칠게 다루는 거지. 은행에서 한 거랑 다를 바 없이. 어때?"

"글쎄, 잘 모르겠네. 꽤 거친 녀석들일 수도 있으니까. 상황을 보
자고."

스칼렛과 알버트는 불빛을 따라 계속 걸었다. 잠시 후, 알버트가
뒤돌아 터널을 살폈다. 딸각하는 소리가 희미해졌다. 터널 안에서 그
들을 쫓아오는 다리 많은 생물의 흔적 같은 건 보이지 않았다.

"뒤는 여전히 깨끗해." 알버트가 말했다.

"좋아."

"어쩌면 드디어 우리 운이 바뀌려나 봐."

"나도 그렇게 생각해, 알버트. 진짜 그런 거 같아."

알버트는 몇 발짝 더 걸었다. 사실, 이렇게 빨리 다시 확인할 필요는 없었다. 왜 그랬는지는 잘 설명할 수 없었다. 분명 아무 소리도 들리지 않았다. 아마 직감이나 다른 뭔가가 작용했을 수도 있다. 그의 의식이 놓친 미묘한 이상 현상 같은 것을 감지한지도…. 어쨌든 그는 다시 한번 어깨 너머를 돌아봤다. 그리고 몸을 웅크리고 있던 시체 중 하나가 휙 움직이더니 뼈만 앙상하게 남은 다리를 바닥으로 뻗는 걸 목격했다.

13

그것은 완벽한 침묵 속에 움직였다. 알버트는 매끄러운 움직임, 고요하고 은밀한 동작, 무엇보다 눈앞에 펼쳐진 믿을 수 없는 압도적 공포에 사로잡혔다. 이 모든 건 몽환적인 이곳의 분위기를 더욱 강렬하게 만들 뿐이었다. 시간이 의미를 잃고 집들이 단단한 암석 속에 묻혀 있는 이곳, 파묻힌 도시에 들어온 이후, 알버트는 줄곧 비현실적인 감각에 휩싸여 있었다. 분위기가 사악한 이곳이라면, 죽은 자들이 다시 살아난다 해도 왠지 가능할 것 같았다. 두려움이 온몸을 휘감았고 팔다리가 움직이지 않았다. 턱이 꽉 다물어졌다. 죽은 사람의 형체가 벽에서 분리돼 나왔다. 그것은 뻣뻣한 다리로 덜컹거리며 걸었다. 이윽고 전등 불빛이 고인 빛 웅덩이 가장자리에 서서 그림자에 싸였다. 지독하게 창백하고 마른 형체였다! 앙상한 목뼈 위에 머리가 힘없이 흔들거렸다. 검은 두 눈이 희미하게 번뜩였고, 하얀 입술이 곡선을 그리며 씩 웃었다. 뼈만 남은 하얀 다리가 흔들흔들 빛 속으로 걸음을 내디뎠다. 날카로운 이빨이 가위처럼 딸까닥 소리를 내며 맞물렸다. 그 순간, 영원처럼 느껴지던 시간이 끝나고 알버트에게 걸린 마법이 깨졌다.

알버트는 숨이 막히는 듯 소리를 질러댔다.

스칼렛이 획 돌아섰다. 그녀가 내뱉은 한마디는 확실히 현실적이었다.

스칼렛의 손이 권총을 들었다. 알버트의 귀 가까이에서 총알이 세 발 발사됐다. 알버트 귓가에 폭발적 굉음이 들렸다. 총알이 사람 모양 형체를 강타했다. 그것은 뒤로 넘어져 레일을 따라 데굴데굴 굴렀다. 그리고… 다시 일어섰다. 어둠 속에서 이빨이 번쩍였다.

동굴에 탄환 튕기는 소리가 크게 울렸다. 돌출된 암벽의 일자로 움푹 파인 공간에 웅크리고 있던 다른 시체들도 움직이기 시작했다. 굽은 등이 펴지고, 거미 다리처럼 가늘고 힘없는 팔다리가 밖으로 뻗어 나왔다.

일자 터널을 따라 피처럼 검붉은 생각들이 깜박거리며 깨어났다.

그때서야 알버트는 본능이 이미 감지한 걸 머리로 따라잡을 수 있었다. 파묻힌 도시의 이 특별한 동굴에서, 그는 죽은 자들과 함께 있는 게 아니었다. 그렇다고 온전히 산 자들과 함께 있는 것도 아니었다. 적어도 살아 있는 '인간'은 아니었다.

이건 차원이 다른 공포였다.

"오염된 자들이라니…." 알버트가 중얼거렸다.

"알버트…." 옆에서 스칼렛의 목소리가 들렸다. "사다리로 올라가."

스칼렛의 침착한 목소리가 모든 걸 뚫고 나왔다. 알버트는 광산 수레 뒤로 벽에 비스듬히 걸쳐 있는 사다리를 쳐다봤다. 사다리는 희미하지만 3층까지 뻗어 있었다. 벽에선 오염된 자들이 계속 모습을 드러냈다. 알버트는 그 광경도, 스칼렛이 총구에서 화염을 내뿜으며 어깨높이로 총을 두 번 더 발사해 창백한 형체들이 흩어지게 하는 것도 무시하고 사다리를 향해 무작정 달려갔다. 스칼렛은 불빛 안팎을 왔다 갔다 하며 뒤에서 엄호했다. 화약 연기가 스칼렛과 알버트를 둘러쌌다. 앞이 잘 보이지 않았다.

사다리는 어린아이용인 듯 가볍고 얇았으며, 굉장히 높았다. 알버트는 사다리까지 못 갈 것만 같았다. 아직 수레에도 도달하지 못했다. 필사적으로 속력을 높이려던 순간, 뒤에서 창백한 손이 어깨를 움켜잡았다. 핏줄이 드러난 대리석 같은 손목과 뼈와 쇠로 만든 팔찌가 언뜻 보였다. 검은 손톱이 살을 찢고 무시무시한 힘으로 그를 뒤로 잡아당겼다. 고통이 몰려왔다. 알버트가 비명을 질렀다. 악취와 함께 울부짖는 소리가 났다. 이빨과 입만 보이는 오염된 자가 가까이 달려들었다. 그때 스칼렛이 나타났다. 오염된 자의 얼굴에 권총을 들이대고 쐈다. 울부짖는 소리가 뚝 멈췄다. 알버트를 움켜쥔 손이 떨어져 나갔다. 알버트는 비틀거리며 앞으로 달려나갔다.

스칼렛과 알버트는 레일 수레 근처에 도달했다. 총에 탄약이 떨어졌다. 스칼렛은 총을 열고 빈 탄창을 버렸다. 재장전할 시간이 없었다. 소용돌이치는 연기 속에서 하얀 형체들이 모여들었다. 우- 우- 울부짖는 소리, 휘파람 소리, 긴 발톱이 땅을 긁는 소리가 들렸다. 스칼렛은 총을 벨트에 꽂고 곡괭이를 집어 맞은편 손에 들었다.

울부짖는 소리가 날카로운 비명 소리로 변했다. 오염된 자들이 스칼렛과 알버트를 완전히 둘러쌌다. 스칼렛이 곡괭이를 좌우로 휘둘렀다. 알버트가 사다리로 펄쩍 뛰어올랐다. 아래에서 들리는 비명 소리에 쫓기듯 한 번에 세 칸씩 올라갔다. 위로, 또 위로…. 무게 때문에 나무가 휘는 게 느껴졌다. 아래로 하얀 형체들이 더 많이 모여든 게 보였다. 일부가 사다리를 기어오르기 시작했다. 나머지는 사다리를 밑으로 끌어내려 부수려는 듯 사다리를 붙잡고 힘을 쓰고 있었다. 스칼렛은 오염된 자들의 팔이 닿는 곳 바로 위에 있었다. 똑바로 서서 완벽하게 균형을 유지한 채 천천히 뒤로 물러서듯 사다리를 오르고 있었다. 아무것도 잡고 있지 않았다. 피 묻은 곡괭이가 벨트에 꽂혀 있었다. 스칼렛은 권총을 재장전했다. 사다리가 마구 흔들렸다. 알버트는 사다리를 꼭 잡고 매달렸다. 스칼렛이 총을 닫고 발 사이로 여섯 발을 쐈다. 사다리의 흔들림이 멈췄다.

알버트는 동굴 천장과 거의 맞닿을 정도의 높이까지 올라갔다. 거기엔 커다란 사각형 창문이 있었고, 그 너머로 발굴 중이던 방이 있었다. 그 안은 깜깜했다. 안에 뭐가 있을지 알 수 없었다. 흡혈 두더지나 뱀, 굴벌레…. 하지만 알버트는 신경도 쓰지 않았다. 사다리에서 뛰어내려 고대의 방으로 들어갔다. 거의 동시에 스칼렛도 도착했다. 그를 앞으로 밀치더니 사다리를 발로 찼다. 사다리가 떨어지는 게 보였다. 사다리는 동굴을 가로질러 대각선으로 추락했다. 천장에 매달려 있던 전등의 전선들이 끊겼고, 펑펑 터지는 불꽃과 함께 사다리가 전선을 끌고 바닥으로 떨어졌다. 전등불 절반이 꺼졌다. 사다리가 레일 위로 떨어졌다. 오염된 자들이 실망해 낮게 웅얼거렸다.

알버트와 스칼렛이 서로 바라봤다.

"알버트, 괜찮아?"

"응."

알버트는 욱신거리는 어깨 통증을 무시했다.

"넌?"

"화가 날 뿐이야." 스칼렛이 손가락으로 이마를 쓸었다. "하, 대체 내가 무슨 생각을 하고 있던 거지? 오염된 자들의 냄새를 알아차렸어야 했는데! 이곳은 사람 혼을 쏙 빼놓는다니까…. 저것들이 포기할 거 같아?"

알버트는 아래에 펼쳐진 광란의 현장을 보고 있었다. 가는 머리 카락 몇 가닥을 두른 하얀 머리들이 바다처럼 넘실댔다. 뼈만 앙상한 팔들이 사다리로 향했다. 오염된 자들은 사다리를 다시 벽에 세우기 시작했다.

"아닌 거 같아…. 길어야 일 분 정도 여유가 있을 듯."

스칼렛이 작은 소리로 욕설을 내뱉었다. 손전등을 켜서 방 안을 둘러봤다. 부서진 콘크리트가 쌓여 있었다. 그 너머로 느낌상 구멍이 있을 것만 같은 돌무더기를 제외하면 아무것도 없었다.

"저기 출구가 있을 수도 있어. 먼저 시간을 벌어야 해. 저 바위를 옮기자."

스칼렛은 돌무더기를 이루는 바위 하나에 뛰어올랐다. 거의 알버트의 가슴 높이까지 오는 거대한 바위였다. 알버트는 옆에 쭈그리고 앉아 돌무더기에서 바위를 떼어내려 씨름했다. 쉬운 일이 아니었다. 오른팔이 아파오고, 어깨가 무감각해졌다. 그들이 애쓰는 동안, 창문에 사다리 윗부분이 다시 나타났다. 뭔가가 사다리를 오르기 시작한 듯 규칙적으로 흔들렸다.

스칼렛의 모자가 삐뚤어졌고, 얼굴을 타고 땀이 흘러내렸다.

"알버트."

"응."

"한마디 해도 될까?"

"물론이지."

"지금이 딱 네 능력을 발휘할 때라는 거 알지? 그냥 네가 저것들을 산산조각 내면 간단할 텐데."

알버트가 스칼렛을 쳐다봤다. 절대 공포를 느꼈냐고? 알버트는 분명 머리가 쿵쿵 울리고, 심장이 빠르게 뛰고, 손목이 따끔거렸다….

하지만 스칼렛처럼 알버트 역시 달리고, 뛰고, 싸우고, 돌을 굴리며 절대 공포에 대항하고 있었다. 스칼렛이 직접 몸으로 보여준 것처럼 현실적인 방법으로 절대 공포의 압박감을 해소하고 있었다. 예전의 알버트였다면 불가능했을 것이다. 그때 그는 무력했기에 절대 공포가 폭발했을 것이다. 그리고 아마 동굴 전체가 무너졌겠지.

스칼렛과 알버트는 바위를 방의 절반 정도까지 움직였다.

"미안. 난 못 해. 절대 공포가 느껴지긴 하지만, 내가 너무 잘 억제한 거 같아."

"하지만 며칠 전 조랑 에티가 있을 때는….""

"스칼렛, 이건 그냥 켰다 껐다 할 수 있는 게 아냐. 절대 공포는 그런 식으로 작동되지 않는다고!"

"그래? 신앙의 집 요원은 꽤 잘 다루는 거 같던데."

사다리 윗부분이 흔들렸다. 바로 아래에서 으르렁거리는 소리와 질척질척한 소리가 들렸다.

스칼렛과 알버트는 마지막으로 미친 듯이 힘을 짜내 바위를 몇 미터 더 힘껏 굴렸다. 방 가장자리를 넘어 바위가 아래로 떨어졌다. 곧 뭔가 으깨지는 끔찍한 소리가 들렸고, 사다리가 부서지고 떨어지면서 나무가 쪼개져 부딪히는 소리가 났다. 돌연 아래쪽에서 울부짖던 소리와 휘파람 소리가 뚝 끊겼다…가 이내 다시 들리기 시작했다.

스칼렛과 알버트는 바닥이 불룩 튀어나온 곳에 누워 가슴을 헐떡이며 신음했다.

알버트가 천장을 응시했다. "너 방금 날 신앙의 집 요원과 비교한 거야?"

"그냥 잊어버려."

스칼렛이 힘겹게 무릎을 꿇고 앉아 3층 방의 가장자리 너머를 내려다봤다.

"놈들이 가고 있어. 동굴 위로 떼 지어 몰려가네."

울부짖는 소리가 점차 희미해졌다. 알버트는 새삼 어깨 통증이 느껴졌다. 어깨에서 피가 흐르는 게 보였다. 그는 팔을 움켜쥔 채 스칼렛이 창밖으로 몸을 내미는 걸 봤다.

"스칼렛, 오염된 자들이 다시 쫓아올까?"

"응. 우릴 가로막으려 할 거야. 여기 더 머물면 안 돼."

스칼렛은 손전등으로 방 뒤쪽 구멍을 비췄다.

"이 구멍이 유일한 선택지야."

"아까 오염된 자들이 뒤쪽에 전부 웅크리고 있던 거 봤어? 왜 그러고 있던 걸까?"

"자고 있었나? 동면 중? 알게 뭐야. 그냥 땅속에 있는 걸 좋아하는 걸지도. 늙다리 노숙자가 오염된 자들 때문에 광부들이 간혹 골치 아파했다고 했어."

천천히 일어나던 알버트가 멈칫했다.

"뭐라고 했다고?"

"오염된 자들 때문에 종종 문제를 겪었다고."

스칼렛이 손전등 끝에 묻은 먼지를 털어냈다.

"아, 내가 말 안 했던가?"

"안 했어. 안 했다고. 그런 사소한 건 말할 생각이 전혀 없었나 보지."

"그랬구나. 깜빡했네. 별일 아니잖아."

"네겐 별일 아니겠지! 하지만 난 방금 팔이 잘릴 뻔했다고!"

알버트가 스칼렛을 노려봤다.

"하지만 안 잘렸잖아. 봐봐. 팔은 여전히 흐늘흐늘 붙어 있네. 왜 그렇게 호들갑 떠는지….”

스칼렛이 알버트에게 빛을 비췄다.

“알버트! 너, 어깨가!”

알버트가 돌아섰다.

“신경 쓰지 마.”

“그 입 다물어. 이 상처… 물린 거야?”

“아니.”

“확실해?”

“응. 오염된 자가 이빨을 드러내긴 했지만 물기 전에 네가 쐈어. 이건 붙잡혔을 때 손톱에 긁힌 거야.”

알버트는 스칼렛이 여전히 그를 빤히 보고 있단 걸 알아차렸다.

“손톱에 긁힌 거라고. 왜 그래?” 알버트가 재차 말하며 물었다.

“아냐. 자, 이 손전등 좀 잡아봐.”

스칼렛은 어깨에서 배낭을 벗어던졌다. 가방을 열어 방수 약주머니를 꺼냈다. 작은 플라스틱 약병을 꺼내서 이로 윗부분을 뜯어내 멀리 뱉었다.

“손톱이라서 다행이야. 물린 거라면 얘기가 달랐겠지만.”

거즈에 유색 액체를 부어 알버트의 어깨를 꾹꾹 눌렀다. 따끔한 통증에 알버트가 움찔했다.

“가만히 있어…. 계속 눌러…. 그래. 그것들 입에는 박테리아 같은 게 있어. 물리면 감염돼. 그런 일이 발생하면 금세 아플 거야. 체액을 잃고… 한 시간 후 시커멓게 부풀어 올라 죽어. 오염된 자들은 그냥 뒤따라오다가 네가 죽으면 그때부터 잔치를 벌이는 거지. 하지만 손톱이면 괜찮아.”

스칼렛이 알버트를 뚫어져라 응시했다. “백 퍼센트 확실히 손톱

맞지?"

"네가 말하기 전엔 확실했는데, 이젠 내 이름조차 불확실할 지경이야."

스칼렛과 알버트는 손전등 빛에 의지해 방 뒤쪽 좁은 터널 안을 힘겹게 나아갔다. 어떤 곳은 너무 낮아 배낭을 벗어서 먼저 밀어 넣어야 할 정도였다. 알버트는 이 터널이 아이들이 다닌 길이라는 걸 깨닫고 광산업체의 잔인함에 다시 한번 몸서리쳤다. 어떻게 아이들을 이런 길로 보낼 수 있을까. 주위가 조용했다. 하지만 긴 발톱이 달린 맨발이 빠르게 어둠 속을 달리는 모습을 쉽게 상상할 수 있었다. 고요함은 그를 안심시키지 못했다.

터널은 곧 두 번째 방으로 이어졌다. 첫 번째 방과 비슷했다. 견고한 바위 돌출부 위로 창문이 하나 있었고, 양쪽에는 틈이 벌어져 있었으며, 아래쪽으론 발굴된 거리의 모습이 언뜻 보였다. 뻥 뚫린 아치형 통로를 지나 검게 그을린 벽돌 통로를 따라 또 다른 집으로 들어갔다. 마침내 다시 광부들이 다니는 터널로 나왔다. 갈림길이 나올 때마다 귀를 기울였지만 아직 아무 소리도 들리지 않았다.

위아래로 연결된 부서진 콘크리트 계단에 도착했다. 벽에는 바윗덩어리가 튀어나와 있었다. 어느 쪽으로 가야 할지 가늠이 안 됐다.

알버트가 막 말을 꺼내려는 순간, 길고 낮은 휘파람 소리가 계단 쪽에서 들려왔다. 스칼렛이 허둥지둥 손전등을 껐다. 둘은 그 자리에 얼어붙었다. 이제 모퉁이 바로 뒤에서 코를 킁킁거리며 그들의 냄새를 맡는 소리가 들렸다. 스칼렛과 알버트는 극도로 조심하며 계단을 살금살금 올라갔다. 매 순간, 뒤에서 오염된 자가 울부짖는 끔찍한 소리와 비명이 터져 나올까 봐 두려웠다. 하지만 아직 추격은 시작되지 않았다.

등 뒤에서 밀려오는 고요한 공포를 느끼며 건물 기둥의 안팎으로 미로 같은 터널을 통과해 계속 도망쳤다. 이제 알버트는 경이로운 고대의 모습에 눈길을 줄 여유가 없었다. 끝없는 돌과 바위의 굴레를 따라 영원히 달릴 것만 같았다. 마침내 큰 탄광 터널이 눈앞에 나타났다. 아주 넓은 터널이었다. 바닥엔 매트가 깔려 있고, 탄광 수레용 좁은 레일이 멀리 보이는 희미한 불빛을 향해 뻗어 있었다.

레일 옆 화물 운반대 위에는 직사각형 나무 상자가 놓여 있었다. 스칼렛은 상자 뚜껑을 들었다. 안에는 먼지투성이의 젤리그나이트 폭약이 쌓여 있고, 그 끝에는 하얀 도화선이 튀어나와 있었다. 스칼렛과 알버트는 말없이 폭약을 최대한 많이 챙겼다. 손전등은 옆에 가까이 뒀다. 어둠이 주위를 감쌌다.

알버트가 배낭을 닫으며 속삭였다. "이제 좀 공평해졌겠지."

스칼렛이 고개를 끄덕였다. "총알도 여섯 발 남았어. 그거면 충분해. 자, 이 피 묻은 곡괭이는 네가 가져."

"정말? 나한테? 고마워."

스칼렛이 몸을 꼿꼿이 세웠다.

"이제 결승선까지 경주해야 해. 오염된 자들은 멀리 있지 않을 거야."

스칼렛과 알버트는 레일을 따라 앞으로 나아갔다. 앞에 있던 희미한 안개가 서서히 빛으로 변했고, 희미한 빛은 더 강한 불빛으로 변했다. 점점 불빛이 주위를 가득 채웠다. 터널 벽이 사라졌고, 이제 그들은 거칠게 깎은 거대한 동굴의 위쪽 시작점에 서 있었다.

옆에는 레일 위에 나무 수레가 두 대 있었다. 레일 너머 동굴 바닥은 거대한 석판 전체가 엄청난 경련에 뒤집힌 것처럼 아래로 가파르게 경사져 내려갔다. 어쩌면 실제 그랬을 수도 있고. 바닥 맨 끝은 갑자기 깎아지른 듯한 계단으로 끝났고, 그 너머는 낭떠러지였다. 낭떠러지 아래엔 공사용 임시 구조물이 튀어나와 있었다. 한참 아래로 희미하게 터널과 잔해 더미들이 보이는 다른 발굴 현장이 있었다. 경사진 바닥 한가운데를 따라 동굴 끝까지 이어지던 레일은 산산이 부서진 나무 경사로에서 끝났다. 한때는 낭떠러지 사이의 깊은 틈을 가로지르는 다리가 있었던 게 틀림없었다. 맞은편 절벽에서 밝게 빛나는 또 다른 동굴 입구로 연결돼 있었을 것이다.

알버트는 맞은편 동굴 입구를 쳐다봤다. 마치 약속의 땅처럼 빛나고 있었다. 하지만 다리는 폭파됐고, 맞은편 입구엔 철조망이 설치돼 둘 사이를 갈라놨다. 스칼렛의 표정을 보니 그녀 역시 눈앞에 보이는 게 뭔지 알아차린 것 같았다.

"그래, 저기가 7구역이야. 알버트, 봐봐. 저 불빛을 보니 발전기를 최대로 가동했었나 봐. 하지만 연결을 차단했어. 이쪽에 나쁜 것들이 있단 사실을 알고 있는 거지."

"광산 회사 사람들도 외다리 노숙자랑 얘기했나 보지." 알버트가 말했다.

"지금 비꼬는 거야?"

"비꼬는 게 뭔지 잘 모르겠네. 어쩜 그럴 수도 있고."

스칼렛이 짐을 옮겼다.

"문제는, 친애하는 친구들이 도착하기 전에 어떻게 저기로 건너가느냐는 거지."

알버트는 등 뒤의 텅 빈 터널을 흘끗 돌아봤다. 다른 입구들도 이곳으로 연결돼 있었다. 여러 개의 레일이 측면 터널에서 나와 이 중앙 레일로 합쳐졌다. 평평한 작업 공간에 발굴 잔해로 가득 찬 커다란 나무통이 보였다. 부서진 수레도 있었는데, 일부는 옆으로 쓰러져 있었다. 밧줄 묶음과 조각난 도구 선반도 있었다. 얼마 전에 급하게 버려진 듯했고, 모든 게 비참해 보였다.

"젤리그나이트로 철조망을 폭파할 수 있을 거야. 쉬운 일이지."

스칼렛의 말에 알버트가 고개를 끄덕였다.

"하지만 우리가 먼저 저 낭떠러지 사이를 건너가야 해."

"그래."

"불가능해. 아래로 내려갔다가 어떻게든 다시 올라오는 방법밖에 없는데, 그러는 사이에 오염된 자들이 오고 말 거야."

"네 말이 맞아, 알버트. 그 방법은 의미 없어. 다른 방법이 있을지도….'

알버트는 스칼렛과 함께 지낸 육 개월 동안 엄청난 놀라움과 기쁨을 모두 경험했다. 스칼렛이 모자를 벗지 않아도 광산 수레를 살펴보고 있단 걸 알 수 있었다.

"지금 내가 추측하는 네 생각이 진짜가 아니었으면 좋겠네."

"맞을 거 같은데."

"낭떠러지 사이로 떨어질 거야!"

"넌 그럴 거 같아? 바닥 경사가 얼마나 가파른지 봐! 수레가 저 위를 날아갈 수 있을 거야."

"그래, 그리고 철조망에 부딪혀서 바보처럼 다시 낭떠러지 밑으로 튕겨나가겠지."

스칼렛이 씩 웃었다. "물론 그 전에 젤리그나이트를 던져서 철조망을 폭파해야지."

"안 돼! 불가능해! 절대 가능할 리가 없다고. 바보 같은 생각이야. 더 말하자면, 여태까지 네가 생각해 낸 것 중 가장 멍청하고, 가장 잘못되고, 바지에 오줌을 지릴 만큼 끔찍한 계획이라고."

"가장 빠르기도 하고. 네게 더 좋은 생각이 있다면 말해. 이제 뒤에서 소리가 들리기 시작했거든."

그들은 등 뒤 터널로 얼굴을 돌렸다. 뒤를 지켜봤다. 귀를 기울였다. 하지만 오래는 아니었다.

"기가 막힌 계획이야, 스칼렛. 역대 최고 계획 중 하나야. 성냥 있어?"

"응. 수레를 밀어 와. 난 철망을 폭파할게."

스칼렛은 벌써 짐 가방과 씨름하고 있었다. 알버트는 곡괭이를 허리에 꽂고 서둘러 위쪽 경사로에서 가장 가까운 수레로 향했다. 그리고 온 힘을 다해 수레를 밀었다. 노력에 항의하듯 어깨 상처가 욱신거렸다. 알버트의 상체는 힘이 진짜 없었지만, 바퀴에 기름칠이 돼 있던 덕에 수레가 레일을 따라 서서히 움직이는 게 느껴졌다. 하지만 뒤에서 점점 커져오는 소리 때문에 성취감을 느낄 틈도 없었다. 웅성거리던 소리는 이제 울부짖는 소리, 휘파람 소리, 급하게 달려오며 발이 철퍼덕 바닥을 내리치는 소리로 변했다.

수레를 더 세게 밀었다. 갑자기 바닥 경사가 가팔라지며 수레 속도가 점점 빨라졌다. 처음에는 이 변화가 반가웠지만, 곧 수레가 멀어지고 있단 걸 깨달았다. 한 번만 삐끗해도 수레가 혼자 굴러가 버릴 것이다. 알버트는 나무 테두리를 붙잡고 수레로 몸을 끌어 올렸다. 바로 그때 수레의 추진력이 급속히 바뀌었다. 수레는 알버트를 매단 채 중앙 레일을 따라 빠른 속도로 아래로 굴러갔다. 시원한 공기가 알버트를 강타했다. 수레 안에 있던 재와 먼지가 날아올라 눈을 깜박거려야 했다. 멀리 앞쪽에는 반대편 철조망 불빛에 반사된 스칼렛의 실루엣이 보였다. 부서진 다리 끝에 서서 낭떠러지 너머로 젤리그나이트 폭약을 던지려 하고 있었다. 알버트를 뒤돌아보는 스칼렛의 얼굴이 창백하게 빛났다.

아래로 구르던 수레에 가속도가 붙었다. 수레가 레일에 있던 작은 돌멩이에 부딪혀 덜컹거렸다. 알버트는 위험을 무릅쓰고 뒤를 돌아봤다. 터널에서 마르고 하얀 형체들이 튀어나오고 있었다. 오염된 자들은 서 있던 수레들과 나무 작업장을 지나 그에게 달려오고 있었다.

알버트는 수레를 꽉 붙잡았다. 낭떠러지 반대편의 철조망을 주시했다. 젤리그나이트가 성공적으로 맞은편 동굴에 떨어졌다. 폭약은 철조망까지 굴러가더니 쉭쉭 소리를 내며 타올랐다. 폭발이 일어나길 기다렸지만 아무 일도 일어나지 않았다.

측면의 양 터널에서 더 많은 오염된 자들이 달려 나왔다.

알버트가 스칼렛을 쳐다봤다. 뭐 하고 있는 거지? 그녀는 레일에서 먼 방향으로 달려가고 있었다.

오염된 자들이 앞으로 쏟아졌다. 어떤 것들은 똑바로 서서 달렸고, 어떤 것들은 손과 발을 이용해 네 발로 뛰어다녔다. 동굴은 오염된 자들의 울부짖는 소리와 비명 소리로 가득 찼다. 스칼렛이 멈추더니 몸을 휙 돌렸다. 그리고 돌진하는 수레와 교차하는 각도로 다시 질주하기 시작했다.

경사가 더 가팔라지자 수레 속도가 더 빨라졌다. 바로 앞에는 부서진 다리와 끊어진 레일이 허공으로 튀어나가 있었다.

알버트의 머리카락이 뒤로 흩날렸다. 그는 한 손으로 수레에 매달린 채 허리에서 곡괭이를 꺼냈다.

스칼렛이 빨간 머리카락을 휘날리며 달려왔다. 모자가 벗겨지려했다. 스칼렛은 모자를 잡으려다 비틀거렸다. 오염된 자들이 바로 뒤에 있었다. 오염된 자들은 스칼렛을 향해 길고 흰 손가락을 뻗었다.

수레가 무시무시한 속도로 아래로 굴러갔다.

스칼렛이 수레로 뛰어올랐다. 오염된 자가 그녀의 등 뒤에 있었다. 스칼렛은 수레 옆면에 부딪히며 안으로 떨어졌다.

오염된 자도 수레로 뛰어올랐다. 알버트가 곡괭이를 던져 막았다.

곡괭이와 하얀 형체가 둘 다 맹렬하게 돌진하는 바람 속에 사라졌다. 수레가 경사로 제일 밑바닥을 치고 끊어진 레일을 타고 위로 솟구쳤다. 수레는 레일을 넘어 공중에 날아올랐다.

그때 젤리그나이트가 폭발했다.

철망 아래에서 빛의 파동이 뿜어져 나왔다. 폭탄이 빛을 내뿜으며 하얀 불꽃으로 철망을 삼켰다. 순간 모든 소리가 사라졌다.

수레가 잠시 허공에 멈춘 듯했다.

그러곤 하얀 빛 속으로 곤두박질쳤다. 곧 타는 듯한 열기와 눈부신 빛이 컵 모양을 한 오목한 손처럼 알버트를 향해 회오리치며 뻗어나왔다.

14

나중에 스칼렛은 결과적으로 모든 게 잘 풀렸다는 생각이 들었다. 바로 뒤에서 식인종 무리가 쫓아오고, 스칼렛과 알버트는 광산 수레를 타고 낭떠러지 위를 날아 폭발 한가운데로 돌진했다. 여기서 긍정적인 면을 찾는다면, 그건 바로 걱정에 잠길 새가 없었다는 거였다. 만약 철조망 장벽이 일부만 찢어졌다면? 그들은 뜨겁게 달궈진 쇠꼬챙이 숲에 꽂혀 있었을지도 모른다. 만약 젤리그나이트 폭약이 몇 초만 늦게 폭발했다면? 온몸이 불타는 조각처럼 찢어져 날아갔을 것이다. 수십 가지의 끔찍한 운명이 있었지만, 당시엔 이런 생각에 괴로워할 틈이 없었다. 곤두박질치는 수레 안에 거꾸로 박혀 허공에 다리를 버둥대고 있었기 때문이다.

그다음에 일어난 일 역시 스칼렛에게 깊이 생각할 시간을 주지 않았다.

젤리그나이트는 철망 장벽 중앙에 너덜너덜한 구멍을 냈다. 수레는 구멍을 깔끔하게 통과했지만 밖으로 튀어나온 구불구불한 금속 철사에 뒷바퀴가 걸렸다. 갑자기 멈춰진 수레가 앞으로 휙 고꾸라지며 스칼렛을 수레 밖으로 튕겨냈다.

스칼렛은 폭발로 인해 여전히 요동치는 공기를 가르고, 쏟아지는 금속 파편과 연기와 불꽃을 뚫고 날아갔다. 부츠가 땅에 닿자 앞으로 나아가던 힘을 발판 삼아 본능적으로 공중제비를 돌았고, 그다음으로는 부드러운 앞구르기로 마무리했다. 두 발로 착지한 후에도 비틀거리며 몇 걸음 더 앞으로 전진했다. 뒤에서 수레가 뒤집히며 산산조각으로 부서지는 굉음이 들렸다. 스칼렛은 미끄러지듯 멈춘 후 몸을 낮춰 공처럼 웅크렸다. 나뭇조각들이 연기를 가르며 날아왔지만 부딪히진 않았다. 가까운 곳에서 수레바퀴들이 덜컹거리다 서서히 멈췄다.

주변 연기가 점차 옅어졌다. 스칼렛은 약간 멍한 상태로 일어났다. 천장 불빛이 환한 홀 안에 있었다. 배낭은 여전히 등 뒤에 있었지만, 모자는 사라졌고 머리카락은 얼굴 주위에 헝클어져 있었다. 자신을 내려다봤다. 기적적으로 사지는 멀쩡한 듯했다.

뒤돌아 연기가 피어오르는 나무, 금속 잔해, 폭발로 찢겨나간 난간, 그리고 철조망 너머의 검고 빈 공간을 마주했다. 그곳에서 오염된 자들의 울부짖는 소리가 울려 퍼졌다.

"알버트?" 스칼렛이 불렀다.

대답이 없었다. 스칼렛은 부서진 수레로 다가갔다. 처음에는 천천히 가다 곧 절뚝거리며 뛰어갔다. 수레 잔해를 옆으로 치웠다. 도망칠 때 알버트가 수레 뒤쪽에 매달려 있었다. 하지만 수레는 산산조각 났고, 뼈대는 일그러지고 뜨거웠다. 완전히 박살 난 모습이었다. 제대로 된 형체로 남아 있는 게 없었다.

"알버트…?"

"여기 있어."

스칼렛은 다급하게 찾던 손길을 멈추고 바로 몸을 일으켰다.

알버트는 홀 맞은편 바닥에 말끔한 모습으로 앉아 있었다. 다리를 펴 좌우로 벌린 채, 마치 편안한 침대에서 막 깨어나 졸린 듯 스칼렛을 보며 눈을 깜박거렸다. 얼굴에 그을음이 약간 묻었고, 머리카락이 사방으로 뻗쳐 있었다. 하지만 그것과 부서진 나무 몇 조각을 제외하면 조금 전에 엄청난 속도로 충돌을 겪은 흔적은 안 보였다.

스칼렛은 크게 안도했다.

"거기서 뭐 하는 거야? 왜 아무 답도 안 했어?"

"숨이 막혀서 움직일 수가 없었어. 넌 괜찮아? 겁먹은 것처럼 보이던데."

"겁먹지 않았거든." 스칼렛이 얼굴을 찌푸리며 머리를 더듬거렸다. "내 망할 모자가 어디 갔지?"

"저쪽에 있어. 네가 공중제비를 돌며 온갖 곡예를 부릴 때 떨어졌어." 알버트가 뻣뻣하게 일어섰다. "그건 그렇고 너 분명 겁먹었어."

"절대 아니야."

"불안해서 완전히 허둥지둥하던데."

"화가 났던 거야. 네가 멍청하게 굴다가 죽은 줄 알았다고."

스칼렛은 광산 수레의 잔해에서 모자를 찾아 최대한 위엄을 갖춰 눌러썼다. 금속 밴드가 약간 휜 것 같았지만, 기능은 제대로 발휘할 것이다.

"날 걱정하는 게 죄는 아니야." 알버트가 말했다.

알버트는 부서진 철조망 쪽으로 가서 낭떠러지 건너편을 바라봤다.

"특히 세기의 탈출에 성공했을 때는. 우리가 뭐에서 벗어났는지 봐봐."

스칼렛은 구멍이 크게 뚫린 철조망 쪽으로 조심스럽게 다가갔다. 눈을 가늘게 뜨고 맞은편 구역을 봤다. 날카로운 비명은 멈췄지만,

오염된 자들은 여전히 거기 서 있었다. 동굴 끄트머리에 모여 선 채 미동도 없이 알버트와 스칼렛 쪽을 응시하고 있었다.

멀리서 보니 오염된 자들의 눈과 입이 뼈처럼 하얀 얼굴에 묻은 검은 얼룩처럼 보였다. 막대기 같은 팔은 옆에 축 늘어져 있었다. 오염된 자들은 마치 동굴 바닥에 고정된 창백한 종유석 같았다. 무리 중 하나가 턱을 딱딱 부딪치자 이빨이 덫처럼 맞물렸다. 그 외에는 아무 소리도 내지 않았다.

오염된 자들에게서 나온 오염의 기운이 캄캄한 어둠을 건너 스칼렛에게 밀려들었다. 스칼렛은 두 눈을 감았다. 아주 잠깐, 숲속 비탈진 고사리 숲 사이에 서서 어린아이의 손을 잡고 있는 듯 느껴졌다.

"우리에게 시간이 얼마나 있을까?" 알버트가 물었다.

스칼렛이 눈을 깜박이며 정신을 차리고 모자를 눌러썼다.

"당분간은 안전해. 오염된 자들이 낭떠러지 아래를 건너 여기로 올라올 수도 있지만, 그때쯤 우린 화물 트럭을 훔쳐서 사라졌을 테니까."

스칼렛은 몸을 돌려 밝은 불빛 아래를 빠르게 걸어갔다. 뒤에는 침묵만 남았다.

버려진 구역과 달리, 작업 중인 구역은 조명이 잘 갖춰졌고 표지판도 충분했다. 바닥도 걷기에 편했다. 다행히 곧 적재 구역을 찾아냈다. 스칼렛의 시계가 거의 아침을 가리키고 있었기 때문이다. 동이 트고 버스가 언덕으로 돌아오면, 7구역은 다시 사람들로 북적이기 시작할 터였다.

지금 걸어가는 공간은 좀 전까지 다닌 오래된 터널들과 달랐다. 천장에는 제대로 된 조명이 박혀 있고 바닥은 깨끗하게 치워져 있었

으며, 잔해 더미를 쌓아놓은 창고와 광산 수레에는 녹슨 자국도 없었
다. 넓은 터널은 파묻힌 도시의 새로운 구역으로 이어졌다. 이곳에는
장비 보관함과 분류실, 장비를 걸어놓은 벽, 외투와 헬멧을 거는 선
반, 줄지어 세워놓은 낡은 부츠들, 세제 냄새가 나는 식당, 작업 일정
표가 붙은 게시판, 다 쓴 머그컵과 접시가 흩어져 있는 테이블… 그
리고 소책자 더미가 있었다.

알버트가 기쁨에 찬 목소리로 외쳤다. "스칼렛, 이거 〈스칼렛과
알버트의 대모험〉이잖아! 우리 얘기가 여기 있어!"

"하, 정말이지, 여기가 더 최악일 수도 있다니. 아무튼, 그 쓸데없
는 건 챙기지 마."

"왜? 멋진 기념품이잖아. 그리고 돌아가는 길에 우리의 비정상적
인 악행이 뭔지 읽고 싶다고."

알버트는 책자를 가방에 넣고 즐겁게 걸어갔다. 스칼렛은 약간 멍
한 표정으로 뒤를 따랐다. 알버트가 저렇게 빨리 트라우마에서 벗어
나는 모습을 볼 때마다 놀라웠다. 마치 다음 꽃으로 날아가는 나비
같았다. 기적적으로 상처 하나 입지 않은 나비.

철조망을 뚫고 나온 지 몇 분 되지도 않았는데, 알버트에겐 긁힌
자국 하나 없었다. 반면 스칼렛은 온몸에 멍이 들어 움직이기 힘들
정도였다. 지금처럼 간혹 알버트가 오염된 자들만큼이나 이질적 존
재로 느껴지곤 했다. 훨씬 무해하긴 하지만….

물론 알버트가 완전히 무해한 건 아니었다. 선택에 따라 해로운
존재가 될 수도 있을 것이다.

스칼렛과 알버트는 하얗고 넓은 방에 도착했다. 천장엔 금속 띠가
둘러져 있고, 벽은 나무 기둥이었다. 내부에는 테이블이 많았고 바닥
에 상자가 쌓여 있었는데, 상자 겉에는 신앙의 집 흰색 원형 문양이

찍혀 있었다. 상자 중 일부가 열려 있었는데, 안에는 짚으로 된 깔개뿐이었다. 나머지 상자에는 알버트가 흥분할 만한 물건들이 들어 있었다. 알버트가 상자 옆으로 뛰어갔다.

"여기가 물건을 포장하는 방이야." 알버트가 숨을 헐떡이며 말했다. "광산에서 나온 가장 좋은 물건들을 이 방에서 선별하는 거야. 뭐가 있는지 보자…. 예상대로 금은 제품들이랑… 녹여서 다시 사용할 수 있는 금속 조각들 다수에… 불에 탄 옛 책들의 조각이 좀 있네. 그들은 지식을 추구하기도 하니까. 그리고… 잠깐. 이 장치들은 뭐지? 이 기다란 관은 조준경 같은데. 스칼렛, 여기 방아쇠 같은 것도 있어…."

알버트가 얼굴을 찌푸리며 스칼렛을 봤다. "워릭에서 내가 찾은 것과 비슷해. 조는 그게 총 같은 것의 일부라고 했어."

스칼렛은 검게 부식된 물건보다 방 끝 넓은 문가에서 새어들어오는 희미한 빛이 더 신경 쓰였다.

"그래. 옛 무기들이네. 분명 고대인들도 딱 지금의 우리처럼 서로 죽이려고 했겠지. 그게 뭐가 중요해? 우리에게 중요한 건, 이 상자들이 아직 제대로 포장돼 있지 않단 거야. 적재 구역에 가면 잘 포장된 상자들이 있을 거야. 가자."

"그래. 그런데 신앙의 집은 왜 이런 유물을 원하는 걸까? 소암스도 이걸 원하는 거야?"

"소암스가 왜 원하는지는 중요하지 않아! 그냥 그 축축하고 쪼그만 손에 최대한 빨리 물건을 전달하는 거야. 시간 낭비 그만해. 저기 햇빛이 보이기 시작했다고!"

스칼렛은 자신의 목소리에 실린 흥분을 느낄 수 있었다. 몇 시간 동안 땅속에 있었던 탓에 신선하고 여린 빛을 살짝 보는 것만으로도 영혼에 위안이 됐다. 알버트도 같았다. 그 역시 서둘렀다. 살금살금 문으로 다가가 주위를 둘러봤다. 그리고 적재 구역을 발견했다.

적재 구역은 콘크리트 벽으로 둘러싸인 큰 방이었다. 맞은편 벽면 높이에 넓은 직사각형 창들이 줄지어 달려 있었는데, 지저분한 빗자국이 보였다. 창문을 통해 어두운 새벽빛이 들어왔다. 창문 아래에는 언덕 절벽 면에서 광산 단지로 통하는 철문이 있었다. 문 옆에는 레버, 모터, 톱니바퀴, 경첩이 달린 개폐장치가 보였다.

하지만 최고의 발견은 이게 아니었다. 적재 구역 중앙에 무장한 화물 트럭이 있었다. 초원에서 졸고 있는 커다란 짐승처럼 조용하고 거대했다. 희미한 새벽빛이 터널에서 나온 재 가루와 함께 흐릿하고 느리게 트럭 위로 쏟아졌다. 차의 표면은 이곳저곳 움푹 파이고 긁힌 곳도 있었다. 거대한 고무바퀴 밑바닥은 닳고 찢어져 있었다. 회색 혹처럼 보이는 포탑이 트럭 뒤쪽에 솟아 있었다. 뒷문은 열려 있고 내부엔 나무 상자가 쌓여 있었다. 아직 싣지 않은 더 많은 상자들이 트럭 가까이에 흩어져 있었다. 멀리 남쪽으로 향하는 화물 트럭! 바로 그들이 이곳까지 온 목적이었다. 스칼렛은 만족스러운 미소를 지었다.

스칼렛은 적재 구역의 나머지 공간을 살폈다. 모든 게 고요했다. 아치형 터널 입구 몇 개가 어둠 속으로 이어졌다. 근처에는 철조망 울타리가 높게 둘러싼 구역이 있었다. 울타리 위로 뾰족한 가시 철망이 솟아 있고, 안에는 금속을 댄 골판지로 만든 오두막이 몇 채 있었다. 휘발유통이 쌓여 있고, 여러 도구와 타이어가 있는 정비 구역도 보였다. 휘발유 냄새가 났다. 중요한 건 경비병이 보이지 않는다는 거였다. 주위에 아무도 없었다. 상황이 너무 좋아서 믿기지 않을 정도였다.

스칼렛은 고민에 빠져 머리카락을 잘근잘근 씹었다.

경비병들이 아까 광산에서 난 폭발 소리를 들었을까? 혹시 숨어서 기다리는 건 아닐까?

알버트가 팔을 건드리는 바람에 스칼렛은 깜짝 놀랐다.

"스칼렛…."

"왜? 뭔가 봤어?"

"응. 저기에 우리가 있어."

"뭐?"

"아이들을 가두는 곳 말이야."

"뭐라고?"

피로에 찌든 데다 경비병과 저격수 생각에 사로잡혀 스칼렛은 쉽사리 다른 쪽으로 생각을 전환하지 못했다.

"무슨 아이들?"

"광산에서 일하는 노예 아이들 말이야."

울타리 친 구역을 다시 바라보자 처음엔 놓쳤던 세부적인 것들이 눈에 들어왔다. 오두막 옆 어둑한 공간에는 밝은 색상의 테이블과 작은 의자들이 줄지어 있었다. 그리고 장난감들도. 빛바랜 흔들 목마, 쓰러진 장난감 볼링핀, 덩그러니 놓인 색이 바랜 공…. 스칼렛은 그 초라한 광경을 쏘아봤다. 아이들이 버스를 타고 돌아올 때의 소리를 상상했다. 탁탁 바닥을 밟는 신발 소리, 가늘고 높은 목소리, 작은 기침과 한숨 소리….

스칼렛은 가슴이 답답해지는 걸 느꼈다. 알버트의 손에서 팔을 뺐다.

"왜 지금 그런 얘기를 하는 거야? 그건 중요하지 않아."

"화내지 마, 스칼렛. 생각해 봐. 애들은 새벽에 여기에 와서 해 질 녘에 집에 가. 그 말은 햇빛을 전혀 못 본다는 거지. 스톤무어보다 심해. 적어도 거기엔 산책할 땅이라도 있으니까."

"그건 우리가 상관할 바 아니야! 우린 조와 에티를 구하러 왔어. 그러니까 입 다물고 뭔가 도움이 될 만한 일을 해. 트럭은 여기, 탈출구는 저쪽이야. 이 안에 누가 있는 거 같아? 감지가 돼?"

알버트가 스칼렛을 응시했다. 그리고 잠시 정신을 집중했다.

"아니. 주변에 쇠가 너무 많아서 감지하기 힘들어."

"알았어…. 난 트럭으로 달려갈 거야. 아무 이상 없으면, 넌 레버를 잡아당겨 철문을 열어. 내가 엔진 시동을 걸게. 여기서 나가자."

알버트는 여전히 작은 우리를 바라보고 있었다.

"단지 밖으로 통하는 출입 관문은?"

"그냥 뚫고 나갈 거야. 알버트, 내 말 듣고 있어? 집중해야 해."

"당연하지."

알버트의 얼굴에서 찡그린 표정이 사라지고 멍하니 차분한 표정만 남았다.

더 이상 할 말이 없었다. 스칼렛은 벨트에서 총을 꺼내 옆구리쯤에 쥐었다. 그리고 거대한 공간 속으로 매끄럽게 나아갔다.

스칼렛은 발소리 하나 내지 않고 부드러운 새벽빛 속을 가로질렀다. 나무 상자나 휘발유통 뒤에 있는 누군가가 손쉽게 저격할 수 있다는 생각에 긴장한 나머지 피부가 따끔거렸다. 하지만 총을 쏘는 사람은 아무도 없었다. 적재 구역은 아주 고요했다.

바닥에 흩어진 상자들을 피해 문이 열려 있는 트럭 가까이 다가갔다. 안을 들여다보니 철망으로 된 커다란 케이지 안에 상자들이 깔끔하게 쌓여 있고, 아직 물건을 넣지 않은 빈 상자 더미도 있었다. 케이지 너머로는 트럭 내 생활공간이 보였다. 경비병 좌석 두 개, 무기 선반, 트럭 위쪽 포탑으로 이어진 사다리… 그리고 운전석과 연결된 내부 해치도 보였다.

맞은편에서 조바심 난 유령처럼 서성이는 알버트를 흘끗 봤다. 스칼렛은 철문 개폐장치를 가리키며 손짓했다. 그리고 바로 트럭 안으로 뛰어들어 앞쪽 해치로 미끄러져 들어갔다. 스칼렛은 손가락 형제단에서 지낼 때 웨섹스와 머시아 사이의 국경을 넘어 암시장 물품 운반을 돕느라 차를 운전해 본 적이 있었다. 물론 그건 신식 차량이 아니었고 이처럼 크지도 않았다. 그래도 작동 방식은 똑같을 것이다. 필요한 건 자동차 열쇠뿐이었다. 열쇠는 시동장치 쪽에 있을 것이다. 해치를 열고 안으로 몸을 숙였다.

운전석에 한 남자가 앉아 있었다.

남자는 긴 밤의 외로움 속에 서서히 녹아내린 듯 몸을 낮게 수그리고 있었다. 면도를 하지 않아 얼굴이 거무스레하고 진녹색 중산모에 회녹색 제복을 입고 있었다. 중산모 옆면에는 신앙의 집 문양인 흰색 원형 배지가 붙어 있었다. 양손을 배 위에 얹고 있었는데, 그 사이에 커피잔이 끼어 있었다. 엄밀히 말하면, 그는 보초를 서야 하는 경비병일 것이다. 하지만 실제로는 한참 동안 자고 있던 듯했다. 스칼렛은 지극히 전문가답지 못한 남자의 행동에 눈살을 찌푸렸지만, 동시에 이를 최대한 이용할 작정이었다. 남자는 양털 수면 모자까지 쓴 거나 다름없는 상태로 자고 있었다.

스칼렛이 옆에 쭈그리고 앉자, 남자가 눈을 떴다. 그녀가 총으로 어깨를 두드리는 걸 알아차릴 틈도 없이, 스칼렛은 다른 손으로 남자가 허리에 찬 총을 빼앗았다.

"일어나!" 스칼렛이 쉿 소리를 내며 말했다. "소리는 지르지 말고."

하지만 남자는 비명을 질러댔고, 커피잔이 빙글빙글 돌았다.

"살인범! 살인자! 비정상인들!"

"진정하기만 하면 당신이 상상하는 짓은 안 할 거야."

"도둑? 아니면 산적이야?"

"뭐, 비슷하지. 자, 이제 트럭 열쇠를 내놔."

남자의 눈동자가 좌우로 움직였다.

"그건 내 의무를 저버리는 일인데…."

"그럼 차에서 자는 건 괜찮고? 셔츠에 침까지 흘린 주제에. 열쇠 내놔. 빨리."

"하지만 난 최고위원회에 맹세했다고! 목숨 걸고 이 보물들을 지켜야 해!"

스칼렛이 험악하게 총을 휘둘렀다.

"정 목숨을 걸고 싶다면, 내가 쉽게 해결해 줄게."

경비병은 망설이다 바지 주머니를 뒤지기 시작했다.

"어, 협상하면 어때. 열쇠가 있긴 한데… 가져가서 어쩌려고? 너넨 절대 살아서 광산 단지를 떠날 수 없어. 나가려는 순간 보초병들이 총을 쏴댈 거야."

"그런 위험은 감수해야지. 당신에게 운전을 맡겨야겠군."

"너무 잔인하잖아!" 경비병이 절망한 듯 울먹였다. "넌 나이도 어린 애가! 선한 마음씨는 다 어디 간 거야?"

"선한 마음 따윈 한참 전에 사라졌지." 스칼렛이 화난 목소리로 말했다. "이 낡아빠진 트럭을 훔치려고 열두 시간 동안 힘들게 광산을 헤맸다고. 나뿐만이 아냐…."

스칼렛이 차창 밖을 가리켰다. 반대편에서 알버트가 철문 개폐장치, 즉 바닥에서 가슴 높이까지 튀어나온 거대한 레버를 향해 돌진하고 있었다.

"쟨 내 동료인데 끔찍하게 잔인하지. 쟤의 무자비하고 타락한 본

성에 비하면 난 성자나 다름없어. 쟤가 너한테 관심 가지면 좋겠어?"

경비병이 알버트를 쳐다봤다. 알버트는 온 힘을 다해 레버와 씨름하고 있었지만, 레버는 꿈쩍도 하지 않았다.

"솔직히 모르겠어. 어떻게 해야 할지…."

스칼렛이 권총 방아쇠를 당겼다.

"내 인내심이 바닥나고 있군. 열쇠 어딨어?"

"허벅지 아래쪽에 끼어 있는데."

"그럼 빼내. 셋을 셀게."

경비원이 몸을 뒤로 젖히고 바지 속에서 필사적으로 이리저리 손을 움직였다.

"여깄어!"

"윽! 왜 이렇게 끈적거려? 좋아. 가만히 있어. 이제 문이 열릴 때까지 기다려."

그들은 기다렸다. 알버트는 계속 안간힘을 쓰며 레버를 당기고 있었다. 두 눈을 부릅뜨고 얼굴은 우거지상을 한 채 괴상한 표정을 짓고 있었다. 스칼렛은 좌절감에 턱이 뻣뻣해지는 느낌이었다.

"아까 아래쪽 광산에서 왔다고 했어? 하지만 거긴 철조망으로 막아놨을 텐데…."

"폭파해 버렸지. 맙소사, 저 빌어먹을 레버에 기름칠도 안 한 거야? 대체 왜 저렇게 뻑뻑해?"

"전혀 뻑뻑하지 않아. 제대로 당기면 쉬울 텐데."

스칼렛이 신음했다. 총으로 창문을 톡톡 두드린 후, 올바른 동작을 해 보였다. 잠시 어리둥절해하던 알버트가 마침내 이해했는지 힘차게 엄지손가락을 치켜세우고 레버를 당기는 대신 밀었다. 레버가 바로 움직였다. 트럭 안에서도 바닥이 흔들리고 톱니바퀴 움직이는 소리가 들렸다. 거대한 철문이 끼익 소리를 내며 열리기 시작했다. 희미한 푸른빛과 빗방울이 점차 넓어지는 철문 사이로 쏟아져 들어왔다.

스칼렛이 다시 신호를 보냈다. 알버트가 운전석에 앉아 있는 경비병을 발견했다. 그는 트럭 후면으로 돌아와 뒷문으로 올라탔다.

"이 사람은 누구야?"

"알 필요 없어. 우릴 광산 밖으로 데려다주고 바로 내릴 거니까. 문 닫고 올라와."

알버트는 뒤쪽에 쭈그리고 앉아 문을 닫고 빗장을 채웠다. 스칼렛이 전방을 확인했다. 철문이 거의 다 열렸다. 빗방울이 안으로 들이쳤다. 차갑지만 희망적인 새벽빛이 운전석을 비췄다. 광산 단지의 감시탑이 보였다. 좁은 평지 끝자락에 푸르스름한 붉은 하늘을 배경으로 경계를 쳐놓은 방어벽이 보였다.

경비병이 점점 안절부절못했다.

"제발 나한테 운전시키지 마! 날 쏠 거야!"

"징징대지 마. 우린 안 보이게 숨어 있을 거야. 저들이 당신 못생긴 얼굴을 알아보고 통과시켜 주겠지."

"안 그럴걸! 이렇게 이른 아침엔 트럭이 나간 적 없어! 게다가 난 운전할 권한도 없다고!"

"오늘 생겼네. 자, 열쇠를 잡아. 알버트, 여기 쭈그리고 앉아."

알버트가 쭈그리고 앉았다. 스칼렛이 열쇠를 내밀었다. 바로 그때, 트럭 뒤쪽에 뭔가 세게 부딪혔다.

트럭 안에 있던 셋도 서로 부딪혔다. 알버트는 스칼렛에게, 스칼렛은 경비병에게. 그때 바로 옆 운전석 문에 쾅 하는 소리가 났다. 얼굴 하나가 창문에 찰싹 달라붙었다. 눈동자가 없는 온통 검은색의 눈, 물고기처럼 하얀 피부의 얼굴, 상어처럼 뾰족한 이빨이 보였다.

경비병의 비명 소리가 알버트와 스칼렛이 냈을 수도 있는 소리를 모두 덮어버렸다. 트럭 측면에 쿵쿵하는 소리가 울렸고, 뒷문이 덜컥거렸다. 스칼렛은 충격으로 잠깐 얼어붙었다가 이윽고 경비병의 멱살을 잡았다. 그의 얼굴은 공포에 질려 뼈가 없는 것처럼 덜덜 떨렸다. 스칼렛이 경비병의 손에 열쇠를 밀어 넣었다.

"차를 몰아."

경비병이 멍하니 스칼렛을 쳐다봤다. 하얀 형체가 운전석 문을 긁어댔다. 발톱이 유리에 긁힌 자국을 남겼다.

"살고 싶지? 그러니까 운전하라고! 단지 출입구로 차를 몰아! 알버트, 총 쥐어! 말 안 들으면 쏴버려."

뼈와 발톱과 피부로 이루어진 꿈틀거리는 형체들이 트럭 앞 유리창으로 뛰어올라 빛을 가렸다. 스칼렛은 아직도 정신을 못 차리는 알버트를 밀치고 해치를 통과해 트럭 몸통 쪽으로 향했다. 케이지 안에 있는 상자들을 지나 곧장 포탑 사다리로 향했다. 사다리에 오르는 사이, 엔진 시동이 걸린 걸 느꼈다. 트럭은 외부 공격에 흔들리고 있었다.

천장 해치에 도달한 스칼렛은 잠금장치를 젖히고 포탑으로 기어 올라갔다. 기관총이 회전의자에 고정돼 있었고, 총구는 투명한 플라스틱 돔 밖으로 튀어나가 있었다. 어스름한 새벽빛 속에 광산 단지의 불빛이 어른거렸다. 철문 너머에서 들이친 빗방울이 플라스틱 돔을 두드렸다. 트럭 지붕 위로 뭔가가 기어 다니고 있었다. 스칼렛은 의자에 앉아 안전장치를 젖힌 후, 발로 차며 의자와 총을 회전시켰다. 조준경을 따라 눈을 가늘게 뜨고 가까이 몰려드는 하얀 것들에게 총알을 퍼부어 트럭 지붕에서 날려버렸다. 총소리에 머리가 깨질 듯 울렸다. 총구 위에 걸려 있는 귀마개를 너무 늦게 발견했다.

트럭 기어가 굉음을 내며 아주 조금씩 앞으로 천천히 움직였다. 스칼렛이 거칠게 욕을 했다.

"알버트! 뭐 하는 거야? 어서 여기서 벗어나자고!"

알버트가 뭐라고 소리쳤지만 무슨 말인지 들리지 않았다. 스칼렛이 의자를 돌렸다. 오염된 자들이 적재 구역 뒤쪽의 아치형 복도에서 쏟아져 나오고 있었다. 스칼렛이 기관총을 난사해 차례대로 그들을 하나둘 휩쓸어 버렸다. 일부는 쓰러졌고, 나머지는 트럭 주위로 움직이며 그녀를 향해 기어오르기 시작했다. 스칼렛은 좌우로 방향을 계속 바꾸며 기관총을 쐈다. 시체들이 팔다리를 퍼덕거리며 굴러떨어졌다.

트럭이 갑자기 덜커덩하더니 급속도로 빨라졌다. 트럭은 광산 철문을 아슬아슬하게 비껴갔다. 너무 철문 가까이 지나는 바람에 그쪽에 매달려 있던 오염된 자들이 문에 부딪혀 떨어져 나갔다. 트럭은 굉음을 내며 탁 트인 평지로 나왔다. 시야가 좋지 않았다. 트럭은 이리저리 방향을 틀었다. 하얀 형체의 오염된 자들 중 일부는 트럭에 딱 달라붙었고, 일부는 보트가 빠른 속도로 달려 일으킨 물거품처럼 트럭 뒤로 떨어졌다. 트럭의 움직임이 점점 더 격렬해졌다. 스칼렛은 오염된 자들을 떨어뜨리려 경비병이 운전대를 필사적으로 움직이는 걸 느낄 수 있었다. 오염된 자들 몇몇이 트럭을 잡고 있던 손을 놓치며 떨어져 바퀴 아래 깔려 죽기도 했다. 나머지는 계속 매달려 있었다. 방어벽 감시탑에 불이 켜졌다. 보초병들이 총을 쏘기 시작했다. 총알이 트럭 지붕의 금속 표면에 맞고 튕겨나가며 불꽃을 일으켰다. 근처 방어벽이 산산조각 났다. 트럭은 계속 질주했다.

이제 지붕에는 오염된 자들이 남아 있지 않았다. 스칼렛이 사격을 멈췄다. 빗방울 맺힌 플라스틱 돔 너머로 언덕 능선과 아래쪽에 있는 애쉬타운의 불빛이 보였다. 트럭은 빗발치는 총알과 빗물을 뚫고 광산 단지 경계의 관문을 향해 직진했다.

스칼렛이 기관총을 껐다. 사다리를 타고 내려와 운전석으로 돌아왔다. 경비병과 알버트는 음울한 모습으로 의자에 웅크리고 있었다. 앞 유리창은 금이 가고 피로 붉게 얼룩져 있었다. 아직도 오염된 자 하나가 유리창에 붙어 있었다. 배와 가슴을 가로지르는 푸른 문신을 볼 수 있었다. 보초병의 총알이 오염된 자를 맞혔다. 오염된 자와 스칼렛의 눈이 마주쳤다. 그것은 턱을 일그러뜨리며 소리 없이 길게 울부짖었다.

출입 관문이 가까워졌다. 스칼렛은 긴장감으로 몸이 굳었다.

트럭은 앞바퀴가 아스팔트 바닥에서 들릴 정도로 거세게 문을 박았다. 스칼렛의 몸이 앞으로 휙 튀어 올라 알버트의 의자 뒷면에 부딪혔다가 뒤쪽 해치로 다시 튕겨나갔다. 눈을 떴을 때, 앞 유리창에 달라붙어 있던 오염된 자는 사라지고 없었다. 트럭은 광산 도로의 굽은 길을 따라 달려가고 있었다. 언덕 꼭대기에서 아래로, 바람에 휘날리는 풀과 검은 흙으로 뒤덮인 경사면 사이를 달려, 다가오는 아침을 향해 앞으로 나아갔다.

15

그날 아침 하늘엔 붉은빛이 감돌았다. 왕국 위로 거대한 적운이 높이 걸려 있고, 구름에 불의 지역의 불빛이 반사됐다. 금 가고 얼룩진 앞 유리를 통해 구름을 올려다보니, 실제로 불꽃의 움직임을 볼 수 있었다. 믿을 수 없을 정도로 넓고 먼 곳에서부터 시작된 붉은 줄무늬가 구름 아래에서 깜박이며 고동쳤다. 알버트에게는 그 불꽃들만이 살아 있는 것처럼 보였다. 구름 아래의 그림자 진 대지는 어둡고 생기가 없었다.

트럭은 덜컹거리며 계속 달렸다. 거대한 바퀴 소리가 운전석에선 고양이 우는 소리 정도로 작게 들렸다. 그레이트 노스 로드는 메마른 관목 지대와 서서히 주변 지역을 잠식하고 있는 숲을 가로질러 회색빛 시골길처럼 남쪽으로 쭉 뻗어 있었다. 알버트가 가끔 언덕 주변에서 요새화된 도시들을 발견했지만, 도로 가까이에는 아무것도 없었다.

그들은 애쉬타운을 빠르게 통과했다. 얼마 지나지 않아 차가 멈췄다. 스칼렛은 떨고 있는 경비병을 내려준 후 직접 운전대를 잡았다. 알버트는 힘든 삼십 분을 견뎌낸 경비병에게 미안한 마음이 들었다. 하지만 관점을 달리해 보면, 경비병을 오염된 자들로부터 구해낸 걸 수도 있었다. 게다가 경비병은 유명세를 떨치고 있는 소책자의 두 주인공, '악명 높은 스칼렛과 알버트'를 만났다고 사람들에게 자랑할 수도 있을 것이다. 알버트는 그를 다독이기 위해 이 점을 설명해 줬지만, 아무 대꾸도 없었다. 스칼렛과 알버트는 애쉬타운 울타리 쪽으로 터벅터벅 걸어가는 경비병을 뒤로하고 떠났다.

스칼렛이 운전을 했고, 알버트는 앉아 있었다. 그들은 너무 지쳐 말할 기력도 없었다. 돌아가는 여정의 첫 번째 구간은 짧았다. 한 시간 후, 나무가 울창하게 우거진 구릉지대 사이의 머시아 평원을 향해 내려가기 시작했다. 스칼렛은 도로에서 갈라진 벌목꾼들의 길을 발견했다. 그녀는 좁은 길을 따라 도로에서 보이지 않을 때까지 올라간 후 차를 멈췄다. 손이 무릎 위로 툭 떨어졌다. 트럭은 조용했다. 스칼렛과 알버트는 운전석에 앉은 채로 어둠 속에서 그대로 잠이 들었다. 반사된 불빛의 흔적들이 하늘을 가로질러 조용히 움직였다.

세 시간쯤 지나 잠에서 깼을 땐, 춤추는 듯한 녹색 그늘에 둘러싸여 있었다. 구름 사이로 햇빛이 쏟아졌고, 트럭 안이 뜨거워졌다. 휴식을 취했지만 몸 상태는 나아지지 않았다. 아드레날린이 침묵 속에 증발하자 결정화된 피로만 남았다. 스칼렛이 잠든 사이, 모자가 벗겨지고 머리카락이 거미줄처럼 얼굴을 뒤덮었다. 알버트는 온몸이 쑤시고 몸이 한쪽으로 기운 느낌이 들었다. 마치 몸집이 피부에 맞지 않는 크기로 변한 듯했다. 정해진 기한이 아직 사흘이나 남았는데, 엄청난 어려움을 딛고 성공해 냈다고 스스로에게 말했다. 하지만 마냥 기뻐할 순 없었다. 앞으로 가야 할 길이 한참 남았고, 목적지엔 다름 아닌 소암스와 티치가 기다리고 있었다.

스칼렛이 다시 출발하려 했다. 트럭의 시동을 거는 동안, 알버트가 내부를 훑었다. 의자, 접이식 테이블, 심지어 접이식 침대까지, 놀랍도록 잘 갖춰진 공간이었다. 한쪽 구석에는 물병, 파라핀 스토브, 통조림 고기, 비스킷, 빵, 커피가 비축된 찬장이 있었다. 알버트는 재빨리 푸짐한 아침 식사를 준비해 운전석에 있는 스칼렛에게 갖다줬다. 그녀는 낮은 목소리로 고맙다는 표현을 하고, 한 눈으로는 도로를 주시하며 아침 식사가 떨어지지 않도록 무릎 위에 잘 올려놨다.

"더 필요한 건 없어?"

"성능 좋은 와이퍼가 있으면 좋겠다."

스칼렛이 피 묻은 앞 유리를 가리키며 통조림 고기를 한 술 크게 떠먹었다.

"아냐. 이걸로 충분해. 우리 상태도 괜찮고. 하지만 계속 달려야 해. 광산 회사에서 남쪽으로 비둘기 메신저를 보낼 거야. 우리가 새들보다 빨리 가야 해."

"우릴 쫓아올까?"

"광산 회사 말이야? 못 그럴걸. 지금은 오염된 자들부터 처리해야겠지."

알버트는 철문에서 마구 쏟아져 나오던 하얀 무리와 감시탑에서 총을 쏘던 보초병들을 떠올렸다. 지난밤의 공포가 다시 닥쳐오자 별로 말하고 싶지 않아졌다.

그레이트 노스 로드는 탁 트인 초원 지대를 지나 머시아로 들어섰다. 그곳은 인적이 드물었다. 한번은 멀리 폐허가 된 마을에서 뿔부리새 떼가 풀을 뜯어 먹는 걸 발견했다. 다른 여행자들은 거의 보지 못했다. 열 대의 장갑차 호송대와 장거리 버스 한 대를 봤을 뿐이다. 그 후로는 사람의 거주 흔적이 점차 많이 보이기 시작했다. 트럭은 띄엄띄엄 떨어진 도시를 통과해, 말이 끄는 수레와 증기기관 짐차를 지나쳤다.

정오쯤 도로가 두 갈래로 갈라졌다. 저편으로 멀리 구불구불 이어져 있었다. 갈림길 사이에는 허물어져 가는 도로 휴게소가 있었는데, 무너진 돌담에 둘러싸여 있었다. 낡은 작업복을 입은 남자가 오두막같은 휴게소 앞에 앉아 널찍한 밀짚 파라솔 아래서 휘발유, 물, 과수원에서 딴 신선한 과일을 팔았다. 햇볕이 잘 드는 뜰 잔디에는 오래 키운 사과나무들이 자라 있었고, 돌담 위에는 보호구를 착용한 비둘기 메신저들이 새장 안에서 퍼덕였다. 알버트는 사과 한 봉지를 샀고, 스칼렛은 가는 길에 대해 물었다. 남자는 오른쪽 길을 추천했다. 스칼렛은 그의 말을 따랐다. 그들이 트럭을 몰고 떠날 때, 알버트는 파라솔 그늘 아래서 남자가 멀어져 가는 그들을 지켜보고 있단 걸 눈치챘다.

오후가 흘렀다. 열기가 노란 관목 지대 위를 맴돌았다. 모래밭 비탈길이 나왔고, 불꽃나무와 털가시나무 덤불이 여기저기 드문드문 흩어져 있었다. 황량한 지역이었다. 하늘을 배경으로 솟아 있던 낮은 암석 언덕들이 점점 가까워지더니, 이윽고 길 양쪽에 늘어섰다.

"잠깐 멈추자. 아무 일 없으면, 내일 이맘때쯤 스토우에 도착할 수 있을 거야. 하지만 우선 다시 좀 쉬어야겠어." 스칼렛이 말했다.

알버트가 끙 앓는 소리를 냈다. 사실 지난 몇 시간 동안 그 역시 휴식을 원했다. 어깨 상처가 욱신거렸고, 끝없이 단조롭게 이어진 잿더미 땅에 점점 압도당하고 있었다. 게다가 좁은 운전석 안에서 잠을 못 자 날카로워진 스칼렛의 생각들에 둘러싸였다. 생각을 차단해 줄 모자가 없어서 스칼렛의 머릿속 이미지들이 바로 옆에서 돌아다니며 성공적으로 광산 침입을 마무리한 데 대한 자기 만족감을 내뿜는 걸 안 볼 도리가 없었다. 알버트는 무시하려 최선을 다했지만 지치고 짜증 나고 당황스러웠다. 그는 손가락 형제단에 돌아갔을 때 무슨 일이 벌어질지 걱정했다. 스칼렛도 이 문제에 집중해 주길 바랐다.

"휴식을 취하는 것도 좋지만, 스토우에 도착하기 전에 미리 작전을 세워야 하지 않아? 어떻게 조와 에티를 안전하게 데리고 나갈 수 있을까? 그냥 물건만 가지고 가는 건 소용없어. 손가락 형제단은 분명 우릴 배신할 거야."

"소암스라면 분명 그러겠지. 우릴 올빼미 먹이로 주고 싶어서 안달 났으니까." 스칼렛이 손을 가볍게 움직이며 말을 이었다. "하지만 별일 아니야. 내일까지 그들을 속일 계획을 생각해 낼 거니까. 지금은 머리가 잘 안 돌아가."

알버트가 어깨를 으쓱하며 말했다. "미리 나한테 알려주기만 하면 돼."

"무슨 뜻이야?"

"혼자만 알고 있지 말란 뜻이야. 어제 오염된 자들이 광산에 있단 걸 알고도 내게 말을 안 했던 것처럼."

"아, 또 그 얘기야? 그만해, 알버트. 광산에 오염된 자들이 있는지 전혀 몰랐다고. 그냥 그럴 가능성도 있겠다 싶었을 뿐이야."

알버트는 스칼렛의 목소리에서 조급함을 느낄 수 있었다. 그게 그를 짜증 나게 했다.

"그런 가능성이라면 나도 아는 게 더 좋았겠지."

"맙소사! 우린 잘 해냈잖아. 안 그래? 전부 나빴던 건 아니었어. 물론 오염된 자들을 만났지만…, 우릴 따라다니며 기묘하게 딸깍 소리를 내던 놈은 결국 나타나지 않았잖아? 거대한 두더지나 굴벌레도 나오지 않았고. 이 정도면 꽤 괜찮은 결과 같은데."

알버트는 대답하지 않았다. 팔짱을 낀 채 창밖으로 금이 간 아스팔트와 빠르게 움직이는 바퀴 옆을 희미하게 스치는 모래와 돌을 바라봤다. 항상 이런 식이었다. 스칼렛은 절대 사과하지 않았다. 작은 일도, 큰일도 마찬가지였다. 예를 들어, 사실 조와 에티가 납치당한 건 그녀 탓이었다. 스칼렛의 과거가 그들을 곤경에 빠뜨렸다. 하지만 그런 사실을 제대로 인정하기나 할까? 후회하는 감정을 내비치기나 할까? 아니었다. 물론 스칼렛은 조와 에티를 신경 썼다. 그들을 돕기 위해선 하늘과 땅도 움직일 것이다. 하지만 결코 연민이나 동정심을 드러내진 않을 것이다. 광산 아이들에 대해 말할 때도 마찬가지였듯이….

알버트의 두 눈이 커졌다. 좌석에서 벌떡 일어섰다.

"아이들!"

"뭐?"

"아이들은 어쩌지? 오염된 자들이 광산 단지 안에 풀려났잖아. 그들이 버스를 타고 단지 밖으로 나가기라도 하면…."

스칼렛이 콧방귀를 뀌었다.

"진정해. 오늘은 아이들이 버스에 타 광산에 갈 일이 없을걸. 우리가 목숨을 구해준 경비병이 애쉬타운에 경보를 울렸을 테니."

"그래도 혹시나 아이들이 가면…."

"다시 말하지만, 애들은 광산으로 끌려가지 않을 거야. 사실 우리가 친절을 베푼 셈이지. 기쁜 마음으로 즐거운 하루 휴가를 보낼 수 있으니까. 자, 이제 안전벨트 매고 차 세울 곳을 찾아봐."

"즐거운 휴가라고?"

지금은 둘 다 피곤한 상태라 침묵하는 게 낫다는 걸 알버트도 알고 있었다. 하지만 스칼렛의 무심한 말투에 신중함을 잃었다.

"그렇게 끔찍한 말 하지 마! 그 애들은 노예라고!"

"알아." 스칼렛이 도로를 응시했다. "상황이 안 좋지. 하지만 더 안 좋을 수도 있었어."

알버트가 스칼렛을 쳐다봤다. "어떻게?"

"그 애들은 동료라도 있잖아. 서로 의지할 수 있다고…."

알버트는 갑자기 스칼렛의 분노가 그의 분노를 밀어내는 걸 느꼈다. 그 강렬함에 깜짝 놀랐다. 스칼렛은 손가락이 하얘지도록 운전대를 꽉 잡았다.

"그 아이들을 위해 대체 우리가 뭘 할 수 있단 거야? 그 애들을 풀어주려 거기 남았어야 했어?"

"모르겠어."

"그래. 바로 그거야. 너도 모르잖아, 알버트. 그러니까 이제 입 다물어."

알버트는 조용히 앉아 칙칙한 회색 도로를 응시했다. 내면에서 호랑이처럼 서성이는 분노를 느꼈다.

"그냥 어린애들이 네게 중요한 의미가 있을 거 같다고 추측한 것뿐이야. 그게 다야."

침묵이 흘렀다.

"알버트, 그게 무슨 뜻이야?"

"아무것도 아니야."

"아니. 뭔가 뜻이 있어. 너도 알고 말한 거잖아."

"아무 의미 없었어." 알버트가 지친 목소리로 말했다. 그 말을 입밖으로 꺼내자마자 후회했지만 이미 늦었다.

"내 머릿속을 읽지 말라고 했잖아. 수차례나 말했어."

"읽지 않았어. 오는 내내 읽지 않으려 최선을 다했다고."

갑자기 스칼렛이 뻣뻣하게 굳었다. 운전석에서 주위를 두리번거리더니 낮게 욕설을 내뱉었다.

"내 모자! 모자 어디 갔지? 떨어졌나…. 모자 좀 씌워줘."

"그 멍청한 모자 따윈 잊어버려."

"손이 안 닿아. 머리에 씌워달라고."

"싫어."

"알버트…."

"네가 직접 해!"

화를 내는 순간에도 알버트는 자기 분노가 매우 얄팍하고 잘못됐으며, 단지 엄청난 피곤 때문이란 걸 알았다. 하지만 멈출 수 없었다. 마치 자신이 아닌 다른 사람이 화를 내는 것 같았다.

"저 금속 밴드를 쓰려면 네가 직접 알아서 해!" 알버트가 소리쳤다. "왜 그렇게 내가 네 머릿속을 읽는 데 집착하는 건데? 그건 나도 제일 원치 않는 일이라고!"

스칼렛이 코웃음 쳤다. "그래? 네가 좋아하는 줄 알았는데. 남의 생각을 읽기는 쉽잖아. 안전하고. 아무 위험도 없지…."

"… 그리고 보통 진짜 지루하지." 알버트가 스칼렛의 말을 끊었다. "특히 스칼렛, 네 경우엔. 마음 깊은 곳에 털어놔야 할 게 있는 거 같지만, 난 그걸 건드리지 않았어. 겉으로 보면, 네 머릿속엔 못된 성질머리와 육체적 본능밖에 없다고. 솔직히 지금 네 머릿속을 읽는다면…."

"알버트, 감히 그러기만 해봐!"

"유감이지만 너무 늦었어. 그래…, 넌 지금 배고프고 피곤해. 어떻게 형제단이 조와 에티를 죽이지 못하게 막을지 걱정하고 있어. 하지만 그 사실을 인정하고 싶진 않지. 그래서 화가 났고, 나한테 화풀이하고 싶은 거야."

스칼렛이 노려봤다. "그게 다야?"

"응. 그게 다야."

"훔쳐본 건 그게 다여야 할 거야."

"아, 화장실에 가고 싶으면 차를 세우고 저쪽 큰 모래 언덕 뒤에서 볼일 봐."

스칼렛의 손이 약간 움찔했다. 트럭이 도로에서 휘청거렸다.

"화장실에 갈 필요…, 아니, 지금은 절대 안 갈 거야."

"알아."

"아니, 알버트, 넌 몰라. 넌 나에 대해, 내가 진짜 어떤 사람인지 전혀 몰라." 스칼렛이 분노에 찬 숨을 내쉬며 말했다. "나한테서 좀 떨어져 주지 그래?"

"기꺼이 그러지. 나도 진짜 그러고 싶으니까. 차 세워."

스칼렛이 핸들을 확 꺾었다. 타이어에서 끼이익 소리가 나며 트럭이 도로를 가로질러 급커브를 돌았다. 차는 아스팔트 도로를 벗어나 덤불숲을 뚫고 돌무더기 제방을 내려가 낮은 언덕 사이의 마른 강바닥을 따라 질주했다. 엔진이 굉음을 냈고, 서스펜션이 삐걱거렸다. 그녀는 가속페달을 힘껏 밟았다. 강바닥을 따라 달리다가 사방이 가파른 경사면에 둘러싸인 지점이 나오자, 그때야 스칼렛은 급브레이크를 밟았다. 알버트가 계기판에 코를 박을 뻔했다. 스칼렛이 시동을 껐다.

트럭 앞으로 먼지가 풀썩 날리며 해를 가렸다. 둘은 앞만 바라보며 앉아 있었다.

"하나만 말할게." 스칼렛이 입을 열었다. "머릿속을 읽는 능력은 좀 줄이고 다른 능력을 더 써야 해. 그 능력을 억누르고 있다고 말해봤자 소용없어. 바위뱀에게 한 것도 봤고, 티치가 조와 에티를 데려갔을 때 벌어진 일도 봤으니까. 분명 그 능력은 여전히 네 안에 있어.

문제는, 중요한 순간에 능력을 쓰는 걸 네가 너무 두려워한단 거지."
스칼렛은 알버트를 쳐다보지 않고 말을 이었다. "그리고 넌 내게 너무 의존해."

"난 우리가 서로 의지하고 있다고 생각했어." 알버트는 화가 나서 말이 안 나올 지경이었다. 고개를 휘저었다. "그리고 당연히 난 그 능력이 무서워. 안 무서우면 미친 거지. 넌 절대 공포가 어떤 건지 전혀 몰라. 잔인하고 멈출 수 없는 존재야. 통제할 수 없다고."

"헛소리하지 마. 헌팅던에서 마주친 젊은 요원은 능력을 조절해서 썼어. 그 능력을 완벽히 통제했다고."

"그 결과, 술집이 시체로 가득 찼지. 넌 신경도 안 쓰겠지만, 난 신경 쓰여."

알버트는 옆의 차 문손잡이를 덜컹거리며 열려 했다.

"더는 못 참아! 나갈 거야."

"얼마든지."

"여기서 나갈 거라고."

"그래." 스칼렛이 잠깐 기다렸다 다시 말했다. "자, 어서 나가."

"노력 중이야."

"손잡이를 밀지 말고 잡아당기면 더 잘 열릴 텐데."

알버트가 궁시렁거리며 손잡이를 잡아당겼다. 문이 활짝 열렸다. 그는 말 한마디 없이 뛰어내렸다. 그리고 뒤도 돌아보지 않고 모래밭을 성큼성큼 가로질러 갔다.

머리끝까지 화가 났음에도, 알버트는 스칼렛이 차 세우기 좋은 장소를 골랐단 걸 알 수 있었다. 강바닥의 위쪽은 모래, 자갈, 텍타이트 돌로 이루어진 높은 둔덕(언덕이라 부르기엔 무리가 있었다.)에 둘러싸여 있었다. 여기서는 그레이트 노스 로드가 보이지 않았다. 알버트는 가장 가까운 경사면을 기어올라 갔다. 트럭을 등지고, 스칼렛의 시야에서 점점 멀어져 완전히 벗어날 때까지 경사면의 꼭대기를 넘어갔다.

몇 분 동안 뚜렷한 목적지 없이 계속 흐느적거리며 걸어갔다. 급속도로 힘이 빠졌다. 알버트는 결국 한숨을 내쉬며 바닥에 털썩 주저앉았다.

저녁이 다가왔다. 황무지에 한낮의 열기가 사라지고 있었다. 주변에 흩어져 있는 구멍 뚫린 검은 돌들이 수축하면서 공기를 내뿜자 작게 펑펑 터지는 소리와 휘파람 소리 같은 게 났다. 푸르던 하늘색이 거의 하얗게 바랬고, 흙 또한 하얬다. 구름 한 점 없었다. 마치 세상이 깨끗하게 씻긴 듯했다.

알버트는 앉아서 자신도 씻겨지도록 내버려두었다.

스칼렛이 저대로 트럭에 처박혀 있는 건 안타까운 일이었다. 그녀도 이 평화롭고 뻥 뚫린 곳을 좋아할 텐데…. 그렇다고 지금 옆에 있는 건 원치 않았다. 절대! 알버트는 너무 화가 나 있었다.

왜 이렇게 화가 날까? 일부는 스칼렛이 차가운 척해서였다. 물론 어떤 면에서는 그녀가 옳았다. 광산의 노예 아이들을 다 구해낼 순 없었다. 하지만 알버트가 스칼렛을 비난한 데는 다른 이유가 있었다. 스칼렛이 세상의 불의를 못 본 척하는 게 짜증 났기 때문이다.

스칼렛이 손가락 형제단과 연관돼 있다는 사실에도 화가 났다. 그녀가 이 문제에 대해 조금 더 겸허하게 행동했다면 사이가 이렇게 틀어지지 않았을 것이다. 하지만 스칼렛이 과거에 범죄에 몸담았던 걸 몰랐던 것도 아니고, 알버트 역시 이런 과거를 문제 삼을 수 없단 걸 알았다. 전에는 신앙의 집의 칼로웨이 박사가 그들을 오랫동안 쫓았고, 지금은 정체를 알 수 없는 젊은 요원이 그들을 추적 중인 상황에서는 더욱 그랬다.

사실 이 두 가지 사실보다 더 뿌리 깊은 원인이 있었다. 모든 일의 밑바탕에 깔린 문제…. 애초에 스칼렛은 왜 손가락 형제단과 손을 잡았을까? 왜 억지로 냉정함과 무관심을 망토처럼 두르고 있는 걸까? 두 질문 모두 답이 같았지만, 스칼렛은 알려주려 하지 않았다. 회피하고 숨었으며, 바보 같은 모자를 쓰고 불완전하게 비밀을 숨겼다. 의도적으로 알버트를 밀어냈다. 밤을 새고 오염된 자들에게 쫓기며 수레에 매달려 낭떠러지 사이로 허공을 날아가야 했던 날에도, 그 사실은 알버트를 매우 짜증 나게 했다.

나머지 짜증 나는 이유는 절대 공포에 대한 스칼렛의 생각이 옳다는 점이었다.

하늘의 푸른빛이 이제 점점 엷어져 벌써 별이 보이기 시작했다. 알버트는 분노가 식으며 머시아 야생 지대의 휘파람 부는 돌들처럼 화가 수축되는 걸 느낄 수 있었다. 트럭으로 돌아가 사과해야 한다는 건 알지만… 스칼렛에게 사과하는 건 꽤나 위험한 일이었다. 코웃음, 비꼬는 말, 미친 듯이 쏘아보기, 그리고 가끔 귀 옆으로 날아오는 칼까지 감수해야 했다. 이마저도 그녀가 용서했을 때나 가능한 이야기였다.

그래도 어쩌면 그사이 스칼렛이 명상을 했을 수도 있다. 기분이 좀 나아졌을 수도….

얼른 해치우는 게 나았다. 알버트는 일어나 슬쩍 미소 지으며 자신의 어리석음에 고개를 내저었다. 경사면 꼭대기로 다시 기어올라가 활기차고 빠른 걸음으로 둔덕을 내려가다….

우뚝 멈춰 섰다.

길가 바위 위에 젊은 남자가 앉아 있었다.

알버트는 다시 내려가기 시작했다. 천천히 걸었지만 방향을 바꾸거나 뛰지는 않았다. 그냥 계속 걸었다. 달리 피할 곳도 없었다.

트럭을 쳐다봤다. 트럭은 아주 조용했다. 뒷문 한쪽이 열려 있었다. 알버트는 그 문을 연 적이 없었다. 나가면서 열어둔 조수석 문은 닫혀 있었다. 스칼렛의 모습도 안 보였다. 귀뚜라미들이 울었고, 바위에 반사된 햇빛이 젊은 남자를 비췄다. 한 걸음씩 내디딜 때마다 부드러운 모래가 신발 밑에서 부스러지는 걸 느꼈다.

어디에서도 스칼렛의 모습이 보이지 않았다.

스칼렛의 생각도 감지되지 않았다.

젊은 남자는 바위에 한쪽 발을 올리고 앉아 있었다. 다리를 구부리고 두 손으로 무릎을 느슨하게 감싼 자세였다. 긴 검은색 코트가 매끈한 타르처럼 바위 뒷면에 걸쳐져 있었다. 재와 먼지가 옷을 얇게 뒤덮었고, 얼룩지고 닳은 검은 에나멜 구두가 여행의 흔적을 보여줬다. 남자는 고요한 트럭을 향해 앉아 있었지만, 고개를 위로 들어 알버트가 다가오는 걸 지켜봤다. 두 눈은 반짝였고 얼굴은 갸름하고 잘생겼으며, 장소나 상황에 전혀 어울리지 않게 무심한 듯 살짝 부드러운 미소를 짓고 있었다. 워릭 광장 카페에 앉아 커피를 마시며 분수에서 일하는 노예 소녀들을 바라보듯.

알버트는 둔덕을 천천히 내려갔다. 머릿속에서 윙윙거리는 소리가 들렸다. 제대로 생각하기 힘들었다. 그래도 표정만은 차분하게 유지했다.

"안녕, 알버트." 젊은 남자가 먼저 말을 건넸다.

"안녕하세요."

"널 찾는 데 꽤 오래 걸렸어."

"정말요? 난 저 위에 십오 분밖에 안 있었는데."

남자가 씩 웃었다. 스칼렛의 기억 속 이미지보다 덜 완벽해 보였다. 너무 많은 현실의 흔적이 남자와 옷에 달라붙어 있었기 때문이다. 하지만 얼굴만은 스칼렛의 기억과 완벽히 일치했다. 남자는 낮의 열기나 태양의 눈부심을 느끼지 못하는 것 같았다. 그의 생각이 머리 위에서 신기루처럼 깜박였다. 알버트는 위험할 때마다 늘 그렇듯 자신에게 유리한 점을 찾기 위해 자동적으로 남자의 머릿속을 읽었다.

그게 실수였다.

남자의 생각은 심연 같았다. 끝없는 구멍이었다. 알버트는 정신이 혼란해져 비틀거리다 넘어질 뻔했다.

다시 주위가 보일 즘, 젊은 남자가 알버트를 향해 미소 지었다.

"그래, 특이한 감각이지." 남자가 말했다. "이미 네 생각을 읽고 있는 사람의 생각을 읽으려 하는 건, 두 개의 거울이 서로 마주 보고 있는 것과 같거든. 방에는 아무것도 없지. 네가 볼 수 있는 건 네가 보고 있는 것이고, 그건 바로 네가 보고 있는 것이고, 또 그건 네가 보고 있는 것이고…, 이렇게 무한 반복되는 거야. 기절하지 않은 게 다행이지…."

남자가 몸을 살짝 움직였다.

"뭐, 네 능력에 대한 얘기는 들었어. 드디어 너희 둘을 따라잡게 돼 기쁘군."

남자의 짙푸른 눈이 반짝였다. 그들이 서 있는 움푹 들어간 공간은 귀가 먹먹할 정도로 조용했다. 열려 있는 트럭 입구에서 그림자가 길게 뻗어 나왔다.

스칼렛….

알버트의 머릿속에서 윙윙거리는 소리가 두 배로 커졌다. 손끝이 따끔거리고 고통스러운 불길이 핏줄을 타고 흐르는 게 느껴졌다.

"스칼렛 맥케인 씨를 생각 중이라면," 젊은 남자가 말했다. "그녀는 여기에 끼지 않을 거야."

"혹시 스칼렛을….."

"스칼렛 맥케인은 기력이 다했어. 불쌍하게도 완전히 지쳤거든."

알버트가 남자를 쳐다봤다. 윙윙거리는 소리가 굉음으로 변했다. 알버트가 얼굴을 일그러뜨리며 한 손을 위로 올렸다.

"이런, 안 되지." 남자가 말했다.

옆에서 뭔가 어두운 것이 솟아올라 해를 가렸다. 뒤돌아보니 언덕 경사면 일부가 분리돼 위로 솟아오르고 있었다. 보기엔 아름다운 광경이었다. 흙덩어리가 보는 각도에 따라 시시각각 색이 변하며 몸을 일으키는 뱀처럼 둥글게 솟구쳤다. 알버트는 충격과 두려움에 잠겼다. 그 자리에서 몸이 굳어버렸다. 손이 툭 떨어졌고, 힘이 사라졌다. 머릿속에 아우성치던 굉음도 멈췄다.

소용돌이치던 흙덩어리가 머리 위를 덮치며 알버트의 몸을 휘감았다. 알버트는 마지막으로 미친 듯이 숨을 헐떡였다. 쏟아지는 모래와 자갈이 입에 밀려들어 숨을 막고, 알버트의 의식을 꺼트렸다.

4

햇빛 비치는 길

오염된 자들은 골짜기의 여러 농가를 파괴했다. 그것도 아주 체계적으로. 제일 먼저 플레처 가, 그다음 라카니 가와 메이슨 가, 마지막으로 맥케인 가를 파괴했다. 생존자를 언덕 깊숙이, 안전지대 너머의 야생 지대까지 몰아간 후 여유롭게 사냥을 즐겼다.

소녀는 쉽지 않은 상황 속에서도 자신과 남동생을 살렸다. 둘은 골짜기 북쪽으로 도망쳤다. 깎아지른 듯한 절벽과 험난한 벼랑길을 지났다. 소녀와 동생은 절벽에서 툭 튀어나온 바위 위로 기어올라 갔다. 덤불 덕에 바깥 시선을 피할 수 있는 곳이었다. 빌베리 열매를 먹고 바위틈에 솟아나는 물을 마시며, 침략자들이 내지르는 소리와 나무 사이에서 타오르는 불길을 지켜봤다. 남매는 사흘간 그곳에 머물렀다. 이튿날 오후, 소녀는 위험을 무릅쓰고 동생을 남겨둔 채, 폐허가 된 메이슨 가족 농장의 작은 헛간으로 내려가 담요와 필요한 물품들을 찾았다. 헛간 지하실에는 맥주, 견과류, 통조림 고기, 밧줄, 오래된 방수포가 있었다. 돌아오는 길에 오염된 자들이 흥분해 울부짖는 소리와 휘파람 소리를 들었다. 그들이 소녀의 냄새를 맡은 것이다. 소녀는 강물에 뛰어들었다. 1킬로쯤 하류로 내려간 후 간신히 빠져

나와 절벽 피난처로 돌아갔다. 동생은 그녀가 두고 간 자리에 그대로 있었다. 엉켜 있는 주목 덤불 속에 웅크리고 앉아 막대기로 흙에 그림을 그리고 있었다. 그날 밤은 돌풍이 몰아치고, 비가 순식간에 폭포처럼 쏟아졌다. 소녀는 덤불과 바위 사이에 방수포를 치고 음식을 꺼냈다. 남매는 절벽에 딱 붙어 앉아 돌처럼 움직이지 않았다. 절벽 위에서 빗물이 쏟아져 내렸다. 식사를 마친 후엔 잠이 들었다. 그들은 아침이 올 때까지 깨지 않고 잤다.

삼 일째 되는 날, 언덕 사이에 안개가 자욱하고 빗방울이 떨어졌다. 황폐화된 농가에서 타오르던 불이 모두 꺼졌다. 여기저기서 피어오른 회색 연기가 땅과 하늘을 잇는 가느다란 끈처럼 보였다. 골짜기에는 침묵이 깊게 깔렸다. 소녀는 농가를 주시하며 가만히 기다렸다. 저녁 무렵이 되자, 폐허가 된 농가 위로 새가 모여들고 동물이 밖으로 나오는 낌새를 느꼈다. 다음 날 아침, 소녀는 야영지를 정리하고 방수포를 접어 밧줄로 등에 묶었다. 남은 물품을 가방에 넣고 어린 남동생과 함께 절벽에서 내려왔다.

마을까지 도착하는 데 이틀이 걸렸다.

골짜기에서 벌어진 학살 소식은 안전지대에 널리 퍼졌다. 외곽 도로는 인적이 끊겼고, 농가들은 문을 걸어 잠갔다. 소녀는 과수원에서 사과를 따고, 숲에서 버섯을 채취했다. 한번은 어떤 농가의 훈제실에 들어가 말린 생선을 가져오기도 했다. 소녀는 사과의 말을 적은 종이쪽지를 문틈에 끼워놓았다. 남의 걸 훔치는 게 싫었다. 어린 남동생을 가슴에 안고 먼 길을 걸었다. 때론 동생을 내려서 걷게 했다. 동생은 말이 없었다. 마치 자신의 일부를 떼어 뒤에 남겨놓고 골짜기에서 여전히 엄마를 기다리는 것 같았다. 소녀 또한 말이 없었다. 침울한 표정으로 등을 꼿꼿이 편 채 걸었다. 서두르지 않았다. 이미 벌어진 일은 되돌릴 수 없었다.

　그 도시는 두 강이 합류하는 지점에 위치했다. 과거에 큰 홍수를 겪은 탓에 철망으로 바위와 돌을 고정해 방벽 하단부를 보호했다. 방벽 하단부는 두껍고 경사져 있었다. 방벽 위로는 목재 감시탑과 말뚝 모양 울타리가 높이 솟아 있었는데, 감시탑에는 노란 깃발이 펄럭였다. 또한 해자가 도시 전체를 둘러싸고 있었다. 이곳은 벌목 도시로, 규모가 크지 않고 구릉지대 너머의 세상과는 일반 도로로 연결돼 있었다. 도시 관문까지 이어지는 도로의 마지막 1킬로는 강과 목재 공장 사이로 뻗어 있었다. 활기가 넘치는 곳이었다. 제재소에서 연기가 피어올랐고, 톱날이 규칙적으로 서걱대는 소리가 났다. 공기 중에 달짝지근한 향기가 가득했는데, 제분소의 시럽과 물레방아 수로에서 흘러나오는 깨끗한 물의 냄새였다. 작업복을 입은 남녀가 자전거를 타고 소나무 사이로 지나갔다.

　소녀는 아주 어렸을 때 이 도시를 방문한 적이 있었다. 작은 말이 끄는 수레에서 엄마가 얌(참마)을 팔 때, 엄마 치마에 꼭 붙어 있던 기억이 났다. 물론 매우 드문 일이었다. 대부분 그런 일은 플로렌스와 피터가 대신 맡아 도시에 갔기 때문이다. 기억 속 이곳은 매우 크고 웅장한 복합도시로, 시끄럽고 화려하며 복잡했다. 그래서 눈앞에 보이는 초라한 입구와 이끼로 뒤덮인 방벽에 놀랐다.

　매우 더운 날이었다. 소녀와 동생은 해자 옆 소나무 그늘에 멈춰 물을 마셨다. 관문에서 50미터쯤 떨어진 곳이었다. 어린 동생은 급하게 마시느라 물줄기가 턱을 타고 흘러내리는 것도 몰랐다. 뻣뻣하게 솟은 빨간 머리는 길에서 묻은 석회 먼지로 얼룩덜룩했다. 동생은 병을 내려놓고 누나에게 건넸다. 누나가 한 모금 마시는 동안, 동생은 멍한 표정으로 도시를 바라봤다.

"난 여기 싫어."

"이 도시에서 도움을 받을 수 있을 거야. 신앙의 집이란 곳이 있어. 우리 같은 사람들을 위한 자선함도 있고. 신앙의 집 사람들이 우리에게 어떻게 해야 할지 알려줄 거야."

"난 싫다고."

"조용히 해, 토마스."

소녀는 엄마라면 지금 어떻게 할지 머릿속에 그려보려 애썼다. 하지만 쉽지 않았다. 이미 기억 주위에 도시 방벽보다 더 높은 울타리를 치기로 마음먹었기 때문이다. 과거의 삶은 울타리 안에 갇혀 있다. 살아남고 싶다면 그 안을 들여다봐선 안 됐다.

"우선 깨끗이 씻자."

소녀는 물가에 꿇어앉아 동생의 손과 얼굴에 물을 끼얹어 준 후 자기도 물을 퍼 올렸다. 해자의 물은 깊고 맑았으며, 수초가 있어 녹색을 띠었다. 물고기들이 헤엄치자 그림자 조각이 깊은 곳에서 반짝이며 움직였다. 남매는 일어나 서로 손을 맞잡고 앞으로 걸어갔다.

열려 있는 관문 너머로 사람들 목소리가 웅성웅성 들렸다. 남매는 도개교를 건너 도시로 들어갔다. 햇빛이 등 뒤를 따뜻하게 감쌌다. 앞을 막는 사람은 없었다. 녹슨 자전거 거치대와 우체통과 예쁜 꽃밭에 놓인 게시판을 지나 탁 트인 공간으로 나왔다.

넓은 콘크리트 광장이었다. 나무가 불규칙하게 심겨 있었고, 주변 건물들은 목재와 페인트칠된 석고로 지어졌는데, 색이 바래고 표면이 갈라져 있었다. 옷 가게, 빵집 등 몇몇 가게와 띄엄띄엄 흩어져 있는 시장 가판대가 보였다. 도시 사람들은 홀로 혹은 작은 무리로 돌아다녔고, 개들은 쓰레기통을 뒤지거나 나무 그늘에 누워 있었다. 광장 한구석에는 거대한 나무 몸통 위에 처벌 장소로 보이는 철창 우리가 있었다. 철제 사다리로 우리까지 올라갈 수 있었다.

다시 한번 소녀는 어린 시절의 기억과 사뭇 다른 도시의 모습에 막연한 실망감을 느꼈다. 하지만 적어도 여긴 사람들이 있었다. 많은 사람들이 방벽에 둘러싸여 있었다. 당분간은 안전하겠다는 기대감이 생겼다.

둘은 눈에 띄지 않게 광장 중앙으로 이동했다. 광장 펌프 옆에는 커다란 물통이 놓여 있었다. 소녀는 가방과 방수포를 벗어 물통에 기대놨다. 방수포가 너무 무거워서 등이 아팠기 때문이다.

동생이 소녀를 지켜보다 말을 걸었다. "누나, 배고파. 뭐 먹고 싶어."

소녀도 배가 고팠다. 광장에 빵과 비스킷 냄새가 희미하게 풍겼다. 주위를 둘러보고 머리카락을 뒤로 쓸어 넘겼다.

"알았어. 가자."

둘은 시장 가판대로 갔다. 열 명 남짓한 사람들이 거기 있었다. 소녀는 오랫동안 이렇게 많은 어른을 본 적이 없었다. 소녀는 동생의 손을 꽉 잡고 목을 가다듬었다.

"실례합니다. 혹시 저흴 좀 도와주실 수 있나요? 여기서 몇 킬로 떨어진 위쪽 골짜기에서 왔어요. 집이 불타고 가족들도…." 소녀는 목을 다시 가다듬었다. "가족들도 잃었어요. 동생과 저는 쉴 곳이 필요해요. 먹을 것도요…. 토마스는 어리지만, 전 밥값을 할 수 있어요. 밭이나 목재소에서 일할 수 있거든요. 손재주도 좋고 힘도 세요."

소녀는 자신이 '밝고 긍정적인' 얼굴을 하고 있었으면 했다. 엄마가 좋아한, 이마에 주름 하나 없이 매끄럽고 맑은 얼굴. 얼굴에 불안감을 드러내고 싶지 않았다.

소녀는 사람들의 얼굴에서 일부 동정심을 읽을 수 있었지만, 동시에 경계심과 심지어 두려움까지도 느껴졌다. 마치 소녀의 말이 전염병이라도 되는 듯… 사람들은 곁눈질하며 서로 시선을 교환했다. 눈빛이이리저리 교차하며 소녀의 머리 위로 말없는 의미망을 형성했다.

"멘토님이….” 누군가가 입을 열었다.

소녀가 열심히 고개를 끄덕였다. "네, 알겠어요. 그럼 신앙의 집의어느 분께 얘기해야 할까요?”

"애들에게 빵은 줄 수 있잖아. 빵이나 케이크 정도는….” 눈빛이친절한 여자가 말했다.

"새로 온 멘토가 싫어할 거야. 이 애들은 그냥 가는 게 나아.”

한 남자가 고개를 끄덕이며 말했다. "차드 시로 가거라.”

"요빌로 가.”

"톤턴. 거기라면 누구든 받아줄 거야.”

소녀는 당황해서 눈을 깜박였다.

"어…, 그곳들은 어디에 있나요? 어떻게 가야 하죠? 저흰 돈이 없어요. 토마스, 내 옆에 딱 붙어 있어.”

"너흰 여기 있으면 안 돼.”

"하지만….”

"그냥 가는 게 좋을 거야.”

"무슨 일입니까? 그 애들은 누구죠?”

처음에 그 목소리는 육신이 없는 존재에서 나온 듯, 그들을 둘러싼 허공에서 들려오는 것 같았다. 구슬프고 비음이 살짝 섞인 목소리였다. 소녀는 어른들이 점차 동요하는 걸 알아챘다. 모여 있던 무리가 숟가락으로 저은 오트밀죽처럼 천천히 갈라졌다. 소녀가 고개를들었다. 깃이 없는 검은색의 긴 재킷과 흰 셔츠와 청바지를 입은 남자가 광장을 가로질러 오고 있었다. 젊어 보이는 남자는 잘 먹어 통통했고 매우 밝은 파란 눈을 갖고 있었다. 옅은 황색 머리카락은 파도가 놀란 모양처럼 한쪽 눈썹 위로 곡선을 그리며 솟아 있었다. 연분홍색 피부는 익히지 않은 소시지처럼 팽팽했고, 턱은 푸르스름한 빛이 감돌았다. 셔츠도 재킷처럼 칼라가 없고 목 아래로 단추가 단단히 채워져 있었다. 옷깃에 달린 원형 배지와 마찬가지로 목둘레를 감싼 얇은 흰색 라인은 신앙의 집의 중립적인 완전성, 즉 모든 것과 모든 종교를 아우른다는 의미를 상징했다. 남자는 이런 시답잖은 도시의 거주민이 아니었다. 옷, 머리카락, 태도 등, 이 모든 게 여기 사람과 다르다는 걸 주장했다. 그래도 남자는 이 도시가 자기 덕분에 존재하는 것처럼, 그가 시선을 돌리는 곳마다 꽃이 피어나는 것처럼, 도시의 주인처럼 자신만만하게 광장을 건너오고 있었다.

남자는 소녀와 동생 앞에 멈춰 섰다. 너무 가깝다 할 정도로 다가섰다. 그는 둘을 흘끗 보더니 의도적으로 시선을 돌렸다.

"이들은 어디에서 왔습니까?"

"저흰 위쪽 골짜기에서 왔어요. 멘토님이신가요? 만나 뵙게 돼 기뻐요. 제 이름은 스칼렛 맥케인이에요."

소녀는 다시 목을 가다듬고 다시 한번 작은 연설을 시작했다.

곧 소녀의 말이 끝났다. 말하는 동안에도 멘토는 소녀를 쳐다보지 않았다. 눈을 가늘게 뜨고 광장 중앙에 있는 올리브색 나무 잎사귀만 바라볼 뿐이었다. 깊은 생각에 잠긴 듯 찡그린 표정을 지으며 어두운 잎사귀 사이로 비치는 빛의 파편에서 깨달음을 얻으려는 것만 같았다.

소녀는 기다렸다. 나머지 사람들도 기다렸다.

연분홍빛 눈꺼풀이 깜박이며 옅은 속눈썹이 파르르 떨렸다.

"집은 어쩌다가 불에 탄 거지? 가족은 어떻게 잃었고? 잘 이해가 안 되는군." 멘토가 물었다.

소녀는 침을 꿀꺽 삼켰다. 목소리가 작게 흘러나왔다. "오염된 자들 때문에요."

군중 사이로 불안한 웅성거림이 퍼졌다. 사람들은 각자 신앙에 따라 성스러운 단어를 중얼거리며 다양한 종교적 몸짓을 했다. 멘토는 모든 공인된 종교에서 보호의 힘을 모으는 의미로 공중에 손가락으로 원을 그렸다.

"그건 정당한 천벌이야."

소녀가 멘토를 빤히 쳐다봤다. "뭐라고요? 죄송하지만, 이해가 안돼요. 그게 무슨 뜻인가요?"

멘토는 대답하지 않았다. 유감스러운 미소를 지으며 군중을 둘러봤다.

"여러분, 어제 설교에서 말했듯 이번 재앙은 우리가 부도덕했기 때문에 닥쳤습니다. 이 지역에서는 오랫동안 비정상적 출생이 일어났고, 지배 가문은 책임을 완벽히 이행하지 않았습니다. 우리 사회는 부패하고 나약해졌습니다. 신들이 실망해 벌을 내리신 겁니다. 네, 이건 정당한 천벌입니다…" 멘토는 진심 어린 한숨을 내쉬었다. "여러분도 아시다시피, 이 상황을 되돌리기 위해 제가 새로운 지도자로서 노력하고 있지만 쉽지 않을 겁니다."

멘토는 소녀와 동생을 가리켰다. 여전히 그들을 바라보지는 않았다.

"그 말은, 우리가 어려운 결정을 내려야 한다는 뜻입니다."

소녀는 멘토의 말뜻은 이해하지 못했지만, 몸짓은 충분히 이해할 수 있었다. 군중의 태도에 변화가 느껴졌다. 사람들의 얼굴이 평평하게 변했다. 표정은 텅 비고 가면을 쓴 것처럼 갑자기 어른들의 몸이 소녀와 동생을 벽처럼 에워쌌다.

"우린 안전지대에 사는 주민이에요. 이 도시에서 오랫동안 거래도 해왔고요." 소녀가 끈질기게 말했다.

"이 애들에게 쉼터를 제공하는 건 가르침에 역행하는 일입니다. 이들을 받아들이면 다른 사람들도 뒤이어 들어올 겁니다."

"저흰 여기 머물겠다는 게 아니에요. 약간의 자선을 베풀어달라는 것뿐이에요."

"여러분, 이 빨간 머리 보셨죠?" 멘토가 계속 말했다. "이상한 눈은요? 이들은 완전히 비정상적인 존재입니다. 특히 둘 중 더 어린 쪽은 좀 이상하군요. 저 생기 없이 서 있는 모습을 보십시오."

"네, 생기가 없죠. 제 동생은 배가 너무 고프니까요. 저도 배고파요. 당신들에겐 이게 와닿지 않나요?"

"자세히 살펴보면, 또 다른 결함이 숨겨져 있을 수도 있습니다. 모반이나 신체손상 같은 게 있어도 놀랍지 않을 거 같군요."

멘토가 생각에 잠겨 어린 동생에게 손을 뻗었다. 소녀가 멘토의 손을 찰싹 때렸다.

"손대지 마세요. 내 동생에게 가까이 오지 말라고요."

잠시 충격받은 듯 침묵이 흐르고, 날카롭게 숨 들이켜는 소리가 들렸다.

"감히 내게 손을 대?"

멘토가 몸을 뒤로 젖혔다. 얼굴이 혐오와 분노로 일그러졌다.

"저것들을 쫓아내십시오!"

멘토의 분노가 신호탄이 됐다. 군중은 그들이 직면한 도덕적 난제에 답을 기다리고 있었다. 어느 쪽이든 확실하길 원했다. 아마도 이 남매에 대한 사람들의 판단은 멘토의 생각보다 미묘하게 균형을 이루고 있었던 것 같다. 하지만 더 이상은 아니었다. 멘토 옆에 있던 여자가 소녀의 팔을 움켜잡아 뒤로 확 잡아당겼다. 소녀는 거의 넘어질 뻔하다 다른 사람들에게 부딪혔다. 갑자기 동생이 보이지 않았다. 동생이 켁켁거리는 소리만 들렸다. 솟구치는 공포 속에서 몸을 일으키려 애썼지만, 신체 접촉에 자극받고 흥분한 사람들이 소녀에게 마구 손을 뻗었다.

"토마스…!"

군중의 손이 소녀의 손목과 팔과 허벅지와 종아리를 움켜쥐었다. 발이 땅에서 떨어져 공중에 들렸다. 군중의 열기는 점점 더 뜨거워졌다. 웃음소리와 함성 소리가 터져 나왔다. 소녀는 위를 보고 누워 공중에서 빙빙 돌려지는 동안, 꼼짝도 못 한 채 하늘만 바라봐야 했다. 군중은 그녀를 쳐들고 광장을 가로질렀다. 불과 몇 초에 지나지 않았지만 영원처럼 느껴졌다. 머리 위로 지나는 방벽의 아치형 입구가 보였다. 시끄러운 환호성을 지르며 군중은 소녀를 내던졌다. 햇빛 속에서 밖으로 던져진 소녀는 팔다리를 휘저으며 나무 도개교 위로 세게 떨어졌다.

잠시 후, 어린 소년도 누나 옆으로 굴러떨어졌다.

군중은 잠시 즐거움을 만끽하다 느릿느릿 도시 안으로 돌아갔다. 소녀의 귀에 그 소리는 들리지 않았다. 심장이 쿵쾅거리는 소리만 들릴 뿐이었다. 소녀는 천천히 일어나 옆에 서 있는 동생에게 팔을 뻗었다. 그 순간, 동생의 작은 체구, 아무 말도 할 수 없는 상태, 큰 당혹감을 함께 느꼈다. 소녀는 충격에 울부짖었다. 그녀가 낼 수 있는 유일한 소리였다. 충격이 너무 커서 욕도 나오지 않았다.

남매는 도개교를 건너 휘어진 길을 따라 걸었다. 목재소 남자 몇 명이 자전거를 타고 도시로 돌아가며 둘을 스쳤다. 뜨거운 햇살이 남매의 일굴에 내리쬐었다. 그들은 소나무와 해자 근처에 도달했다.

소녀가 갑자기 발걸음을 멈췄다.

"맙소사. 토마스, 가방을 놓고 왔어."

동생이 소녀를 쳐다봤다.

"내 가방 말이야. 펌프 옆에 놔뒀는데, 그냥 두고 왔어."

"저기 다시 들어가면 안 돼."

"가져와야 해. 생선이랑 사과랑 버섯도 가방에 있어. 게다가 방수포도 두고 왔다고. 오늘 밤을 야외에서 나려면 방수포가 필요해. 버스를 잡을 수만 있다면 다른 지역에 갈 수도 있을 거야. 다른 도시로… 뭔가를 내고 대신 태워달라고 할 수도 있잖아. 먹을 것도 있어야 하고…."

소녀는 머릿속이 뒤죽박죽 혼란스러웠다. 제대로 생각할 수 없었다. 몸이 여전히 공중에 떠 있는 느낌이었다.

"다시 가야 해." 소녀가 재차 말했다.

"싫어, 누나. 돌아가지 마."

소녀는 어린 동생을 보고 미소 지으며 동생의 머리를 쓰다듬었다. 엉망진창인 상황에서 유일하게 다행인 점은 사람들이 동생을 해치지 않았다는 거였다. 동생의 볼은 여전히 둥글고 통통했다. 멍 하나 없이 완벽했다.

"토마스, 가야 해. 금방 다녀올게."

동생의 부드러운 손이 소녀의 손을 파고들었다.

"그럼 나도 갈래."

"네가 다시 안으로 들어가는 건 싫어. 저들은 좋은 사람이 아니야."

소녀는 동생의 손가락을 꼭 쥐었다.

"저 도시 사람들은 바보 같아. 대체 왜 저러는 거야. 토마스, 관문에서 조금만 들어갔다 나오면 돼. 그 장소 기억하지? 펌프 있는 데. 금방 갔다 올게. 내가 얼마나 빠른지 알잖아. 난 늑대처럼 빠르고 용감하니까. 여기 그늘에 앉아 있으면, 내가 보일 거야."

하지만 동생은 앉으려 하지 않았다. 얼굴을 찌푸리며 뻣뻣하게 소녀에게서 살짝 떨어졌다. 하얀 먼지가 쌓인 길에서 발을 쿵쿵 구르며 누나를 노려봤다.

"난 이런 거 싫어. 스칼렛 누나, 도로 가지 마."

소녀 안에서 화가 치솟았다. 동생이 고집부리는 건 지금 상황에서 제일 원치 않는 일이었다. 동생은 너무 어리고 멍청하고 무력했다. 아무것도 몰랐다. 소녀는 나무에 머리를 박고 울고 싶었다.

"알았어. 그럼 앉지 마. 그냥 거기 서 있어. 넌 지금 절대적으로 안전해. 그냥 길가에 있어. 사람들이 계속 드나들고 있으니까, 자전거 조심하고."

소녀가 동생을 바라봤다. 소녀는 너무 덥고 지쳤으며 절망과 싸우는 중이었다. 동생을 보고 있었지만, 사실상 보고 있지 않았다. 나중에 소녀는 동생의 얼굴이 어땠는지 정확히 기억해 낼 수 없었다.

"토마스, 여기서 기다려. 꼭 여기 있어. 금방 올게."

소녀는 몸을 돌려 무겁지만 빠른 걸음으로 도개교로 돌아갔다. 멘토는 사라졌고, 군중은 흩어져 아무 데도 보이지 않았다. 햇빛만 고여 있을 뿐이었다. 순식간에 들어갔다 나올 수 있을 것이다. 그것만 해내면 된다. 눈에 띄지 않게 걸어가는 게 좋겠다. 아니면 그냥 뛰어가서 끝내버리는 게 나을 수도 있고. 어느 쪽이든 어렵지 않을 것이다. 주변에 아무도 보이지 않았다. 사람들은 차와 케이크를 먹으러 집에 돌아갔을 것이다. 탁 트인 광장, 우체통, 시장 가판대, 그리고 철창 우리가 보였다.

마당 중앙에 펌프가 있었다. 여기서도 가방이 보였다.

소녀는 빠르게 다리를 건넜다. 아치형 입구 아래로 들어가기 전, 마지막으로 뒤를 돌아봤다.

손으로 해를 가리자 햇빛 비치는 길 위에 어린 동생이 기다리는 모습이 보였다.

16

또 그 꿈이었다. 늘 그렇듯 꿈은 순식간에 사라지고 잔상은 희미해져 그녀만 어둠 속에 홀로 남았다. 뭘 봤는지 꿈의 내용은 자세히 기억나지 않았다.

매일 아침마다 그렇듯 삶으로 돌아갈 힘을 끌어모으는 동안, 꿈의 흔적이 여전히 뺨에 촉촉이 남아 있는 게 느껴졌다. 하지만 그녀는 스칼렛 맥케인이었다. 그런 상태로 눈을 뜨고 싶지 않았다. 손을 들어 얼굴을 닦으려 했지만 움직일 수 없단 걸 깨달았다. 뭔가가 손목을 옥죄었고, 쇠사슬이 덜그럭거리는 소리가 들렸다. 양팔이 고통스럽게 묶여 있었다.

오늘도 멋진 하루가 시작되려는 모양이었다.

겨우 정신을 차린 스칼렛은 콘크리트 바닥에 쓰러져 있단 걸 알았다. 등 뒤, 텅 빈 회색빛 방구석에는 바닥부터 천장까지 이어지는 금속 기둥이 있었고, 양손이 기둥 뒤에서 수갑으로 묶여 있었다. 주위에는 쇠사슬이 어지럽게 널려 있었다. 힘겹게 몸을 똑바로 일으키려다 반갑지 않은 사실을 하나 더 발견했다. 기둥에서 뻗어 나온 사슬은 양 발목의 족쇄까지 이어져 있었다. 맨발에 머리에는 아무것도 없었다.

모자, 부츠, 코트는 물론이고 무기가 될 만한 건 모두 사라졌다.

사각형의 감방은 작고 황량했다. 스칼렛이 경험한 감방은 대부분 그랬다. 동일한 벽면에 있는 기둥 두 개는 아무도 묶여 있지 않아 텅 비어 있었다. 감방에 보이는 건 나무문, 경비병이나 심문관이 앉음직 한 작은 의자, 쇠창살이 달린 창문이 다였다. 창밖으로 하늘 한 조각 과 황금탑 끄트머리가 보였다.

의자 근처에 물이 든 양동이와 쇠바가지가 놓여 있었다. 갑자기 머리가 지끈거리고 갈증이 심해졌지만, 스칼렛은 애써 무시했다. 어 차피 손이 닿지 않았고, 닿았다 한들 묶인 손으로는 어쩔 도리가 없 었다.

사슬을 덜그럭거리며 여러 차례 불편하게 몸을 움직여 본 결과, 서고 앉고 쪼그리는 건 간신히 가능했다. 그 이상의 동작은 불가능했 다. 일어서자 창밖 풍경이 더 잘 보였다. 황금탑은 신앙의 집의 첨탑 이었다. 그 너머로 붉은 지붕의 집들과 첨탑들, 그리고 총안이 있는 벽에 둘러싸인 물탱크들이 지평선까지 펼쳐져 있었다. 거대하고 풍 요로운 도시였다.

스칼렛은 눈앞에 펼쳐진 빛나는 풍경을 우울하게 바라봤다.

"맙소사. 밀턴 케인즈잖아."

덜그럭거리는 소리에 뒤를 돌아봤다. 감방 문에 작은 감시 구멍이 있었다. 스칼렛이 깨어나는 걸 누군가가 지켜봤을 것이다. 문이 열리 고 트위드 재킷에 빨간 중산모를 쓴 덩치 큰 간수가 들어왔다. 딱 봐 도 전형적인 간수의 모습이었다. 벨트에 수갑과 곤봉이 주렁주렁 달 려 있었고, 얼굴은 축 처진 통나무 같았으며, 적개심을 담은 눈빛으 로 말없이 노려봤다. 스칼렛은 뇌물, 친목질, 아부, 존재하지도 않는 선량함에 호소하는 건 안 통하겠다는 판단이 바로 들었다.

"물 좀 줘." 스칼렛이 말했다.

남자는 아무 대답도 하지 않았다. 느긋하게 스칼렛을 위아래로 훑어볼 뿐이었다.

"오늘이 무슨 요일이지? 내 친구는 어떻게 됐어?"

간수는 손가락으로 코를 쓱 닦고 스칼렛을 훑어본 후 나가버렸다. 문이 다시 잠기는 소리가 들렸다. 스칼렛은 문 쪽으로 짧게 욕을 내뱉고는 달리 할 것도 없어 자신을 묶은 것들을 살펴봤다. 기둥과 사슬을 잡아당기고 이리저리 별짓을 다 해봤지만 풀 방법이 없었다. 결국 힘을 아끼기 위해 앉아서 마음을 가라앉히고 다음 일이 일어나기를 기다렸다.

그 후 두 시간 동안은 딱히 아무 일도 일어나지 않았다. 손님이 딱 한 명 있었는데, 회색 정장에 회색 중산모를 쓰고 줄자를 든 깡마른 남자였다. 그는 키, 몸무게, 목둘레를 재빨리 재더니 모자를 까딱하고 서둘러 나가버렸다. 스칼렛은 왠지 불길한 예감이 들었다. 눈을 감고 명상을 하려 했지만 바로 포기했다. 트럭 안에서 명상을 하다가 갑자기 공격을 당해 기절했기 때문이다. 사실 그때 일은 잘 기억나지 않았다. 트럭 밖에서 발소리가 들리고… 문 앞에 그림자가 비치고…. 스칼렛은 알버트가 사과하러 온 걸로 생각했는데 순식간에 세상이 깜깜해졌다. 그때 명상은 아무 도움도 안 됐고, 지금은 명상을 할 기분도 아니었다.

감방 문이 다시 열렸다. 구부정한 간수가 들어왔고, 그 뒤에 누가 또 따라 들어왔다. 스칼렛은 위를 흘끗 봤다가 고개를 확 들었다.

헌팅던에서 봤던 그 젊은 요원이었다.

요원은 헌팅던에서와 똑같은 모습이었다. 깡마른 청년이 입기에는 다소 큰 검은색 긴 코트를 입고 있었다. 소매 끝으로 손가락이 살짝 보였고, 벨트는 가장 안쪽 구멍에 채워져 있었다. 머리카락은 기름으로 번들거렸다. 단정한 모습에 푸른 눈을 가진 매우 어려 보이는 청년이었다. 헌팅던 술집에서도 어색하고 뭔가 안 어울려 보이더니, 여기 무서운 간수 옆에서도 여전히 어색해 보였다. 요원은 스칼렛에게 바로 다가왔는데, 방문객 중 그렇게 한 사람은 처음이었다. 뒤에서 간수가 혐오스러운 표정을 숨기지 못하고 지켜봤다.

"여기 있었군요. 내 술집 친구가." 요원이 말했다.

스칼렛은 얼굴에 붙은 머리카락을 휙 불었다.

"그래. 술 한 잔 더 사주려고?" 스칼렛이 쉰목소리로 말했다.

요원이 부드러운 검은 눈으로 스칼렛을 바라봤다. 스칼렛의 모자는 사라지고 없었다. 그가 마음껏 머릿속을 들여다보는 모습을 상상하자, 몸이 부르르 떨렸다. 요원이 미소 지었다.

"목마르지 않아요?"

"엄청 목말라. 저 양동이에 물이 있던데, 그쪽 간수가 안 주더군."

요원이 간수를 흘끗 쳐다봤다. 뚱하던 간수의 표정이 두려움으로 변했다. 간수는 양동이에 팔을 뻗었다.

"죄송합니다, 말로리 씨."

"손대지 마세요."

말로리라 불린 요원이 손을 들자, 간수가 움찔하며 물러섰다. 요원이 쭈그리고 앉아 쇠바가지를 집어 들었다. 양동이에서 물을 떠 스칼렛의 입가로 가져갔다. 그녀는 게걸스럽게 물을 마셨다. 물이 턱을 타고 주르륵 흘러내렸다. 한 바가지를 마시고 나서 한 바가지를 더 마셨다.

"쉽게 해결됐네요. 좀 더 마실래요?"

"아니."

젊은 요원은 일어나 뒤로 물러서며 바가지를 내려놨다.

"이게 그렇게 어려운 일이었나요, 퍼킨스 씨?"

"아닙니다, 말로리 씨."

"미안해요, 스칼렛 씨. 숲에서 똥을 뒤지는 오소리도 퍼킨스보단 사회성이 좋을 거예요. 그리고 불편하게 해서 미안해요. 트럭에서 기절시킨 것도. 그냥, 음⋯." 말로리가 스칼렛에게 씩 웃었다. "헌팅턴 이후로는 절대 당신을 얕보지 않기로 했거든요."

"나도 마찬가지야. 내가 여기 온 지 얼마나 됐지?"

"어젯밤에 당신을 데려왔어요. 트럭은 바로 여기 신앙의 집에 주차했죠. 괜찮은 도망자 두 명과 귀중한 유물들도 가져왔죠. 내가 일을 꽤 잘 해낸 거 같아요."

"알버트는? 걔는 어떻게 했어?"

"아, 알버트요⋯." 말로리가 한숨을 쉬었다. 손뼉을 짝 치더니 말했다. "걸으면서 얘기를 계속할까요? 퍼킨스 씨, 열쇠 좀 주시죠⋯."

간수가 다가왔다. 먼저 다리가 풀리고 기둥에 묶여 있던 손도 풀려났다. 스칼렛은 말로리가 내민 손을 무시하고 뻣뻣하게 일어났다.

"날 풀어주는 거야?"

말로리가 유쾌하게 웃었다. "기발한 생각이네요. 아니요. 사실은 재판에 데려가는 겁니다. 음, '재판'이라고 했지만, 어떻게 정의하느냐에 따라 다르겠죠. 퍼킨스 씨, 다시 손 좀 묶어주세요. 여기서부터는 내가 데려가겠습니다."

스칼렛은 다시 등 뒤로 손이 묶였다. 찢어진 청바지와 티셔츠 차림에, 피투성이 맨발로 절뚝거리며 말로리를 따라 문밖으로 나갔다. 간수는 뒤에 남았다.

스칼렛을 콘크리트 복도로 이끌고 갈 때 말로리의 코트가 살짝 펄럭였다. 스칼렛은 천천히 걸으며 어떻게 할지 이리저리 머리를 굴렸다. 손이 묶여 있더라도 올라가 도약할 만한 뭔가가 있고 목에 다리를 걸 수만 있다면 사람을 죽일 수도 있다. 물론 쉬운 일은 아니었다. 그래도 방향만 잘 잡으면….

"괜한 짓 하지 말죠." 말로리가 어깨 너머로 말했다. "허리만 다칠 뿐이에요. 그리고 허벅지로 사람 목을 부러뜨리는 건 별로 멋진 방법이 아니죠. 옆으로 오세요. 그래야 얘기할 수 있을 테니까. 퍼킨스 씨는 싫어하겠지만, 누가 뭐라겠어요? 가는 데 얼마 안 걸려요."

스칼렛이 옆으로 다가갔다. 말로리에게선 비누와 고독의 냄새가 났다.

"알버트는?" 스칼렛이 다시 물었다.

"아, 곧 보게 될 거예요. 합동 재판이거든요. 위층 강당에서 거행되는데, 당신에게 관심이 많다는 뜻이죠. 꽤 훌륭한 곳이거든요. 이런 지하 감옥보다 낫죠."

"여기가 정확히 어디야?"

"밀턴 케인즈입니다. 신성 구역 중심에 자리한 최고위원회의 본부죠." 말로리가 빙긋 웃었다.

"어떤 의미에서는… 영광으로 받아들여야 할 겁니다."

복도 끝에는 신앙의 집 문양이 새겨진 위압적인 철문이 있었다. 무장한 남자 둘이 책상에 앉아 서류 더미에 파묻혀 있었다. 말로리가 다가가자, 둘이 일어나 경례했다. 문이 열렸고, 말로리와 스칼렛이 안으로 발을 들였다.

"당신, 꽤 중요한 사람인가 보군."

"그렇긴 하죠." 말로리가 스칼렛에게 미소 지었다.

"물론 그 때문에 사람들은 날 싫어합니다. 다들 날 증오하죠. 내가 뭔가 다르다고 생각하는데, 사실입니다. 내가 생각을 읽는다고 생각하는데, 그것도 사실이고요. 내가 그들과 그들의 소중한 사람을 순식간에 죽일 수 있다고 생각하는데, 만약 나의 신성한 목적을 방해하면 기꺼이 그렇게 할 겁니다…. 자, 이제 여기로 올라가도록 하죠."

문을 지나니 테라코타 타일이 깔린 복도가 나왔다. 바로 맞은편에는 햇빛이 쏟아지는 계단이 있었고, 아치형 창문으로 도시가 한눈에 내려다보였다. 이미 높은 곳에 있었는데, 이제 더 높이 올라가고 있었다. 이윽고 계단을 오르기 시작했다. 아래에는 첨탑과 양파 모양 돔지붕이 펼쳐졌고, 기둥이 일렬로 늘어선 광장에는 햇빛이 반짝이며 새들이 무리 지어 날았다.

"전망 좋네." 스칼렛이 말했다.

"그렇죠. 저 아래에서 사람들이 당신을 위한 교수대를 만들고 있거든요."

어느 정도 예상은 했지만 할 말을 잃게 만드는 말이었다. 둘은 잠시 침묵 속에 계단을 올랐다. 그 순간, 스칼렛의 머릿속엔 여러 생각들이 스쳤다. 요원을 창밖으로 밀어버리는 상상, 계단을 뛰어 내려가 지붕을 미끄러지듯 질주하며 도시를 가로질러 대담하게 탈출하는 상상…. 그러다 다시 알버트와 스토우에 있을 조와 에티의 모습이 떠올랐다. 또 하루가 사라졌다! 이제 남은 시간은 고작 이틀뿐! 소암스의 책상 위에서 째깍거리며 시간이 가고 있을 목숨 시계가 생각났다.

말로리가 씩 웃으며 스칼렛 옆에서 걸었다. 스칼렛은 문득 요원이 생각을 읽도록 내버려두기보다 그와 얘기하며 정보를 얻어내는 편이 낫겠다는 생각이 들었다.

마침내 건물 최상층에 도착해 테라코타 타일이 깔린 복도로 들어섰다. 벽에는 타피스트리가 걸려 있고, 유리 진열장에는 파묻힌 도시에서 발굴된 유물과 흡사한 물건들이 놓여 있었다. 흰 가운을 입은 관리들이 알 수 없는 용무로 분주히 지나갔고, 회색 중산모를 쓴 경비병이 벽을 따라 일정한 간격으로 서 있었다. 공기 중에 와인과 향 냄새가 났다.

"최고위원회는 아주 호화롭군."

"그렇죠."

"당신도 여기 살아?"

"아닙니다. 난 최고위원회의 명령과 허가 아래 일곱 왕국을 다니며 사막이나 뒷골목, 야생 지대 같은 곳을 돌아다니죠."

"그닥 편안한 삶은 아닌 거 같네."

"네. 하지만 만족해요. 내가 누려 마땅한 것 이상을 누리고 있으니까요."

스칼렛은 곁눈으로 말로리의 야윈 얼굴과 창백한 안색을 살폈다. 버스에서 알버트와 처음 마주쳤을 때, 알버트의 얼굴에 스친 불안한 그림자가 떠올랐다.

"어떻게 우릴 쫓아온 거야?"

"기지를 발휘했죠!"

말로리는 복도를 가로질러 오른쪽으로 휙 돌아 금박을 입힌 아치 통로를 통과했다. 그곳을 지키고 있는 보초에게 대충 경례했다.

"얼마 전, 헌팅던에서 우리가 만나고 하루이틀 뒤였나? 샐 퀸이라는 자그마한 상인을 우연히 만났죠. 샐 퀸은 홀로 여행 중이었는데 좀 낙담한 듯했고, 어딘가 수상한 분위기를 풍겼어요. 대화를 나누며 머릿속을 읽다가 북쪽 강도 사건 관련해서 당신들에게 접근했었다는 걸 알아냈죠. 샐 퀸은 그 제안을 당신들이 거절했다고 생각했지만, 난 긴가민가했어요. 비둘기를 이용해 애쉬타운에 있는 연락책에게 물었더니, '존슨 부부'가 그 지역 호텔에 묵고 있다는 사실을 확인해 줬어요." 말로리가 덧붙였다. "예전부터 눈여겨봤는데, 둘이 강도질을 하러 간 도시의 여관들에 '존슨'이라는 인물이 종종 묵더군요. 알버트 브라운의 인상착의와 일치하는 눈이 크고 순진한 사람이요. 그걸로 제게 필요한 모든 걸 알 수 있었죠."

스칼렛이 탄식했다. "바보 같으니! 그 이름을 계속 쓰지 말라고 했는데!"

"옳은 말이죠." 말로리가 부드럽게 말했다. "맞는 말이에요. 하지만 알버트는 그렇게 했죠. 난 당신 둘이 벌써 악행을 저질렀을 거라고는 생각도 못 한 채 서둘러 북쪽으로 향했어요. 당신들의 움직임이 빨라서 하마터면 놓칠 뻔했습니다. 다행히도 뉴어크 교차로의 기름 판매원에게 특이하고 수상한 운전자 두 명이 트럭을 타고 서쪽 도로로 갔다는 정보를 들었죠. 도로에서 당신들의 흔적을 발견해 체포할 수 있었던 겁니다." 말로리가 겸손하고 점잖게 손짓을 했다. "이렇게 스칼렛과 알버트의 대서사시가 피할 수 없는 종말을 맞이하는군요."

"난 서사시에 별로 관심 없어. 얘기 따윈 싫거든."

말로리가 다시 웃음을 터뜨렸다. 따뜻함과 연민이 담긴 웃음소리였다.

"당신 얘기가 마음에 들지 않는 거겠죠! 충분히 이해해요. 나도 내 안의 어둠과 내가 얼마나 끔찍한 존재인지를 받아들여야 했으니까요. 대신 일을 통해 날 정화하려 애쓰죠. 내면의 수치심과 끊임없이 싸우며…" 말로리가 스칼렛의 소매에 손을 얹었다. "당신 또한 그런 감정을 잘 알리라 생각해요, 스칼렛 맥케인 씨."

스칼렛은 아무 말도 하지 않았다. 팔 위에 닿은 말로리의 손가락을 응시했다.

그들은 적갈색 마호가니로 만든 거대한 출입문 앞에 도착했다. 문에는 청동 잎사귀 문양이 정교하게 새겨져 있었다. 금색 중산모를 쓴 경비병 두 명이 문 앞에 굳건히 서 있었다.

"신성한 강당이 우릴 기다리고 있습니다! 적어도 한 명의 최고위 원회 의원과 고위 인사들이 있을 거예요…. 우리 둘 다 예의를 갖춰 행동해야 하죠. 당신의 역할을 잘 해내세요!"

경비병들이 일사불란하게 움직이며 문을 활짝 열었다. 스칼렛은 쏟아지는 황금빛 햇살에 휩싸였다.

거대한 정사각형 방이었다. 한쪽 벽면 전체가 유리창으로 돼 있고, 창 너머로는 도시의 지붕을 한눈에 내려다볼 수 있는 발코니가 있었다. 활짝 열린 창문을 통해 따스한 바람이 불어오며 아래 신앙의 집에서 울려 퍼지는 종소리와 신성한 차임벨 소리를 실어 왔다. 오후 햇살이 마치 꿀단지에 담긴 꿀처럼 방 안을 가득 메웠다. 벽에는 붉은색과 황갈색으로 장정된 책들이 꽂힌 책장이 늘어서 있었다. 스칼렛과 말로리는 창문 쪽으로 걸어갔다. 사이사이에는 탁자들이 줄지어 있고, 검은 정장을 입은 멘토들과 펜과 서류 더미를 든 서기들이 앉아 있었다. 몇몇은 뭔가를 적었고, 나머지는 대부분 스칼렛을 무표정하게 바라봤다. 옆문에는 권총을 든 경비병들이 서 있었는데, 문틈 사이로 더 많은 책장과 캐비닛이 늘어선 공간이 보였다. 창문 앞 단상에는 일곱 개의 빈 의자가 놓여 있었다. 그리고 바로 그 앞 텅 빈 공간 한가운데 낮은 단상 위 의자에 알버트가 앉아 있었다.

알버트는 작게 웅크렸으며, 어딘가 뒤틀린 듯 신체 비율이 미묘하게 일그러져 있었다. 무슨 짓을 당한 거지? 가까이 다가가 보니, 알버트가 머리에 쓰고 있는 물건 때문임을 알 수 있었다. 탄환처럼 짙은 회색빛의 철제 모자로, 금속 줄이 턱 아래에 고정돼 있었다. 철모가 엄청나게 커 알버트는 원래 나이보다 어리고 연약해 보였다.

옆에 의자가 하나 더 있었다. 스칼렛이 낮은 단상에 올라가 알버트 옆에 앉았다. 말로리는 긴 코트 자락을 휘날리며 발코니로 걸어가 홀로 섰다.

"안녕, 스칼렛." 알버트가 말했다.

스칼렛과 마찬가지로 알버트도 등 뒤로 손에 수갑을 차고 있었다. 표정이 멍했다.

"응." 스칼렛이 미소 지으며 말했다. "좋아 보이네. 적어도 멍은 균형 있게 대칭이야. 알버트, 괜찮아? 그 철모는….."

"좀 무거워. 이건….." 알버트는 설명을 끝맺지 않았다. "무슨 용도인지 너도 알잖아."

스칼렛은 울컥 치미는 분노를 애써 눌렀다. 발코니에서 말로리가 난간에 기대어 느긋하게 양손을 모은 채 도시 풍경을 내려다보고 있었다.

"저 요원 놈이 널 다치게 한 거야?" 스칼렛이 물었다.

"음, 언덕 절반을 무너뜨리더니 그 아래에 날 묻긴 했어. 더 안 좋을 수도 있었어. 어쨌든 살아 있으니까 불평하면 안 되겠지. 그가 너한테 혹시 뭐 나쁜 짓을 했어?"

"날 기절시키고 사슬로 묶어 밀턴 케인즈로 데려온 것 말고? 아니, 없어."

"다행이다. 스칼렛…., 미안해. 트럭에서 일 말이야."

"됐어."

"널 화나게 하지 않았다면… 트럭을 멈추지 않았다면….."

"어차피 요원이 우릴 잡았을 거야."

알버트가 고개를 저었다. "아니야. 네 말이 모두 옳았어. 내가 멍청하게 고집을 부렸어. 조와 에티가 걱정돼서 그랬어."

"그래, 나도 마찬가지야. 어제 일은 잊어버려. 괜찮아."

알버트의 표정이 밝아졌다.

"고마워. 그 일이 얼마나 마음에 걸렸는지 몰라. 이제 마음이 편해
지네."

알버트가 허리를 펴고 빈약한 어깨를 뒤로 젖혔다.

"음, 어려운 상황이긴 하지만 좌절하진 않을 거야! 항상 밝은 면
을 봐야지. 네가 늘 하던 말이잖아?"

스칼렛이 알버트를 빤히 쳐다봤다.

"나 스칼렛이야. 내 평생 그렇게 나약한 말은 한 적 없다고."

"없었다고? 뭐, 다른 사람이 했나 보지. 그래도 우리가 어디 있는
지 봐! 최고위원회 본부잖아! 이걸 볼 수 있다니, 완전 운 좋은 거 아
냐?"

알버트는 철모 때문에 다소 불편하게 단상 건너편의 열린 문 사
이를 가리켰다.

"저렇게 많은 책과 보물이 가득한 진열장을 본 적 있어?"

스칼렛은 탈출로 모색을 위해 진작 옆방들을 훑어봤다. 솔직히
끝없이 늘어선 책장이나 유물로 가득 찬 진열장보다 문마다 배치된
보초들에게 관심이 갔다. 방 안 탁자들 위엔 비닐 파일에 끼워진 오
래된 문서 조각들도 보였는데, 여자들이 돋보기를 들고 세밀히 조사
하며 내용을 기록하고 있었다.

"저걸 베껴 쓰고 있어, 스칼렛. 잃어버린 지식을 찾는 거지." 알버
트가 가까이 몸을 기울이더니 비밀스럽게 속삭였다. "우리가 봤던 고
대 무기들처럼 말이야. 과거의 어두운 비밀을 밝혀내려는 거 같아."

스칼렛이 고개를 끄덕였다. 쇠사슬을 덜그럭거리며 몸을 가까이

숙였다.

"그래. 확실히 그래 보이네. 그런데 알버트, 하나 묻자. 지금 우리가 제일 신경 써야 할 일이 과연 그걸까?"

"아!" 알버트가 몸을 일으켰다. "맞아. 우리에겐 다른 중요한 일이 있지. 이건 좋은 소식인데, 말로리란 요원이 우리 트럭도 여기로 가져왔어. 트럭을 찾아서 스토우로 몰고 가야 해. 조와 에티를 구할 시간이 이틀 남았어. 아직 시간이 있다고!"

스칼렛이 알버트를 응시했다. 놀라운 건, 그가 진심으로 그렇게 믿는다는 거였다. 햇살 아래 무력하게 묶인 채 앉아서 주위에 서른 명의 경비병들에게 감시받고, 적들의 도시 한가운데 있으며, 광장에는 그들을 위한 맞춤형 교수대가 빠르게 세워지고 있는 와중에도 알버트는 희망을 놓지 않았다. 그런 그의 믿음엔 뭔가 아름다움마저 느껴졌다.

스칼렛은 씁쓸하게 미소 지었다. "맞아. 아직 시간이 있지."

기록 보관실 문 옆에 있던 직원들이 갑자기 웅성거렸다. 서기들이 일어나고, 경비병이 긴장했다. 새까만 양복을 입은 작고 뚱뚱한 남자가 필사 담당자들의 탁자와 책장 사이를 가로질러 오고 있었다. 그는 서둘러 강당으로 들어오더니 높은 단상으로 향했다. 움직임은 민첩했다. 한쪽 팔에 서류 뭉치를 끼고 짧은 다리로 성큼성큼 움직였다.

키가 크고 침울한 인상의 멘토가 일어섰다.

"최고위원회의 베번 의원님 들어오십니다!"

"그래, 그래. 고맙군. 모두 앉아도 좋아."

베번은 단상 위로 뛰어 올라와 가운데 의자에 털썩 앉았다. 나이를 가늠할 수 없는 둥근 얼굴에 작은 금테 안경을 쓰고 있었다. 피부는 검었고, 머리카락은 뒤쪽과 옆면을 짧게 잘랐으며, 남은 몇 가닥의 머리카락도 위로 싹 빗어 넘겼다. 서류를 무릎 위에 올려놓고 두꺼운 안경알 너머로 강당을 둘러봤다.

"오늘 법정이 열린 목적은 뭔가?"

"무법자 스칼렛 맥케인과 알버트 브라운의 재판입니다!" 키 큰 멘토가 외쳤다. "또한 처형식과 그에 수반되는 축하 행사의 세부 사항을 논의하기 위함입니다, 베번 의원님."

"이 둘이 바로 그 죄인들인가?"

"네, 그렇습니다. 아주 흉악한 범죄를 여러 건 저질렀습니다. 가장 최근에는 제가 말씀드린 워릭 절도 사건과 북부 광산 습격 사건을 저질렀습니다."

베번 평의원은 스칼렛과 알버트를 무표정하게 응시했다. 만약 다른 상황이었다면, 즉 멀리 떨어진 곳에서 성능 좋은 총으로 조준하고 있었다면, 스칼렛은 기뻤을 것이다. 왕국 전역의 신앙의 집을 통제하는 최고위원회의 일원을 보게 되다니. 하지만 지금은 어떤 관심도 드러내지 않는 게 낫다고 생각했다. 그냥 의자에 몸을 기대고 지루한 표정을 지었다.

"알겠네." 베번이 천천히 고개를 끄덕였다. "말로리가 저들을 데려왔나?"

"네, 그렇습니다."

"그럼, 저 소년이 바로 그 돌연변이겠군?"

"네, 맞습니다. 강력한 힘을 지녔습니다. 작년에 스톤무어에서 문제를 일으킨 게 바로 저 소년입니다. 칼로웨이 박사가 되찾아 오려다 목숨을 잃으셨죠."

"기억하네. 박사는 야생 지대에서 사라졌지. 우리 모두에게 비통한 일이었어. 저 소녀는 분명 돌연변이가 살아갈 수 있게 돕는 조력

자겠군…."

베번은 스칼렛에겐 눈길도 주지 않았지만, 알버트는 한참 동안 쳐다봤다. 베번은 고개를 가로저으며 서류를 매만졌다.

"정말 추악해. 참으로 안타까운 일이야. 그런데 저들의 짧은 행적이 대중의 관심을 불러일으켰다던데, 맞나?"

"유명세를 얻긴 했습니다, 의원님. 소책자로 서사시도 나왔죠."

베번이 못마땅한 기색을 드러냈다.

"저들을 적시에 붙잡았군, 스티븐스. 대중은 화려한 결말을 원할 거고, 우린 그 바람을 충족시킬 수 있지. 축제의 밤을 만들어보자고…."

베번이 말을 멈추고 얼굴을 찌푸렸다. 알버트가 의자에서 꼼지락거렸기 때문이다.

"저 돌연변이가 왜 저러는 거지? 갑자기 용변이라도 마려운 건가?"

"아무래도 발언을 하고 싶은 거 같습니다, 의원님." 키 큰 멘토가 말했다. "제가 제지하겠습니다."

"그럴 필요 없네. 거의 다 끝났으니. 교수형에 처하는 게지?"

"그게 최선이라고 생각했습니다. 물론 의원님께서 바퀴에 묶어 죽이는 바퀴형에 처하길 원하신다면….'

"교수형이 더 경제적이야. 어떻게 보면 더 전통적이기도 하고. 내일 밤에 거행하나?"

"그럴 계획입니다. 지금 교수대를 만들고 있습니다."

"훌륭하군. 목수들에게도 좋은 일감이야."

"맞습니다, 의원님. 이걸로 멋진 볼거리를 제공해야 한다고 생각합니다. 의원님을 비롯해 최고위원회분들이 동의하신다면 말이죠.

그리고 우리에겐 징벌 원정 중에 옥스퍼드 사우어 지역에서 생포한 오염된 자도 셋 있습니다. 아마 치핑 캠든을 황폐화한 바로 그 무리의 일부 같습니다. 포박당해 다리를 절긴 하지만 아직 살아 있습니다. 사람들이 그 모습에 열광할 겁니다."

베번이 만족스러운 듯 고개를 끄덕였다.

"훌륭하군. 교외의 식량난이 심각한 데다 어젯밤 남쪽 폐허지 근처에서 폭동까지 일어났다 하니, 이걸로 사람들의 관심을 돌릴 수 있겠어. 가능한 한 나도 직접 참관하겠네. 자, 이제 마치도록 하지. 지역 상인들에게 필요한 허가를 내주도록. 노예 상인들도 언제나처럼 장사를 하고 싶어 할 테니…." 베번이 의자에서 일어나려다 멈칫했다. "그래. 넌 무슨 일이지?"

알버트가 사람들 앞에서 말하도록 해서는 안 된다는 걸 잘 아는 스칼렛은 그를 말리려고 교묘하게 발로 차고 욕설을 퍼붓고 팔꿈치로 찔렀다. 하지만 소용없었다. 알버트는 철모 때문에 머리를 이상하게 휘청이면서 힘겹게 일어섰다.

"감사합니다, 의원님. 부탁드릴 게 하나 있어요. 저희를 위한 게 아니라, 손가락 형제단이라는 나쁜 무리한테 붙잡힌 친구 둘을 위해서예요. 그들은 죄가 없어요. 저희가 돌아가 구해주지 않으면, 친구들은 식인 올빼미에게 잡아먹힐 거예요. 부디 친구들을 위해 저흴 살려주시거나, 다른 사람이라도 보내 친구들을 구할 수 있게 해주세요. 부탁드려요. 네?"

알버트가 주위를 둘러봤다. 모여 있는 사람들은 모두 무표정했다. 스칼렛만 제외하고. 그녀는 계속 쿵 소리를 내며 눈알을 굴리고 있었다. 몇몇 경비원이 험악한 표정으로 다가왔다.

키 큰 멘토 역시 한 발 앞으로 나섰다.

"죄송합니다, 의원님. 저 죄인을 채찍으로 때리겠습니다."

"아니, 아니. 괜찮네." 베번 의원이 알버트를 쳐다봤다. "얘야, 이건 정의의 문제란다. 간단히 말해서 정의와 질서야말로 우리 사회를 지탱하는 힘이지. 우리에겐 두 가지 종류의 악이 있어. 문밖에 도사리는 악과 너처럼 불결한 자들의 마음속에 깃든 악이지. 네 친구들이 정말 무고할 수도 있겠지만, 넌 절대 아니야. 손가락 형제단은 나도 알지. 신앙의 집의 통제력이 약한 곳이면 어디서든 활개 치는 오합지졸 도둑 떼…. 안심하거라. 때가 되면 우리가 그 도둑 떼를 없애버릴 거니까. 하지만 지금은 너부터 처리해야겠구나."

베번은 돌아서 떠나려 했다. 그때 알버트가 분노에 차 소리 지르며 단상에서 발을 쿵쿵 굴렀다.

"난 당신 말 인정 못 해! 난 악마가 아니야! 비록 무법자일지는 모르지만, 당신들이 괴롭혀서 이런 삶을 살게 된 거라고!"

"알버트…."

스칼렛이 벌떡 일어섰다. 경비병이 곤봉을 겨눈 채 다가왔다.

"지금이 바로 입 닥치는 기술을 배울 때야."

"싫어!" 알버트는 스칼렛을 뿌리치고 몸부림쳤다. "난 이 위선에 항의할 거야! 내가 저 사람의 주장대로 돌연변이라면, 발코니에 화려한 코트를 걸치고 서 있는 그의 부하도 마찬가지잖아! 그도 나처럼 능력자야! 이런 차별에 무슨 '정의'가 있단 거야?"

"맞는 말이긴 한데, 저자들이 네 혀를 잘라낸 다음에 친절하게 설명해 줄 거야. 그러니까 조용히 해!" 스칼렛이 낮게 쉿 소리를 냈다.

알버트는 뭐라고 분노에 찬 소리를 내더니 곧 잠잠해졌다. 베번 의원이 안경을 벗었다. 목소리엔 권태로움이 묻어났다.

"노력은 가상하군, 아가씨. 사악함은 일부 선천적인 결함에서 비롯되지만, 방금 네 친구가 보여주듯 도덕적 무지에서 나오기도 하지. 물론 돌연변이들을 우리 품으로 인도할 수도 있어. 말로리 요원이 그 증거지! 말로리는 이제 유용하고 신뢰할 수 있는 도구가 됐지만, 그건 오로지 스톤무어에서 수년간 치료를 받았기 때문이야. 알버트 브라운은 그 기회를 거부했기 때문에 제거해야 할 위험 요소가 된 거고. 그게 바로 역사가 주는 잔혹한 교훈이지."

베번이 창문을 가리켰다. 스칼렛은 얼굴을 찌푸리며 그의 시선을 따라갔다.

"역사라고?" 스칼렛이 중얼거렸다.

"저 밖을 봐. 뭐가 보이지?"

"도시."

"그 너머로는 뭐가 있지?"

밀턴 케인즈 역시 워릭과 비슷했다. 현대적인 건축물 사이사이에 자리한 거대한 폐허들이 보였다. 흉측하게 휘어진 금속 파편들, 뾰족한 콘크리트 탑들, 허공으로 솟아오른 반쪽짜리 아치형 구조물….

"폐허. 대재앙이 남긴 흔적."

베번이 비웃듯 웃었다. "천만에! 저 파괴는 훨씬 최근에 일어난 거야. 대재앙으로 인한 게 아니라 돌연변이들에 의한 거지. 저 소년이나 말로리같이 소위 능력자라고 불리는 놈들이 저지른 거야." 그가 스칼렛을 내려다보며 잠시 미소 지었다. "그런 참극이 다시 일어나지 않길 바라는 게 당연한 거 아닌가?"

베번이 손가락을 튕기자 바로 방이 소란스러워졌다. 키 큰 멘토가 큰 소리로 명령을 내렸고, 경비병들이 단상으로 몰려들었다. 스칼렛은 뻣뻣하게 굳어버린 알버트에게 말을 건네려 했다. 하지만 그럴 틈도 없이 경비병들에게 끌려 나와 바닥에 내동댕이쳐졌다. 경비병들은 무법자 스칼렛과 알버트를 몽둥이로 때리고 밀치며 중앙 복도를 따라 끌고 갔다. 둘은 각자 따로따로 감방에 갇혔다. 소란이 끝나고 평화가 다시 찾아왔다. 신앙의 집 기록 보관소의 서기와 필사가들은 다시 서류 작업을 시작했다. 발코니에서는 말로리가 햇빛 비치는 허공을 무심히 보고 있었다.

17

호기심. 그게 바로 알버트의 주요 반응이었다. 만약 베번이 끔찍한 사건을 암시함으로써 알버트를 짓누르거나 죄책감, 자기혐오, 수치심 등으로 제압하려는 의도였다면, 그 시도는 완전히 실패였다. 아니, 실패를 넘어 정반대의 효과를 초래했다. 자기 능력이 과거의 엄청난 재앙과 관련돼 있다는 암시를 마주한 알버트는 매우 단순한 반응을 보였다. 그 사건을 더 자세히 알고 싶어 할 뿐이었다.

낮은 저녁으로, 저녁은 밤으로, 밤은 다시 아침으로 변했다. 빛과 그림자가 감방 벽을 따라 서로 쫓고 쫓겼다. 알버트는 쇠사슬에 묶인 채 홀로 앉아 철모의 무게를 조금이라도 덜기 위해 처벌 기둥에 머리를 기댔다. 몸은 쑤시고 마음은 아팠다. 친구들이 잘 있는지 걱정됐다. 하지만 한편으론 마음이 편했고, 심지어 이상하게 자유로운 기분마저 들었다. 자신이 혼자가 아니라는 걸 알았을 때, 혹은 어렴풋이나마 깨달았을 때 찾아오는 자유였다.

오랜 세월 스톤무어 감옥에서 멘토인 칼로웨이 박사의 가혹한 통제 아래 있던 알버트는 자신의 힘을 두려워하고 경멸하도록 길들여졌다. 이 과정에서 가장 핵심 요소는 고립이었다. 고립은 능력을 고통과 연결시키도록 했고, 길고 잔인한 실험이나 고문보다 더 효과적이었다. 알버트는 자신이 병에 걸렸고, 그 병 때문에 세상과 단절돼 살아가야 한다는 말을 끊임없이 들었다. 절대 공포의 발현은 이런 진단이 맞다는 걸 확인시켜 주는 듯했다. 알버트를 비롯해 시설의 아이들은 약에 취해 멍하니 정신이 분산돼 있었다. 그래서 서로 고립될 수밖에 없었다.

알버트는 스톤무어를 탈출할 만큼 저항심이 강했다. 하지만 지금 스칼렛과 함께 자유롭게 살고 있음에도 마음 깊은 곳에선 여전히 자신이 혼자이고, 어딘가 잘못된 외로운 존재라는 생각에 괴로웠다. 그러나 이제 보아하니 그건 틀린 생각이었다. 알버트는 유일한 존재가 아니었다. 전혀 아니었다. 베번의 말이 귓가에 맴돌았다. '그와 같은 놈들'이 엄청난 규모의 파괴를 일으켰다.

'그와 같은 놈들'. 알버트는 그 말에 사로잡혔다. 잔인하게 비난할 의도로 말했겠지만, 알버트가 속할 공동체가 생긴 것 같았다. 자신의 존재를 인정받은 느낌이었다.

물론 그 사건에 대해 더 알아내려면 일단 살아남아야 했다. 그건 곧 탈출을 의미했다. 하지만 말처럼 쉬운 일이 아니었다. 절대 공포를 이용하는 것도 방법이겠지만, 철모가 머리에 딱 붙어 아무리 애를 써도 꿈쩍하지 않았다. 알버트를 묶은 사슬도 아주 튼튼했다. 스칼렛이었다면 경비병의 목을 조르고 열쇠를 훔칠 꾀를 냈을지도 모른다. 하지만 알버트는 목조르기에 영 소질이 없었다. 아침이 밝을 때까지 앉아서 생각에 잠겼다가 졸음에 빠지기를 반복했다. 멀리 스토우에 있는 에티의 시계가 죽음의 종소리를 울리기까지 약 서른 시간이 남았다.

알버트는 차분히 기다렸다. 기회가 올 것 같은 예감이 들었다.

점심때쯤, 전날 알버트를 두들겨 팼던 경비병 두 명이 감방에 다시 나타나 알버트의 머리에 검정 자루를 씌우고 어딘가로 끌고 갔다. 알버트는 어디로 가는지, 얼마나 가는지 알 수 없었다. 마침내 문이 끼익 열리며 낮고 굵은 명령 소리가 들렸다. 자루가 벗겨지자 밝은 빛이 쏟아져 눈이 부셨다. 누군가가 등을 떠밀었다. 알버트는 비틀거리며 똑바로 선 채 눈을 깜빡이며 주위를 살폈다.

이 방은 이전 감방보다 작았으나 더 깨끗했다. 징벌 기둥도 없었다. 작은 창문으로 햇살이 쏟아져 들어와 빛 웅덩이를 만들었다. 그 안엔 작고 둥근 테이블이 놓여 있었는데, 놀랍게도 탁자에는 자수가 놓인 하얀 천 위에 과일 그릇이 있었고, 물 주전자와 플라스틱 컵 두 개가 놓여 있었다. 테이블 옆에는 의자가 두 개 있었다. 의자엔 신앙의 집 요원 말로리가 앉아 있었다. 초췌하고 야윈 얼굴에 냉정한 표정으로 코트 깃을 귀까지 올린 모습이었다.

"알버트! 어서 와!" 말로리가 벌떡 일어나 경비병을 밖으로 내보내고 문을 닫았다. 그는 감방 안을 가리키며 말했다. "어때?"

"자수 깔개가 예뻐요. 손발에 채워진 수갑과 철모, 창문 창살과 쇠사슬을 잠시나마 잊게 해주네요."

말로리가 씩 웃었다. "그래, 사소한 게 큰 차이를 만드는 법이지" 그가 손짓했다. "이리 와서 옆에 앉아. 사과를 먹든지, 셀레스틴 포도를 먹든지. 마음껏 먹어."

"고맙지만, 스칼렛이 걱정돼요. 지금 어딘가 혼자 있을 텐데, 어제 이후 못 봤잖아요. 경비병들이 너무 잔인한 거 같아요."

말로리가 어깨를 으쓱했다. "저들은 그저 답답하고 상상력 없는 자들일 뿐이야. 시키는 대로만 하는 거지. 하지만 걱정 마. 험한 짓은 안 할 거야. 스칼렛 씨가 처형대에서 좋은 모습을 보여줘야 하니까.

자, 앉아봐. 너와 얘기하고 싶었어."

"스칼렛을 만날 순 없나요?"

"이 면담 후에 가능할 거야. 알버트, 솔직히 말해서," 알버트가 쇠사슬을 덜그럭거리며 의자에 조심스레 앉자 말로리가 이어서 말했다. "스칼렛 씨 앞에서 이런 얘기를 하고 싶진 않아. 솔직히 그녀가 얼굴만 찌푸려도 무서울 거 같거든."

말로리가 씩 웃으며 그릇 한가운데 있는 포도송이에서 포도 한알을 떼어냈다.

"이렇게 조용히 얘기하는 게 훨씬 낫지. 너랑 나, 단둘이서."

"그날도 조용히 말할 수 있었어요. 그런데 당신은 날 산 채로 묻었죠."

알버트가 포도알을 한 입 깨물었다. 몹시 배가 고픈 상태여서 단맛에 눈물이 핑 돌 지경이었다.

말로리가 씩 웃었다. "그래. 그 기술은 어땠어? 갑자기 숨이 막히고 온몸을 움직일 수 없는 기분…. 너처럼 말을 안 듣는 손님에게 효과적이지."

"칼로웨이 박사가 감탄했을 거예요. 꽃잎 하나를 몇 미터 움직여 방 맞은편으로 보낸 것만으로도 엄청 칭찬했거든요."

"아, 너도 그 훈련을 받았구나?" 말로리가 몸을 앞으로 기울이며 활짝 웃었다. "스톤무어에서도 그 훈련을 통과한 사람은 극히 드문데! 실용적인 정신 제어 운동능력. 칼로웨이 박사님의 전문 분야였지. 박사님이 널 그렇게 좋아했던 것도 당연해. 그리운 박사님…! 박사님은 내가 뭘 할 수 있는지 깨닫게 해주셨지. 날 타락한 본성으로부터 구원해 주셨어." 그의 미소가 사라졌다. "너도 구원해 주고 싶어하셨고."

"스톤무어에서 당신을 본 기억이 없는데…."

알버트의 말에 말로리가 고개를 끄덕였다.

"나도 거기 있었어. 어렸을 때 가족에게 버림받고 내 안의 악에 대해 무지한 채로 보내졌지. 하지만 훈련을 통해 깨달음을 얻고 사 년 전에 스톤무어를 떠났어. 박사님은 몽크라는 분에게 가르침을 더 받도록 날 신앙의 집 신학교로 보내셨지."

"몽크…. 나도 알아요."

알버트의 눈빛이 어둡게 가라앉았다. 감방 창문을 바라보는 눈에 스톤무어의 창문들, 쇠창살들, 황량한 방들이 스쳐 지나갔다. 알버트는 자신이 어떻게 스톤무어에 보내졌는지 알지 못했다. 스톤무어는 그가 알고 있던 전부였다.

"어쨌든 분명히 같은 시기에 거기 있었을 거야. 알버트, 넌 어느 방에 있었지?"

"13B호실. 화장실 옆방이었어요."

"안타깝게 거긴 나도 잘 모르는 방이군. 난 스톤무어에서 거의 혼자 지냈거든."

"나도 마찬가지였죠. 그게 최선이었으니까요."

알버트와 말로리는 서로 마주 보며 가만히 앉아 있었다. 둘 다 동시에 포도로 손을 뻗었다.

"물론 지금의 우린 완전히 다른 길을 가고 있어. 난 내면의 악을 억제했지만, 넌 방탕하게도 악에 몸을 맡겼으니까. 난 깨달음과 정의의 길을 따르며 칼로웨이 박사님의 가르침에 충실했어. 반면 넌 빨간머리 살인자를 비롯해 범죄자들과 어울리며 사기꾼, 도둑, 악당이 됐고."

알버트는 포도를 삼키며 사과를 집었다.

"그렇게 말하니 우리의 길이 좀 갈린 거 같네요."

말로리가 고개를 끄덕였다.

"'갈렸다'라는 말은 너무 약하지. 넌 본의 아니게 내게 큰 슬픔을 안겼어. 네가 스톤무어에서 도망간 후, 칼로웨이 박사님이 널 찾아 나섰거든. 널 잃어선 안 되는 중요한 존재로 여기셨어. 하지만 어찌된 일인지, 박사님과 그 팀은 템스강 주변의 야생 지대에서 실종됐어. 정확히 어떻게 죽었는지 아무도 몰라."

말로리가 한숨을 쉬며 기름이 반질반질한 머리카락 사이로 손가락을 넣어 쓸어 넘겼다.

"박사님을 마지막으로 봤던 때가 기억나. 여기 신앙의 집 본부에서였지. 햇빛이 박사님의 하얀 피부와 검은 신발, 벨벳 머리띠, 그리고 정원의 봉헌 조각상 위를 비추고 있었지…. 박사님이 웃으며 내 손을 꼭 잡아준 후 조각상들 사이로 지나가셨어."

말로리의 눈이 촉촉하게 빛났다.

"박사님은 내게 어머니와 같았어. 알버트 브라운, 하지만 네게 책임을 묻진 않을 테니 안심해."

알버트는 아무 말도 하지 않았다. 칼로웨이 박사의 마지막 순간이 떠올랐다. 예를 들면, 절벽 끝에서 쇠막대로 박사의 머리를 내려치던 순간이나 박사의 몸이 부서진 꼭두각시 인형처럼 바다에 떨어지던 순간 말이다. 지금은 그런 얘길 할 때가 아닌 것 같았지만.

말로리는 애써 정신을 가다듬고 현실로 돌아왔다.

"그래, 본론으로 들어가자. 축제 주최 측에서 오늘 밤 널 이용하려 하겠지만. 알버트, 들어봐."

말로리는 상냥하게 미소 지으며 코트를 뒤로 젖히고 느긋한 자세로 테이블에 몸을 기울였다.

"넌 안 죽어도 돼."

알버트가 사과를 베어 물었다.

"알아요. 당신은 우리 둘 다 풀어줄 수 있잖아요."

말로리가 얼굴을 찌푸렸다.

"글쎄, 그런 일은 일어나지 않을 거야. 스칼렛은 여기 남아야 해. 그 여자는 분명 구제불능의 악당이야. 모두 아는 사실이지. 너도 알 잖아. 하지만 넌… 그렇지 않아. 넌 달라, 알버트."

"계속 듣던 말이죠."

말로리가 웃었다.

"당연하지. 널 보면 바로 알 수 있으니까."

알버트는 고개를 숙여 자신을 내려다보다가 다시 사과를 응시 했다.

"난 아무것도 안 보이는데."

"바로 그거야. 넌 지난 이틀 동안 끔찍한 일을 많이 겪었지. 폭발, 충돌에 오염된 자들과 마주치고…. 내가 언덕으로 짓누르기까지 했 으니…. 그런데도 넌 멀쩡해. 멍만 몇 개 들었을 뿐."

"사실 멍이 많아요. 아래쪽에 엄청 큰 것들도 있죠. 원하면 보여줄 게요."

"아, 제발 그건 참아줘. 어쨌든 매 순간 네게 벌어진 사건을 생각 해 보면, 네가 가볍게 벗어났다는 데 너도 동의할 거야. 반대로 불쌍 한 스칼렛은 아주 심하게 다쳤지. 그런데 말이야, 너 이렇게 멀쩡히 살아남은 게 이번이 처음은 아니지?"

알버트는 과거에 겪었던 여러 비슷한 사건을 떠올렸다.

"전 원래 운이 좋은 편이거든요."

"운이 아니야, 바보 같으니! 그건 능력이라고! 우리 둘 다 갖고 있어. 너도, 나도. 우릴 끝장내려면 엄청난 노력이 필요할 거야. 게다가 넌 다른 능력도 있잖아."

말로리가 알버트에게 씌워진 철모를 향해 고갯짓했다.

"지금 우리가 막으려고 하는 그 능력 말이야. 칼로웨이 박사님은 널 높이 평가했어. 나도 그 점을 존중해. 물론 솔직히 난… 잘 모르겠지만. 트럭 옆에서 넌 형편없었잖아. 내 생각을 읽으려다 넘어질 뻔하고…. 그 외에는 아무것도 안 보여줬어. 솔직히 꽝이었지. 네 여자 친구는 술집에서 날 밀친 것만으로도 내게 더 큰 피해를 줬다고."

알버트의 얼굴이 창백해졌다. 그는 불안하게 뒤를 돌아봤다.

"여자 친구라뇨? 스칼렛이 그런 말을 들으면 안 돼요. 우리 둘 다 무사하지 못할 거라고요."

"네가 그렇게 뛰어난 거 같진 않아." 말로리가 알버트의 말을 무시하고 계속 말했다. "네게 그런 능력이 있다면 분명 완전히 혼돈 그 자체일 거야. 넌 너란 존재를 받아들이고 평화롭게 지낼 의지가 없으니까. 뭐, 그건 그렇다 치고. 오늘 밤에 대해 얘기 중이었지…."

말로리는 다시 몸을 앞으로 기울였다.

"지금은 힘든 시기야. 오염된 자들이 점점 퍼지고, 도시의 명청이들은 서로 싸우고 있지. 신앙의 집이 세상의 질서를 바로잡기 위해선 가능한 한 돌연변이들을 이용해야 한다는 뜻이야." 말로리가 차갑게 미소 지었다. "물론 최고위원회의 모든 사람이 이 의견에 찬성하는 건 아냐. 일부는 우리 둘 다 처형당하는 걸 좋아하겠지. 과거에 있었던 일을 생각하면 스톤무어를 받아들이는 게 쉽진 않을 거야."

알버트가 흥분을 감추지 못하고 물었다. "맞아요. 과거에 대체 무슨 일이 있었던 거죠? 어제 신앙의 집 의원이 저 바깥의 폐허에 대해 말한 게 무슨 뜻이에요? 우리 같은 사람들이 그랬다고 했잖아요! 어떤 사람들이죠? 언제요? 말해봐요, 말로리 씨! 당신은 알잖아요! 털어봐요."

말로리가 잠시 멈칫하더니 이상하다는 듯 웃었다.

"진짜 목숨이 위태로운 상황인데 고작 그런 게 궁금하다고? 참 이상한 녀석이네. 스톤무어에 남아 있었다면 그 답을 얻었을 텐데. 하지만 넌 훈련을 때려치우고 도망갔어."

"난 고문에서 벗어난 거예요."

"하, 남자답게 굴어!" 말로리가 초조하게 손짓했다. "물론 힘든 일도 있었지만, 우리 같은 존재를 어린애처럼 부드럽게 대할 순 없잖아. 넌 오염된 자를 부드럽게 대할 수 있어? 아니잖아! 그러니까 징징대지 말고 내 말 들어. 난 네게 제안을 하러 왔어. 내겐 네 죄를 사면해 줄 권한이 있거든. 그럼 넌 이제 더 이상 무법자로 살 필요 없어. 나처럼 신앙의 집의 고위 요원이 될 수 있을 거야. 물론 적응 기간과 추가 훈련이 필요하겠지…. 당분간 스톤무어로 돌아가야 할 거야. 하지만 별거 아니잖아! 네가 그토록 바라는 비밀도 알 수 있을 거고…."

말로리가 잠시 기다렸다.

"알버트, 그냥 알았다고만 해! 이건 신사협정이야. 피로 서명하거나 그럴 필요 없어. 동의만 하면 사슬을 풀고 여기서 함께 걸어나갈 수 있어. 내 말 이해했어?" 말로리가 손가락을 딱 튕겼다. "풀고, 나간다."

"나갈 수 있다고요?"

"바로 그거지."

"스칼렛은 어떻게 되나요?"

"아, 그녀는 죽겠지. 알버트, 딴 데 정신 팔지 마. 중요한 것에 집중해. 그리고 중요한 건 바로 너야."

알버트가 미소 지었다. "오렌지 하나 먹어도 돼요?"

"답을 생각하면서 먹어."

"빨리 먹을게요. 내 대답은 뻔하잖아요."

말로리가 과도한 신음 소리를 냈다. "말도 안 돼! 고작 스칼렛 맥케인 때문에? 그 여자가 진짜 너한테 그렇게 중요해? 그녀를 위해 기꺼이 죽겠다고?"

"스칼렛 없이 살고 싶진 않아요…. 둘은 좀 다른 얘기죠."

알버트가 빈 오렌지 껍질을 내려놨다.

"말로리 씨, 스칼렛을 풀어주면 안 되나요? 그럼 우린 거래를 할 수 있어요. 당신을 따라가서 시키는 대로 할게요. 어때요. 괜찮은 제안 아니에요? 단, 스칼렛을 풀어주면요."

말로리가 팔짱을 끼고 추운 듯 코트 자락을 꽉 움켜쥐었다. 엄청난 인내심을 발휘하는 사람처럼 한숨을 내쉬었다.

"우리 입장도 좀 생각해 봐. 너희를 위해 멋진 교수대도 만들었어. 오늘 밤에 사람들이 엄청나게 모여들 거라고. 소책자 판매상들, 시장 상인, 소시지와 절인 양배추 장수…. 제대로 된 구경거리에 의존하는 의욕 가득한 상인들이 많다고. 그들은 오늘 밤 쇼에 돈을 쏟아부었어! 그냥 취소해 버릴 순 없어! 난리 날 거야. 물론 오염된 자들도 몇 불태우겠지만, 그건 그냥 덤이고. 주요 행사가 필요해. 무대 중앙에 세울 누군가가 있어야 한다고. 스칼렛은 그 역할에 딱 맞아."

"다른 사람을 찾아봐요."

"스칼렛과 알버트를 대신할 사람을? 누굴 데려다 놓을까? 좀도둑들?"

"저들에게 그럴듯한 거짓말을 해요. 스칼렛이 공범에 대한 정보를 넘겨주고 있다고요. 거대한 음모가 있고 우린 빙산의 일각에 불과하다고. 정보를 얻기 위해 스칼렛을 고문해야 해서 아직 죽이면 안 된다고 해요. 그리고 다른 쇼를 준비하면 되죠…. 저글링 같은 거요."

"대중오락을 잘 모르는구나. 저글링이라고? 그럼 정말 폭동이 일어날걸…. 아니, 유감이지만 스칼렛의 운명은 결정됐어."

"그렇다면… 과일 잘 먹었어요. 이제 스칼렛에게 데려다주세요."

말로리는 창백하고 가는 손가락으로 코트 소매의 주름을 톡톡 두드리며 알버트를 응시했다.

"이 모든 게 그… 상처투성이 여자 때문에 벌어진 소란이야. 스칼렛은 우리 정도면 만족스러운 삶을 산 것처럼 보이게 할 정도지. 우리야말로 평생 원숭이처럼 실험당해 왔는데 말이야. 넌 그녀한테서 뭘 보는 거야? 진짜 궁금해서 그래."

알버트가 매우 조용해졌다. 충격적인 깨달음이 몰아쳤다.

"상처투성이?"

"맞잖아. 그러니까 너도 분명 그녀의 과거를 읽었을 거잖아."

말로리가 그릇에서 사과를 하나 집어 들고 손으로 돌리며 가장 빨간 부분을 찾았다.

"바로 옆에서 자며 일곱 왕국 전역을 같이 여행했잖아. 분명 머릿속을 수백 번은 읽었겠지."

알버트가 말로리를 쳐다봤다.

"모른다고?"

말로리가 눈살을 찌푸리다 이내 놀라움으로 눈을 크게 떴다.

"설마 너…."

"안 봤어요." 알버트가 조용히 말했다.

"믿을 수 없군. 설마 아니겠지. 이봐…."

"스칼렛의 기억을 엿본 적 없어요."

"하…." 말로리가 작게 탄성을 내뱉었다.

하얀 이가 번쩍였다. 말로리는 아삭아삭하고 속살이 하얀 사과를 한 입 베어 물었다.

"난 봤는데."

알버트는 의자에 앉아 말로리가 사과를 씹는 걸 바라봤다. 풍부한 과즙을 만족스럽게 씹는 소리를 듣자, 알버트는 내면에서 분노가 치솟는 걸 느꼈다. 처형이나 교수대에 대한 이야기는 지금 느끼는 분노와 고통에 비하면 괴로운 축에도 못 들었다. 그 어떤 것도 이 차갑고 무심한 젊은 요원이 스칼렛의 머릿속을 읽었다는 사실만큼 화나게 하지 못했다. 머릿속에서 윙윙거리는 소리가 다시 시작됐다. 관자놀이를 찌르는 듯한 고통이 느껴졌다. 조심하지 않으면 절대 공포가 밀려와 철모 속에 갇힌 채 계속 괴롭힐 것이다. 다른 방법으로 절대 공포를 쫓아내야 했다.

말로리가 알버트를 빤히 쳐다봤다. "너 화났구나. 놀라워! 하지만 생각보다 별 볼일 없잖아."

"칼로웨이 박사는 그렇게 생각하지 않았죠. 죽는 순간까지 날 계속 설득하려 애썼으니까."

말로리가 사과를 한 입 베어 물다 멈칫했다.

"뭐라고?"

말로리가 사과를 내려놓고 턱을 닦았다.

"마지막 순간까지 함께 돌아가자고 날 설득했죠. 박사는 야생 지대에서 죽은 게 아니에요. 우릴 따라왔거든요. 그리고 죽었죠."

"뭐?"

"그냥 그렇다고요."

"거짓말이겠지."

"이 철모를 벗기고 내 머릿속을 읽어보던지요."

알버트가 과일 그릇 너머로 말로리를 쳐다보며 미소 지었다. 감방 밖의 나무에서 새들이 지저귀었다. 말로리가 그를 빤히 쳐다봤다. 알버트는 보이지 않는 힘의 파장 때문에 자수 깔개가 물결치며 들썩이는 걸 봤다.

"당신도 화났군요." 알버트가 말했다.

사과가 바닥에 떨어졌다.

의자가 뒤로 넘어갔다. 엄청난 힘이 알버트를 덮치더니 방 맞은편으로 곧장 밀어붙였다. 몸이 벽에 쾅 부딪혔다. 말로리의 힘 때문에 숨을 쉬기가 힘들었다. 몸이 반쯤 공중으로 떠올랐고, 운동화는 바닥에서 1미터가량 떠 있었다. 압력이 두 배로 증가하자 눈앞이 캄캄해졌다. 눈부신 빛과 검은빛이 뒤섞인 섬광이 눈앞을 스쳤다. 정신을 차려보니 말로리가 코트 자락을 펄럭이며 방을 가로질러 다가오고 있었다. 바로 코앞까지 다가온 말로리는 분노로 입을 꽉 다물고 얼굴을 찌푸린 채였다. 눈가엔 눈물이 맺혀 있었다.

"다시 말해봐." 말로리가 입을 열었다. "네가 무슨 짓을 했는지 말해보라고."

"내가 죽였다고." 알버트가 속삭이듯 중얼거렸다. 말하기가 힘들었다. "머리를 박살 내고 바다에 던져버렸지. 박사가 떨어질 때 작은 검은색 신발 한 짝도 벗겨졌어. 바다 거품과 안개 속에서 빙글빙글 돌아가는 걸 봤지. 아, 그게 당신을 괴롭히나 보지?" 알버트가 잠시 숨을 고른 후 말을 이었다. "슬퍼?"

말로리가 이를 악물고 신음을 내뱉었다. 보이지 않는 힘이 알버트를 움켜쥐었다. 알버트는 잠시 벽에 짓눌려 뼈가 으스러지는 줄 알았다. 공중에 들어 올려진 알버트는 공기의 거센 압력에 머리를 짓눌린 채 돌벽에 반복해서 부딪혔다. 철모는 별로 머리를 보호해 주지 못했다.

철모 뒤쪽에서 두개골이 짓이겨지는 듯한 느낌이 들었다. 그때, 뭔가 뚝 부러지는 소리가 났다. 알버트는 목이 부러졌다고 생각했다.

갑자기 압력이 줄어들었다. 알버트는 피투성이가 된 채 축 늘어져 벽에 기댔다.

말로리가 손으로 입가를 닦아내며 숨을 차분하게 골랐다. 다시 냉정을 되찾은 것 같았다.

"네게 고마워해야겠어. 그냥 죽게 내버려둬야 하나 갈등했는데. 이젠… 그럴 필요 없겠군. 내가 직접 처리할 수도 있지만 공개적인 무대에서 삶을 마감하는 게 더 효과적이겠지. 중요한 건 대중에게 볼거리를 던져주는 거니까."

말로리가 돌아섰다. 옥죄던 힘이 약해졌고, 알버트는 바닥에 철퍼덕 고꾸라졌다.

"곧 경비병들이 너의 그 소중한 여자에게 데려가 줄 거야." 말로리가 걸어나가며 말했다. "오늘 저녁 광장에서 다시 보도록 하지."

"기대되네…." 알버트가 간신히 말을 뱉었지만 미처 말이 끝나기도 전에 문이 쾅 닫혔다.

알버트는 힘겹게 몸을 일으켜 세웠다. 온몸이 쑤시고 귀가 먹먹했으며, 사물이 두 개로 보였다. 움직이는 것조차 힘들었다. 하지만 살짝 몸을 움직여 보니 부러진 곳은 없었다. 머리를 돌릴 때마다 철모 뒷부분이 덜컹거리는 것만 제외하면.

18

"자, 조언 하나 해줄게. 그 찡그린 얼굴 좀 펴. 최대한 순진하고 고상한 척하라고. 그래야 마지막 순간까지 인기를 끌 수 있어."

축제 관리자가 스칼렛과 알버트로부터 한 걸음 물러나 날카로운 시선으로 그들을 평가했다. 관리자는 중년 남자로, 얼굴이 창백했고 눈 밑은 칙칙했다. 여기저기 시달린 듯 지친 기색이었다. 알버트는 그럴 만하다고 생각했다. 지난 하루 동안 정신없이 바빴을 것이다. 관리자는 검은색 티셔츠와 진녹색 작업 바지를 입고 있었고, 손가락에는 알버트와 스칼렛의 뺨에 칠한 흰색 분장 물감의 흔적이 남아 있었다. 분장은 처형대 위에서 두 사람을 더 돋보이게 하기 위해서였다.

커다란 체크무늬 모자를 쓴 소년이 물감과 파우더, 볼연지와 붓, 그리고 천 조각들이 담긴 쟁반을 들고 축제 관리자를 돕고 있었다. 알버트와 스칼렛은 사형수 감방 한구석에 있는 처벌 기둥에 나란히 쇠사슬로 묶여 있었다.

"찡그린 얼굴은 어쩔 수 없어요. 우리 이미지의 일부거든요. 사람들은 찡그린 얼굴을 보길 기대할 거예요. 적어도 스칼렛에겐요. 그 대신, 필요하면 제가 순진하고 고상한 쪽을 연기할게요."

"뭐, 둘이 알아서 해."

축제 관리자가 하얀 천 조각을 쟁반 위로 던졌다.

"내가 할 수 있는 건 다했어. 마법을 부릴 순 없거든. 나머진 조명이 해결해 주겠지."

"진짜 멋진 쇼가 될 거예요, 관리자님." 모자 쓴 소년이 씩씩하게 말했다. 활기찬 소년이었다.

"그러길 바란단다, 어니스트. 진짜 그러길 바라. 좋아, 두 악당들. 내가 가기 전에 질문 있나?"

알버트는 아무 질문도 안 하면 관리자가 실망할 것 같았다. 직업적 자존심에 상처를 줄 수도 있다. 스칼렛을 봤다. 팔짱을 낀 채 허공을 응시하며 앉아 있었다. 코트와 부츠, 모자 그리고 (권총 없는) 권총 벨트를 다시 차고 있었다. 흰색으로 창백하게 칠해진 스칼렛의 얼굴은 새빨간 머리카락과 선명하게 대조됐다. 알버트가 스칼렛의 감방에 도착했을 때, 축제 관리자와 소년은 쇼에서 그럴듯하게 보이도록 스칼렛을 한창 꾸미는 중이었다. 작업이 이뤄지는 동안, 스칼렛은 거의 침묵했다. 지금도 역시 아무 말 하지 않았다.

알버트가 나서야 할 때가 분명했다.

"시간이 얼마나 남았죠? 절차는 어떻게 되나요? 제대로 하고 싶어서요."

"그 부분은 걱정하지 말거라. 나무에서 떨어지는 것만큼 쉬우니까. 오늘 밤 9시에 너흰 단상에 올라가게 될 거야. 거기서 적당히 사람들을 노려보면 돼. 양파나 순무, 혹은 돌멩이 같은 것들이 날아올 수도 있지만, 처형대가 높으니 대부분 맞지 않을 거야. 몇 가지 안전 공지를 한 후, 구경거리로 오염된 자들이 먼저 들어오고, 그다음 순서가 핵심인 너희지. 물론 교수형 이후에도 많은 일들이 일어나지만, 너희가 그런 것까지 신경 쓸 필요는 없으니까. 어니스트, 지금 몇 시지?"

"6시 34분입니다, 관리자님."

"어니스트는 정말 똑똑해. 빈틈이 없지. 자, 이미 축제가 시작됐을 거야."

"밖에 사람들이 모여들고 있어요." 어니스트가 동의했다. "핫도그 가판대와 스컬 토스 게임 코너도 한창이에요."

그때 스칼렛이 처음으로 입을 열었다. "그래? 누군가는 이득을 보고 있다니 다행이네."

"소책자 판매상들이 또 장사를 시작했더구나. 저들은 뭐 하나 놓치는 법이 없지. 안 그러니, 어니스트? 새 책자가 나왔던데."

"네. 제목이 '악명 높은 스칼렛과 알버트의 삶과 죽음'이에요." 소년이 뒷주머니에서 구겨진 소책자를 꺼내며 말했다. "여기 있어요. 보세요. 앞면에 당신들이 교수형을 당하는 멋진 목판화가 있어요."

알버트가 눈을 깜박였다.

"잠깐. 어떻게 저런 목판화를 만들 수 있지? 우린 아직 안 죽었는데!"

"기념품이죠. 처형 특별판이에요. 미리 만들어놔야 해요. 나중에 개정판을 낼 테지만, 주요 줄거리는 꽤 정확할 걸요. 군중, 교수대, 스포트라이트를 받으며 몸부림치는 두 사람의 모습…. 뭐, 틀릴 만한 부분이 별로 없죠."

"정말 그렇게 생각해? 이런저런 상세하고 흥미로운 내용을 여럿 놓칠 수도 있잖아."

"아, 상세 내용은 이미 충분해요." 소년이 모자를 고쳐 썼다. "뒷면에 있는 이 공식 '목격자의 서사시'를 보세요. 교수대 문이 열리기 직전에 스칼렛 맥케인이 회개하고 개종하는 얘기를 담고 있는데 아주 감동적이죠. 들어보세요.

> 그녀는 군중에게 용서를 구했네.
> 울부짖고 통곡하며 큰 소리로 기도했네.
> 드디어 목에 올가미가 씌워지자
> 얼굴을 붉히며 이렇게 외쳤네.
> 이런! 내가 잘못했어요! 다 인정해요!
> 내 시간은 다 됐어요. 이제 가야 해요.
> 그리고 그녀는…."

"완전 헛소리네." 알버트가 소년의 말을 끊었다. "스칼렛은 누구에게도 용서를 빌지 않아. 얼굴을 붉히지도 않고. 평생 '이런!'이라고 외친 적도 없어. 다른 단어를 더 많이 외치거든. 그중에서 고르면 운율을 더 쉽게 맞출 수 있었을 텐데. 아무튼, 이건 아냐. 정확하지 않은 헛소리라고. 사람들이 그걸 알아야 할 텐데. 돈을 낭비해선 안 되니까."

"뭐, 이건 밖에서 파는 것들의 견본품일 뿐이란다." 축제 관리자가 끼어들었다. "그림이 그려진 머그컵, 기념 접시, 아이들이 침대 옆에 걸어둘 수 있도록 밧줄 끝에 작은 인형이 매달린 기념품도 있지. 적어도 상인들의 이런 추진력만큼은 존중해야 해. 자, 이제 둘 다 푹 쉬어라. 바쁜 저녁이 될 테니까."

축제 관리자는 문을 두드려 경비병을 불렀다. 소년이 모자를 벗고 스칼렛과 알버트에게 인사했다. 그들은 분장 도구 쟁반을 챙겨 떠났다. 문이 쾅 닫혔다.

알버트와 스칼렛은 감방 안에서 아무 말 없이 앉아 있었다. 방 안의 어둠은 점점 커졌고, 빛은 그들에게 남은 시간만큼 점차 줄어들었다. 스칼렛의 모자가 얼굴에 그림자를 드리웠다.

"우리만 남으니까 좋다." 마침내 알버트가 입을 열었다.

"응."

"잠깐이지만 조용하고 평화로워."

"응."

알버트가 기둥에 머리를 기댔다.

"얼굴 화장이 잘된 거 같아. 진심이야."

스칼렛이 코웃음 치며 못마땅한 목소리로 말했다. "알버트, 긍정적인 면을 찾으려는 애처로운 시도라 해도 그건 심했다. 아무리 너라도 이건 아니지. 내 얼굴이 너랑 비슷한 상태라면 유원지 해골 같을 걸. 시체 안치소에 누워 있는 시체거나."

스칼렛은 쇠사슬 길이가 허락하는 만큼 다리를 쭉 뻗고 길게 한숨을 내쉬었다.

스칼렛이 물었다. "이 모든 일 중에 가장 날 화나게 하는 게 뭔지 알아?"

"물건 파는 거? 싸구려 인형?"

스칼렛이 알버트를 바라봤다. 알버트는 스칼렛의 눈이 반짝이는 걸 알아챘다.

"나도 알아. 물론 조와 에티 생각이잖아."

"맞아."

둘은 그곳에 앉아 잠시 아무 말도 하지 않았다.

"나도 소리 지르는 군중 앞에서 잔인하게 살해당하는 건 달갑지 않아."

스칼렛의 말에 알버트가 고개를 끄덕였다.

"그래. 두 가지 모두 비슷하게 힘들겠지. 하지만 걱정 마. 아직 시간이 있잖아."

"시간이 있다고?"

"내일 정오까지 스토우에 도착하는 거. 마감 시간은 아직 남아 있어."

스칼렛은 아무 말도 하지 않았다. 하지만 부루퉁한 표정은 그녀가 회의적이라는 걸 말해줬다.

알버트는 맞은편 벽의 쇠창살 창문을 바라보며 조용히 앉아 있었다. 빛은 풍부하고 진한 푸른색을 띠었다. 아름다운 오후였다. 하루종일 하늘에 구름 한 점 없었다. 울프스 헤드 여관 근처의 습지와 갈대 머리가 잔물결을 이루는 갈대밭을 떠올렸다.

"알버트."

"응?"

"오늘 밤은 우리가 바라는 대로 되지 않을 수도 있어. 그건 알고 있지?"

알버트가 스칼렛을 쳐다봤다.

"알아."

"그래…."

신앙의 집 단지 주변으로 부드러운 바람이 불었다. 바람은 이따금 창문을 통해 들어와 교수대 작업을 마무리하는 일꾼의 휘파람 소리, 멀리서 들려오는 군중의 왁자지껄한 소리, 음악 한 소절, 음식과 와인의 달콤한 냄새를 전했다.

"핫도그 냄새가 나는 거 같아."

"그래…." 스칼렛의 목소리 톤이 바뀌었다. "알버트…."

"핫도그 하나만 먹으면 좋겠다. 양파도 듬뿍 올리고 절인 양배추도 넣고. 하지만 머스터드는 뺄 거야. 웨섹스 머스터드는 먹으면 트림이 심하게 나오거든…. 아, 미안. 뭐라고 했어?"

스칼렛은 알버트를 보고 있지 않았다. 머리를 아래로 숙이고 있어서 스칼렛의 모자 윗부분만 보였다. 알버트는 뒤늦게 그녀의 목소리에 실린 무게와 허공에 남은 울림을 의식했다.

"맞아. 뭐라고 했어. 내가 '알버트'라고 불렀어."

"그랬나? 그랬어?"

"네게 할 말이 있어."

"핫도그에 대해서?"

"맙소사. 핫도그 말고. 머스터드나 절인 양배추 얘기도 아니야. 아니라고. 전혀 다른 얘기야."

스칼렛은 매우 고요했다. 알버트는 스칼렛의 고요함이 저도 모르는 새 자신에게 스며들었음을 알았다. 다른 어느 때보다 자신의 몸과 앉아 있는 자세를 의식했다. 호흡이 갑자기 얕아졌다. 움직일 수가 없었다.

"알았어."

"물론 넌 이미 대부분 알고 있겠지만."

알버트는 아무 말도 하지 않았다. 창문을 통해 들어오던 바람이 잦아들었다. 감방 안이 조용했다.

"스칼렛…."

"알아, 알버트. 내가 직접 말해주길 간절히 바란다는 거. 뭐, 언젠가 말할 거라면 지금이 바로 그때 같아. 그러니까 해버리자고. 조용히 입 다물고 듣기만 한다면 토마스에 대해 말해줄게. 네가 그렇게 알고 싶어 하던 얘기 말이야."

창밖의 푸른 하늘이 점점 어둠으로 짙어져 갔다. 그림자가 방을 가득 채웠다. 알버트는 귀를 기울였다. 미동도 하지 않았다.

결과적으로 알버트가 틀렸다. 그게 그가 첫 번째로 할 말이었다. 지난 몇 달 동안 알버트는 스칼렛의 입으로 직접 과거를 듣는 게 더 쉬울 거라고 생각했다. 스칼렛이 밴드를 착용하기 전에도, 심지어 모자를 벗고 있을 때조차 머릿속을 읽는 걸 주저했다. 알버트는 자신이 느낄 고통이 두려웠다. 물론 가장 큰 이유는 사생활 존중 때문이었지만, 한편으로 스칼렛의 기억에 직접 노출되길 원치 않았다. 말로 전해 듣는 게 마음속에 완벽히 형성된 기억을 엿보는 일보다 견딜 만할 거라고 생각했다.

하지만 아니었다. 알버트가 틀렸다. 이상하지만 기억 자체보다, 스칼렛이 기억을 입 밖으로 끌어내기 위해 고군분투하는 모습이 더 고통스러웠다. 그녀는 깨진 항아리처럼 이야기를 쏟아냈다. 그냥 깨진 항아리가 아니었다. 모서리가 날카롭고 뾰족뾰족했다. 스칼렛은 이야기를 쏟아내며 자신도 베고 그도 벴다.

"난 동생을 길에 두고 갔어. 햇빛 비치는 길에 토마스를 두고 도시로 다시 들어가 가방을 챙겼어. 그런데 그들이 날 붙잡았어. 잡고 때리고 철창 우리에 가뒀어. 밤새도록 날 거기 뒀어. 난 토마스 얘기를 했어. 우리를 함께 있게만 해달라고. 동생을 데려와 달라고 애원했어. 하지만 내 애원을 들어주지 않았어. 날 철창에 두고 가버렸지. 철창 안에 서서 토마스를 불렀어. 밤새도록…. 동생에게 내 목소리가 들릴 거라고 생각했거든. 새벽녘이 되자 목소리가 나오지 않았어. 그냥 조용히 철창 안에 앉아 있었지. 잠시 후, 민병대원이 음식을 갖고 왔어. 그리고 무슨 일이 일어났는지 말해줬지. 전날 밤, 한 무리의 시민들이 법을 무시하고 멋대로 토마스를 농경지 너머의 처벌 기둥으로 데려가 묶어놨다고."

"왜?" 알버트는 자신의 목소리도 거의 의식할 수 없었다. "왜 어린 아이에게 그런 짓을 한 거야?"

"머리색 때문일까? 눈 때문에? 토마스가 무슨 말을 했던 걸까? 아니면 작고, 귀찮고, 방해가 돼서? 모르겠어, 알버트. 정말 모르겠어."

창문으로 들어오는 희미한 빛이 얼굴에 초승달 모양을 남겼다. 그걸 제외하면 스칼렛은 온몸이 그림자에 덮여 있었다.

"어쨌든, 민병대원이 음식 쟁반을 주려고 문을 열었어. 실수였지. 난 민병대원을 쓰러뜨리고 총과 칼을 빼앗아 광장을 가로질러 도망쳤어. 아직 이른 시간이었어. 도시 관문은 여전히 닫혀 있었지. 한 남자가 날 잡으려 했어. 남자를 총으로 쐈어. 벽을 넘어 잘 익은 밀밭을 곧장 가로질러 달렸어. 어떤 농부가 날 막으려 했어. 누군지는 몰라. 토마스와, 그 일과 아무 상관이 없을 수도 있지. 하지만 농부도 쐈어. 기둥은 농경지 끝에 있었어. 도시 사람들이 처벌 기둥 세 개를 세워놨더라고. 두 개는 컸고 쇠사슬이 높이 달려 있었어. 나머지 하나는 작았어. 쇠사슬도 낮게 달린…. 그리고 그 작은 기둥의 수갑에…."

알버트는 가만히 기다렸다.

"동생은 거기 없었어. 토마스가 없었어. 수갑이 텅 비어 있었어. 그들이 날 철창에 가둬둔 동안 뭔가가 숲에서 나와 동생을 잡아간 거야." 스칼렛이 목을 가다듬었다. "이게 끝이야. 전부 다 말했어."

아무런 움직임도 없었다. 알버트는 그저 망연자실한 채 조용히 스칼렛의 말을 듣고 있을 수밖에 없었다. 이게 그가 할 수 있는 전부였다.

창밖 멀리서 웃음소리가 울려 퍼졌다. 누군가 다가오는 밤을 축하

하기 위해 북을 쳤다.

"혹시 모르잖아." 알버트가 마침내 입을 열었다. "어쩌면… 살아 있을 수도…."

알버트의 목소리가 점점 작아졌다.

"아니."

모자가 움직였다. 스칼렛은 어둠 속에서 알버트를 바라봤다.

"그런 말 하지 마. 감히 그런 말 꺼내지 마. 그럴 리 없어. 토마스 는…."

"아냐. 네가 틀렸을 수도 있잖아."

"수갑은 풀려 있지 않았어. 여전히 잠겨 있었지. 짐승이 왔던 거 야. 그게 다야."

스칼렛이 바람을 훅 불어 얼굴에 붙은 머리카락을 떼어냈다.

"그 후에는 무슨 일이 일어났는지 기억이 잘 안 나. 동생을 찾아 숲속을 한참 헤맸던 거 같아. 광기에 사로잡혔지. 나 자신도 짐승 같 았어. 구덩이에 뛰어들고 가시덤불을 헤치고, 개울을 헤엄쳐 건너고 뾰족한 바위를 기어서 넘었지…. 하지만 아무것도 못 찾았어. 부츠를 잃어버리고 옷도 찢어졌어. 피와 진흙과 넝마 덩어리가 됐지. 마을에 서 마을로, 도시에서 도시로 싸우고 훔치며 다녔어. 그때 일은 잘 기 억나지 않아. 마침내 스토우에 왔고, 거기서 손가락 형제단이 날 발 견했어. 알버트, 그들이 날 받아주고 목숨을 구해줬어. 소암스와 티치 에 대해 뭐라고 하던, 그때 그들이 내 목숨을 살린 건 사실이야. 내게 살아갈 힘과 목적의식을 줬지. 덕분에 한동안 버틸 수 있었어."

스칼렛이 어깨를 으쓱했다. 쇠사슬이 어둠 속에서 철컹거렸다.

"그리고 이제 난 여기에 있네."

"내가 그때 네 옆에 있었으면 좋았을 텐데."

"내가 바라는 건, 소총을 들고 그 도시로 돌아가 모두 죽여버리는 거야. 내 어린 동생을 빼앗아 간 야비한 놈들을 모조리."

둘은 가만히 앉아 있었다.

"스칼렛, 말해줘서 고마워."

"그래."

"정말 고마워."

"응. 하지만 말했듯이, 넌 이미 대부분 알고 있었잖아. 내가 토마스를 잃은 데 대해. 넌 알고 있었어."

알버트가 한숨을 내쉬었다. 목을 쭉 내밀고 스칼렛을 봤다. 방구석에 웅크리고 있는 스칼렛은 너무 작았다. 그녀에게 남은 게 너무 작아 보였다. 씩 웃는 웃음도, 총도, 허풍이나 거드름도 없는… 마음껏 돌아다니며 활보할 수 있는 광활한 야생 지대도 없는 그녀는 결국 얼마나 작은 존재인가. 알버트는 쇠사슬 아래로 자세를 고쳐 앉았다.

"아니." 알버트가 나지막이 말했다. "몰랐어. 난 정말 몰랐어. 믿어줘. 내가 본 건… 그냥… 때때로 떠오르는 이미지나 감정의 조각들뿐이야…. 마치 어둠 속에 떠 있는 사진처럼…. 절대 네 머릿속을 읽은 게 아니야. 정말 약속해. 그냥 떠다니는 걸 주워 담았을 뿐이야. 네 입으로 직접 듣는 것과는 전혀 달라. 이건 진짜잖아. 처음 듣는 거야."

알버트는 기다렸다.

스칼렛이 마침내 입을 열었다. "뭐, 어쨌든."

"스칼렛."

"왜?"

"넌 여기서 탈출할 방법을 찾아낼 거야. 그렇잖아. 맞지? 넌 마음만 먹으면 항상 해내니까."

"그래. 물론이지."

알버트는 머리가 아팠다. 끔찍한 철모 안에서 피부가 욱신거리는 것 같았다. 내면에서 분노가 커지는 걸 느꼈다. 한때 소녀였던 어린 스칼렛을 위한, 그리고 지금은 그때보다 커진 스칼렛을 위한 분노였다. 정신을 분산시키고 분노의 기세를 꺾기 위해 계속 말을 해야 했다.

"또 한 가지, 그건 네 잘못이 아니야. 잘못은 절대적으로 그 도시의 멘토, 널 가둔 사람들, 그리고… 동생을 빼앗아 간 사람들이 한 거야."

스칼렛이 웃음을 터트렸지만 유쾌한 소리는 아니었다.

"죄책감은 불타는 비처럼 사방에서 쏟아지거든. 제기랄, 내게도 분명 떨어지고."

"너 역시 어렸어. 토마스만큼."

"그건 변명이 될 수 없어."

"그들이 널 막았잖아."

"내가 토마스를 두고 갔으니까."

"그들은 널 막기 위해 가뒀던 거야. 심지어 넌 가만히 있지 않았고. 탈출했잖아! 그들과 싸워 이겼어! 넌 토마스에게 돌아갔…."

"그 아이를 두고 갔어. 내가 토마스를 길가에 두고 갔다고. 모퉁이를 돌아도 다시는 그 아이를 못 봐."

"자책해선 안 돼."

쇠사슬이 거세게 철컹거렸다. 마치 어둠 속에서 스칼렛이 혼자 자신과 싸우는 것 같았다.

"자책이라. 알버트, 난 그것밖에 할 수 있는 게 없어."

19

건물 깊숙한 곳까지 군중의 함성이 들려왔다. 함성은 겹겹이 둘러싼 벽과 돌을 뚫고 광장으로 향하는 지하 통로까지 닿았다. 끊임없이 웅성거리는 소리가 기만적일 정도로 부드럽게 들리며 알버트와 스칼렛을 처형장으로 끌고 가는 경비병들의 발소리와 쇠사슬 부딪치는 소리에 파묻혔다. 하지만 스칼렛은 알고 있었다. 결국 그들이 광장으로 나가는 순간, 즉 교수대 아래로 발을 내딛는 순간, 군중이 내지르는 함성이 트럭처럼 덮칠 거라는 걸. 머리가 빙빙 돌고 귀에서 피가 날 정도로 엄청난 소음일 터였다. 제대로 된 생각을 하거나 침착함을 유지하기 어려울 것이다.

경비병은 앞뒤좌우로 둘씩 있었다. 커다란 덩치, 단단한 체격, 주변 빛을 가릴 수 있는 능력을 기준으로 뽑힌 듯했다. 경비병들이 너무 딱 붙어 이동하는 바람에 스칼렛은 어느 방향으로든 한 치도 움직일 수 없었다. 그저 알버트 바로 뒤에서 비틀거리며 앞으로 걸어야 했다. 스칼렛은 위아래로 세게 흔들리는 철모와 운명을 향해 당당히 걸어가는 알버트의 올곧은 자세를 바라봤다. 불쌍한 알버트! 만약 지금 절대 공포가 밀려온다면, 철모 안에 갇힌 그 힘은 그에게 극심한 고통만 안겨줄 것이다.

아무도 입을 열지 않았다. 경비병들은 차가운 눈빛으로 맡은 임무에만 집중했다. 돌이킬 수 없는 의식이 시작됐다. 침묵 속에서 대열은 어둠으로 이어지는 돌계단에 다다른 후 멈춰 섰다. 그 순간, 머리 위에서 군중의 함성이 폭발하듯 터져 나왔고, 붉은 조명 빛이 계단을 타고 흘러내려 피처럼 그들을 적셨다.

"완전 짜릿한데." 알버트가 말했다.

문이 닫히며 빛이 사라졌다. 축제 관리자가 서류철을 들고 부산스럽게 그들을 맞이하러 내려왔다.

"지금 몇 신 줄 알아? 자기 교수형에 지각하다니, 쇼가 엉망이잖아."

스칼렛은 경비병들 뒤에서 그에게 쏘아붙였다. "다음엔 늦지 않도록 해보지."

"이제 막 춤을 시작했는데, 사람들 분위기가 과열되고 있어. 무대를 덮치기 전에 너희를 내보내야겠어."

축제 관리자는 작업복 주머니에서 큼지막한 시계를 꺼내 들었다.

"다른 수감자는 어디 있지? 별문제 없었으면 좋겠는데! 가서 확인해 봐야겠군."

관리자는 복도를 따라 황급히 사라졌다. 경비병들은 스칼렛 주위를 둘러싼 채 그대로 서 있었지만, 긴장이 풀렸는지 공간이 조금 느슨해졌다.

알버트가 스칼렛을 돌아봤다. "'다른' 수감자가 누구야? 누구 얘기하는 거지?"

"나도 몰라. 우리만 있는 줄 알았는데." 스칼렛이 알버트의 눈을 응시했다. "알버트, 괜찮아?"

"이런 상황치고는 나쁘지 않아. 넌?"

알버트는 꽤나 평온해 보였다.

"괜찮아."

"아까 감방에서 네가 명상하는 걸 봤어."

"응. 꽤 도움이 됐지. 기도 매트가 있었으면 더 좋았을 텐데."

"명상하는 걸 보면 항상 궁금하더라. 소암스와 티치에게 배운 기술치고는 좀 특이하잖아. 은행 털기, 목 베기, 무고한 구경꾼 쏘기는 그렇다 쳐도… 명상이라니?" 알버트가 어깨를 으쓱했다. "뭐, 어쨌든 능력이 많으면 좋긴 하지."

스칼렛이 코웃음 쳤다. "소암스랑 티치가 기도 매트를 줬다고? 하…, 다른 사람이 준 거야."

"다른 사람? 누구? 도둑놈? 사기꾼? 뒷골목 깡패? 완전 궁금한데."

"나도 범죄자만 아는 건 아니거든. 나중에 말해줄게. 교수대 아래서 있을 때 말고."

"그래. 지금은 때가 아닌 거 같아." 알버트가 스칼렛에게 가까이 다가갔다. "스칼렛, 내 말 들어봐. 상황이 더 엉망이 되기 전에… 밖에 나가면 광산 트럭을 잘 찾아야 해. 말로리가 여기로 우릴 끌고 왔을 때, 난 의식이 약간 있었거든. 광산 트럭은 이 건물 밖 어딘가에 세워져 있어. 뾰족한 이슬람 첨탑 근처야."

"이슬람 첨탑이라…. 알겠어." 스칼렛이 천천히 말했다.

"스토우에 가려면 트럭이 필요하잖아. 조와 에티를 구하는 데도 도움이 될 거고. 소암스는 우리가 물건을 손에 넣었다고 생각해야 조와 에티를 풀어줄 거야. 그러니까 트럭을 꼭 우리 계획에 넣어야 해."

스칼렛이 알버트를 빤히 쳐다봤다. "그래. 트럭은… 내가 잘 찾아

볼게. 걱정 마."

어쩌면 이게 더 나을 것이다. 순진하고 맹목적인 낙관주의가 알버트를 현실로부터 보호하고 있었다. 곧 닥칠 일은 생각도 못 하는 것 같았다. 스칼렛은 차라리 다행이라고 생각했다. 저 낙관주의가 알버트를 끝까지 지켜주길 바랄 뿐이었다. 그리고 자신은… 이상하게 들릴지 모르지만, 그녀도 괜찮았다. 토마스에 대해 알버트에게 털어놓고 나니 무거운 짐을 내려놓은 기분이었다. 어린 동생에 대한 기억을 나누는 것, 그 자체로 동생에 대한 기억이 더 선명해진 것 같았다. 오랫동안 토마스의 존재를 기억하는 사람은 오직 자신뿐이었는데, 지금은 둘이 된 것이다. 비록 잠깐이겠지만.

복도가 갑자기 소란스러워졌다. 경비병들이 일제히 옆으로 비켜서자, 축제 관리자가 돌아오는 모습이 보였다. 그리고 관리자 앞에 종종걸음으로 걸어오는 작은 체구가 보였다. 짧게 자른 하얀 머리, 검은 가죽옷, 은세공이 박힌 부츠. 스칼렛이 깜짝 놀라 눈을 깜박였다. 덩치 큰 경비병 옆에 서 있는 샐 퀸은 울프스 헤드 여관에서 봤을 때보다 훨씬 작아 보였다. 그녀가 당한 일들이 몸을 짓누른 것 같았다. 두 눈은 생기를 잃었고, 얼굴은 험준한 고원처럼 주름이 더 깊어졌다. 작은 손은 묶여 있었다. 경비병들은 샐 퀸을 스칼렛과 알버트 옆으로 거칠게 떠민 후 그들을 에워쌌다.

"샐 퀸 씨! 여기서 뭐 하는 거예요?" 알버트가 놀라 소리쳤다.

샐 퀸의 입가에 쓸쓸한 미소가 스쳤다. "글쎄, 날 관람석에 앉혀주지는 않더군. 나도 교수형에 처해질 모양이야."

스칼렛이 얼굴을 찌푸렸다. "무슨 죄로? 설마 우리가 벌인 애쉬타운 일 때문은 아니지?"

"바로 맞혔어. 커다란 코트를 입은 괴물 같은 어린놈이 날 잡아다

여기까지 끌고 왔거든."

알버트가 두 눈을 부릅떴다. "말도 안 돼! 이건 너무 부당하잖아요."

"내 말이 그 말이야. 난 술집에서 제안만 살짝 던졌을 뿐인데. 게다가 내 기억에 너희 둘은 제안에 응하지도 않았고!"

"일이 좀 꼬였어. 위로가 될진 모르겠지만, 결론적으로 우린 유물을 잔뜩 실은 트럭을 훔치는 데 성공했어. 당신 아이디어가 꽤 괜찮았다는 증거지." 스칼렛이 말했다.

샐 퀸의 얼굴이 일그러졌다. "그래, 퍽이나 위로가 되는군. 내 고생이 헛되지 않았다니. 괜히 나섰다가 지금 목이 날아가게 생겼는데…. 더 화나는 건 아무도 신경조차 안 쓴다는 거야. 잘난 척하는 관리자 말로는 난 제일 마지막 순서라더군. 내가 저 밖에서 숨이 끊어지는 동안 다들 너희만 쳐다보고 있겠지."

"걱정 마세요, 샐 퀸 씨." 알버트가 몸을 기울여 은밀하게 속삭였다. "아직 희망이 있어요. 왜냐고요? 당신은 지금 전설적인 스칼렛 맥케인과 함께 있으니까요! 스칼렛은 전략과 속임수의 끝판왕이라고요! 분명 지금도 기발한 탈출 계획을 짜고 있을 거예요. 분장 뒤에 숨겨진 스칼렛의 얼굴 좀 보세요. 눈빛에서 기지가 번뜩이잖아요!"

샐 퀸이 의심스러운 눈초리로 스칼렛을 쳐다봤다. 스칼렛은 자기 얼굴에 절망 섞인 분노만 가득하다는 걸 알고 있었다. 다행히 위에서 호각 소리가 울려 샐 퀸의 의심은 피할 수 있었다. 축제 관리자가 손짓하자, 경비병들이 움직이기 시작했다. 스칼렛, 알버트, 샐 퀸은 떠밀리듯 계단 위로 올라갔다. 그들은 어둠 속에서 잠깐 비틀거렸다. 굶주린 짐승이 울부짖는 소리처럼 군중의 함성 소리가 널리 울려 퍼졌다. 붉은 빛줄기가 앞 문틈 사이로 새어들어 왔다. 문이 활짝 열렸다. 연기가 자욱했다. 뜨겁고도 차가운 공기가 피부에 닿았다. 엄청난 소음이 스칼렛의 귀를 때렸다. 알버트와 샐 퀸은 기울어진 배 위에 있는 것처럼 뒤로 비틀거렸다. 스칼렛은 다리에 힘을 꽉 주고 이를 악물었다. 절대 겁먹지 않을 것이다. 잠시 후, 계단이 그들을 뱉어냈고, 셋은 토해지듯 무대 위로 내던져졌다.

예전에 스칼렛은 이 도시에서 도둑질할 만한 데를 찾으러 돌아다닌 적이 있었다. 하지만 결국 포기했다. 밀턴 케인즈는 경비가 매우 삼엄했다. 매서운 눈빛의 민병대와 신앙의 집 요원들이 여기저기 감시하며 돌아다녔다. 당시 여기 머무는 동안, 성스러운 구역에 있는 예배당과 경내를 둘러볼 기회가 있었다. 그 화려하고 장엄한 모습과 규모는 아무리 스칼렛이라도 감탄할 만했다. 이 광장을 걸었던 것 같기도 했다. 텅 빈 콘크리트 바닥에 부츠 발소리를 울리며…. 하지만 그때의 기억과 지금 눈앞에 펼쳐진 풍경은 전혀 딴판이었다. 폭력적일 만큼 혼잡한 색깔, 소음, 움직임이 내륙을 덮치는 바다처럼 눈앞에 펼쳐졌고, 신앙의 집 건물들이 빛나는 절벽처럼 사방에 솟아 있었다. 색색의 전구들이 건물 현관 기둥 사이를 지그재그로 휘감은 채 불빛을 깜박이며 박공지붕 위를 수놓았다. 하늘은 칠흑처럼 캄캄했지만, 땅은 여러 기둥에 달아놓은 수많은 등불 때문에 별빛처럼 반짝였다. 광장 곳곳에는 옆면이 개방된 천막들이 반딧불이처럼 빛나며 온갖 종류의 유흥거리를 제공했다. 상품 가판대와 음식점, 카페와 과자 가게, 일일 술집을 비롯해 노예시장까지 열렸다. 어둠 속에서 신앙의 집 본부가 있는 밀턴 케인즈의 시민들이 가게 사이를 우글우글 무리 지어 다니며 처형이라는 축제의 즐길 거리를 만끽하고 있었다.

스칼렛이 서 있는 교수형 무대는 광장 구석의 에일 맥줏집 천막 뒤편에 있었다. 맥주통과 쓰레기봉투가 쌓인 곳이었다. 높은 지지대가 이곳에서부터 신앙의 집 본관 정면 벽에 설치된 삼단 무대로 이어졌다. 이곳이 바로 축제의 중심지였다. 가늘고 하얀 교수대는 매우 높아서 뒤 건물의 현관보다 위로 솟아 있었다. 스칼렛은 목수가 제법 일을 잘했다는 걸 인정했다. 거대하고 네모난 기둥이 무대 가운데 우뚝 솟아 있었다. 기둥 제일 윗부분은 두꺼운 막대가 앞으로 길게 뻗다가 끝에서 양팔로 갈라지며 T 자 모양을 이뤘다. 양팔 아래엔 튼튼한 흰 밧줄이 각각 하나씩 걸려 있었고, 끝은 올가미 모양이었다. 강한 조명이 올가미를 비췄다. 현재는 올가미가 목 높이에 맞춰 낮게 내려와 있었다. 밧줄 반대쪽 끝은 무대 바닥에 있는 쇠고리에 고정돼 있었다. 광장 전체에서 스칼렛과 알버트의 마지막 순간을 볼 수 있도록 밧줄을 높이 끌어 올릴 한 무리의 건장한 남자들이 대기 중이었다.

이건 단지 중앙 무대의 장치일 뿐이었다. 중앙 무대 왼쪽에는 올가미 바로 아래에 개폐식 바닥 문이 달린 작은 교수대가 설치돼 있었다. 아마 샐 퀸을 위한 교수대 같았다. 중앙 무대 오른쪽에는 무쇠로 만든 원형 구덩이 안에 엄청난 장작더미가 타오르고 있었고, 그 불빛이 주변을 불길하게 비췄다. 포획한 오염된 자들을 불구덩이 속으로 던져 넣을 수 있도록 높은 곳에 나무 발판이 설치돼 있었다. 가장 먼 무대에는 무용수들이 조명을 받으며 춤추고 있었다. 스칼렛은 자기도 모르게 손목을 조인 밧줄을 잡아당겼다. 새하얀 분장을 한 알버트가 눈을 크게 뜨고 자길 보고 있단 걸 알아차렸다. 스칼렛이 씁쓸하게 웃었다.

"모자 쓴 꼬맹이 말이 맞았어. 이건 진짜 쇼군."

스칼렛과 알버트의 등장이 군중의 주목을 끌었다. 주변 구역에 있던 관중들이 열광적인 함성을 지르며 비웃듯 축배를 들었다. 이런 움직임은 어둠 속에서 파도처럼 퍼져나갔다. 무대 옆 저지선을 쳐놓은 공간에서 반라의 남자들이 북을 두드리며 극적인 분위기를 조성했다. 무용수들은 새롭게 힘을 받은 듯 활기차게 춤을 추기 시작했다. 불구덩이에서 불길이 치솟았고, 멀리서부터 트럭이 천천히 다가왔다. 뚜껑이 없는 트럭 짐칸엔 뭔가가 방수포에 덮인 채 실려 있었다. 군중은 길을 터주며 환호성을 질러댔다. 무대가 흔들렸다.

"이 모든 게 우리 때문이라고? 이럴 필요까진 없는데."

알버트가 어이없다는 듯 고개를 저었다. 샐 퀸이 스칼렛을 흘끗 쳐다봤다.

"기발한 탈출 계획은 어떻게 돼가고 있지?"

"생각 중이야."

"최대한 빨리 생각해야겠는데."

사실 스칼렛에겐 딱 한 가지 방법밖에 안 보였다. 손목은 앞으로 묶여 있었지만 손가락은 자유로웠다. 십여 명의 경비병들이 권총과 곤봉으로 무장한 채 무대 지지대를 따라 그들을 호송하기 위해 준비 중이었다. 만약 스칼렛이 날렵하게 움직인다면, 한두 명쯤은 발로 차 쓰러뜨리고 다른 경비병에게서 총을 뺏을 수도 있을 것이다. 잠깐 동안은 상황이 재밌어지겠지. 하지만 그들은 여전히 수천 명의 적에게 둘러싸여 광장 한가운데 갇힐 것이다.

무모한 자살 행위나 다름없는 계획이었지만, 스칼렛이 생각해 낸건 이 희박한 가능성이 전부였다.

날렵하고 민첩한 형체가 계단을 성큼성큼 올라가 무대 위에 섰다. 긴 코트 자락이 펄럭였다. 말로리가 합류한 것이다. 어두웠지만 잘생긴 얼굴이 미소 짓고 있었다. 말로리는 무대 관리자와 악수를 나누고 몇 마디 주고받더니 스칼렛을 쳐다봤다. 스칼렛은 지금 머릿속을 채운 생각을 지우고 다른 걸 떠올리려 필사적으로 애썼다.

말로리가 씩 웃었다.

"모자에서 금속 밴드를 뺀 건 탁월한 선택이었군요." 말로리가 경비 대장에게 고개를 끄덕이며 말했다. "교수대로 갈 때 스칼렛 맥케인을 앞세우세요. 등에 총구를 바짝 붙이고. 부하들이 여자 근처에 가까이 가지 못하도록 해요. 알겠죠?"

"네, 알겠습니다. 저 소년도요?"

말로리가 알버트의 철모를 부드럽게 툭툭 쳤다.

"아니. 위험한 건 저 여자예요."

말로리는 스칼렛과 눈이 다시 마주치자 두 눈을 크게 떴다.

"음, 그건 썩 좋은 생각이 아닌데요, 스칼렛 맥케인 씨. 비위생적일 뿐더러 멀쩡한 곤봉을 버리는 짓이지. 게다가 내가 진짜 그렇게 행동할까요?"

"넌 그럴 수도 있지. 언젠간 꼭 확인해 볼 거야."

말로리가 픽 웃었다. "기대하죠. 자, 경비 대장님. 오염된 자들이 준비되는 대로 우리도 이동하죠. 문제가 생기면 나도 함께 갈 테니까요."

북소리가 계속 울려 퍼졌다. 트럭은 멀리 떨어진 불구덩이 무대 옆에 멈춰 섰다. 멘토들이 트럭에 올라타 능숙한 동작으로 방수포를 걷어내자 바퀴 달린 철창 우리 세 개가 모습을 드러냈다. 각각의 철창 안에는 창백하고 깡마른 형체가 웅크리고 있었다. 흥분한 군중의 함성 소리가 증오와 혐오로 가득 찬 채 최고조에 달했다.

무대 관리자가 손가락을 튕기자, 경비병들이 움직였다. 스칼렛은 총구가 옆구리를 쿡 찌르는 걸 느꼈다. 그들은 지지대를 따라 교수대로 향했다. 주변은 어둡고, 신앙의 집 지붕에서 쏟아지는 조명은 다른 곳을 비췄다.

"그런데 말이야." 알버트가 입을 열었다. "이거 완전 멋지게 연출된 거 같지 않아? 다들 지금 저 무용수들에게 정신이 팔려 있잖아. 저기서 대체 뭐 하는 거지?"

오염된 자들의 철창 너머론 엄청나게 화려한 의상을 입은 무용수들이 별도의 무대에서 조악하게 칠해진 판지 건물을 배경 삼아 춤추며 뛰어다니고 있었다.

스칼렛이 짜증 섞인 목소리로 말했다. "하, 지금까지도 충분히 끔찍했는데 신앙의 집 종교극이라니."

"오, 재밌겠는데."

"전혀 아니야. 멘토들이 어떻게 생존 도시를 구했는지에 대한 얘기지. 두고 봐. 조금 있으면 유치찬란한 대재앙 장면이 펼쳐질 거니까."

때마침 무대 뒤쪽에서 불꽃이 터져 오르자, 군중이 환호성을 질렀다. 판지로 만든 건물들이 무너져 내리고 양쪽 끝에서 종이 바위들이 날아왔다. 무용수들은 과장된 몸짓으로 공포에 질린 연기를 하며 몸을 움츠렸다. 늘 그렇듯 뻔한 대재앙 장면이 나오고, 곧이어 대멸종과 개척 전쟁의 혼돈 속에 무용수들이 여기저기서 굶어 죽고, 싸우고, 추위 속에 죽어가는 연기를 했다. 곧 딱 달라붙는 흰색 타이츠 차림의 남자들이 무대에 등장해 오염된 자들이 야생 지대에 나타나는 모습을 연기할 것이다. 그리고 콧수염을 기른 최초의 신앙의 집 멘토들이 등장해 무너진 도시에서 그들만의 정의를 구현하겠지…. 스칼렛은 고개를 돌렸다. 이런 종교극을 수십 번 봤다. 교수형을 당하러 가는 길이 아닐지라도 이런 연극은 아무 느낌이 없었다.

스칼렛은 마음을 가라앉히고, 기도 매트 위에 앉은 것처럼 천천히 호흡했다. 주변 소음과 혼란은 차단하고, 그 대신 목숨이 달린 중요한 요소들, 그 가느다란 실타래에 집중했다. 실을 하나하나 분리하고 정리하며 탈출구를 찾아 마지막 기회를 잡으려….

하지만 도움이 될 만한 게 하나도 안 보였다. 죽음을 가리키듯 새하얀 팔 두 개를 드리운 교수대만이 칠흑 같은 하늘 아래 우뚝 서 있을 뿐이었다. 묶여 있는 양손, 무장한 경비병들, 신앙의 집 요원, 탈출을 가로막는 거대한 건물들…. 눈길이 닿는 곳마다 군중의 섬뜩한 악의가 넘실거렸다.

도망칠 가능성이 안 보였다. 무대에서 뛰어내린다 해도, 군중이 스칼렛을 갈기갈기 찢어놓거나 때려눕혀 교수대로 다시 끌고 갈 것이다. 바로 옆 경비병한테 발차기를 날려봤자 결과는 똑같을 것이다.

어떻게든 길이 있지 않을까?

하지만 아무 방법도 생각나지 않았다.

스칼렛과 알버트는 셀 퀸이 끌려간 측면의 작은 교수대를 지났다. 회색 정장 차림에 얼굴이 핼쑥한 남자가 앞으로 나왔다. 감방에서 스칼렛의 몸 치수를 잰 남자였다. 정중하고 세심한 손길로 셀 퀸을 개폐식 바닥 문 위에 자리 잡아준 후, 스칼렛과 알버트 역시 준비시키려 서둘러 다가왔다.

"여기, 그리고 여기 서주시겠어요…." 남자는 바닥에 테이프로 붙인 커다란 파란 십자가 두 개를 가리켰다. "밧줄 바로 뒤에 서시고…. 네, 좋습니다. 아가씨, 좀 있다가 제가 모자를 벗겨야 할 겁니다. 마지막 순간까지 기다렸다 벗길게요. 아, 당신은 물론 철모를 계속 쓰고 계셔야 합니다. 올가미는 철모 둘레에 맞춰 준비했으니까 걱정 마시고…."

남자는 계속 뭐라고 떠들어댔다. 무대 관리자 역시 옆에서 부산스럽게 움직였다. 말로리는 무대 가장자리로 걸어가 예의바른 척 기다리고 있었다. 스칼렛은 남자가 시키는 대로 칙칙한 흰색 밧줄로 만든 타원형 고리를 바라보며 섰다. 옆쪽의 알버트를 흘끗 보니, 마침내 현실의 엄청난 무게가 방어막을 무너뜨린 듯했다. 알버트는 멍하니 주변을 둘러보고 있었다. 어깨는 축 처졌고 얼굴엔 슬픔이 가득했다.

"있잖아, 스칼렛."

"응."

"이런 광경을 보게 될 줄은 상상도 못 했어."

"걱정 마. 금방 끝날 거야. 그나마 다행이지."

"불쌍한 샐 퀸을 봐! 우리를 보라고! 저 세 명의 오염된 자들도 그렇고…. 불길에 겁먹고 우리에 갇혀 움츠린 모습이라니…. 저들에게도 분명 어떤 일이 닥칠지 이해할 수 있는 지능이 있잖아! 가엾어라."

스칼렛이 한숨을 내쉬었다. "글쎄, 그건 너무 지나친 감상 같지만. 그래도 네가 여전해서 다행이야, 알버트. 어리석고 순진하고 착하고…."

"아니, 아니야. 스칼렛, 그렇지 않아. 난 그런 사람이 아니라고. 난 지금 화가 나. 정말 화가 난다고. 이렇게까지 화가 난 적은 처음이야."

"그렇다니 안타깝네."

"온몸이 떨릴 정도로 화가 나. 머리가 아파…. 절대 공포 때문에… 숨 쉬기가 힘들 정도야."

스칼렛은 알버트의 힘을 가둔 철모를 쳐다봤다. 알버트가 훨씬 전에 그 분노를 이용할 수 있었다면….

"무시하려 해봐. 곧 모든 게 끝날 거야."

알버트가 뭔가 더 말했지만 들리지 않았다. 바로 그때 반대편 무대에서 종교극이 절정에 이르렀기 때문이다. 초대 멘토들이 승리의 춤을 추고 나자 무너졌던 도시들이 바닥에서 다시 솟아올랐고, 북소리가 미친 듯이 빨라지며… 모든 조명이 꺼졌다. 북소리도 멈췄다. 불구덩이에서 타오르는 불길과 별처럼 점점이 빛나는 등불만이 비추는 광장에선 기대에 찬 군중이 어둠 속에서 웅성거리는 소리만 들려왔다.

갑자기 빛이 쏟아졌다. 눈부신 조명이 무대를 휩쓸며 올가미 앞에 선 무법자 스칼렛과 알버트를 비췄다. 엄청난 함성 소리가 거대한 파도처럼 둘을 덮쳤다. 스칼렛은 아래에서 울부짖는 군중의 얼굴을 내려다봤다. 광기 어린 비명, 마구 질러대는 고함, 피에 대한 갈증과 기대감 같은 게 느껴졌다. 무대 위로 뭔가 날아와 옆얼굴을 쳤다.

"알버트, 들었어?" 스칼렛이 소리쳤다. "분명 환호 소리도 있었어. 한두 명쯤은 우릴 좋아하는 게 확실해!"

알버트는 대답이 없었다. 뻣뻣하게 굳어 고개를 숙인 채 모든 투지를 잃은 듯했다. 스칼렛이 지켜보는 가운데 멍한 눈빛으로 머리를 좌우로 흔들기 시작했다. 끔찍한 철모를 쓴 채 그러는 모습을 보자니 더 안타까웠다. 스칼렛은 시선을 돌렸다. 북이 마지막 박자를 두드리기 시작했다. 처음엔 느리고 조용하게 리듬을 타다가 점차 격렬해졌다. 함성이 잦아들었다. 가장 빠른 박자, 바로 지금이 이 밤의 절정이었다.

예의바른 사형 집행인이 행진하듯 어깨를 흔들며 앞으로 향했다. 가죽 코트에 은장식 부츠를 신은 샐 퀸에게 다가갔다. 샐 퀸의 몸은 너무 작아 어린아이가 서 있는 것 같았다. 목에 걸린 밧줄이 터무니없이 거대해 보였다.

이제 스칼렛 차례였다. 사형 집행인은 미안하다는 듯 조심스럽게 모자를 벗겼다. 스칼렛 목에 올가미가 걸리자, 군중이 동조하는 듯한 함성을 내질렀다.

사형 집행인이 재빨리 멀어졌다. 스칼렛은 곁눈질로 사형 집행인이 알버트에게 다가가는 걸 볼 수 있었다. 불쌍한 알버트는 여전히 머리를 미친 듯 흔들며 몸을 떨었다. 부들부들 떠는 개처럼. 일부 군중이 알버트를 비웃었다. 뭔가가 날아왔다. 알버트는 비틀거렸지만 여전히 고개를 들지 않았다.

스칼렛은 이를 꽉 깨물고 어둠 속을 노려봤다. 단상에 선 사형 집행인, 샐 퀸 발밑의 개폐식 바닥 문 레버를 쥔 남자, 스칼렛과 알버트 옆에서 밧줄을 움켜쥔 여섯 명의 건장한 남자들로부터 시선을 돌렸다. 그래, 이제 곧 시작될 것이다. 올가미가 목을 조여오는 게 느껴졌다.

마음에서 모든 게 사라지도록 집중했다. 올가미, 알버트, 샐 퀸, 짐승 같은 군중. 숨을 깊이 들이마셨다. 괜찮다. 오히려 좋았다. 언젠가는 과거에 저지른 단 하나의 큰 실수를 속죄할 순간이 올 거라고 생각해 왔다. 다시 그때로 돌아가 그 도시의 관문을 나와 물고기들이 조용히 헤엄치는 도개교를 건너, 짙은 색의 키 큰 소나무와 햇빛 비치는 길로 돌아가게 될 것이다. 그곳에는 어린 동생이 그녀를 기다리고 있을 것이다. 괜찮았다. 이제 곧 만나게 될 테니까. 이건 필연적인 일이었다. 자갈돌과 풀밭 위로 쏟아지던 햇살, 그리고 길 위의 아지랑이가 벌써 눈앞에 보이는 듯했다. 그리고 바로 그 길 위에는….

스칼렛이 빛을 향해 미소 지었다.

그 순간, 쿵 하는 소리가 들렸다. 뭔가가 바닥으로 굴러떨어지더니 스칼렛의 발에 부딪혔다.

햇빛 비치는 길이 텅 비었고, 해가 사라졌다. 스칼렛이 부츠를 내려다봤다.

철모가 바닥에서 빙글빙글 돌고 있었다.

몸을 돌렸다. 시간이 멈춘 것 같았다. 알버트가 올가미 앞에 서서 고개를 숙이고 있었다. 더 이상 떨지 않았다. 북처럼 팽팽하게 긴장된 모습으로 미동도 하지 않았다. 철모에서 풀려난 머리카락이 새까만 별처럼 밖으로 뻗쳤다.

알버트의 얼굴엔 스칼렛이 본 적 없던 표정이 서려 있었다. 그가 고개를 들었다. 손을 묶고 있던 쇠사슬이 끊기며 튕겨나갔다. 알버트가 양팔을 높이 들어 올렸다.

20

알버트는 이제 모든 걸 받아들이기로 했다. 더 이상 자신을 억제하지 않았다. 스칼렛, 스칼렛의 어린 동생, 샐 퀸, 심지어 불쌍하게 갇혀 있는 오염된 자들까지. 모두의 고통을 마음속에 담고 분노가 더 커지도록 내버려뒀다.

자신에 대해서도, 결과에 대해서도 고민하지 않았다. 무슨 의미가 있겠는가? 어떻게 하든 그들은 모두 죽을 운명에 처했다. 오히려 마음이 홀가분했다. 올가미 끝에 선 순간, 모든 게 간단해졌으니까. 철모의 존재가 알버트를 도왔다. 고개를 흔들어 마침내 철모가 느슨해진 결정적 순간까지, 알버트는 철모 속에 압력을 가두고 절대 공포를 최대치로 키웠다.

모든 일이 순식간에 벌어졌다. 자신이 뭘 하는지 의식하지도 못했고 개의치도 않았다. 절대 공포의 힘이 사방으로 폭발하며 앞에 있는 모든 걸 휩쓸어 버리도록 내버려뒀다.

먼저 손을 구속한 쇠사슬이 부서졌다. 그다음엔 주변에 있던 사람들의 몸이 허공으로 솟구쳤다. 회색 정장을 입은 사형 집행인은 교수형 시작 신호를 보내려고 손가락을 우아하게 치켜든 채 날아갔다.

축제 관리자는 소중한 서류철을 쥔 채 군중 속으로 던져졌고, 밧줄을 잡고 있던 경비병들은 폭풍 속 낙엽처럼 사라졌다. 수상쩍게 무대 구석에 서 있던 말로리조차 손쓸 틈도 없이 절대 공포의 힘에 떠밀려 뒤집힌 코트 자락에 둘러싸인 채 멀리 날아갔다. 말로리는 불구덩이의 불꽃을 뚫고 뒤쪽 트럭 옆면에 세게 부딪혀 검게 그을리고 푹 팬 자국을 남긴 후, 여전히 불꽃에 휩싸여 광장을 가로질러 멀리 튕겨나갔다.

알버트는 아무것도 몰랐다. 양팔을 벌리고 주먹을 꽉 쥔 채 마음껏 분노를 터뜨렸다.

분노는 등 뒤의 거대한 교수대 기둥에 부딪히며 밑동을 부쉈다.

분노는 불구덩이의 불길을 휘게 했고, 비명을 지르는 군중 위로 불의 아치를 만들었다.

분노는 오염된 자들을 가둔 철창에 부딪혔고, 철창은 무대 위로 미끄러졌다.

알버트는 아무것도 보지 않았고, 아무것도 신경 쓰지 않은 채 그대로 서 있었다. 엄청난 힘이 몸 밖으로 분출됐다.

오염된 자들을 가둔 철창은 무대 가장자리에서 아래로 떨어져 곤두박질치다 광장 콘크리트 바닥에 쾅 부딪혔다. 쇠창살이 벌어졌고, 안에서 가늘고 흰 형체들이 뛰쳐나왔다. 오염된 자들은 울부짖으며 바로 옆 사람의 머리를 펄쩍 뛰어넘어 군중에게 달려들었다. 놀란 사람들은 광장 밖으로 흩어졌다. 불이 붙은 사람도 있고, 오염된 자들에 대한 공포로 마구 도망치는 사람도 있었다. 광란의 물결은 근처 가판대를 덮치고 부쉈으며, 화로와 불을 넘어뜨렸다. 등불이 천막에 떨어져 불길이 치솟았다. 천막은 순식간에 불에 휩싸였다.

알버트 발밑에서 무대가 쩍 갈라졌다. 뒤로는 교수대 기둥이 썩은 나무처럼 부러졌다. 기둥은 뒤로 넘어가며 신앙의 집 콘크리트 박공 벽에 부딪혀 비스듬히 박혔다. 대들보에서 풀린 밧줄이 소꼬리처럼 휘며 채찍처럼 허공을 갈랐다. 올가미가 알버트의 옆얼굴을 철썩 때렸다. 알버트는 갑작스러운 고통에 정신이 확 돌아왔다. 몸을 움찔하며 제자리에서 비틀거렸다. 힘의 흐름이 끊겼다. 내부에서 치솟던 힘이 사라졌다.

불빛이 눈앞에서 춤을 췄다. 알버트는 내면이 텅 빈 것 같았다. 가진 걸 모두 쏟아부었다. 문득 정신을 차려보니 바닥에 무릎을 꿇고 있었고, 누군가가 근처에서 큰 소리로 온갖 욕을 퍼부었다.

정신을 끌어모아 눈앞 현실에 집중했다. 무대가 두 쪽으로 쪼개져 있었다. 중앙 무대의 큰 교수대 기둥은 뒤로 기울어 어둠 속으로 길게 뻗었으며, 작은 교수대는 사라지고 없었다. 무대 아래를 중심으로 불타는 가판대와 시체가 널브러진 공허한 공간이 점점 늘어났고, 그 너머로는 여전히 공포에 빠져 비명을 지르며 달아나는 군중이 보였다.

근처에서 들리던 욕설이 거세졌다. 부서진 무대 가장자리에서 누군가가 기어올라 왔다.

"스칼렛?"

작은 체구가 보였다. 흰색 머리와 은색 부츠. 샐 퀸이었다.

"이제야 내가 왜 너희를 고용해야 하는지 이해가 가는군. 정말 굉장해. 인정할게. 비록 네 덕에 올가미보다 내 목이 먼저 부러질 뻔했지만…. 광장 반대편으로 날 날려버릴 때 밧줄이 끊어져서 다행이었어."

알버트는 샐 퀸에게 집중하려 애썼다. "스칼렛은 어디에 있어요?"

"앵글리아? 웨섹스? 불의 지역? 네가 우릴 다 날려버렸잖니."

혼란스런 가운데 갑자기 불안감이 알버트를 덮쳤다.

"안 되는데…. 스칼렛을 찾아야 해요."

"지금 해야 할 일은 즉시 여길 뜨는 거야."

샐 퀸이 급히 무대 위를 가로질렀다. 경비병들이 서 있던 자리에 신발, 칼, 곤봉, 총, 중산모 등이 마구잡이로 떨어져 있었다. 샐 퀸은 여러 무기를 주워 알버트에게 하나 내밀었다.

"권총 쏠래?"

"난 괜찮아요."

"그래…. 넌 별로 필요 없을 거 같긴 하다…."

위에서 희미하게 목소리가 들렸다. "수다 다 떨었으면 여기서 나 좀 내려줄 사람…?"

알버트가 고개를 들었다. 쓰러진 교수대를 따라 시선을 옮겼다. 광장 바닥에서 6미터 높이의 교수대 중간쯤에 스칼렛이 간신히 매달려 있었다. 두 손이 결박된 스칼렛은 안정적으로 기둥을 잡고 버틸 수 없었다. 흩날리는 머리카락 아래에 밧줄이 고리 모양으로 늘어져 있고, 올가미는 여전히 목을 졸랐다.

알버트가 놀라 외마디 비명을 질렀다. 하지만 일어서려 해도 몸이 말을 듣지 않았다. 다른 사람의 몸 같았다.

"지금 갈게! 잠깐만 기다려! 좀 어지러워서." 알버트가 소리쳤다.

"잠깐도 안 될 거 같은데. 미끄러지고 있다고."

"기다려…."

알버트는 간신히 몸을 일으키고 기둥을 향해 절뚝절뚝 용감하게 걸어갔다.

"내가 가지." 샐 퀸이 말했다.

알버트가 망설였다. "괜찮겠어요?"

"물론이지."

"정말 고마워요."

스칼렛이 아래로 더 미끄러졌다.

"둘 중 누구든," 스칼렛이 이제 목이 확연히 조여 억눌린 목소리로 간신히 말했다. "순서는 상관없어. 여유가 될 때 오던지."

"내게 맡겨."

샐 퀸은 칼을 문 채 기울어진 기둥으로 달려갔다. 예상외로 민첩하게 기어올라 스칼렛 가까이 갔다. 먼저 스칼렛의 목을 조르던 밧줄을 잘라낸 후, 손을 결박한 끈을 끊었다. 샐 퀸이 뒤로 물러났다. 스칼렛은 기둥을 꽉 잡고 손과 발목을 이용해 단단히 매달렸다. 그리고 안전한 높이까지 재빨리 내려온 후 무대로 뛰어내렸다.

"고마워, 샐 퀸."

스칼렛이 권총 두 자루와 칼을 챙겨 벨트에 꽂았다.

"알버트, 너도 고마워."

스칼렛이 얼굴에 쏟아진 머리카락을 쓸어 올리자, 분장이 온 얼굴에 하얗게 번졌다. 스칼렛은 무대 밖 어둠 속에 번진 불길을 바라봤다.

"좋아. 이제 어쩌지?"

샐 퀸이 총에 남은 탄환을 확인하며 말했다. "영웅적인 최후를 맞이하는 거지."

"그런 소린 집어치우시지. 우린 잘 해낼 테니까. 알버트, 몸은 좀 어때?"

알버트는 광장을 둘러보고 있었다. 광장은 주변 건물에 마구 부딪히며 출입구를 빠져나가려는 인파로 아우성이었다. 어둠 속에서 하얀 형체들이 날뛰며 사람들에게 달려들거나 쓰러뜨리는 모습이 보였다. 필사적인 총소리도 들려왔다. 오염된 자들은 재빠르게 뛰며 이리저리 총을 피했다. 민병대가 오고 있었다. 중산모를 쓴 민병대 한 무리가 불타는 천막과 기울어진 등불 사이로 은밀히 접근 중이었다. 다른 민병대 무리는 신앙의 집 지하 계단을 통해 올라오며 무대 지지대 가장자리에 결집했다.

"난 점점 더 강해지고 있지. 그런데 우리 지금 완전히 갇혔어."

"아니, 갇히지 않았어. 아직은."

스칼렛이 무대 위로 올라온 여자 민병대원을 총으로 쐈다. 민병대원은 한 바퀴 빙그르르 돌더니 무대에서 떨어졌다.

"어서 움직여야 해. 지금 민병대만 걱정할 게 아니야."

알버트가 스칼렛의 시선을 좇았다. 뭐가 보일지 이미 짐작했다. 예상이 맞았다. 말로리가 그들에게 오고 있었다. 저 멀리 타오르는 불구덩이와 천막 너머로 불이 붙은 코트를 입고 절뚝이며 걸어오고 있었다.

"말로리가 가까이 오면 안 되는데." 알버트가 말했다.

샐 퀸이 인상을 썼다. "알아. 하지만 탈출할 방법이 안 보이는군."

"샐 퀸, 당신이 이미 방법을 보여줬잖아." 스칼렛이 쓰러진 교수대 기둥을 가리켰다. "기둥을 타고 지붕으로 올라가는 거야. 당신이 먼저 가. 내가 알버트를 도울 테니. 알버트는 약하거든. 완전히 아기 걸음마 수준이지. 꼭대기에 도착하면 엄호사격을 해줘."

샐 퀸의 과거가 어떤지는 알버트도 정확히 파악하지 못했지만 위험한 상황에 익숙한 건 분명했다. 그녀는 반박하거나 딴말을 하지 않았다. 곧장 돌아서더니 기둥으로 휙 뛰어올라 거침없이 달려갔다. 이제 알버트 차례였다. 그 역시 반박하거나 딴말할 생각은 없었지만, 용기가 딱 거기까지였다. 알버트는 한숨을 내쉬며 기둥 위로 발을 디뎠다. 팔을 좌우로 뻗고 막연히 앞을 보며 걷기 시작했다.

"잘하고 있어, 알버트." 바로 뒤에서 스칼렛의 목소리가 들렸다. "총소리는 무시해. 나 여기 있으니까, 긴장 풀어."

이건 알버트가 평소 마음에 새기던 말이기도 했다. 절대 공포가 폭발하며 거의 혼수상태에 빠졌던 게 오히려 도움이 된 것 같았다. 감정이 둔해져 무서움이 거의 안 느껴졌기 때문이다. 이미 지상의 민병대가 총을 쏘기 시작했다. 기둥은 가파르고 미끄러웠으며 생각만큼 넓지 않았다. 떨어지면 뼈가 산산조각 날 것이다. 알버트는 어떻게든 이런 생각을 지우고 기둥 위를 계속 걸어갔다.

샐 퀸이 벌써 현관 지붕에 도착했다. 삼각형 석조 박공 위로 기어오르더니 금세 시야에서 사라졌다. 잠시 후, 샐 퀸의 총이 처마 끝에 나타났다. 총은 아래로 불을 뿜기 시작했다. 민병대가 쏜 총알이 알버트 코앞을 스치더니 기둥에 박혔다. 귓가에 들리는 소리로 미루어 보아, 스칼렛도 반격하는 것 같았다. 기둥에서 거친 진동이 느껴졌다. 스칼렛이 위치를 조정하려 기둥 위에서 폴짝폴짝 뛰며 침착하게 적을 하나씩 제거하고 있단 뜻이었다.

알버트는 신경 쓰지 않았다. 한 발 한 발 앞으로 내디디며 전진했다. 생각보다 빠르게 박공 옆에 처박힌 교수대의 T 자형 막대에 도착했다. 콘크리트 위를 기어올라 경사진 현관 지붕 위에 뛰어내렸다. 재빨리 몸을 일으켜 방금 왔던 길을 뒤돌아봤다.

스칼렛이 양손으로 총을 쏘며 뒷걸음질 쳐 걸어왔는데, 생각보다 기둥 아래쪽에 있었다. 불구덩이의 빛에 반사돼 실루엣이 검은 그림자로 보였다. 총구가 뿜은 불꽃이 밤하늘을 관통했다. 민병대가 광장을 가로질러 진격했다. 무대 위에는 누워 있는 시체와 몸을 숨길 곳을 찾아 기어가는 부상자들이 보였다.

그리고 바로 아래, 아직 불꽃이 이는 코트를 입은 호리호리한 젊은 남자의 모습이 나타났다.

끼이익 하는 날카로운 소리가 났다. 교수대 기둥이 박공지붕을 따라 옆으로 움직이기 시작했다. 뭔가가 기둥을 강하게 움직였다. 거대한 힘이 기둥을 쓰러뜨리려 밀고 있었다.

알버트가 처마 너머로 손을 뻗었다.

"스칼렛! 빨리!"

스칼렛 역시 기둥의 움직임을 느끼고 위험을 감지했다. 기둥 위에서 몸을 획 돌려 두 번의 힘찬 도약으로 위로 뛰어올랐다. 발밑에서 기둥이 옆으로 부러지기 시작했다. 스칼렛은 마지막 힘을 다해 팔다리를 휘저으며 공중으로 뛰었다. 코트가 펄럭였다. 스칼렛이 손을 뻗었다.

알버트가 간신히 스칼렛의 손목을 붙잡았다. 온 힘을 다해 콘크리트 난간 위로 끌어 올렸다. 기둥이 박공지붕에서 완전히 미끄러지며 부서졌다. 스칼렛이 알버트 위로 어색하게 떨어졌다. 스칼렛은 생각보다 무거웠다. 빨간 머리카락이 알버트의 얼굴 위로 부드럽게 쏟아졌다.

스칼렛이 순식간에 벌떡 일어나 알버트를 일으켜 세웠다.

"알버트, 괜찮아?"

"응. 뭐, 무릎이 좀 까진 거 같긴 한데…."

"나중에 절단하면 돼. 자, 여기 가만히 있으면 안 돼. 말로리가 현관 기둥 전체를 무너뜨릴 수도 있어. 샐 퀸, 본관 건물 지붕 위로 올라가. 알버트, 어서. 조금만 더 올라가면 돼."

이번만큼은 스칼렛의 말이 사실이었다. 신앙의 집 본관 지붕의 아랫부분은 그들이 서 있는 현관 지붕보다 그리 높지 않았다. 그들은 배수관, 창틀, 벽돌 사이의 틈을 이용해 올라갔다. 아래에서 쏘아대는 총의 사정거리 밖이었다. 유리한 조건들 덕분에 알버트도 꽤 쉽게 올라갈 수 있었다. 샐 퀸의 손가락을 한 번 밟고, 스칼렛의 눈을 두 번

찾을 뿐…. 금세 지붕 기와까지 올랐다.

알버트는 우연히 건물 능선을 따라 시선을 옮겼다. 광장에서 도망치려는 건 그들뿐이 아니었다. 옆 별관에서 가늘고 하얀 형체가 이빨을 드러낸 채 손톱으로 벽돌을 긁으며 건물을 기어오르고 있었다. 오염된 자의 머리카락이 달빛에 하얗게 빛났다. 오염된 자가 건물 너머에서 알버트를 바라봤다. 순간 알버트는 기묘한 시선이 그를 훑는 걸 느꼈다. 바로 다음 순간, 오염된 자는 지붕 꼭대기를 훌쩍 넘어 사라졌다. 잠시 후, 알버트는 몸에 뭔가 다른 자극을 느꼈다. 스칼렛이 아래에서 엉덩이를 쿡쿡 찔렀다. 알버트는 혼란에 빠진 광장을 뒤로하고 허둥지둥 지붕 위로 기어올랐다.

신앙의 집 건물은 거대했고, 지붕 구조는 미로처럼 복잡했다. 추적을 피하는 덴 도움이 됐지만 광산 트럭을 찾기는 어려웠다. 몇 분간 경사진 지붕이 만든 그림자 속을 헤매며, 알버트가 이곳에 잡혀왔을 때 봤다고 말한 뾰족한 이슬람 첨탑을 찾아다녔다. 가파른 기와지붕을 오르내리고 좁은 지붕 능선을 따라 이동하며 굴뚝과 전망대와 탑을 여럿 지나쳤다. 지붕이 있는 통로를 건너며 조용한 거리와 막다른 골목, 작은 길들을 내려다봤다. 휘파람 소리와 울부짖는 소리, 그리고 총성이 들렸다. 하지만 그런 소리들이 점차 멀어지는 듯했다. 아수라장 같던 현장의 소음도 꾸준히 줄어들었다. 딱 한 번 소동이 일긴 했다. 셀 퀸이 잠자던 새 떼를 놀라게 해 새들이 기와가 날개를 단 듯 지붕에서 푸드덕 날아올랐다. 스칼렛은 즉시 도주 경로를 틀었다.

"조심해. 요원이 우리 흔적을 찾고 있을 거야. 새들의 모습도 주시할 거라고."

그들은 마침내 신앙의 집 단지 구석에 있는 평평한 지붕에 도착했다. 첨탑 하나가 그 위로 어둡게 솟아 있고, 아래로는 높은 건물과 검은 창문, 그리고 침묵이 가득한 마당이 보였다. 마당 한구석엔 새 우등처럼 불룩 튀어나온 형체가 그림자에 싸인 채 앉아 있었다. 트럭 포탑은 아무것도 없는 허공을 가리켰다.

알버트가 스칼렛을 쿡 찔렀다. "봤어? 그 트럭이야!"

"봤어."

"조용해 보이는데."

"그래. 지나치게 먹음직스러워 보이는걸." 스칼렛이 손가락 끝으로 기와를 톡톡톡 두드렸다. "너무 쉬워. 수상한 게 감지돼?"

"아니."

"좋아. 잠깐 쉬었다가 내려가자."

그들은 벽돌 사이에 쭈그리고 앉았다. 알버트는 벽돌에 등을 기댔다. 절대 공포 때문에 속이 울렁거리고 어지러웠지만, 힘이 돌아오고 있었다. 뒤로 흰 연기 기둥이 피어올랐다. 멀리서 총소리와 비명이 희미하게 들렸다.

"오염된 자들이 아직도 날뛰나 보군. 한동안 멘토들이 정신없겠어." 샐 퀸이 말했다.

샐 퀸은 가장 가까운 지붕 위를 잽싸게 기어올라 꼭대기 너머로 아래를 훔쳐봤다.

"스칼렛, 샐 퀸 말이야. 정직한 상인이라고 하기엔 이런 일에 너무 능숙하지 않아?"

스칼렛은 총알을 재장전 중이었다. 얼굴은 하얀 페인트와 화약 가루, 그리고 피가 엉겨 붙어 엉망진창이었다. 알버트는 자기 얼굴도 크게 다르지 않으리라 생각했다.

"너무 능숙하긴 하지. 하지만 알버트, 너야말로 진짜 대단했어.

철모를 흔들어 벗겨낸 거 말이야. 너무 막판에 그러긴 했지만, 그래도….”

알버트가 고개를 끄덕였다. “진짜 화가 치솟아 가득 찰 때까지 기다려야 했거든.”

“그런 거야? 진짜?” 스칼렛이 어깨를 으쓱했다. “넌 자신을 너무 과소평가해. 네가 필요하거나 원하면 언제든 그 힘을 쓸 수 있을 거야.”

스칼렛이 장전한 총을 옆으로 하고 또 다른 총을 꺼냈다.

“하지만 이 문제로 입씨름하지 말자. 철모를 벗을 수 있단 건 어떻게 알았어? 그냥 헐거워진 걸 발견한 거야?”

“아니. 한참 전부터 부서져 있었어. 사실 우리의 친구, 말로리 요원이 그런 거야. 오늘 아침에 나랑 면담할 때.”

그 말에 스칼렛이 동작을 멈췄다. “뭐라고? 그 요원이 그랬다고? 일부러?”

“아니. 내가 말로리를 자극해서 화나게 만들었거든. 엄청 무례하고 냉정하고 잔인하게 맞섰지. 그냥 내가 너라고 생각하고 했어. 그랬더니 바람직한 결과가 나오더라. 엄청 화를 내더니 날 막 집어 던지고 팼어.” 알버트가 잠긴 듯한 목소리로 조용히 웃었다. “내 머리를 계속 벽에 찧었을 때 철모 뒷부분이 깨졌어. 그때 알았지. 철모를 벗을 수 있겠다고.”

알버트는 자신의 말을 이해하는 스칼렛을 지켜보며 칭찬을 기다렸다.

“잠깐, 네 얘길 다시 한번 정리해 보면, 그러니까 철모를 벗을 수 있단 사실을 한참 전에 알았단 거네…. 우리가 탈출할 수 있단 걸 알면서도… 내게 한마디도 안 했다고?”

알버트는 스칼렛의 말을 긍정하며 씩 웃었다.

"응. 그것도 잘한 일이었지. 덕분에 상황을 그럴듯하게 만들 수 있었으니까."

"그럴듯하게? 이 나쁜 자식아! 난 밧줄이 목을 조르는 순간까지도 우리가 죽는 줄 알았다고!"

"어쩔 수 없었어. 알잖아. 말로리가 네 머릿속을 다 읽었을 거라고. 지난 세 시간 사이 어느 때건 네가 철모에 대해 알았다면, 바로 말로리도 알았을 거야! 그럼 철모를 고치고, 우린 모두 교수형당하고, 넌 끔찍한 감정에 사로잡혔겠지." 알버트가 잠시 말을 멈췄다. "물론 꼭 이 순서대로 일어나리란 법은 없지만."

"하, 참 대단하네. 어쨌든 진짜 엄청나게 끔찍하긴 했어." 스칼렛이 낮게 구시렁거렸다. "이게 끝이라고 생각했으니까. 너무 확신한 나머지 난…."

갑자기 뭔가를 깨달은 듯 스칼렛의 얼굴이 딱딱해졌다.

"젠장, 토마스 얘길 모두 했잖아."

침묵이 흘렀다.

"스칼렛, 제발 그건 후회하지 말아줘. 다른 건 몰라도, 그것만은 후회하지 마."

스칼렛은 고개를 저으며 아무 말도 하지 않았다.

"스칼렛…?"

알버트가 팔을 뻗어 스칼렛의 손을 톡톡 쳤다. 스칼렛이 눈을 가늘게 떴다. 표정이 굳었다. 갑자기 총을 들더니 알버트를 겨누고 말없이 방아쇠를 당겼다. 귀청이 터질 듯한 총성이 났다. 알버트는 충격 속에 팔을 마구 휘젓고 가슴을 움켜쥐며 뒤로 비틀거렸다.

"스칼렛…, 어째서 날…?"

"맙소사. 넌 아무 데도 안 다쳤어."

스칼렛은 어이없단 표정으로 알버트 뒤쪽을 가리켰다.

"저것 때문이야."

알버트가 돌아봤다. 오염된 자가 어디서 나타났는지는 알 수 없었다. 알버트는 아무 소리도 못 들었다. 아마 아래 벽에서 몰래 기어올라 왔을 것이다. 오염된 자는 알버트로부터 몇 발짝 채 떨어지지 않은 지붕 끝자락에 몸을 움츠리고 서 있었다. 달빛이 뼈처럼 하얀 피부와 누런 이빨, 어깨 바로 아래 뚫린 총상에서 뿜어져 나오는 피에 반사돼 반짝였다. 오염된 자는 손톱으로 총상을 마구 할퀴며 한 발짝 뒤로 물러서다가 발을 헛디뎌 떨어졌다. 알버트는 뭔가에 부딪히는 소리, 기와가 덜그럭거리는 소리, 아래 지붕에서 미끄러지는 소리, 마침내 쿵 하고 마당에 떨어지는 둔탁한 충격음을 들었다.

알버트는 침을 꿀꺽 삼키고 아래를 내려다봤다. 바닥에 쓰러진 몸뚱이를 슬쩍 곁눈질했다.

"저거… 죽었을까?"

스칼렛의 눈빛이 차가웠다.

"모르지. 저것들은 쉽게 죽지 않거든."

샐 퀸이 굴러떨어지듯 미끄러져 내려와 그들에게 합류했다.

"방금 대체 뭐였어?"

"뭔지 말해주지."

스칼렛이 총을 벨트에 도로 꽂았다. 우뚝 서서 눈에서 머리카락을 쓸어 올리며 알버트와 샐 퀸을 쏘아봤다.

"저건 오늘 밤 내 앞길을 막는 마지막 방해물이었어. 알버트, 일어나. 샐 퀸, 당신은 마지막 지붕을 오를 준비를 해. 이제 저 아래로 내려가서 트럭을 쟁취한 후, 스토우로 심야 드라이브를 갈 거야. 민병대도, 오염된 자도, 멘토도, 그 망할 요원도, 아무도 우릴 못 막아. 스토우에 도착하면 바로 조와 에티를 찾을 거야. 12시에 자명종이 울리기 전에. 소암스와 티치와 망할 형제단에게서 조와 에티를 구해야지. 그런 다음, 아무도 우릴 찾을 수 없는 곳으로 가서 난 목욕을 하고 밥도 먹고, 적어도 일주일 동안 잠만 잘 거야. 이게 바로 질문에 대한 답이야. 다른 질문 있어?"

순간 침묵이 흘렀다.

"아니." 알버트가 말했다.

샐 퀸이 턱을 긁적였다. "음, 대체 그 사람들이 누군지나 알면 더 좋겠는데 말이야."

5

12시

노파는 오후 기도를 드릴 장소로 중심가의 큰길이 세탁소와 자전 거 거치대 사이에서 기역자로 꺾이는 지점의 마른 보도를 골랐다. 세 탁소가 화요일 오후에 문을 닫을 뿐더러 오가는 사람도 적어 방해를 피할 수 있는 곳이었다. 게다가 고트 술집 맞은편 자리라 정원에서 풍겨오는 구수한 냄새와 술집에 드나드는 손님들이 던져주는 동전까 지 덤으로 얻을 수 있었다. 무엇보다 이 자리는 햇빛이 잘 드는 명당 이었다. 3시에서 6시까지 햇빛이 뒷벽에 반사돼 기도 매트를 따뜻하 게 데워줬다. 노파는 음식, 술, 장신구 등 육체적 쾌락을 멀리했지만, 햇빛은 그녀가 누리는 유일한 사치였다.

노파는 혹시 모를 추위에 대비해 망토를 두른 채 가부좌를 틀었 다. 망토의 모자를 뒤로 젖히고 길고 흰 머리카락과 볕에 그을려 주 름진 얼굴을 앞으로 기울여 햇빛을 만끽했다. 한창 봄기운이 완연해 지금은 담요 없이도 충분히 따뜻하고 편안했다. 첫 명상은 순조로웠 다. 정신은 도시를 벗어나 야생 지대를 가로질러 철 무더기 언덕과 잔해 더미 바다까지 멀리 돌아다녔다. 숲의 늑대들과 함께 달리고 험 준한 바위 위 까마귀들과 같이 날았다. 마침내 구름이 햇빛을 가리고 손에 한기가 느껴질 때 비로소 명상에서 깨어났다. 접시 위에 아까는 없던 동전 네 개가 놓여 있었다.

머리 위를 지나가는 구름을 바라봤다. 구름은 지붕을 노란색에서 회색과 파란색으로, 그리고 다시 노란색으로 물들였다. 그때 중심가에서 큰 소란이 들렸다. 보석상 거리에서 나는 듯했다. 유리가 깨지는 소리, 고함 소리, 손잡이 종이 미친 듯이 울리는 소리…. 노파는 별로 신경 쓰지 않았다. 또 어리석은 신앙의 날 행사겠지 싶었다. 그런 일들은 오래전에 관심을 끊었다.

소란은 곧 습지 관문 쪽으로 이동했다. 노파는 다행이라고 생각했다. 6시가 되면 신앙의 집에서 종이 울리고 신도들이 예배를 위해 모일 것이다. 그때가 되면 거리가 붐빌 게 틀림없었다. 근엄하고 점잖은 척하는 사람들이 저마다 저녁 예복을 차려입고 거리를 활보할 것이다. 남자들은 정장에 중산모를 쓰고, 여자들은 눈썹 칠을 하고 검은 흑요석 보석으로 치장할 것이다. 모두 남을 흘끗거리며 자신을 과시하고 싶어 안달 난 사람들이었다.

그러나 고맙게도 지금은 거리가 조용했다. 노파는 명상을 이어 갔다.

정신이 더 높은 깨달음의 경지로 올라서려는 순간, 묵직한 뭔가가 매트 위로 쿵 떨어졌다. 갑작스러운 움직임과 함께 투덜거리는 욕설이 들렸다. 미처 반응하기도 전에 누군가가 노파를 한쪽으로 거칠게 밀쳤다. 노파는 억 소리를 지르며 옆으로 넘어졌다. 다행히 팔꿈치로 땅을 짚었지만, 다리는 여전히 가부좌를 튼 모양새라 엉덩이가 매트 위로 높이 들렸다. 난데없이 바닥에 엎어진 노파는 눈을 가늘게 뜨고 갑자기 나타난 불청객을 노려봤다.

깡마른 빨간 머리 소녀가 매트에 반쯤 걸터앉아 있었다. 긴 팔다리와 날카로운 턱선, 찡그린 얼굴을 한 소녀였다. 소녀의 무릎이 접시에 부딪히며 동전이 쏟아졌다. 여분의 담요는 꿈틀거리는 소녀의 부츠 발에 채여 날아갔다. 짙은 색 옷을 입은 소녀의 목에는 원통형 가죽 상자가 걸려 있었다. 작은 가죽 가방도 갖고 있었는데, 노파처럼 다리를 꼬다가 그 사이로 가방을 떨어뜨렸다. 가방에서 짤그랑 소리가 났다. 허리 벨트에 꽂힌 것들이 얼핏 보였다. 칼, 낯선 도구들, 번쩍이는 권총까지….

그것들은 순식간에 시야에서 사라졌다. 소녀가 담요를 낚아채 자기 몸을 덮은 것이다. 그러더니 또 순식간에 담요를 후드처럼 만들어 머리를 가렸다.

잠시 후, 길 위해서 징 박힌 부츠 소리가 쿵쿵 났다. 노파는 중심가 큰길을 따라 시선을 옮겼다. 중산모를 쓴 남자들이 햇빛을 등지고 다가오고 있었다.

"쉿! 조용히 해!" 담요 아래서 소녀의 목소리가 날카롭게 들렸다. "입을 열면 쏠 거야. 난 지금 담요 아래서 총을 겨누고 있어."

노파는 아무 대꾸도 하지 않은 채 다시 앉은 자세를 바로잡았다. 옆 자리에선 소녀가 끊임없이 욕설을 중얼거리며 자세를 잡고 있었다. 담요 후드 아래로 푹 숙인 머리는 깊은 명상에 잠긴 듯 보였다. 노파가 지켜보는 가운데 담요 아래서 동전 하나를 쥔 창백한 손이 불쑥 튀어나왔다. 동전은 목에 걸린 가죽 상자 안으로 쏙 들어갔다. 손이 다시 사라졌고, 모든 게 다시 고요해졌다.

부츠 소리가 점점 가까워졌다. 중산모를 눌러쓴 민병대원 세 명이 손에 총을 들고 나타났다. 그들은 조깅과 달리기의 중간 속도로 움직였다. 매트를 지날 때도 속도를 늦추지 않고 그대로 길모퉁이를 돌아 사라졌다.

노파가 눈썹을 긁적였다.

"저들이 곧 되돌아올 거란다."

소녀는 꼼짝도 하지 않았지만 담요 밑에서 목소리가 흘러나왔다.

"아무 말도 하지 마. 내 총은 아직 당신을 겨누고 있으니까."

"사람을 죽인 거니?"

"아니."

"그럼 도둑질이로군."

순간 소녀의 작고 사나운 얼굴이 드러났다. 담요 그림자가 드리워진 오소리 유령처럼 창백했다. 초록빛 눈이 노파를 향해 번득였다. 길 위쪽에서 민병대의 발소리가 멈췄다. 그들은 뭔가 흥분한 듯 격렬하게 대화를 주고받았다.

"손을 무릎 위에 이렇게 올려놓으렴. 손바닥을 위로 하고. 내면의 악한 기운이 빠져나갈 거야. 네 경우엔 시간이 좀 걸리겠지만."

담요 밑의 소녀가 얼굴을 찡그렸다.

"빌어먹을 충고 따윈 필요 없어."

"이 세상에 공짜가 흔한 줄 아니? 내 충고는 무료니까 받아들이든 말든 네 마음대로 하렴."

"그럴게."

"그래라."

노파는 구아노로 뒤덮인 바위 위 늙은 갈매기처럼 팔을 쭉 폈다.

"이제 뼈만 앙상한 엉덩이 좀 치우려무나. 햇빛을 다 가리잖니. 안 치우면 권총이 있든 없든, 귀청이 떨어져라 소리를 질러서 민병대를 당장 불러올 테다."

잠시 망설이던 소녀가 이윽고 엉덩이를 살짝 움직였다. 추격하던 민병대가 길을 따라 돌아오고 있었다.

마침내 매트 근처까지 도달했을 때, 민병대의 얼굴엔 붉으락푸르락하며 당황한 기색이 역력했다. 민병대는 행인을 탐문하며 이 집 저 집 문을 두드렸고, 고트 술집 주인에게 공격적으로 질문을 퍼부었다. 소녀는 고개를 숙인 채 곁눈질로 노파가 어떻게 앉아 있는지 살폈다. 이윽고 노파와 똑같이 두 손을 모았다.

민병대 한 명이 매트로 다가왔다.

"부인, 도망자를 찾고 있습니다."

노파는 마치 먼 곳에서 정신을 끌어오듯 무거운 한숨을 쉬며 고개를 들었다.

"도망자라고요? 어떻게 생긴 남자죠?"

"남자가 아닙니다! 웬 계집애입니다만, 생긴 걸 들어보면 검은 늪에서 나온 괴물 같더군요. 긴 머리카락, 큰 이빨, 눈은 사납고 온통 사악함과 악의로 가득 찼다던데. 방금 밥 바넷의 보석 가게에서 검은 텍타이트 귀걸이 여섯 개를 훔쳐 달아났습니다. 지붕 위로 도망 다니다가 다시 땅으로 뛰어내렸고요. 길거리에 툭 떨어진 말똥처럼 말입니다. 혹시 그런 계집애가 지나가는 걸 목격하셨습니까?"

"내 영혼은 다른 곳에 가 있었답니다. 공원 쪽으로 급하게 달려가는 발소리를 들은 거 같긴 하지만요."

"저희도 그쪽을 살펴봤습니다. 옆에 계신 분은 아무것도 못 보셨나요?"

"못 봤을 거예요."

"직접 물어봐도 되겠습니까?"

"지금 깊은 명상 중이라서요. 그리고 물어도 소용없을 거예요. 이 아인 듣지도 말하지도 못한답니다."

"그럼 별 도움이 안 되겠군요…." 민병대원의 목소리에 비난의 기색이 섞였다.

"신성한 기도 매트는 존중하지만, 멘토들이 저분의 장애를 모르는 게 좋을 겁니다…."

민병대원이 말을 줄이더니 중산모를 살짝 들어 인사했다. 그리고 길 아래쪽에서 사람들을 계속 취조 중이던 동료들에게 서둘러 합류했다.

천을 둘러쓴 두 형체는 한동안 침묵했다.

한참 뒤, 담요 아래에서 목소리가 들렸다. "왜 처음엔 민병대가 캐묻지 않고 그냥 지나간 거야?"

"넌 모르지만, 그들은 아니까. 이 매트는 성스러운 땅이거든."

소녀는 목구멍 깊은 곳에서부터 비웃는 듯한 소리를 냈다.

"퍽이나 그렇겠네. 이 천 조각을 자세히 들여다보면 먼지랑 부서진 케이크, 과자 부스러기랑 제발 건포도였으면 하는 것들이 보인다고."

"넌 모든 걸 보면서 아무것도 모르는구나. 적어도 저 사람들은 기준이라는 게 있단다. 예를 들어, 예의범절 같은 거 말이지. 품위, 예의, 그리고 다른 사람과 그들의 재산에 대한 존중."

소녀가 더 크게 코웃음 쳤다. "흥, 그러니까 바보들이지! 난 그런 기준 따위 없어. 아무것도 안 믿으니까!"

"네 목에 걸린 상자는 다른 말을 하는구나. 그건 뭐 하는 물건이니?"

"욕설용이야."

"도둑질이나 폭력용은 아니고? 신성한 기도 중인 독실한 신비주의자를 함부로 대한 건 포함 안 되니?"

"욕설 용도라고."

"음." 노파가 몸을 뒤척였다. "그렇다면 상자에 동전을 하나 더 넣어야겠구나. 안 그러니?"

"알아."

"아까 '빌어먹을'이라고 했잖니."

"알아! 안다고! 제길!"

"이런! 두 개 넣어야겠구나."

"제기랄. 자, 이제 세 개 넣을까?"

소녀는 빠르고 능숙한 손놀림으로 동전 세 개를 통에 넣었다. 담요 아래에서 고개를 내밀고 거리를 이리저리 훑어봤다.

"어쨌든, 바보들이 갔으니, 나도 곧 갈 거야. 이제 쓸데없는 잔소리는 참을 필요 없지."

노파는 말을 아낀 채 심호흡을 했다. 작고 주름진 손은 오래 끓인 차처럼 짙은 갈색이었다. 손바닥은 위를 향한 채 무릎 위에 올려져 있고, 낡고 해진 망토 자락이 버려진 꽃잎처럼 주위에 펼쳐져 있었다. 커다란 검은색 파리가 망토의 툭 튀어나온 지점, 아마도 무릎인 듯한 곳 위에서 기어 다녔다. 파리는 노파의 손가락 위로 날아올라 자리를 잡고 앞다리를 비벼댔다. 그러나 노파는 움직이지 않았다.

"당신도 모든 생명을 존중한다는 바보인가 보지?" 잠시 후, 소녀가 말했다. "아무리 더럽고 타락한 존재일지라도…."

"이 파리 말이냐?" 노파가 한숨을 내쉬었다. "아니. 사실 이 작은 녀석을 눌러 죽이고 싶지만, 그러려면 움직여야 하고, 결국 내 명상을 방해하겠지. 이틀 동안 아무것도 못 먹었더니 파리라도 먹고 싶은 생각마저 드는구나. 하지만 네가 있는 곳 근처 하수구 바닥 어디에 이 파리가 있었을지 잘 아니까, 차마 그럴 순 없지. 그래서 난 이 녀석을 잠시 귀찮은 골칫거리 정도로만 참고 있단다. 마치 널 참아주듯이 말이야."

소녀가 또 코웃음을 쳤다. 그 후 두 여자와 파리는 조용했다. 잠시 후, 파리가 날아갔다. 소녀도 곧 떠날 기색을 보였지만 느릿느릿 뭔가 망설이는 듯했다. 햇살 아래는 따뜻했고, 누더기 담요는 의외로 편안했다. 소녀는 잠시 도망 다니지 않아도 된다는 사실에 기분이 나쁘지 않았다.

"그래서 얘야, 넌 어떠니? 좀도둑 노릇은 할 만하니?"

"괜찮아."

"꽤 스트레스 받을 거 같은데."

"전보다 나아."

"텍타이트 광산에서 나온 보석이라. 대재앙 때 생긴 별 조각들이지. 보석으로 뭘 할 거니? 몸에 걸치게?"

"그럴 리가! 보스에게 갖다주지. 꽤 돈을 잘 쳐주거든. 맙소사! 방금 그 코웃음은 대체 뭐야?"

노파가 껄껄 웃었다. "나도 너만큼이나 코웃음을 잘 칠 수 있단다. 웃긴 얘기를 들으면 더 크게, 더 길게 할 수도 있지. 그러니까 결국 네가 처벌을 무릅쓰고 훔치면 나쁜 놈들이 이득을 취하는 게로군? 훌륭해."

"적어도 밥벌이는 되잖아." 잠시 후, 소녀가 말했다. "세상에서 내 몫을 하는 거지. 굶어 죽거나 파리를 먹지 않아도 되니까."

"하, 착각하지 마렴. 넌 파리를 먹고 있는 거란다."

소녀는 아무 대꾸도 하지 않았다. 그들은 기도 매트 위에 나란히 앉아 있었다. 작업장이 문을 닫고, 사람들이 밭에서 돌아오자 거리에 점점 사람이 많아졌다. 누군가가 던진 동전 하나가 빙글빙글 돌며 접시 안으로 떨어졌다.

노파는 소녀의 침묵 속에서 억눌린 감정을 느꼈다. 분노나 긴장이 고조되는 것 같았다. 아니나 다를까, 소녀가 마침내 입을 열었을 때, 목소리가 칼에 목을 눌린 듯 거칠고 가빴다.

"설교하지 마, 이 위선자 노인네야. 파리 같은 헛소린 집어치워! 내가 목줄에 매여 있을진 몰라도, 당신도… 당신도 결국 신앙의 집의 꼭두각시잖아! 여기서 당장 쏴 죽이겠어."

노파가 어깨를 으쓱하고 주위를 둘러봤다.

"내가 신앙의 집과 무슨 상관이 있니? 멘토가 나와 함께 하수구에 쭈그리고 앉아 있는 꼴을 본 적 있니?"

"그런 건 아무 의미 없어! 당신은 신앙의 집이 지배하는 도시에 살고 있잖아. 만약 그들이 당신을 인정하지 않았다면, 당신은 중죄인 들판으로 끌려가 늑대 밥이 됐을 거야!"

이번엔 노파가 잠시 머뭇거렸다.

"네 말도 일리가 있구나." 노파가 마침내 입을 열었다. "신앙의 집은 내 방식을 좋아하지 않지만 참아주고 있지. 명상은 신앙의 집에서도 가르치니까. 빛나는 신들의 그림 앞에서 명상과 겸손을 가르치지. 그러니 내가 명상하는 것 자체를 반대할 순 없어. 내가 이곳이 아니라 신앙의 집 정원에서 명상하길 바라지만, 난 그들이 원하는 만큼 깨끗하지 않으니까…."

지나가던 아이가 접시에 동전을 던지자, 노파가 한 손을 흔들어 고마움을 표했다.

"고맙구나, 애야! 고마워!" 노파가 부드럽게 말을 이었다. "사실 난 그들로부터 완전히 자유롭단다. 이 자유의 비결이 뭔지 알고 싶니?"

소녀가 담요 아래서 어깨를 으쓱했다. "말해봐."

"바로 이 기도 매트란다. 멘토의 영향력도 이 매트의 가장자리부터 안 통하지. 이 위에 있는 동안, 난 다른 곳에 존재하는 거나 마찬가지란다. 내 영혼이 멀리 날아가니까. 일곱 왕국을 지나 불의 지역과 바다를 건너 멀리까지….." 노파가 깔끔하고 새하얀 이를 드러내며 웃었다. "신앙의 집으로부터, 도시로부터 벗어나지. 꼬치꼬치 캐묻는 잔인한 여편네들이나 술에 취해 허세 부리는 남자들로부터도. 이 늙고 허약한 몸뚱이의 한계를 넘어 나란 존재의 불완전함에서도 벗어나지. 믿든 안 믿든 정말 그렇단다. 이 매트 위에서는 아무 제약이 없어…. 자, 이제 넌 이 도시에 없어. 느껴지지 않니?"

"안 느껴지는데."

"다시 눈을 감아보렴."

소녀의 얼굴은 담요 후드에 가려 보이지 않았다. 하지만 고요한 모습을 보니 조언을 따르는 것 같았다. 오 초 정도밖에 지속되진 않았지만.

곧 짜증 섞인 목소리가 터져 나왔다. "하! 이건 바보 같은 짓이야! 난 전혀 관심 없다고!"

"그럼 왜 아직도 여기 앉아 있는 거니?"

"음…, 거리에 사람이 많아서. 좀 기다리면 빠져나가기 쉬워질 거야."

"그래? 그런데 이제 몇 분 후면 6시 퇴근 시간이 시작되는데. 지금 바로 가는 게 좋을 거야. 네가 바라는 게 진짜 그거라면…. 아니면 여기 좀 더 있어도 된단다. 원한다면 내가 명상 기술을 꽤 많이 알려줄 수 있거든. 명상은 깨달음과 자유로 이어지는 길이지."

소녀가 코웃음 쳤다. "당신, 분명 뭔가 대가를 바라겠지. 돈 같은 거."

"아무것도 필요 없단다. 네가 옆에 있어주는 것만으로 충분해."

"흥, 거짓말."

소녀는 냉소적인 말을 쏟아내려 애썼다. 하지만 왠지 그 자리를 떠나진 않았다.

"매트 위에 있을 땐 모든 것으로부터 벗어날 수 있다고 했지?"

"뭐든 가능하지."

긴 침묵이 흘렀다. 노파는 인내심이 뛰어났기에 그저 미소 지으며 두 눈을 감았다. 따스한 햇살이 상처 입은 소녀를 치유하도록 두었다. 담요 밑을 들여다보지 않아도 소녀에게 구멍이 뚫려 있단 걸 알 수 있었다. 주먹이나 심장이 들어갈 만큼 큰 구멍이. 햇살과 기도 매트, 그리고 온갖 명상 기술로도 그 구멍을 완전히 메울 순 없겠지만, 시간이 주어진다면 덮어줄 순 있을 것이다.

거의 잠들었을 때쯤, 소녀가 일어나는 소리가 들렸다. 노파는 눈을 뜨지 않았다.

"그래, 어떻게 할 거니?"

"보석 때문에 누굴 좀 만나야 해. 하지만 당신 말이 진짜라면…."

"준비가 되면 언제든 돌아오렴. 난 계속 여기 있을 거란다."

21

몇 킬로 앞 언덕에 스토우 시가 자리 잡고 있었다. 건물들이 안전
지대 위로 하얗고 붉게 솟아 있고, 햇빛이 테라코타 지붕에 반사돼
반짝였다. 도시 너머 웨섹스 야생 지대에는 숲이 우거진 산등성이가
지평선까지 뻗어 있고, 안전지대엔 수확물로 가득 찬 들판이 바다처
럼 넘실거렸다. 사람들은 황금빛 밀밭에서 고개를 숙인 채 낫을 번쩍
이며 일했다. 트럭이 곧게 뻗은 하얀 길을 질주했다. 그러나 고개를
들어 위를 올려다보는 사람은 거의 없었다. 트럭은 속도를 늦추지 않
았다. 거의 밤새도록, 아침 내내 달려 이제 목적지를 코앞에 뒀다.

알버트는 뒷좌석에서 찾은 쌍안경으로 도시 곳곳을 자세히 살폈
다. 부서진 도시 관문으로 이어지는 오르막길과 무너진 돌이 겹겹이
쌓인 고대 방어벽의 흔적이 보였다. 방어벽은 경사면을 따라 아래로
이어지며 가시덤불과 합쳐졌다. 비둘기 새장과 사육장, 뾰족한 지붕
들, 언덕 가장자리에 자리 잡은 사이프러스 나무들이 눈에 띄었다.
남쪽에는 빈민가가 뒤엉켜 있고, 북쪽 능선에는 어수선한 창고 지구
가 언덕 꼭대기까지 늘어서 있었다. 그곳엔 땅딸막한 검은색 돔지붕
의 건물 하나가 툭 튀어나와 있었다. 알버트는 쌍안경을 고정한 채

건물 안에 있는 거대 식인 올빼미들을 상상했다.

"스칼렛, 저기 손가락 형제단의 종탑이 보여."

"지금 몇 시야?"

스칼렛은 운전하느라 도로에서 눈을 떼지 않았다.

"11시 조금 넘었어. 이제 한 시간도 안 남았어."

"알았어. 여기서부터 이십 분 정도 걸릴 거야." 스칼렛이 어깨 너머로 말했다. "샐 퀸, 거긴 잘되고 있어? 알버트, 가서 샐 퀸이 작업을 마쳤는지 봐봐."

알버트는 운전석 해치를 통과해 덜컹거리는 어두운 화물칸으로 들어갔다. 샐 퀸은 철망으로 된 케이지 끝 쪽, 나무 상자들 옆에 무릎을 꿇고 있었다. 맨 위 상자에 마지막으로 흙과 자갈을 담는 중이었다. 알버트가 다가가자, 샐 퀸은 상자를 툭툭 두드리며 뚜껑을 덮고는 만족스러운 표정으로 일어섰다.

"할 수 있는 건 다했어. 그들이 진짜 속을까?"

알버트가 상자마다 자세히 살펴봤다. 정말 그럴듯해 보였다. 진짜 애쉬타운 광산에서 가져온 상자인 데다, 상자마다 신앙의 집 문양이 찍혀 있었다. 게다가 이젠 무게까지 충분히 채워졌다. 안에 유물이 없다는 게 아쉬울 뿐. 전날 밤 밀턴 케인즈에서 트럭을 찾았을 때, 예상대로 트럭 안은 텅 비어 있었다. 멘토들이 거들떠보지도 않은 미사용 상자 일곱 개만 남아 있을 뿐이었다. 스칼렛 일행은 새벽에 길가에서 돌과 흙을 긁어모아 상자를 채웠다. 그럴듯해 보이는 상자 일곱 개…. 물론 많은 숫자는 아니었다. 하지만 트럭을 가득 채울 순 없어도 형제단 건물에 출입 허가를 받기엔 충분했다. 소암스와 티치는 분명 이 상자 자체에 흥분해서 그들을 안으로 들여보내줄 것이다.

물론 아무도 상자 속을 들여다보지 않는다는 전제가 있어야 하지만….

"건물 문 앞에서 형제단 사람을 속이는 게 관건이에요. 이 정도면 충분하겠죠." 알버트가 말했다.

샐 퀸은 손을 천에 닦으며 미심쩍은 듯 말했다. "너무 위험한 계획 같아. 변수가 많다고. 잘못될 가능성이 높아."

"스칼렛이 괜찮을 거라고 했어요."

"글쎄…. 겨우 두 번 만났을 뿐인데, 벌써 스칼렛 때문에 처형당할 위기까지 겪었어. 아직 승리의 춤을 추기엔 이른 거 같군. 만약 나중에 상자 뚜껑이 열리면 어쩔 거야?"

알버트가 가장 큰 상자를 바라봤다. 길고 튼튼한 상자엔 안전하게 자물쇠가 채워져 있고, 작은 상자들과 떨어져 있었다.

"어차피 상자 뚜껑이 열리게 되면…, 그땐 다른 문젠 생각하지 않아도 될 거예요."

알버트와 샐 퀸이 다시 운전칸으로 왔다. 스칼렛은 아까 그대로 운전석에 앉아 있었다. 빨간 머리카락은 얼굴을 가리지 않도록 얇은 끈으로 묶여 있었다. 햇빛은 가차 없이 멍과 찢어진 옷, 심지어 올가미에 졸려 생긴 목의 상처까지 낱낱이 드러냈다. 초록빛으로 반짝이는 눈빛은 차갑고 단호했다.

"샐 퀸, 준비 다 됐지? 우리가 하는 일이 마음에 들어?"

샐 퀸이 조수석에 앉았다. 옆에 있던 가죽 가방을 집어 무릎 위로 올렸다.

"'마음에 든다'는 표현은 너무 과하지. 이 계획은 완전 미친 짓이야. 너희 둘 다 다신 못 볼 거 같군."

스칼렛이 씩 웃었다. "우린 그런 칭찬을 좋아하지."

"내가 티치를 만난 적 있단 걸 잊지 마. 온몸에서 폭력적인 기운을 풍기는 남자였어."

"나도 아직 티치와 검을 겨뤄 이겨본 적이 없긴 해." 스칼렛이 샐 퀸의 말을 인정했다. "티치는 나만큼 총도 잘 쏘거든. 하지만 그건 중요치 않아. 어차피 우린 무기 없이 손가락 형제단 본부로 들어갈 테니까…. 샐 퀸, 무기 가방은 챙겼지?"

"챙겼어."

"좋아. 고마워. 샐 퀸, 죽지 않고 살아남으면 나중에 도시 방어벽 밖 공동묘지에서 만나는 거야."

"알았어, 알았어. 사이프러스 나무 그늘 아래의 공동묘지 말이지. 유령이 나오는 무덤 사이에서…."

샐 퀸이 한숨을 내쉬며 고개를 절레절레 흔들었다.

"대체 왜 평범한 카페 같은 데서 보지 않는 거야?"

"카페는 사람이 많잖아요. 무덤가는 조용해서 좋다고요." 알버트가 대답했다.

"뭐, 아무튼 곧 알게 되겠지." 샐 퀸이 손목시계를 확인한 후 말을 이었다. "좋아. 난 도망칠 때 필요한 물건들을 챙기도록 하지. 시장에서 구할 수 있다면 말이야. 1시까지 공동묘지에 도착해서 최대한 오래 기다릴게. 자, 스칼렛, 난 여기서 내려주는 게 낫겠어."

도로가 평원을 벗어나 오르막길로 이어졌다. 트럭은 녹슨 기계 잔해와 얼룩덜룩한 돌무더기가 흩어진 곳을 지났다. 그 위로 스토우 시의 관문이 활짝 열려 있었다. 알버트의 눈에 집들 사이로 펄럭이는 빨래가 보였다. 손가락 형제단 건물 위에서 금속 풍향계가 천천히 돌아갔다.

스칼렛이 브레이크를 세게 밟자, 트럭이 길가에 멈췄다. 샐 퀸은 무기 가방을 들고 트럭에서 내리며 장난스럽게 가벼운 경례를 했다. 트럭은 다시 굽은 언덕길을 따라 속도를 올렸다. 알버트는 사이드미러로 샐 퀸을 바라봤다. 작은 형체가 트럭 뒤를 따라 길을 걷고 있었다.

스토우의 관문은 옛 화재로 검게 그을리고 비뚤어진 채 활짝 열려 있었다. 알버트가 기괴한 환상에 사로잡히기 쉬운 사람이었다면, 섬뜩하게 매달린 문의 모습이 입을 딱 벌리고 그들을 반기는 악마의 입처럼 느껴졌을 것이다. 다행히 알버트는 그런 부류가 아니었다.

길가에 수염을 기른 보초병들이 뜨거운 햇볕을 피해 휴식을 취하는 초소가 보였다. 보초병들은 트럭에 그려진 신앙의 집 문양을 보고 그냥 지나가라고 손짓했다. 트럭은 언덕 꼭대기에 도착했다. 마지막 커브를 돌기 전, 알버트는 지나온 평원을 뒤돌아봤다. 희뿌연 안개 속으로 도로가 구불구불 뻗어 있었다.

도로 위에는 아무것도 없었다. 사람도 보이지 않았다.

"스칼렛, 곧 말로리가 쫓아올 거야. 알고 있지?"

스칼렛이 트럭 속도를 늦췄다. 과일 바구니를 든 꾀죄죄한 아이들이 들판에서 관문을 향해 걸어 올라오고 있었다. 차를 멈추고 아이들이 먼저 지나가도록 기다렸다.

"밀턴 케인즈부터 수습해야 할걸? 어젯밤에 완전 난장판이었잖아. 아직도 폭동이 계속되고 있을 거야."

"아니. 말로리는 거기서 시간을 지체하지 않을 거야. 네 머릿속을 읽었으니 조와 에티에 대해서도 알겠지. 우리가 스토우로 향한다는 것도 알고. 바로 지금도 우리 뒤를 쫓아오고 있을 거야."

스칼렛이 손목시계를 확인하고 트럭 경적을 울렸다. 마지막 아이가 깜짝 놀라 길 밖으로 뛰쳐나갔다.

"그럼 서둘러 일을 끝내야겠네."

"있잖아, 스칼렛…. 사실 광장에서 있었던 일 때문에 내가 좀 지쳤거든. 만약 말로리가 나타난다면…."

스칼렛이 손을 뻗어 알버트의 팔을 가볍게 두드렸다.

"넌 이미 한 번 해냈잖아. 또 하라곤 안 할게. 걱정 마. 조와 에티를 구출하고 여기서 빠져나가자. 요원이 나타나기 전에."

트럭은 부서진 관문의 아치형 입구를 지나 도시로 들어섰다. 자갈길은 번화한 시장으로 이어졌지만, 스칼렛은 차를 오른쪽으로 꺾어 좁은 길로 들어갔다. 주택가를 지나자 창고와 작업장과 높은 벽 뒤에 자리 잡은 양조장이 나타났다. 알버트는 어린 시절, 자신을 가둔 스톤무어의 정원을 둘러싼 감옥 벽이 갑자기 떠올랐다.

"네 말이 맞았어. 말로리도 스톤무어 출신이야." 알버트가 조용히 말했다.

스칼렛이 고개를 끄덕였다. 입가에 희미한 미소가 떠올랐다.

"그럴 줄 알았어. 너랑 닮은 점이 있거든. 능력만 얘기하는 게 아냐."

알버트가 살짝 눈살을 찌푸렸다. "무슨 말인지 모르겠네. 난 그와 전혀 달라."

"정말 그렇게 생각해?"

"당연하지! 그 허세에 가득 찬 양복하며 바보같이 큰 코트에, 우스꽝스럽게 기름칠한 머리라니…. 어휴."

"외모 말고, 알버트. 성격, 내면을 말하는 거야."

"끔찍한 향수까지 쓰는 거 같던데, 그게… 뭐? 대체 무슨 말이야? 말로리는 악랄하고 차갑고 잔인하고 완전히 부도덕한…."

"알아. 하지만 그런 허세와 가식에도 불구하고, 그 역시 너처럼… 세상 물정에 어두운 순진한 면이 있어." 스칼렛이 잠깐 말을 멈췄다.

"음, 둘이 완전히 똑같다는 건 아니야. 하지만 버스에서 널 처음 봤을 때, 네가 아픈 줄 알았거든. 마치 열병이라도 앓는 것처럼. 말로리에게도 그런 면이 있어. 절대 사라지지 않을 거 같은 면모지."

알버트가 조용히 생각에 잠겼다.

"스칼렛, 내 열병은 네가 없애줬어."

"뭐, 넌 날 교수형에서 구해줬으니 이제 서로 비긴 셈이네. 지금 몇 시야?"

"11시 26분. 시간이 좀 빠듯해."

"여기까지라도 온 게 다행이네."

길은 계속 모퉁이를 돌며 굽이굽이 언덕을 올랐다. 꼭대기까지 이어지던 길은 늘어선 창고 사이를 따라 곧게 뻗어가다 막다른 곳에서 끝났다. 벽돌과 석고로 만든 거대한 벽이 땅 위에 솟아 있었다. 벽에는 버스 한 대가 지나갈 만큼 커다란 사각형 입구가 있었는데 철문으로 굳게 닫혀 있었다. 스칼렛은 철문을 향해 계속 트럭을 몰았다. 알버트가 눈을 가늘게 뜨고 벽 너머를 응시했다. 검게 물든 올빼미 종탑의 돔 모양 지붕이 보였다. 일주일도 안 되는 불과 며칠 전, 그들은 이곳을 떠나 북쪽 애쉬타운으로의 여정을 시작했다. 그리고 지금 손가락 형제단 본부로 다시 돌아왔다. 이 안 어딘가에서 에티의 목숨 시계가 마지막 순간을 향해 째깍거리며 가고 있을 것이다.

트럭은 육중한 사각 철문 앞에 멈춰 섰다. 스칼렛이 엔진을 껐다. 뿌연 먼지가 가라앉자 길가에 설치된 나무 인도 위에 한 남자가 보였다. 남자는 흔들의자에 앉아 신문을 읽고 있었다. 푸석푸석한 피부에 특색 없는 감자 같은 얼굴. 볼품없는 남자였다. 흰색 셔츠와 회색 바지를 입었고, 모직 재킷은 의자 손잡이에 걸려 있었다. 신문을 쥔 손의 새끼손가락은 밑동부터 잘려나가고 없었다. 팔꿈치 옆의 벽에는 뿔피리 모양의 검은색 통신 장비가 스피커와 나란히 걸려 있었다. 인도 옆 출입구로 가는 층계엔 보온병과 빈 그릇이 놓여 있었다.

남자가 무심하게 트럭을 보더니 다시 신문을 읽기 시작했다.

"경비원이 있네." 스칼렛이 주머니에서 껌을 꺼내 껍질을 깐 후 입에 넣었다. "경비원만 통과하면 돼, 알버트."

알버트가 남자를 유심히 살폈다. "별로 어려워 보이진 않는데."

이 말을 하는 순간, 경비원이 뿔피리 모양 송신기에 대고 뭔가 짧게 말했다. 곧 벽에서 문이 열리더니 덩치 큰 남자 여섯 명이 줄줄이 나왔다. 모두 면도도 하지 않은 턱에 검은색의 헐렁한 모자, 근육질 몸통에 바로 페인트를 칠한 것처럼 놀라울 정도로 딱 달라붙는 하얀 셔츠, 온갖 종류의 무기가 달린 벨트, 그리고 작업용 부츠를 착용했다. 가장 키가 큰 남자는 문을 나오기 위해 몸을 반쯤 접어야 했다. 가장 키 작은 남자조차 알버트를 겨드랑이에 쏙 끼울 만큼 컸다. 아마 충분히 즐겁게 그러고도 남을 것이다. 형제단원들의 눈빛은 얼음처럼 차가웠고, 딱딱하고 거친 손은 언제라도 총을 쏠 수 있게 벨트 옆에 자리 잡았다. 그들은 트럭을 마주 보며 인도에 늘어섰다. 경비원이 흔들의자에 몸을 다시 기댔다.

알버트가 침을 꿀꺽 삼켰다. "어, 좀 어려워 보이네."

"그래. 우릴 위한 환영위원회군. 좋아, 어서 끝내자."

스칼렛과 알버트가 운전칸에서 내렸다. 해가 높이 떴고, 창고 지붕 가장자리에는 그늘이 드리웠다. 지붕 홈통에는 검은 새들이 무리 지어 앉아 있었지만, 그 외에는 거리에 인적이 없었다. 알버트는 운전칸 문을 닫고 길 아래를 내려다봤다. 스토우에서 가장 높은 곳이었기에 굴뚝 너머로 몇 킬로 정도 도시 밖을 내다볼 수 있었다. 동쪽에서 불어오는 바람에 밀밭이 은빛 물결처럼 흔들렸다. 조금 전까지 달려온 도로가 텅 빈 푸른 하늘 아래 하얀 실처럼 가늘게 이어져 있었다.

알버트는 머리에서 전에 없던 희미한 통증을 느꼈다. 멀리 뻗은 도로를 응시했다.

"알버트, 이리 와." 그때 스칼렛이 불렀다.

흔들의자의 경비원은 느긋하게 몸을 흔들며 신문을 읽는 척했다. 옆에는 총을 든 형제단원들이 조용히 서 있었다. 경비원은 스칼렛의 그림자가 자신에게 드리워질 때까지 기다렸다가 그제야 거들먹거리며 고개를 들었다.

"월트, 잘 있었지? 다들 오랜만이야."

스칼렛은 경비원과 나머지 형제단원을 향해 고개로 까닥 인사했다.

월트라고 불린 경비원은 머리와 턱이 희끗희끗한 수염으로 덮여 있었다. 알버트는 그의 머리를 잘라 위아래로 뒤집어 다시 붙여놔도 비슷해 보일 거라고 생각했다. 월트는 작고 어두운 눈으로 스칼렛을 봤다.

"이봐, 스칼렛. 시간이 얼마 안 남았군."

스칼렛이 계속 껌을 씹으며 말했다. "어쨌든 이렇게 왔잖아. 형제단이 원하는 걸 갖고…. 이제 안에 들어가서 보여주면 되지."

스칼렛은 먼지 날리는 길 위에 침착하고 태연하게 서 있었다.

"물론 그렇겠지."

월트가 셔츠 주머니에서 줄이 달린 시계를 꺼내 무심히 시간을 확인했다.

"맙소사, 시간이 거의 다 됐네."

"그러니까 우릴 그냥 들여보내. 난 시키는 일을 해냈고, 마감 시간 안에 돌아왔어. 간단한 일이잖아."

"흥, 네 꼴을 보니 별로 간단한 일 같지 않은걸."

월트는 스칼렛과 알버트의 피투성이 얼굴과 누더기가 된 옷을 훑어봤다.

"뭐, 당신 코를 납작하게 만들어버리는 일보단 어려웠지. 그건 인정할게."

월트의 눈빛이 차가워지며 흔들의자가 멈췄다.

"스칼렛 맥케인, 나한테 그만 식으로 말하지 않는 게 좋을 거다. 네 꼴 좀 봐. 소암스의 총애를 받던 시절엔 날 거들떠보지도 않고 항상 거만하게 굴더니. 이것 봐. 빌빌 기어서 들어오려고? 약속 시간이 끝날 때까지 여기 세워둬야겠군."

"어디 한번 해봐. 만약 친구들이 죽으면, 난 제일 먼저 이 고대 유물부터 가지고 떠날 테니까. 소암스와 티치는 유물을 손에 넣지 못하겠지. 그럼 그들이 당신을 어떻게 할까?"

월트가 얼굴을 찌푸렸다.

"여기서 네년을 바로 쏴버릴 수도 있어. 그게 제일 간단하지."

"그렇게 해. 그게 보스의 명령이라면."

잠시 침묵이 흐르고, 흔들의자가 삐걱거리는 소리만 들렸다. 알버트는 저들이 스칼렛과 자신을 들여보내 줄 거라고 확신했다. 죽이고 싶었다면 진작 죽였을 것이다. 곧 12시였다. 조와 에티가 거대한 돔 지붕 홀로 끌려가는 모습이 떠올랐다. 쇠사슬이 어둠 속으로 딸려 올라가고, 흥분한 올빼미들이 날갯짓하고…. 그 순간, 긴장 때문인지 머릿속 통증이 더 심해졌다. 한쪽 눈 뒤에서 욱신거리는 고통이 느껴졌다. 아마 절대 공포의 후유증 때문이겠지만….

알버트의 머리가 움찔했다.

순간, 누군가 알버트의 머릿속을 은밀히 탐색하는 듯한 미묘한 느낌이 들었다.

흔들의자가 멈췄다. 월트가 세상만사가 귀찮고 자긴 아무 책임 없다는 듯 어깨를 으쓱했다.

"좋아, 스칼렛 맥케인. 보스가 안에서 기다리고 있어. 하지만 정해진 절차를 무시하고 들여보낼 순 없지. 총이나 칼, 폭탄같이 위험한 물건은 금지야. 알지? 너희 둘과 트럭을 조사할 거야."

월트가 손가락을 팅기자, 형제단 두 명이 앞으로 나왔다.

"팔 들어."

알버트는 무기가 있는지 몸수색을 받는 동안 가만히 서 있었다. 최대한 무표정을 유지하려 애썼지만 심장이 쿵쾅거렸다. 마음이 극도로 동요했다. 당장 몸을 움직여 달려가 에티를 구하고 싶었다. 자신을 쫓아오는 말로리로부터 멀리, 계속 멀리 도망치고 싶었다. 너무 지쳤다! 너무 힘들었다! 말로리에 대적할 수 없었다. 그럴 자신이 없었다. 힘이 남아 있지 않았다.

알버트가 스칼렛을 봤다. 거구의 형제단원이 친절한 곰처럼 몸을 수색하는 동안, 스칼렛은 무심하게 껌을 씹으며 허공을 응시했다. 하지만 알버트는 알고 있었다. 스칼렛 역시 매우 지쳤다는 걸. 지난 며칠간 겪은 일들로 스칼렛은 온몸에 멍과 상처를 입고 많은 대가를 치러야 했다. 하지만 늘 그랬듯, 아무렇지 않은 척하며 오히려 반항적인 태도를 보였다. 반짝이는 눈빛, 턱의 움직임, 차분하지만 건방진 자세. 스칼렛은 어떤 약점도 드러내려 하지 않았다. 그저 서 있는 것만으로도 세상과 세상이 주는 공포에 맞서 싸우고 있었다. 알버트는 스칼렛을 보자 맥박이 차분해지고 마음이 단단해지는 걸 느꼈다. 턱을 꽉 다물고 고개를 돌려 길 아래를 봤다.

몸수색에서 무기를 찾지 못한 형제단원들이 트럭에 올라탔다. 기관총 포탑에서 탄약을 찾아 제거하고 찬장과 짐칸을 뒤졌다. 이제 남은 건 상자들뿐이었다. 형제단원들이 뒤로 물러났다. 드디어 월트가 흔들의자에서 몸을 일으켰다. 알버트와 스칼렛이 뒤따르는 가운데, 월트는 직접 내부를 확인하려 뒷문으로 향했다.

"이게 다야? 상자가 몇 개 없네."

스칼렛이 웃었다. "그래. 하지만 속에 든 건 전부 귀중품이지. 그 옛날 불운했던 시대의 사람들이 건설한 파묻힌 도시의 저주받은 고대 유물들이니까."

월트가 턱수염을 문지르며 말했다. "글쎄, 네가 그렇게 주장한다면…. 내가 직접 열어서 확인해 봐야겠군."

"좋을 대로. 아무 상자나 골라봐."

"여기 자물쇠가 채워진 제일 큰 상자로 하지."

"그래. 내게 열쇠가 있어. 하지만 저주받은 물건은 아주 쉽게 깨진단 걸 명심해. 햇빛에 직접 닿으면 다 부서져 먼지로 변할 수 있어. 이미 귀중한 유물이 몇 개나 그렇게 망가졌거든. 뭐, 당신이 입구에서 하나쯤 더 부순다 해도 소암스는 용서할지 모르지. 어쨌든 나중에 후회하기보단 조심하는 게 낫지 않겠어?"

월트가 얼굴을 찌푸리더니 망설이며 상자를 봤다.

"열려면 어서 열어봐." 스칼렛이 재촉했다. "한낮의 햇빛에 장치 일부가 망가질 수도 있지만. 뭐, 어쩔 수 없지. 자, 열어봐. 소암스와 티치는 신경 쓰지 않을 거야."

호기심, 탐욕, 경계심, 두려움 등 여러 감정이 월트의 얼굴을 스쳤다. 이 자물쇠가 채워진 상자 위를 맴돌았다. 알버트는 가만히 기다렸다. 에티의 목숨 시계에 남은 시간이 째깍째깍 줄어들고 있었다.

"좋아." 월트가 마침내 입을 열었다. "들어가. 하지만 보스들이 이 상자에 감동하길 바라야 할 거야. 난 별로 감동받지 못했거든. 싸구려 물건으로만 보이는군."

"고마워, 월트. 참 변함없이 너그럽고 품위 있게 말하네."

스칼렛은 월트가 멀어지는 모습을 보며 씩 웃었다. 뒷문을 쾅 닫고 운전칸으로 향했다.

알버트는 스칼렛을 따라가지 않았다. 구름 한 조각이 해를 가린 듯 서늘하고 불길한 기운이 느껴졌다. 뭐지? 머리의 이상한 통증, 뭔가 침투하는 듯 따끔거리는 느낌….

월트가 흔들의자로 돌아가 나머지 형제단원들에게 손짓했다. 한 명이 검은 뿔피리 송신기에 대고 명령을 내렸다. 철컹 소리와 함께 벽면의 거대한 철문이 올라가기 시작했다.

스칼렛이 운전칸 문 앞에 섰다.

"서둘러, 알버트. 가자."

"갈게."

알버트가 앞으로 걸어가려다 갑자기 비명을 질렀다. 머리에서 예리하고 날카로운 통증이 폭발하는 듯했다. 머릿속에 그가 아닌 다른 존재가 느껴졌다. 손가락으로 이마를 꾹 누르며 몸부림쳤다.

그 느낌은 곧 사라졌다. 알버트는 숨을 깊이 몰아쉬며 얼굴을 두 손으로 가렸다.

"알버트, 왜 그래?" 스칼렛이 옆에 다가왔다.

철문이 모두 올라갔다.

월트가 흔들의자에 앉아 외쳤다. "어서 들어가. 보스가 기다리니까."

알버트가 천천히 고개를 들어 동쪽을 봤다. 스토우 방어벽 너머, 햇빛 비치는 들판에 작은 흰 먼지구름이 도로를 따라 빠르게 움직이고 있었다. 스칼렛도 그걸 발견했다.

"설마…."

"맞아. 말로리야." 알버트가 말했다.

그때 월트가 다시 외쳤다. "이봐, 보스가 기다린다고."

알버트는 더 이상 지체하지 않았다. 결정은 이미 내렸다. 십 분 후면 저 먼지구름이 이곳에 도착할 것이다. 안에서 해야 할 일을 다 끝내기엔 시간이 부족했다. 선택의 여지가 없었다. 알버트는 피로를 털어내듯 머리카락을 쓸어 넘겼다.

"스칼렛, 트럭을 몰고 들어가. 곧 따라갈게. 먼저 말로리부터 해결하고." 알버트가 월트를 보며 말했다. "월트 씨, 스칼렛만 들어갈 거예요. 저는 안 들어가요. 여기 남을 거예요."

"잠깐, 잠깐만…. 잠깐 기다려봐."

스칼렛은 월트와 문 옆에 서 있는 형제단원에게 손을 들었다.

"안 돼, 알버트. 안 돼. 절대 안 된단…."

"스칼렛, 간단해. 넌 들어가서 조와 에티를 구해. 계획대로 하는 거야. 소암스에게 그가 원하는 걸 줘. 난 여기서 말로리를 막고 뒤따라갈게."

스칼렛이 알버트를 바라보다 화살처럼 들판을 가로질러 날아오는 작은 먼지구름을 봤다. 뺨이 움찔했다. 굳게 다문 입술이 하얗게 질렸다.

알버트가 스칼렛에게 미소 지었다.

"이렇게 해야 해, 스칼렛. 이 방법밖에 없어."

"나중에 따라올 거지?"

"응."

"어떻게 할 건데?"

"진짜 잘될 거야. 괜찮을 거야."

"아니. 절대 안 괜찮아. 같이 있을게. 너 혼자 상대 못 해."

알버트가 스칼렛의 손을 잡았다.

"시간이 거의 다 됐어. 네가 그랬잖아. 십 분밖에 안 남았다고. 지금 들어가야 하는 거 알잖아. 조와 에티를 구해야 해. 쉬운 문제야."

월트가 비웃듯 소리쳤다. "네놈들 임무만큼 쉽단 말이지? 자, 문 열렸다."

"알버트…."

"스칼렛, 넌 들어가야 해."

알버트와 스칼렛이 서로 마주 봤다.

"왜, 둘이 작별 키스라도 하려고? 난 막지 않으마. 여긴 자유로운 나라니까."

월트가 빈정대며 흔들의자에 기대앉아 능글맞게 웃었다.

스칼렛이 손을 확 빼냈다.

"멍청한 계획이야. 난 분명히 얘기했어."

스칼렛이 월트를 한 차례 노려보고 다시 운전석으로 올라가 문을 쾅 닫았다.

"좋아. 쇼는 끝났어. 월트, 나 혼자 들어갈 거야."

"창고를 곧장 통과해서 시계방으로 가. 거기서 보스들이 널 기다리고 있어. 어디로 가는지 알지?"

알버트가 스칼렛을 향해 말했다. "나 대신 에티를 꼭 안아줘."

스칼렛은 찡그린 표정으로 알버트를 봤다. 머리는 헝클어졌고, 얼굴은 창백했다.

"그럴 필요 없을 거야. 곧 네가 직접 안아줄 수 있을 테니까."

알버트는 이미 스칼렛에게서 눈길을 돌려 길 아래를 응시하고 있었다.

22

트럭을 몰고 철문을 통과하는 그 짧은 찰나, 스칼렛은 문을 사이에 두고 앞으로 가야 할지 뒤로 가야 할지 마음이 갈팡질팡 흔들렸다. 트럭 절반은 그림자 속에, 절반은 햇빛 속에 있었다. 조와 에티는 앞쪽에, 알버트는 뒤쪽에 있었다. 양쪽에서 잡아당기는 두 힘이 괴롭도록 완벽하게 평형을 이뤘다. 스칼렛은 팽팽한 줄에 매달린 듯, 철사가 심장을 관통한 것처럼 예리한 고통을 느꼈다.

하지만 그 고통도 순간이었다. 트럭은 창고 그림자 속으로 계속 나아갔고, 알버트는 점점 뒤로 멀어졌다. 험악한 얼굴의 형제단원이 벽 스위치를 눌렀다. 철문이 덜컹거리며 내려가 뒤쪽의 길로 이어지는 통로를 차단했다. 그와 동시에 스칼렛의 마음을 괴롭히던 줄이 끊어졌다. 이젠 뒤로 돌아갈 수 없었다. 내면의 압박이 줄었다. 선택은 이미 끝났다. 앞으로 나아가는 일만 남았다. 가속페달에서 발을 떼고 공허한 어둠 속으로 천천히 차를 몰았다. 형제단원들이 계속 가라고 손짓했다. 트럭은 길고 텅 빈 복도를 따라 전등불 아래로 나아갔다.

이 복도를 차로 운전해 간 적은 없지만, 익숙한 곳이었다. 옛 공장과 창고로 이루어진 미로 같은 이곳은 손가락 형제단의 본부이자 집이었고 범죄의 소굴이었다. 소암스와 티치의 규칙이 이곳을 지배했다. 트럭은 각각 중요한 의미가 있던 옛 방들을 지나갔다. 복도 오른쪽의 하얀 방은 훈련실이었다. 형제단원들이 복싱과 레슬링을 연습하고 긴 칼과 작은 칼로 싸우고, 상대를 교살하는 기술을 배우는 곳이었다. 왼쪽 복도는 스칼렛이 과거를 잊으려 노력했던 콘크리트 사격장으로 이어졌다. 트럭은 중앙 홀을 향해 우회전했다. 버려져 황폐한 구역을 지났다. 부서진 벽과 반쯤 철거된 방, 자물쇠가 채워진 문들과 연습용 금고가 마구잡이로 쌓여 있었다. 온갖 종류의 강도질을 계획하고 훈련할 수 있는 장소였다. 이제 기숙사 구역이 나왔다. 기숙사 어딘가에는 스칼렛이 형제단에 합류한 후, 처음 며칠 동안 공포심에 비명을 지르고 분노와 죄책감을 토해내던 작은 방이 있을 것이다. 곧 식당과 지도실이 나타났고, 마지막으로 소암스의 사무실로 이어지는 복도가 나왔다. 과거 그곳에서 소암스와 티치는 스칼렛을 면담하고, 받아들이고 환영해 줬다.

기억들이 마치 유령처럼 창문에 어른거렸다. 스칼렛은 애써 무시하고 앞만 바라봤다. 저 멀리 햇살이 스며드는 창문 아래로 희미하게 시계방의 문이 보였다. 문은 양쪽으로 활짝 열려 있었다. 손목시계를 확인했다. 12시가 되기 오 분 전이었다. 거의 정오였다. 이마에 땀방울이 맺힌 게 느껴졌다. 땀방울은 뺨을 타고 턱까지 빠르게 흘러내렸다. 스칼렛은 짜증스럽게 땀을 닦아냈다. 초조해할 필요 없었다. 마침내 최종 면담을 할 시간이 왔다. 이제 모든 건 그녀의 연기에 달려 있다.

모든 걸 혼자 해내야 했다.

알버트가 없으니 이상하게 불완전하고 무방비로 노출된 기분이 들었다. 수년 전, 처음 이곳에 홀로 왔을 때처럼…. 뒤에 남아 홀로 길에서 기다리고 있을 알버트를 떠올렸다. 그 역시 매우 힘들고 지쳤을 것이다. 알버트는 더 무방비 상태였다. 하지만 이건 알버트가 스스로 내린 결정이었다. 알버트에게 다가오고 있는 인물을 떠올렸다. 말로리의 능력, 신앙의 집을 위해 저지르는 무자비한 행동, 난폭한 힘…. 알버트는 혼자 말로리와 맞서야 했다. 그녀 없이.

수많은 이별들.

스칼렛은 자기에게 강요된 일에 분노로 가슴이 끓어올랐다. 이를 악물고 가속페달을 밟았다. 열린 문을 통과해 시계방으로 돌진했다.

월트의 말대로였다. 그들이 거기서 스칼렛을 기다리고 있었다.

홀 저편, 아크등 불빛 아래에 작은 무리가 시계 벽과 책상 앞에 모여 있었다. 그들은 아주 신중하게 자리를 잡은 듯했다. 소암스의 성격을 생각하면 당연히 그랬을 것이다. 오늘 소암스는 책상 뒤에 있지 않았다. 바퀴 달린 가죽 의자는 기괴한 식물처럼 홀 중앙에 어둠을 뚫고 솟아오른 밧줄과 쇠사슬 옆에 자리 잡고 있었다. 소암스 바로 옆에는 조와 에티가, 조와 에티 옆에는 티치가 위협적으로 바짝 붙어 서 있었다. 티치는 패치워크 코트를 입고 검을 느슨하게 쥐고 있었다.

스칼렛이 빠른 속도로 트럭을 몰아 홀을 가로질렀다. 마지막 순간, 휙 방향을 틀어 뒷문이 네 사람을 마주 보게 후진했다. 시동을 끄자 갑자기 주변이 조용해졌다. 껌을 퉤 뱉고, 주머니에서 마지막 남은 껌을 꺼내 입에 넣었다. 그리고 운전석에서 내렸다.

주차 솜씨는 훌륭했다. 네 사람은 마치 무대를 기다리는 관객처럼 트럭 뒷문 방향에 반원형으로 서 있었다. 스칼렛은 트럭 측면을 따라 그들을 향해 걸어가며 살아남는 데 도움이 될 만한 중요 요소들을 파악했다.

그림자가 드리운 벽에는 미처 알아차리지 못한 형제단원 네 명이 서 있었다. 티치의 경호원들이었는데, 챙이 넓고 납작한 모자 아래 얼굴이 가려져 있었다. 몸수색을 안 해도 온갖 무시무시한 무기가 장착돼 있는 게 분명했다. 싸움이 벌어지면 그들은 주저 않고 뛰어들 것이다.

강렬한 조명 아래 티치의 대머리와 소암스의 넓은 어깨가 번쩍였다. 티치는 불길한 기운을 풍기면서 느긋했다. 보기만 해도 충분히 위협적인 검 말고도 허리에 총까지 차고 있었다. 소암스는 외견상 무기나 방어 장비를 갖고 있지 않았다. 오늘 그는 겨자색 줄무늬가 있는 짙은 갈색 정장을 입고, 주머니에 노란 손수건이 살짝 보이도록 꽂고 있었다. 두 손은 통통한 허벅지 위에 있었고, 커다란 무릎 위에는 흰색과 노란색 꽃으로 장식한 작은 자명종 시계가 놓여 있었다.

시곗바늘이 거의 12시를 가리켰다.

"안녕, 소암스, 티치."

스칼렛이 당당한 걸음걸이로 빛이 가득한 원형극장 안으로 들어갔다. 모든 사람을 둘러보며 씩 웃었다.

"항상 극적으로 등장하는 법을 아는 아가씨야." 소암스가 말했다.

"맞아." 스칼렛이 소암스에게서 돌아섰다. "안녕, 에티. 괜찮니?"

에티는 스칼렛을 보고 환하게 웃었다. 놀라거나 두려워하거나 불안해하는 기색 없이, 그저 스칼렛이 와서 기쁘다는 순수한 마음만 보였다. 울프스 헤드 여관 휴게실에 있을 때와 다를 바 없는 듯했다. 머리카락이 헝클어지고, 옷이 더 해졌을 뿐이었다. 에티는 엉망이 된 종이와 색연필 더미가 쌓인 바닥에 앉아 그림을 그리고 있었다.

손녀와 달리 조는 지난 일주일간 겪은 고생으로 많이 수척해졌다. 등이 더 굽고 얼굴 주름도 깊어진 것 같았다. 하지만 뼈마디가 굵은 두 손을 옆구리에 단단히 붙이고 앙상한 턱은 꼿꼿하게 들고 있었다.

두 눈은 주위의 사악한 사람들에 대한 적개심으로 불타올랐다. 스칼렛은 조의 차분하고 의연한 모습, 조용하지만 위엄 있는 모습에 왠지 가슴이 벅차올랐다.

"안녕, 조. 나 왔어."

조가 근엄하게 고개를 끄덕였다. "올 줄 알았다."

스칼렛이 미소 지었다.

"그리고 네가 시간에 겨우겨우 맞춰 올 거란 것도 예상했지."

스칼렛이 목을 가다듬었다. "뭐, 좀 그랬지. 오는 길에 지체될 일이 있었어."

"지체될 일?" 조의 콧구멍이 벌렁거리고 눈썹이 치켜 올라갔다. "그래! 엄청 지체했구나! 저 시계 좀 봐라! 12시 되기 이 분 전이야! 시간이 쥐꼬리만큼도 안 남았다고!"

"그래, 알아. 하지만 나도 최선을 다한 거야."

"그것만으론 충분치 않았다고! 이 도둑놈들이 날 올빼미 밥으로 주려고 준비했으니까! 아침 내내 그 짓을 했어. 몸무게를 재고, 셔츠에 고기 기름을 붓고, 심지어 내 전용 쇠사슬까지 골라줬다고!"

"그 말을 들으니 마음이 다 아프네. 이제 걱정 마, 조. 내가 구하러 왔으니까."

"그것참 다행이구나. 애초에 에티와 내가 여기 끌려온 건 네 탓이니까."

스칼렛의 미소가 흔들렸다. "뭐? 이 형편없는 늙은이 같으니…."

소암스가 자리에서 큰 소리로 웃었다. 깊게 울려 퍼지는 웃음소리였다. 금발 곱슬머리 뭉치가 즐거움에 요동쳤다.

"아, 가족이란! 우릴 시험하기 위해 보내진 존재가 틀림없어! 스칼렛, 잃어버린 가족을 대신할 다른 가족을 찾았다니 기쁘구나. 이 끔찍한 노인은 취향에 따라 갈리겠지만, 요 귀여운 아이는 다르지."

목살이 셔츠 깃 위로 삐져나왔고, 목살과 이어진 커다란 분홍색 얼굴이 에티 쪽으로 기울었다.

"우린 꽤 즐거운 대화를 나눴거든. 물론 평범한 방식의 대화는 아니었지만. 에티는 정말 흥미로운 아이야. 펜의 움직임, 색깔의 번짐, 선의 곡선과 강도로 대화하는 아이지! 물론 넌 이미 알겠지만."

금테 안경 뒤로 살덩이에 파묻힌 소암스의 작은 눈이 번뜩였다.

"짧게 말하자면, 귀여운 에티와 작별 인사하는 게 아쉬울 거 같아. 그래도 헤어져야겠지. 이제 남은 건 이별 방식을 결정하는 일뿐이군. 스칼렛, 이제 네가 나설 차례다."

역시나 화려한 환영 인사였다. 스칼렛은 그 순간을 이용해 적들의 위치를 가늠했다. 소암스와 티치는 안쪽 원에, 나머지 네 명의 경호원은 바깥쪽에 포진했다. 올빼미는 위쪽에, 사슬을 끌어 올리는 도르래 장치는 가까이 있었다. 등 뒤에는 트럭 문이 있었다. 티치의 경호원을 제외하면 모든 게 몇 발짝 안이었다. 상황은 예상했던 대로 괜찮았다. 물론 이걸 괜찮다고 할 순 없겠지만 완전히 절망적인 상황도 아니었다.

"그래. 소암스, 시작하기 전에 시계부터 끄면 어때? 보다시피 제시간에 왔잖아."

소암스는 입가에 묘한 미소를 지으며 말없이 무릎 위에 놓인 작은 시계를 바라볼 뿐이었다. 소암스의 시선에 반응하듯 갑자기 시계가 울려대기 시작했다. 시계는 다리 위에서 튀어 오르고 신경질적으로 요동치며 날카로운 금속성 소리를 토해냈다. 듣기 거북한 소리였다. 미친 듯이 움직이는 모습이 왠지 모르게 섬뜩했다. 스칼렛과 조와 에티, 심지어 티치까지도 최면에 걸린 듯 시계를 바라봤다. 마치 작고 미친 생명체가 극심한 고통 속에 죽어가는 듯했다. 그 고통을 끝내주기 위해 망치든 뭐든 닥치는 대로 시계를 내리쳐 한 방에 조용히 시키고 싶은 충동이 들 정도였다.

소암스가 크고 통통한 분홍빛 손가락을 뻗어 부드럽게 시계 버튼을 눌렀다. 시계가 떨림을 멈추자 소리가 그쳤다.

소암스가 주위를 둘러보며 싱긋 웃었다. "12시군."

그때 머리 위 높은 곳에서 푸드덕하는 날갯짓 소리와 함께 흥분한 울음소리가 들렸다.

"올빼미들도 알고 있어." 티치가 처음으로 입을 열었다.

대머리가 아크등 불빛 아래 해골처럼 하얗게 빛났다. 티치는 어두운 종탑을 올려다봤다.

"저것들은 시계 울리는 소리가 어떤 의미인지 잘 알거든. 그 후 어떤 일이 일어나는지도. 그 덕에 저 소리는 항상 피에 굶주린 올빼미의 본성을 자극하지. 가끔은 서로 잡아먹기도 하고."

스칼렛이 앞으로 나섰다.

"잘됐네. 깃털 달린 놈들이 오늘 점심으로 먹을 건 그게 다니까. 시계가 울렸을 때 난 이미 도착해 있었어."

"맞아! 그건 내가 보증하지." 조가 외치며 힘차게 손뼉을 쳤다. "자, 이제 에티와 난 떠날 시간이군. 나머지는 당신들끼리 해결하도록 해. 아, 일어날 필요 없네, 소암스 양반. 우리가 알아서 나가도록 하지."

조가 한 발 움직이려는 순간, 티치의 검이 조의 목을 겨눴다. 바퀴 달린 의자에 앉아 있던 소암스가 거대한 몸집을 앞으로 기울이며 그림자를 드리웠다.

"스칼렛, 네가 여기 온 건 사실이지! 그런데 뭘 갖고 왔지? 그게 중요한 거야. 일주일 전에 약속한 파묻힌 도시의 유물을 아직 우리에게 넘기지 않았잖아. 안타깝게도 12시가 지났어." 소암스의 입술이 비죽 일그러졌다. "결과는 아직 알 수 없단다."

스칼렛이 웃었다. "참나, 정정당당하게 나올 줄 알았더니."

"글쎄, 그건 네가 뭘 가져왔는지에 달렸지." 소암스가 과장된 몸짓을 했다. "어쩌면 네 배신을 바로 용서해 줄 수도 있고. 어쩌면 너희모두 티치의 키스와 축하를 받으며 즐겁게 떠날 수도 있고."

"마지막 부분은 빼도 괜찮겠군." 조가 끼어들었다.

"아니면 다른 결과가 나올 수도 있고." 소암스가 계속 말을 이었다. "결과는 모르는 거지. 티치, 다른 할 말 있나?"

"그래."

티치의 사소한 버릇 중 하나는 손에 칼을 들고 있으면 가만히 있지 못한다는 것이다. 심장이나 목을 베는 연습을 하는 것처럼 숙련된 솜씨로 칼날 끝만 최소한으로 움직여 찌르고 베는 동작을 하곤 했다. 지금도 칼끝이 움찔거렸지만, 그 외에는 돌처럼 움직이지 않았다.

"스칼렛, 질문이 있다. 그 소년은 어디에 있지?" 티치의 눈이 스칼렛에게 고정됐다. "알버트 브라운. 그는 어디 있지?"

스칼렛이 애매하게 손을 흔들며 답했다. "알버트? 알버트는 밖에서 기다려."

"왜지?"

"선의의 표시야. 당신도 알잖아. 알버트에게 좀 특별한⋯ 능력이 있단 걸. 특히 이런⋯ 민감한 순간에 의심받을 행동은 하고 싶지 않거든. 그래서 알버트는 밖에 남고, 난 비무장 상태로 들어온 거야."

"못 믿겠는데."

"월트에게 물어봐. 알버트는 지금 밖에 있으니까."

소암스가 갑자기 조급해하며 거구의 몸을 움직였다. 안경 너머로 스칼렛을 노려봤다.

"경비원 월트를 말하는 거라면, 우린 그에게 아무것도 묻지 않을 거야. 어쨌든 그 소년의 행방보다 트럭 안에 있는 물건에 훨씬 관심이 있으니까. 스칼렛, 애쉬타운에 갔었니?"

"보다시피."

"광산을 털었어?"

"털었지. 찾을 수 있는 최고의 유물을 가져왔고."

"훌륭해!"

소암스는 만족스러운 듯 혀를 쯧 찼다. 의자에 다시 편히 기대앉았다.

"솔직히 정말 흥분되는군. 조, 이런 게 바로 손에 땀을 쥐는 순간 아니겠어? 이게 진짜 연극이지. 티치, 깃발을 내걸고 북을 울리기 시작하자고. 자, 스칼렛, 이제 무대는 네 거야."

최근 몇 년 동안, 스칼렛은 여러 왕국의 도시들을 돌아다니며 쉽게 속는 멍청한 도시 사람들에게 가짜 종교 유물을 파는 데 있어 상당한 경험을 쌓아왔다. 가짜라는 증거가 드러나더라도 표정 하나 안 변하고 태연하게 자신감을 유지하는 기술도 익혔다. 물론 지금은 걸려 있는 게 훨씬 큰 만큼 상황이 달랐다. 하지만 일의 본질은 결국 같았다. 스칼렛은 트럭으로 발걸음을 옮기면서 상자 안에 아무 가치 없는 물건만 들어 있는 잔혹한 현실을 애써 무시했다. 상자 안엔 길가에서 담은 흙과 돌, 자갈 부스러기가 전부였다. 단 한 개의 상자만 제외하고.

스칼렛은 조의 시선이 등 뒤에 꽂히는 걸 느꼈다. 티치의 차가운 눈빛과 소암스의 작은 눈이 부드럽게 스치는 것도.

이제 모든 건 스칼렛의 연기에 달렸다. 팔을 크게 움직여 트럭 뒷문 자물쇠를 풀고 문을 열어젖힌 후, 과장된 동작으로 옆으로 물러섰다.

침묵이 흘렀다. 티치는 이를 악문 채 씩씩대는 소리를 냈고, 소암스는 의자에 앉아 미동도 하지 않았다.

"이런 젠장." 조가 낮게 욕설을 내뱉었다.

스칼렛이 트럭 안을 봤다. 홀에서 차를 멋들어지게 회전시키는 바람에 상자 일곱 개가 꽤 많이 흔들려서 원했던 만큼 인상적으로 보이진 않았다. 문 옆에 단단히 고정된 크고 무거운 상자 하나를 제외하면, 나머지는 케이지 안에 아무렇게나 흩어져 있었다. 그나마 다행인 건 문 열린 상자가 하나도 없다는 점이었다.

"글쎄, 자….." 소암스가 입을 열었다. "코안경에 땀이 맺혀 안 보이는 건지, 저 트럭이 정말 반은 비어 있는 건지…. 티치, 어떻게 생각해?"

"반도 안 찼군, 소암스. 삼분의 일도 안 돼."

"우리 조건이 뭐였지?"

"파묻힌 도시의 보물을 가득 채운 트럭이지."

"맞아, 바로 그거야."

소암스의 얼굴이 분노로 붉게 달아올랐다. 주머니에서 노란 손수건을 꺼내 얼굴 여기저기를 두드렸다.

"스칼렛 조세핀 맥케인, 넌 몇 년 전에 절박한 상황에 처해 우리에게 왔지. 솔직히 말해, 넌 죽은 목숨이나 다름없었어. 일주일, 아니 하루만 더 늦었어도 도랑에서 거품이나 흘리며 죽었거나 시장에서 교수형에 처해졌을 거야. 하지만 우리가 널 받아들였지. 기억나니? 네 몸을 고쳐주고, 마음을 고쳐주고, 지금까지 살아남을 수 있는 기술까지 가르쳤어. 몇 개 되지도 않는 이 보잘것없는 상자들이 그 모든 투자를 정당화할 만큼 가치 있다고 내 눈을 똑바로 보고 진심으로 말할 수 있니?"

솔직히는 그렇게 말할 수 없었다.

하지만 스칼렛은 애써 태연한 미소를 지으며 말했다. "개수가 전부는 아니잖아. 중요한 건, 상자 안에 뭐가 들었냐지. 이것들은 애쉬타운 광산에서 나온 최고의 보물들이라고! 녹슬지 않고 기적적으로 보존된 고대의 기묘한 장치들이지! 보고 나면 품질에 감탄하고 안에 담긴 기이한 지식에 전율이 올걸!"

스칼렛은 가장 큰 상자 쪽으로 손을 흔들며 고개를 한쪽으로 살짝 기울였다. 소암스가 움찔했다.

"수작 부리지 마, 이 아가씨야! 기분 나쁘니까."

"맞아. 늑대가 유혹하는 거 같군. 허풍 좀 그만 떨어. 우린 신앙의 집 앞에 줄 선 바보들이 아니야. 그런 말에 속지 않아." 티치가 말했다.

"직접 보면 믿겠지. 보여줄게."

스칼렛이 말하는 순간, 멀리서 정체를 알 수 없는 소리가 들렸다. 넓은 홀의 바닥이 흔들렸다. 검은 흙먼지가 종탑 꼭대기에서 눈처럼 떨어져 내렸다.

소암스와 티치가 서로 눈을 마주쳤다.

"밖에서 무슨 일이 벌어지는 거 같군." 티치가 말했다.

"무슨 일인지 모르겠네." 스칼렛이 말했다.

속이 울렁거렸다. 알버트…. 스칼렛은 혀로 마른 입술을 핥았다.

티치가 눈을 가늘게 뜨고 칼끝을 바닥에 댄 채 손잡이에 무심히 몸을 기댔다.

"우릴 속이는 건 아니겠지?"

"내가 그럴 리 있겠어?"

"넌 무슨 짓이든 할 애지. 네 남자 친구 말이야. 밖에서 뭔가 꾸미고 있지?"

"나완 상관없는 일이야."

"그게 사실이어야 할 거야."

소암스의 얼굴에 웃음기 대신 차가운 표정이 자리 잡았다. 주위에 떨어져 내리는 먼지처럼 조용하지만 분명하게.

"부하들을 보내 확인하지. 어쨌든 이제 할 말은 다 끝난 거 같군. 티치, 조와 에티 옆에 서게. 스칼렛이 첫 상자를 열었는데 내용물이 만족스럽지 못하면 늙은이의 목을 쳐. 만약 두 번째 상자도 마찬가지라면… 동일하게 해. 우린 시체를 올빼미에게 주고, 스칼렛은 시체와 함께 종탑으로 갈 거야. 스칼렛, 시작해."

"좋아."

스칼렛은 에티를 보지 않으려 애썼다. 잠시 조와 시선이 마주쳤다. 조의 절망적인 눈빛을 볼 수 있었다. 트럭으로 돌아가 가장 큰 상자에 손을 뻗었다가 곧 도로 손을 내렸다.

티치는 스칼렛이 멈칫하는 걸 눈치챘다.

"왜 큰 상자는 안 여는 거지?"

"가장 귀한 유물이니까. 가장 희귀하고 비싼 거야. 나중에 천천히 보여줄게."

"아니. 그것부터 시작해."

스칼렛은 마지못한 척 큰 상자를 끌어당겼다. 트럭 가장자리까지 잡아당기자, 상자가 서서히 기울기 시작했다. 상자는 아주 무거웠다. 상자를 조심스럽게 내려 트럭과 바닥 사이에 걸쳐놨다. 상자 입구가 책상 쪽을 향했다.

상자 안에서 뭔가 긁는 듯한 소리와 뚜렷한 진동이 느껴졌다. 하

지만 벽에 걸린 수많은 시계가 똑딱거리는 소리와 전등불이 윙윙대
는 소리 때문에 소암스와 티치를 비롯한 홀 안의 다른 누구도 그 소
리를 듣지 못했다.

소암스가 손가락으로 무릎을 톡톡 쳤다.

"자, 이제 보자고."

"분명 저 안에 아무것도 없을 거야."

티치의 말에 스칼렛이 대꾸했다. "아니. 엄청난 게 있어. 날 믿어
봐."

길쭉한 상자 위에는 뚜껑을 쉽게 열 수 있도록 손잡이가 달렸는
데 자물쇠로 잠겨 있었다. 스칼렛은 주머니에서 열쇠를 꺼내 자물쇠
에 집어넣었다. 딸칵. 자물쇠를 열어젖힌 후 열쇠를 멀리 던졌다.

뚜껑 손잡이를 잡고 친구들과 적들을 바라봤다. 소암스는 몸을 앞
으로 내민 채 기대감에 젖어 입을 벌리고 있었다.

티치는 조의 목뒤에 검을 겨눴다. 조는 수척한 모습으로 가만히
서 있었다. 그리고 에티. 이 작은 아이는 자그마한 분홍빛 주먹에 색
연필을 든 채 스칼렛을 보며 웃었다.

스칼렛은 씩 웃으며 에티에게 윙크했다. 그리고 상자 뚜껑을 활짝
열었다.

23

그 자리에 가만히 서 있는 것. 스칼렛이 안으로 들어가는 동안 꼼짝하지 않는 것. 알버트가 지금까지 한 일 중 가장 힘든 일이었다. 그 후 '곧 다가올 죽음'을 기다리는 건 오히려 쉬웠다.

길 끝에 홀로 선 채, 벽이 드리운 그림자 속에서 철문이 덜컹덜컹 내려가는 소리를 들었다. 철문은 쾅! 하고 완전히 잔인하게 닫히며 알버트를 스칼렛과 친구들로부터 갈라놨다. 하지만 이건 알버트가 원하던 바였다. 이제 모든 게 단순해졌으니까.

길 양쪽에 늘어선 조용한 창고 건물들을 봤다. 버려지거나 낡은 건 아니었지만, 어딘가 병든 것처럼 보였다. 창문은 더럽고 색깔은 바랬다. 스토우엔 스톤무어 요양 병실에 있던 사람들의 얼굴을 상기시키는 묘한 긴장감과 피로감이 감돌았다. 주위엔 아무도 없었다. 형제단원 여섯 명이 다시 건물 안으로 들어갔고, 흔들의자에 앉은 월트만 남았다. 적어도 월트는 행복해 보였다. 옆에 있는 보온병을 집어 그릇에 노란 수프를 붓고 있었다.

알버트는 길 아래, 지붕 너머로 시선을 돌렸다. 들판 저 멀리 먼지 구름은 이제 검은색 차가 돼 언덕을 향해 달려오고 있었다. 차는 이

옥고 관문 쪽으로 사라졌다. 말로리가 오 분 안에 도착할 것이다.

알버트는 월트에게 느릿하게 물었다. "월트 씨, 이 낡은 작업장들은 누구 거예요?"

월트가 주머니에서 숟가락을 꺼내 그릇 안을 휘적거렸다. 이상한 걸 발견하고 살짝 놀란 듯이.

"우리 거야. 형제단 거라고. 창고 같은 거지."

"지금 안에 사람이 있나요?"

"이 시간엔 아무도 없어. 우리 애들은 한밤중에 일하니까. 지금은 집에 가서 잘 시간이지."

알버트가 천천히 고개를 끄덕였다.

"그거 잘됐네요. 곧 여기서 누굴 좀 만날 예정이거든요. 바로 이 길에서요. 월트 씨는 안에 들어가는 게 낫겠어요. 아니면 멀리 좀 피해 계세요."

"개인적인 대화인가 봐?"

월트가 수프를 한가득 떠먹었다.

"뭐, 그런 셈이죠."

월트가 고개를 끄덕이며 숟가락으로 비꼬듯 경례했다.

"아, 그렇다면 당연히 내 자릴 버리고 잠깐 안으로 들어가야겠군. 네 녀석이 수다 떠는 동안 형제단 본부의 입구는 텅 비워두고. 식은 죽 먹기지. 젊은 친구, 기꺼이 그리해 주지. 천천히 얘기 나눠."

알버트가 월트를 봤다. "정말요?"

"이런 맙소사! 물론 아니지! 대체 어찌 된 놈이야! 비꼬는 말도 못 알아들어?"

알버트가 어색하게 미소 지었다. "잘 못 알아들어요. 그런 건 아직 이해가 안 가더라고요."

알버트는 인도에서 내려와 햇볕이 쨍쨍 내리쬐는 길로 나갔다. 창고 입구에서 몇 미터 떨어진 곳으로 걸어갔다. 다시 그에게 파고드는 존재가 느껴졌다. 굶주린 개가 쓰레기통을 뒤지는 것처럼 머릿속을 천천히 헤집고 다녔다. 그것은 점점 강해졌지만, 알버트는 일부러 막지 않았다. 그 존재가 뭘 하는지 알고 있었다. 알버트의 위치를 파악하고 생각을 꿰뚫어 보려는 것이다. 잘됐다. 그는 기꺼이 발견되길 원했다.

알버트 등 뒤에서 월트는 다시 수프에 집중했다. 숟가락이 그릇에 부딪히는 소리, 흔들의자가 규칙적으로 삐걱대는 소리가 다시 들렸다. 알버트는 먼지 나는 길 위에 운동화를 신고 팔을 힘없이 늘어뜨린 채 가만히 서 있었다.

건물 입구마다 그림자가 구경꾼처럼 모여 있었다. 지붕 위에 있던 새들은 사라지고 없었다. 길은 텅 비었다. 보이지 않는 아이들이 길에서 뛰노는 것처럼 작은 먼지들이 햇빛 속에 춤을 췄다.

머릿속을 파고들던 존재가 갑자기 멈췄다. 도망치지 않자 만족했다는 듯 물러났다. 알버트는 다시 혼자가 됐다. 스칼렛을 떠올렸다. 적들의 소굴에 있는 스칼렛, 시계방으로 들어가는 스칼렛. 다시 한번 그녀를 따라가 옆을 지키고 싶은 충동을 느꼈다. 친구라면, 동료라면 마땅히 그래야 했다.

하지만 이젠 그럴 수 없었다. 너무 늦었다.

길 저편 모퉁이를 돌아 도시 관문 쪽에서 길고 검은 차가 나타났다. 일정한 형태를 유지하기 싫다는 듯 뜨거운 아지랑이 속에서 일렁거리는 형체로 다가왔다. 엔진 소리는 뜨거운 공기에 묻혀 들리지 않았다. 빠른 속도로 달려오던 차가 두 건물 정도 떨어진 곳에서 갑자기 속도를 늦추며 방향을 획 틀었다. 그리고 비스듬히 멈춰 섰다. 검고 번쩍이는 차는 바퀴에 먼지를 일으키며 조용히 서 있었다.

알버트는 기다렸다. 뒤에서 월트의 흔들의자가 삐걱대는 소리가 들렸다.

말로리가 차에서 내렸다. 뜨거운 아지랑이 때문에 모습이 나타났다 사라졌다가, 두 개가 됐다가 세 개가 됐다가 다시 하나로 합쳐지기도 했다. 말로리는 직접 운전하지 않았다. 그러기엔 너무 중요한 인물이었으니까. 말로리는 차 뒷문을 닫고 길 위로 몇 걸음 나왔다. 곧 뭔가 생각났는지 발길을 멈춰 차로 돌아갔다. 운전석 창문에 대고 뭔가 말했다. 바로 엔진 소리가 들리더니, 차가 급하게 후진 후 방향을 돌려 왔던 길로 되돌아갔다.

말로리는 길 한가운데 홀로 남았다.

쭉 뻗은 아스팔트 길 위에서 알버트와 말로리가 서로 마주 봤다. 전날 밤 밀턴 케인즈에서의 일로 어디 다친 데는 없어 보였다. 하지만 말로리의 코트 가장자리가 검게 그을렸고 군데군데 탄 자국이 있었다. 코트 자락이 바람에 펄럭였고, 이마에는 머리카락이 흩날렸다.

알버트는 윗옷을 고쳐 입고 바지를 살짝 끌어 올렸다. 언젠가는 벨트를 사야겠다고 생각했다. 손가락을 풀며 희미하게 씁쓸한 미소를 지었다.

"드디어 만났네." 알버트가 말했다.

말로리가 눈을 가늘게 뜨고 귀에 손을 갖다 대더니 뭐라고 말했다. 하지만 알버트에게는 들리지 않았다.

"뭐라고? 못 들었어."

알버트가 외치자 말로리도 소리쳤다. "뭐라는지 안 들린다고!"

"아…."

월트가 수프에서 눈을 떼고 둘을 올려다보며 말했다. "둘이 좀 더 가까이 서는 게 낫겠는데?"

알버트가 어깨를 펴고 길을 따라 천천히 움직였다.

월트의 조언과 별개로 말로리도 같은 생각이었는지, 먼지를 헤치며 알버트 가까이 걸어왔다.

둘은 다시 멈췄다. 이제 서로 10미터 정도 떨어져 있었다.

"이게 낫군." 말로리가 말했다.

알버트는 감방에서의 대화 이후, 말로리를 처음으로 제대로 봤다. 그리고 인정할 수밖에 없었다. 스칼렛의 말이 맞단 걸. 금이 간 거울 앞에 서 있는 것 같았다. 말로리에게는 어딘가 불편하면서도 익숙한 점이 있었다. 몸집에 비해 너무 큰 코트, 기름진 머리, 늘 얼굴에 머무르는 침착한 미소 때문이 아니었다. 바로 말로리의 눈빛 때문이었다. 그의 눈빛엔 알버트도 익히 아는 불꽃이 타오르고 있었다. 알버트 내면에서도 타올랐던 불꽃이었다.

스톤무어에서 보낸 시간이 그런 불꽃을 만들어냈다. 온갖 실험, 처벌, 강제로 주입된 죄책감과 수치심. 모두 지나갔지만 불꽃은 여전히 남아 있었다. 외부의 연료 따윈 필요 없었다. 불꽃은 내면의 고통과 분노를 먹으며 스스로 살아남았다. 알버트는 이를 억누르려 계속 노력했지만, 그럴 때마다 불꽃은 절대 공포라는 형태로 통제할 수 없이 분출됐다. 반면, 말로리는 불꽃을 통제했다. 끊임없이 불꽃을 돌보며 불을 지폈고 그 뜨거움을 즐겼다. 겉모습은 얼음처럼 차가웠지만, 자제력이라는 감옥 안에는 그의 존재를 구석구석 집어삼킨 용광로가 펄펄 끓어오르고 있었다. 그곳엔 부드러움도 편안함도 관용도 남아있지 않았다. 모두 불타 없어졌다.

알버트는 말로리에게 깊은 연민을 느꼈다.

"말로리, 코트가 좀 탄 거 같아. 안타깝네."

"제일 아끼는 코트였는데." 말로리가 씩 웃으며 말했다. "하지만 뭐, 괜찮아. 어젯밤에 네가 보여준 능력엔 정말 놀랐어. 철모를 이용해 꽤 멋진 속임수를 썼더군. 전혀 예상치 못했어. 그 후의 일은… 네게 그런 힘이 있는 줄도 몰랐고."

알버트가 고개를 끄덕였다. "내가 부수고 소란 피운 건 미안하게 생각해. 이제 다 정리됐다면 좋겠네."

"정리라고?" 말로리의 미소에 당혹감이 서렸다. "말도 안 돼! 물론 초기 혼란은 진압했지. 불길도 잡았고. '오염된 자' 둘은 광장에 죽어 있었고, 남은 하나는 아직 못 찾았지만 곧 찾겠지. 하지만 솔직히 상황은 완전히 엉망진창이야. 알버트, 문제는 사람들이 근본적으로 어리석단 거야. 혹시 알아챘어? 사람들이 이성을 잃고 생각 없이 양 떼처럼 날뛰지만 않았어도 피해가 훨씬 적었을 거고, 너희가 지붕 위로 도망치기 전에 내가 붙잡았을 거란 사실을. 그런데 사람들은 이제 분노에 차서 너희뿐 아니라 신앙의 집 최고위원회까지 욕하고 있어. 이 끔찍한 사태를 우리 탓으로 돌리고 있다고." 그가 고개를 저었다. "겨우 이기적인 두 꼬마 무법자가 이렇게 큰 혼란을 야기하다니 놀라울 따름이야."

"음…, 그러니까 우릴 내버려뒀어야지."

"하, 그러기엔 너무 신경 쓰이는 존재거든."

말로리는 하얗고 창백한 손으로 옷소매를 매만졌다.

"알버트, 우리 둘 다 이 일이 어떻게 끝날지 알잖아. 네가 울고불고 애원하기 전에 솔직히 말할게. 이번엔 널 봐줄 수 없어."

알버트가 말로리를 빤히 쳐다봤다. "내가 뭘 하기 전에?"

"울고불고 애원하며 목숨을 구걸하기 전에 말이야. 넌 밀턴 케인즈 감옥에서 기회가 있었어. 하지만 그땐 그때고, 지금은 달라. 어젯밤 광장에서 벌인 소란 때문에 위원회와의 협상은 물 건너갔거든. 원한다면 무릎 꿇고 열네 개의 하늘에 대고 울부짖어도 돼. 하지만 아무 소용없을 거야. 미안하지만."

"난 자비를 구걸할 생각이 없어."

"그래?" 말로리가 주변을 가볍게 훑으며 말했다. "평소처럼 꽁무니 빼고 도망가지 않은 걸 보고, 난 당연히 빌 거라고 생각했지…."

알버트가 한 손을 올렸다. "일부러 당신을 기다린 거야, 말로리. 제안할 게 있어."

잠시 정적이 흐른 후, 말로리가 웃음을 터뜨렸다. 눈가에 주름이 졌다.

"무슨 말인지 알겠어. 멋지군. 이번엔 과일 바구니가 없어서 아쉽네. 뭐, 좋아. 어서 말해봐. 십 분 후에 차가 돌아올 거야. 알버트 브라운, 뭘 제안하려는 거지?"

"간단해. 우리와 힘을 합치자."

"우리? 너랑 스칼렛 말이야?" 말로리의 입가에 미소가 크게 번졌다. "영광이지만…, 그 여자가 아직 살아 있을 거라고 확신해? 아까 스칼렛 맥케인이 널 떠날 때 네 마음속에서 불안감을 느꼈지. 지금 저 안에서 어떻게 됐을 거 같아?"

알버트 또한 같은 걸 궁금해하고 있었다. 등 뒤 거대한 건물의 침묵이 차갑게 느껴졌다. 스칼렛은 지금쯤 조와 에티를 만났을 것이다. 트럭을 열고 상자를 꺼냈겠지….

"스칼렛은 잘하고 있을 거야. 틀림없이 곧 밖으로 나올 거야."

불에 그을린 코트가 펄럭였다. 말로리가 양손을 주머니에 넣고 몸을 약간 앞뒤로 흔들었다. 매끈한 구두가 햇빛에 반짝였다.

"긍정적인 태도가 마음에 드는군. 난 이미 그녀가 죽었다고 생각하지만. 어쨌든 네 제안에 대해 얘기해 보자. 나보고 지금 도둑이 되라는 거지?"

"무법자가 되라는 게 아니야. 네가 자유로워지길 바라는 거지. 신앙의 집과 도시에서 벗어나 자유롭게."

말로리가 천천히 고개를 끄덕였다. "네가 말하는 자유가 어떤 건지 알 거 같군. 웅덩이에 고인 빗물을 마시고, 네 친애하는 무법자 친구들과 별빛 아래서 진흙쥐를 구워 먹는 거겠지. 문명 세계와 멀리 떨어져 궁핍하고 더럽고 무책임한 삶을 사는 것…. 아니, 유감스럽게도 난 별로 당기지 않는데."

"껍질을 제대로 벗기고 잘 두드려 먹으면 진흙쥐도 꽤 맛있어. 하지만 말로리, 그건 중요한 게 아니야. 네가 누굴 위해 일하는지 생각해 봐. 밀턴 케인즈에서 우리와 함께 최고위원회 회의장에 있었잖아. 의원이 하는 말 들었어? 의원은 우리를 둘 다 돌연변이라고 불렀어. 이 말에 기분이 어땠어?"

말로리는 좁은 어깨를 으쓱했다. "스스로가 자랑스러웠지. 난 어두운 충동을 성공적으로 통제한 돌연변이니까. 처음 스톤무어에 갔을 때, 난 괴물 같았어. 하지만 개조되고 다시 만들어져 새롭게 태어났지. 사악했던 아이가 더 나은 사람이 된 거야…. 이런 얘기는 이미 나눴잖아. 넌 나와 함께할 기회를 놓쳤어, 친구. 기쁜 소식은 스톤무어에 또 다른 유망주들이 들어오고 있단 거지. 그러니 난 더 이상 혼자가 아니야."

알버트는 등골이 오싹해졌다.

"우리 같은 아이들이 더 있다고?"

"너 같은 아이들은 아니길 바라야지! 운이 좋으면 그 아이들도 곧 사회의 소중한 일원이 돼 나와 함께하게 될 거야. 그러면 우리가 도시를 괴롭히는 모든 문제를 바로잡을 수 있겠지. 오염된 자들이나 불순분자들···. 저기 졸고 있는 손가락 형제단 같은 범죄자까지."

말로리는 알버트 뒤쪽 인도 위의 흔들의자를 가리켰다. 월트는 수프를 다 먹고, 머리를 뒤로 젖힌 채 배 위에 양손을 올려놨다. 한낮의 햇살을 즐기는 듯했다. 흔들의자가 천천히 움직였다. 두 눈은 감겨 있었다.

"월트 씨는 문젯거리가 아니야. 말로리, 당신이 문제지. 당신은 자신을 속이고 있어. 하지만 사회는 절대 당신을 소중히 여기지 않아. 모르겠어? 그게 바로 문제라고. 멘토들은 당신을 혐오하고 두려워해."

"맞아. 그렇겠지. 당연해. 나도 자신이 혐오스럽고 두려우니까."

"음, 그건 별로 건강한 생각이 아니야. 안 그래? 그동안 당신은 신앙의 집이 감당하기에 끔찍한 일들을 대신 해줬어. 나약한 멘토들이 직접 할 수 없는 일들 말이야. 그래서 당신을 묵인해 준 거야! 하지만 당신이 쓸모없어지는 순간, 그들의 참을성도 끝날 거야. 그땐 당신도 처형대에 오르겠지, 나처럼."

말로리의 코트 자락이 펄럭였다. 주변 공기가 요동쳤다. 얼굴에 처음으로 분노가 드러났다.

"그게 진실인 걸 당신도 알잖아." 알버트가 덧붙였다.

"헛소리하지 마." 말로리가 갑자기 딱딱하게 말했다. "알버트, 네가 처형대에 오른 건 범죄자였기 때문이야. 그거야말로 네가 인정하지 못하는 진실이지. 일곱 왕국은 분열되고 망가졌어. 그 안에서 권력을 가진 자들은 질서와 시민의식을 강제할 권한이 있어. 안 그러면 어떻게 되겠어? 도둑이 활개를 치고, 도시는 서로 싸우고, 오염된 자들이 모든 걸 뒤엎겠지. 너와 나 같은 사람들은 과거에 큰 피해를 일으켰어. 신앙의 집은 그런 일이 다시 일어나지 않도록 막는 역할을 하는 거야. 난 신앙의 집과 함께 그 책임을 짊어졌지만, 넌 아니야. 그래서 지금 여기 이렇게 있는 거지."

알버트는 어떤 힘이 스치는 걸 느꼈다. 아직 엄청나게 강하진 않았지만 한 발짝 뒤로 물러나야 할 정도의 세기였다. 심호흡을 하고 똑바로 서서 그 힘을 밀어냈다.

"그럼 당신의 또 다른 책임은 어떻게 할 거지? 당신과 비슷한 사람들, 약하고 무력한 사람들, 병약한 아이들, 도시에서 쫓겨난 사람들에 대한 책임 말이야!"

말로리가 경멸하듯 말했다. "그들을 책임질 필욘 없어! 우리 사회는 강해야 해. 그것만이 살아남을 길이야. 결함 있는 자들과 돌연변이들은 우리 사회의 일부가 아니야. 그러니 거부당하고 추방되는 게 마땅해. 들판에 처벌 기둥이 있고 도시에 철창 감옥이 있는 이유지. 이건 유구한 전통으로 분명…, 뭐야? 설마 우는 거야?"

말로리가 얼굴을 찌푸리며 말을 멈췄다.

"정말 울고 있잖아."

알버트의 눈가가 살짝 촉촉해진 건 사실이었다. 아주 잠시 다른 곳에 있는 기분이 들었다. 감방으로 돌아가 스칼렛 옆에서 그녀의 이야기를 듣고 있었다. 햇살 아래 함께 서서 들판의 텅 빈 쇠기둥을 바라보며…. 스칼렛과 그녀의 동생뿐 아니라, 알버트와 말로리 모두 길잃은 아이들이었다. 알버트는 심호흡을 하고 소매로 얼굴을 훔쳤다.

"예언 하나 할게." 알버트가 쉰목소리로 말했다. "어느 날, 그들이 당신을 찾아올 거야. 말로리, 당신이 쓸모없어지는 순간. 어느 날 밤에, 예기치 못한 때에 무리를 지어서 찾아올 거야. 당신은 그들의 집 안방에 있는 적이니까. 그땐 당신 능력도 자신을 구하지 못할 거야."

알버트와 말로리는 서로 뚫어져라 봤다. 건물 입구의 계단 근처엔 월트의 흔들의자가 멈춰 있었다. 월트가 작게 코를 골았다.

"뭐, 아무튼 즐거웠어. 이제 더 할 말은 없겠지?"

말로리가 손가락 하나를 들었다. 노란 돌멩이 하나가 길바닥 흙먼지에서 솟아올라 벌새처럼 날아오더니 알버트의 옆머리를 강타했다.

알버트는 숨을 헐떡이며 거의 쓰러질 뻔했다. 관자놀이에 손을 댔다. 피가 흐르는 게 느껴졌다.

"제발, 말로리. 이럴 필요 없잖아."

말로리는 대답하지 않았다. 길 건너편을 흘끗 봤다. 창고 벽에 기대 있던 나무 막대 하나가 살아 있는 듯 사악한 기운을 뿜으며 움직였다. 막대가 떠올라 햇빛 속에 밝게 회전하며 앞으로 날아왔다. 알버트가 재빨리 바닥에 몸을 숙였다. 막대가 머리를 휙 스쳐 땅바닥에 박혔다.

"말로리, 이럴 필요 없어."

알버트의 옷이 등에서 반쯤 말려 올라가 있었다. 비틀거리며 일어섰다. 입에 들어온 먼지를 뱉었다.

"당신과 난 다르지 않아! 이건 스스로를 상처 입히는 행동이야."

"정말 헛소리만 하는군. 게다가 '우리'라니? 넌 아무것도 할 수 없어! 어젯밤 처형대에서 힘을 모두 써버렸잖아. 네 친구들까지 죽이지 않은 게 기적일 뿐이야. 이제 네 힘은 다 사라졌어. 싸울 힘조차 남지 않았지. 힘을 정확하게 쓰는 법을 배웠어야지, 나처럼."

돌멩이 다섯 개가 갓길에서 떠올랐다. 3미터 높이에 뜬 채 엄청난 힘에 떨리고 있었다. 알버트가 쳐다봤다. 알버트도 머릿속으론 돌을 움직일 수 있었다. 불과 며칠 전, 고요한 저녁에 애쉬타운의 광산 환기 갱도에 앉아 있던 때가 떠올랐다. 하지만 그때는 주위가 조용했고, 알버트 역시 매우 평온했다. 하지만 지금은 그럴….

"꽃잎을 들어 올리는 것보다 이게 훨씬 낫지. 어디 보자. 어떤 걸로 네 머리통을 부술까? 이걸로 할까, 저걸로 할까. 어느 것을 고를까…."

알버트가 이를 악물었다. 피 묻은 앞머리를 쓸어 올렸다. 분노가 치솟더니 그를 덮쳤다. 분노가 돌풍의 형태로 분출되자….

말로리의 머리카락이 부드럽게 흔들리며 코트 자락이 펄럭였다. 하지만 말로리는 흔들림 하나 없이 굳건하게 서서 아래를 내려다보며 먼지바람이 구두에 부딪혀 사라지는 걸 지켜봤다.

"알버트, 방금 이 부드러운 바람을 일으킨 거야?"

"그런 거 같은데."

"진짜라고? 하, 네 힘은 다 어디 간 거야? 그 당당하던 기세는 어디 있냐고? 통제력을 배웠다면 지금처럼 약하지 않았을 텐데! 이런 것도 할 수 있었겠지."

돌멩이들이 비처럼 사선으로 떨어져 내렸다. 하나는 피했지만, 나머지는 그대로 다 맞았다. 알버트는 고통스럽게 비명을 질렀다. 본능적으로 손을 들어 올렸다. 그러자 강한 역풍이 말로리의 턱을 가격했다. 말로리의 머리가 뒤로 젖혀졌다.

"말로리, 멈춰."

말로리가 목을 문지르며 뒤로 물러섰다.

"아야. 뭐, 좀 낫긴 하네. 하지만 여전히 미안한 기색이 느껴지는데? 이봐, 알버트. 한번 덤벼봐. 어서. 더 세게 쳐보라고."

말로리가 작업장 입구를 본 후, 문을 손으로 가리켰다.

알버트는 절망에 휩싸였다. 생각할 시간이 없었다.

"멈춰, 말로리! 우린 같아. 너와 난 같다고!"

"그럼 증명해 봐."

말로리는 손쉽게 경첩에서 철문을 깔끔히 떼어냈다. 철문이 길 건너에서 수평으로 날아왔다. 알버트가 다급하게 손을 휘둘렀다. 철문이 알버트를 스쳐 맞은편 벽돌벽을 뚫고 지나갔다. 벽이 무너지며 지붕 일부가 옆으로 무너져 내렸다. 타일과 나무 기둥이 길에 쏟아졌다.

입구 쪽에서 졸던 월트가 잠에서 깨며 깜짝 놀라 소리를 질렀다. 흔들의자에서 주변을 두리번거렸다. 알버트 역시 자기 손을 멍하니 바라봤다.

"좋아. 이제 좀 뭔가 되는군! 방금 멋진 방어였어! 어떻게 한 거지?" 말로리가 외쳤다.

"솔직히 나도 몰라."

"그게 바로 너의 문제야. 네가 정말 어떤 존재인지 제대로 보려 하지 않지. 진실을 외면하고 있어. 어둠을 받아들이고 포용해야 해, 나처럼."

말로리가 손가락을 튕겼다. 잔해 더미 속에서 나무 기둥이 튀어나와 알버트에게 휙 날아왔다. 알버트가 재빨리 팔을 움직였다. 공중에서 기둥을 직각으로 꺾어 말로리 방향으로 날려 보냈다. 말로리가 옆으로 피했다. 기둥은 말로리를 휙 지나 창이 꽂히듯 아스팔트에 박혔다.

말로리의 얼굴이 환해지며 두 눈이 밝게 빛났다.

"점점 재밌어지는데! 괜한 걱정을 멈추니까 드디어 기본적인 건 할 수 있잖아! 하지만 이건 애들 장난이지. 좀 더 섬세함이 필요한 기술은 어떨까?"

말로리의 시선이 알버트를 지나쳤다. 소용돌이치는 먼지구름 너머로 월트가 발끝으로 살금살금 도망치는 걸 봤다.

"안 돼! 제발, 그러지 마…." 알버트가 소리쳤다.

나무끼리 부딪히며 긁히는 소리가 났다. 흔들의자가 인도 위를 쏜살같이 미끄러져 달렸다. 의자가 월트를 퍼 담았다. 월트가 고통과 공포에 찬 소리를 지르며 몇 미터쯤 튕겨나갔다가 공중으로 떠올랐다.

"제발, 말로리. 그를 내려놔!"

"알버트, 이제 제대로 된 통제력을 보여줘야 할 거야."

흔들의자가 아슬아슬하게 철문 바로 앞을 비껴간 후 길을 따라 뒤로 휘청거렸다.

"어서 해봐. 저 남자를 가로챌 수 있겠어? 멈출 수 있냐고? 안전하게 땅에 내려놓을 수 있어?"

의자가 알버트의 머리 옆을 휙 스쳤다. 순간 사색이 된 얼굴로 의자 손잡이를 꽉 잡은 월트의 얼굴이 보였다. 말로리가 손가락을 튕겼다. 의자는 근처 창고의 지붕 위로 날아올랐다가 조용히 떨어졌다. 멀리서 쿵 하는 충돌음이 들렸다.

"안 되는군." 말로리가 웃으며 말했다. "역시 안 되는 거 같네."

알버트는 꼼짝 않고 서 있었다. 차갑고 창백한 분노가 몸에서, 팔다리에서, 뼛속에서부터 솟아오르는 걸 느꼈다. 이건 절대 공포가 아니라 도덕적 혐오에서 비롯된 차갑고 초연한 분노였다. 알버트에겐 낯선 감정이었다. 분노가 치밀었지만, 머리는 이상하리만치 차분해졌다.

"당신은 저 사람을 죽였어."

"그래. 물론 그가 빨랫줄에 걸렸거나 누군가의 큰 바지 속에 떨어진 게 아니라면 말이야."

"당신은 그를 살해했어…."

"하, 이봐. 살해라고? 저자는 손가락 형제단 놈이었어! 도둑이라고! 사실 살인자이기도 했지. 너도 그의 머릿속을 읽었을 거 아냐?"

"아니." 알버트는 말을 하기도 힘들었다. "내가 아는 건 월트라는 이름뿐이었어."

알버트가 고개를 돌렸다. 무너진 지붕에서 떨어진 타일들이 바닥에 쌓여 있었다. 타일을 응시했다. 그리고 시선을 움직였다. 타일이 공중에 떠올라 총알처럼 말로리에게 날아갔다. 타일이 말로리를 둘러싼 투명 장벽에 부딪혀 산산조각 났다. 말로리는 움찔하며 뒤로 피했다. 그는 잠시 붉은 먼지구름에 휩싸였다. 먼지가 가라앉자 다시 똑바로 선 후 어깨에 묻은 먼지를 털어냈다. 타일 조각이 이마를 스쳐 피가 흘렀다.

말로리가 이마로 손을 가져갔다. 잠시 손가락 끝을 바라봤다.

"흠."

알버트는 이미 차갑고 냉정한 눈빛으로 길을 응시하고 있었다. 길을 움직일 작정이었다. 곧 아스팔트 표면이 갓 구운 케이크 표면처럼 갈라지기 시작했다. 길 중앙을 따라 균열이 뻗어갔다. 아스팔트 표면이 갈라져 위로 솟구치며 말로리를 향해 곧장 달려들었다. 말로리는 들어 올려진 아스팔트를 피하려 훌쩍 뛰었으나 비틀거리며 뒤로 넘어지고 말았다. 알버트가 오렌지 껍질을 벗기듯 길에서 아스팔트를 벗겨내며 말로리를 향해 걸어갔다. 아스팔트는 회색빛 파도가 정지한 것처럼 말로리 위로 휘어졌다.

말로리가 몸을 일으켜 앉으며 길 한가운데로 충격파를 보냈다. 아스팔트가 산산조각 나면서 알버트를 빠르게 가격했다. 주변에 보호막을 쳐놨음에도 알버트는 20미터나 뒤로 날아가 손가락 형제단 건물 정면에 박혔다. 벽돌과 석회에 세게 부딪히며 벽 깊숙이 처박혔다.

눈의 초점을 제대로 맞추기 힘들었다. 엉망이 된 길을 보니 두 명의 말로리가 이상한 각도로 쓰러졌다가 발버둥 치며 천천히 일어나는 게 보였다. 두 얼굴은 창백하고 심각했다. 머리카락은 헝클어진 채 더러워진 소매를 가다듬고 있었다.

알버트는 머리를 흔들며 시야를 되찾았다. 몸을 비틀어 벽에서 빠져나온 후 가볍게 땅으로 뛰어내렸다.

"말로리, 진짜 고마워. 집중력을 높이는 아주 좋은 방법을 알려줘서. 이제는 알 거 같아. 기분이 편안해졌어. 이제 나란 존재를 평화롭게 받아들이기로 했어. 하지만 당신은 큰 실수를 했어."

알버트가 한 손을 들었다. 뒤에서 벽이 부풀어 올랐다.

"당신과 싸우길 꺼렸던 건 내가 약해서가 아니야. 오히려 그 반대지. 내겐 너무 강력한 힘이 있는데, 당신이 그 힘을 풀어줬어. 그러니까 이제는… 당신이 어떻게 대응할지 말해봐."

알버트가 손가락을 튕겼다. 금속이 삐걱거리고 돌이 부서졌다. 알버트는 건물 앞면을 끌어당기며 연기와 잔해를 헤치고 앞으로 나아갔다.

24

　오염된 자가 상자에서 풀려나는 순간조차 어떻게 해야 할지 스칼렛은 도무지 알 수 없었다. 오염된 자부터 시작해서 변수가 너무 많았다. 오염된 자가 어느 쪽으로 돌진할까? 아니 애초에 뛸 수나 있을까? 오염된 자의 회복력은 전설적이지만, 이것은 이미 총을 맞고 높은 지붕에서 떨어진 데다, 그다지 크지 않은 상자 속에 열두 시간 동안 짓눌려 있었다. 이런 연속적인 타격은 분명 오염된 자의 광기 어린 난폭함을 억제할 것이다. 혹시 머뭇거리거나 비틀거리거나, 그저 바닥에 엎드려 정신을 못 차린다면, 어젯밤 알버트와 그녀가 상자에 급히 가뒀던 때처럼 홀에 있는 형제단 녀석들이 바로 오염된 자를 해치울 것이다. 그 후 조와 에티, 스칼렛까지 해치우겠지.

　그러나 괜한 걱정이었다. 미리 교육이라도 받은 듯, 오염된 자는 뚜껑이 열리자마자 폭발해 매우 사납게 움직였다. 증오에 찬 비명을 지르며 자길 가둔 상자에서 하얀 팔다리가 섬뜩하게 솟구쳤다. 기울어진 상자에서 뛰쳐나오자마자, 소암스가 앉은 앞쪽 의자를 발견했다. 이빨을 드러내고 손톱을 세운 채 단번에 소암스의 얼굴을 향해 뛰어올랐다. 엄청난 충격을 받은 바퀴 의자가 뒤로 튕겨나가 책상에 부딪히며 뒤집어졌다. 오염된 자가 휘두르는 팔 양옆으로 줄무늬 바지를 입은 원통형 다리가 잠시 허우적댔다. 소암스는 비명을 지를 틈도 없었다.

스칼렛은 진작 오염된 자 못지않은 속도로 움직였다. 트럭을 등지고 반대 방향으로. 오염된 자가 높이 뛰어오른 순간, 스칼렛은 땅에 납작 엎드렸다. 모두가 충격 속에 얼어붙은 바로 그 순간을 이용했다. 목표는 티치였다. 티치가 미처 반응하기도 전에, 조를 죽일지, 소암스를 구할지, 스칼렛의 공격을 막을지 고민하기도 전에, 스칼렛은 티치의 명치를 머리로 들이받았다. 티치의 가는 검이 허공을 갈랐다. 그는 신음을 토하며 스칼렛 발아래 쓰러졌다. 스칼렛은 티치의 허리에서 총을 잡아채자마자 빠르게 굴러 쓰러지는 그를 피했다. 왼손으로 티치의 검을 집었다. 이제 두 개의 무기를 손에 넣었다. 스칼렛은 일어서 조에게 향했다.

나이를 고려하면 조도 꽤나 민첩했다. 에티를 낚아채 겨드랑이에 끼고 스칼렛에게 물었다.

"트럭으로?"

"응."

스칼렛은 말을 끊고, 홀 구석에서 총을 겨누던 형제단원 하나를 쐈다. 티치는 여전히 발밑에서 컥컥댔다. 티치를 쏘기 위해 총구를 낮추던 순간, 밖에서 엄청난 충격이 두 차례 전해졌다. 홀 전체가 흔들렸다. 바닥이 기우는 것 같았다. 건물이 위치한 언덕이 흔들렸다. 스칼렛은 바닥에 무릎을 꿇었다. 선반에 있던 수많은 시계가 떨어져 내렸다. 소암스의 책상에 있던 아크등 세 개도 바닥으로 떨어졌다. 두 개는 산산조각 나 불이 꺼졌고, 남은 한 개만 살아남아 바닥에 열기 어린 빛을 희미하게 비췄다. 등불 너머의 어둠은 더욱 캄캄해졌다.

공포에 질린 비명, 부서진 시계가 울리는 소리, 오염된 자가 이빨을 딱딱거리는 소리가 들렸다.

스칼렛이 비틀거리며 일어나 총을 휘둘렀다. 하지만 이미 늦었다. 티치가 사라지고 없었다. 에티를 팔에 끼고 트럭으로 가던 조가 비틀거렸다. 스칼렛은 조에게 달려갔다. 아까보다 약한 진동이 건물을 한차례 더 흔들었다. 종탑 측면의 높은 곳에 균열이 생긴 듯, 갈라진 돔지붕 틈새로 가느다란 햇빛 한 줄기가 쏟아졌다. 빛줄기는 흐릿한 어둠의 소용돌이를 가르고 홀 안쪽 벽 중간쯤에서 사라졌다. 그 덕에 돔지붕 내부가 희미하게 드러났다. 흐릿하게 빛나는 쇠사슬 꼭대기에서 창백하고 거대한 형체들이 빛을 피하는 모습을 볼 수 있었다. 깜짝 놀란 올빼미들은 서까래가 교차하는 격자 사이에서 날개를 퍼덕였다.

조가 트럭 옆으로 달려갔다. 스칼렛이 총을 들고 검을 휘두르며 조와 나란히 달렸다.

홀 맞은편에서 뭔가가 달리는 발소리가 들렸다. 넘어진 아크등 불빛 너머로 구부러진 하얀 형체가 눈 깜박할 새 시야에서 사라졌다. 곧 누군가 비명을 질러댔다.

티치의 목소리가 멀리서 소리쳤다. "문을 닫아! 당장 잠가! 저걸 안에 가둬야 해!"

"조, 운전을 맡아." 스칼렛이 운전석 문을 열었다. "내가 뒤에서 엄호할게. 홀 끝의 문으로 가. 저기 빛 보이지? 잠겨 있으면 부숴버려."

조는 에티를 안고 머리를 소중히 감쌌다. 잠시 멈추더니 스칼렛을 쳐다봤다.

"아까 그 지진은….."

"알버트 같아."

"하지만 어떻게….."

"나도 모르지. 그냥 출구로 가. 아직 출구란 게 남아 있다면."

조가 고개를 끄덕였다. 에티를 차 안에 내려놓고 황급히 트럭에 올라탔다. 그리고 차량 계기판을 보며 눈을 껌벅거렸다. 스칼렛이 몸을 돌려 트럭 뒤쪽으로 달려갔다. 문을 도는 순간 손에 검을 든 형제 단원과 부딪힐 뻔했다. 그가 검을 휘둘렀지만, 스칼렛은 재빨리 몸을 숙였다. 칼날이 문 옆면에 깊숙이 박혔다. 스칼렛이 검으로 다리를 찔렀다. 형제단원이 비명을 지르며 뒤로 물러섰다.

스칼렛은 오염된 자를 가뒀던 상자를 뻥 차버리고 트럭 뒤에 뛰어올라 어깨 너머로 외쳤다.

"조! 출발해!"

"어떻게 작동시키는지 잘 모르겠…."

"지금 가야 해!"

엔진이 부드럽게 켜졌다. 어두운 홀에서 미친 듯이 총소리가 울려 퍼졌다. 누군가가 공포에 질려 마구잡이로 총을 쐈다. 형제단원 한 명이 왼쪽에서 오른쪽으로 달려가더니 곧 사라졌다. 스칼렛은 오염된 자가 울부짖는 소리를 들었다. 뒷문 한쪽을 쾅 닫고 반대편 문에 웅크리고 앉아 총을 겨눴다.

엔진이 공회전하는 소리가 들렸다.

"조, 뭐 하는 거야?" 스칼렛이 소리쳤다. "깜빡이 켜는 법이라도 배우려고? 당장 여기서 나가야 한다고!"

트럭이 굉음을 내며 앞으로 달리기 시작했다. 스칼렛이 문에 몸을 기댔다.

"좋아! 계속 가!"

조가 가속페달을 꾹 밟았다. 트럭이 이리저리 방향을 바꾸며 홀을 가로질렀다. 그때 대머리의 마른 형체가 어둠 속에서 걸어 나왔다.

패치워크 코트가 찢어진 그림자처럼 펄럭였다. 손에는 총을 들었다. 총구에서 여섯 발이 발사됐다. 총알이 스칼렛 옆의 문을 스쳤고 불꽃이 튀었다. 스칼렛이 반격했다. 딱 한 발을 쐈다. 총알이 티치의 다리를 맞혔다. 티치가 완전히 뒤로 쓰러졌다.

스칼렛이 슬쩍 웃으며 뒷문을 닫으려던 바로 그때, 트럭이 바닥의 뭔가를 밟았다. 왼쪽 바퀴가 들리면서 기어가 갈리고 엔진이 굉음을 냈다. 균형을 잃은 스칼렛은 트럭 문밖으로 튕겨나가 바닥에 떨어졌다. 콘크리트 바닥에 세게 부딪혔다. 몇 바퀴를 구른 끝에 얼굴을 땅에 박고 멈췄다.

스칼렛이 고개를 들고 눈앞을 가린 머리카락을 훅 불었다. 조가 다시 속도를 높였다. 좋아. 조는 잘하고 있었다. 자력으로 살아서 도망칠 기회를 만들었다. 형제단원들이 홀 문을 막 닫기 시작한 순간, 트럭이 문에 도달했다. 트럭은 휙 방향을 틀어 문 한 짝을 들이받고 반대쪽 문의 옆면을 끼이익 긁으며 출구를 간신히 통과했다. 겁에 질린 사람들이 문을 쾅 닫았다. 빗장 걸리는 소리가 들렸다.

스칼렛이 천천히 일어섰다. 얼굴엔 피가 묻었고, 어깨가 욱신거렸다. 귀가 웅웅 울렸다. 칼은 잃어버렸지만, 총은 아직 손에 들고 있었다.

좋아. 이제 남은 건 스칼렛 자신뿐이었다.

홀로 통하는 모든 문이 닫혔다. 시계방이 어둠에 휩싸였다. 갈라진 돔지붕 틈새로 가는 빛이 들어왔지만, 스칼렛이 있는 깊숙한 곳까지는 닿지 않았다. 바닥 한 켠에 떨어진 아크등 하나가 희미하게 깜박거리며 죽어가는 빛을 드리웠다. 등 근처에는 전선이 어지럽게 얽혀 있었다. 소암스의 의자 한 귀퉁이, 신발 한 짝, 콘크리트 바닥에 퍼진 검붉은 핏자국이 보였다. 그 외에는 아무것도 보이지 않았다.

스칼렛은 숨을 죽인 채 허공에 귀를 기울였다. 어둠 속은 따뜻했다. 벽에 몇 개 남지 않은 시계가 마지막으로 째깍째깍 가고 있었다. 캄캄한 홀 안에 신음 소리, 한숨 소리, 발을 질질 끄는 소리…, 으르렁거리는 소리, 씹는 소리, 죽어가는 사람들이 흐느끼며 컥컥대는 소리가 들렸다. 괴물 배 속에 있는 듯한 기분이었다.

건물 바깥도 상황이 딱히 나아 보이진 않았다. 엄청난 진동과 충격음이 돔에 부딪히며 울려 퍼졌다. 마치 대재앙이 다시 찾아온 듯했다.

스칼렛이 얼굴을 찌푸렸다. 적어도 알버트는 자기 몫을 잘 해내고 있는 것 같았다.

이제 스칼렛이 탈출구를 찾는 일만 남았다.

머리카락을 뒤로 넘기고 아주 작게 욕설을 중얼거렸다. 그러고 나면 머리가 더 잘 돌아갔다. 이번에도 효과가 있었다. 책상 너머 벽에 소암스의 개인 사무실로 통하는 문이 있던 게 기억났다. 미처 그 문까지 잠그진 못했을 것이다.

스칼렛은 희미한 어둠 속에서 소리 죽여 움직이기 시작했다. 처음 발견한 건 문이 아니었다. 바로 티치였다. 티치는 스칼렛이 총을 쏜 데에서 멀지 않은 곳에 힘없이 누워 있었다. 옆에는 지붕에서 떨어져 내린 듯 벽돌과 횟가루가 보였다. 티치는 잔해에 머리를 기대고 있었다. 총상을 입은 허벅지에서 피가 쉴 새 없이 흘러나와 긴 패치워크 코트를 적셨다. 티치는 어둠 속에서 검은 눈을 번득이며 스칼렛이 다가오는 걸 지켜봤다.

스칼렛이 옆에 쭈그리고 앉았다. 하지만 너무 가까이 접근하진 않았다. 손은 총을 단단히 쥐었다.

"어이…." 스칼렛이 입을 열었다.

"그래…."

티치는 스칼렛처럼 목소리를 낮춰 대꾸했다. 다른 생명체의 주의를 끝지 않기 위해서였다. 티치는 고개를 들고 주위를 뻣뻣하게 둘러봤다.

"저 괴물이 지금은 내 동지들을 잡아먹고 있으니, 남은 시간이 일이 분 정도 되겠군. 내 검은 어디 있지?"

"잃어버렸어."

"뭐? 겨우 이 분 만에? 그럼 내 총 내놔."

"왜 그래야 하지?"

"네 애완 짐승이 가까이 오면, 내가 날 쏴야 하니까."

"미안하지만 못 주겠는데. 이 쓰레기장에서 나갈 방법 없어?"

티치가 음울한 미소를 지었다. 얼굴이 북처럼 팽팽하게 당겨졌다.

"없어. 모든 문에 빗장을 쳤을 거야. 넌 여기 갇혔어."

"집어치워. 분명 당신들이라면 이런 공격에 대비책을 세워뒀을 거야."

"솔직히 이런 말도 안 되는 상황까진 예상치 못했지. 살아 있는 오염된 자를 상자에 담아 가져온다고? 누군가 밖에서 우리 본부를 파괴한다고? 너도 인정하겠지. 이건 완전 특수 상황이야."

티치가 기침을 했다. 기침은 곧 깊은 한숨으로 바뀌었다.

"하, 스칼렛. 몇 년 전, 카스웰이 널 데려왔을 때부터 알아봤어. 누더기에 피투성이였지만, 눈빛은 활활 타오르고 있더군. 이번 일로 넌 내 예상치를 훨씬 뛰어넘었어."

바닥이 흔들리고 천장에서 가루가 떨어졌다. 멀리서 폭발음이 또 한 번 들려왔지만, 이전 것만큼 강하진 않았다. 밖에서 무슨 일이 벌어지든, 이제 거의 끝나가는 듯했다.

"네 남자 친구는 대체 밖에서 뭘 하는 거지?"

일어서려 애쓰던 티치는 곧 다시 쓰러졌다.

"불쌍한 소암스. 소암스는 너희 둘이 무슨 짓을 저지를지 상상도 못 했어. 내가 진작 경고했는데…. 울프스 헤드 여관 길에서 너희 둘 다 죽었어야 했어."

"맞아. 당연히 그랬어야지."

스칼렛이 발걸음을 뗐다.

"어쨌든 티치, 나중에 보자고."

티치의 검은 눈동자가 스칼렛의 얼굴에서 손에 들린 권총으로 옮겨갔다.

"왜 날 안 죽이지? 나와 같은 실수를 하지 마. 지금이 날 끝장낼 기회야."

스칼렛은 어둠 속을 응시했다. 뭔가 이상한 게 죽은 사람들 사이에서 움직이고 있었다.

"이 정도면 충분히 끝냈다고 생각하는데. 난 당신과 달라. 내 대답은 '싫어'야."

티치가 비웃듯 웃었다.

"그래, 아직 마지막 결정타를 날릴 잔인함이 부족하군! 항상 네 약점이 될 거다. 넌 처음부터 마음이 약했지. 그 비극이 널 여기 데려온 이후."

스칼렛은 깜빡이는 불빛 방향으로 눈을 돌렸다. 문은 저 너머 어딘가에 있다. 잠겨 있든, 그렇지 않든 시도는 해봐야 했다. 하지만 오염된 자가 어디 있는지 알 수 없었다.

"어쨌든, 당신과 소암스는 당신들만의 방식으로 날 돌봐줬어. 그러니 목숨은 살려줄게. 이게 내 작별 선물이야."

"선물이라고? 내게 치명상을 입히고, 저 괴물에게 잡아먹히도록 무력한 날 버리고 가는 게 선물이라니…. 선물의 의미는 받아들이지. 네가 가기 전에 나도 선물을 하나 주마."

"필요 없어. 그럼 잘 있어."

"오, 이건 희망의 선물인데…. 동생에 관한 거야."

스칼렛은 이미 발걸음을 옮겼으나 티치의 말에 그대로 얼어붙었다.

"뭐라고?"

"토마스. 이름이 토마스였지? 누나가 없을 때 기둥에 묶여서 잡아먹혔다던…."

"말조심해."

스칼렛은 손에 든 총이 무겁게 느껴졌다. 하지만 티치를 뒤돌아보진 않았다. 티치의 목소리가 점점 약해졌다.

"화낼 필요 없어! 진심으로 안타깝게 생각하니까…. 죄책감이 얼마나 끔찍한지 잘 알거든! 카스웰이 나타났을 때 넌 죄책감으로 죽어가고 있었지. 지금도 죄책감은 마음 깊은 곳에서 널 갉아먹고 있고…. 하지만 네게 좋은 소식이 있다. 내 생각에 네 동생은 짐승에게 잡혀가지 않았어."

스칼렛의 얼굴에서 모든 표정이 사라졌다. 젖은 종이에 뿌려진 잉크처럼 얼굴의 곡선을 따라 모든 감정이 흘러내렸다.

"거짓말."

스칼렛이 다시 입을 열었지만 퍼부으려던 욕설이 나오지 않았다.

"그럼 그냥 날 두고 가."

결국 스칼렛은 총을 쥔 채 뒤돌았다.

"아니. 말해. 오 초 줄게."

"아, 이제 무자비해지기로 했나? 좋아! 보기 좋군." 티치가 희미하게 웃었다. "스칼렛 맥케인, 넌 네 비참함 속에 안주했어. 동생이 죽었다고 생각하는 게 차라리 편안했겠지. 하지만 난 네 편안함을 뺏을 수 있어. 다시는 쉽게 잠들지 못하도록."

"이 초 남았어."

"어디까지나 추측일 뿐이야. 동생을 잃은 웨섹스 변방에는 노예 상인들이 어린애들을 찾아다니지. 상인들은 콘월을 습격하고 해협을 건너 웨일스로 간 후, 작은 보트에 애들을 끌고 와. 위험한 원정이지. 하지만 그놈들은 게으른 놈들이거든. 노예시장에서 팔 애들을 쉽게 구할 방법을 찾는다면, 처벌 기둥에 묶인 애들을 훔치는 것보다 쉬운 방법이 있을까? 몰래 접근해 묶인 걸 풀고 애들을 철창 우리에 가둬 멀리 데려가는 거지. 누가 알겠어? 안다 한들 신경이나 쓰겠어? 도시는 그 애들을 원치 않아! 그 애들이 죽길 바라지! 노예 상인들은 애들을 멀리 데려가서 신체적 결함이나 범죄 행위 따윈 신경 쓰지 않는 사람들에게 팔지. 아이가 어리고 건강하다면, 게다가 눈에 띄는 특징이라도 있다면 더 좋겠지. 예를 들어, 밝은 빨간 머리카락 같은 것 말이야. 그래서 외딴 변방 도시로 아이들을 끌고 가는 거지."

스칼렛의 총은 움직이지 않았다.

"못 믿겠어. 지금 지어낸 거잖아."

"난 그런 노예 상인들을 많이 상대해 봤거든."

"하지만 토마스는…. 당신은 아무것도 몰라."

"당연히 모르지. 내가 추측이라고 했잖아.

"그건 짐승이었어. 짐승이었다고…." 스칼렛이 나지막이 말했다.

"그럴 수도 있지. 하지만 곧장 가까운 노예시장에 가봤다면, 한 번이라도 가봤다면, 널 기다리는 동생을 찾았을 수도 있겠지. 하지만 그 대신 넌 술독에 빠져 싸움질이나 하며 웨섹스를 헤맸어."

티치가 숨죽인 기침을 발작적으로 내뱉자, 곧 대머리가 어둠 속에 축 처졌다.

"물론 네 잘못은 아냐. 아무도 네게 이런 걸 알려주지 않았으니까."

"당신이 말해줄 수도 있었잖아. 이 헛소리가 조금이라도 사실이라면…. 물론 안 믿지만."

"왜 그래야 하지? 넌 유용한 존재였어. 우린 네 분노, 네 재능, 네 안의 깊은 고통을 이용했지."

티치가 비웃듯 웃었다. 손을 들어 입가의 피를 닦아냈다.

"넌 텅 비어 있었어. 희망도 의심도 없었지. 죽음에 대한 확신과 죄책감뿐이었어. 스칼렛, 그게 널 얼마나 강하게 만들었는지 봐! 넌 내게 감사해야 해." 티치가 약하게 한숨을 내뱉었다. "그런데 지금 이게 내게 주는 감사의 표시라니…. 내 삶과 모든 걸 파괴하고 날 바닥에 짓밟았어."

스칼렛이 티치를 내려다봤다.

"정말 알고 있었다고? 그동안 내내?"

"확실한 건 아니야. 가능성이 있다는 거지."

"그런 추측을 하고도… 말하지 않았다고?"

"지금 말하잖아. 끈질기게 계속 찾았다면 발견했을지도 모르지. 하지만 넌 절망과 어둠에 굴복했고, 네 동생은 영영 사라졌어."

둘 사이에 잠시 침묵이 흘렀다.

"이게 바로 내 선물이야. 복수이기도 하고. 이제 더 이상 할 말이 없군."

스칼렛이 티치를 바라봤다. 얼굴에서 머리카락을 쓸어 넘기려 손을 들었다. 그러자 티치가 움찔했다. 아마 총을 쏘거나 최후의 일격을 가할 거라 여긴 듯했다. 하지만 스칼렛이 아무것도 하지 않자, 티치는 슬프다 못해 절망에 가득 찬 신음 소리를 작게 냈다. 고통에 몸부림치며 두 팔에 지탱해 몸을 일으켰다. 그리고 스칼렛에게서 멀리, 빛을 피해 홀의 어둠 속으로 기어갔다. 눈앞에 있던 티치는 바로 다음 순간 흔적도 없이 사라졌다.

스칼렛은 티치가 사라지는 것도 알아채지 못했다. 그대로 자리에 선 채 허공을 응시했다.

'끈질기게 계속 찾았다면 발견했을지도 모르지.'

스칼렛은 죽은 듯 움직이지 않았다.

어둠 속 어딘가에서 뭔가 갑자기 달려드는 소리가 들렸다. 곧 숨넘어가는 소리와 헐떡이며 우는 소리가 이어졌다. 그리고 다시 조용해졌다. 잠시 후, 바닥을 긁는 소리와 부딪히는 소리가 가까운 곳에서부터 무시무시한 속도로 멀어졌다. 뭔가 홀 바닥을 긁으며 끌려가는 소리였다.

스칼렛은 아무 반응도 하지 않았다. 어둠 속에 가만히 서서 티치의 차가운 말이 뼛속에 스며들고 떨리는 폐와 고동치는 심장을 휘감도록 내버려뒀다. 스칼렛의 세포 하나하나에 퍼지고 가장 깊은 곳까지 도달해 모든 걸 얼어붙게 한 후, 산산이 부서뜨리도록…. 얼어붙을 듯한 냉기가 온몸 구석구석을 관통했다. 정신이 흐릿해지고 피가 차갑게 식었으며, 심장이 느리고 약하게 뛰었다. 팔다리와 손가락, 온몸의 감각이 모두 마비된 것처럼 움찔거렸다.

그 순간, 스칼렛은 죽음의 문턱에 있었다. 조용히, 홀로, 어둠 속에서. 오염된 자 따윈 필요 없었다. 오염된 자가 달려들어도 아무 저항도 하지 않았을 것이다. 아니, 아마 알아채지도 못했을 것이다. 스칼렛은 이제 빈껍데기나 다름없었다. 어둠보다 더한 어둠이었다. 수년 동안 그녀를 지탱해 온 모든 고통과 싸움, 명확하고 확실했던 분노와 죄책감이 전부 사라졌다. 모든 게 무너져 내렸다.

'끈질기게 계속 찾았다면….'

그때 멀리서 금속이 충돌하는 소리가 들렸다. 지붕이 무너지는 것처럼 거대하고, 종이 울리는 것처럼 깊고 날카로운 소리였다. 스칼렛은 눈을 떴다. 그 소리에 정신이 들었다. 아직 스칼렛과 세상을 연결하고 있던 실 한 올이 그녀를 다시 삶 속으로 끌어당겼다. 알버트와 조와 에티를 떠올렸다. 모두 목숨이 위태로운 상황이었다.

스칼렛은 기도 매트 위에서 일어나는 것처럼, 혹은 깊은 잠에서 깨는 것처럼 떨리는 숨을 천천히 내쉬었다. 몸을 똑바로 세우고 팔을 느슨히 내렸다. 다시 스칼렛 맥케인으로 돌아왔다. 어둠 속에 홀로 서서 귀를 기울이고, 숨을 쉬고, 생각을 하기 시작했다.

스칼렛은 움직였다.

몇 걸음 더 걸어 소암스의 책상을 뺑 돌았다. 바닥엔 온통 박살 난 시계가 무덤처럼 흩어져 있었다. 시계 사이로 조심조심 걸어 문까지 다가갔다.

매우 조심스럽게 손잡이를 돌렸다.

하지만 열리지 않았다. 운이 없었다. 굳게 닫힌 문엔 빗장이 걸려 있었다. 여기로는 탈출할 수 없었다.

그때 등 뒤 홀 어딘가에서 부드럽고 은밀한 소리가 들렸다. 온몸이 얼어붙을 듯한 공포심을 억누르고, 스칼렛은 다시 소리가 나는 홀 안쪽으로 몸을 돌렸다. 몸을 숨길 만한 책상까지 뻣뻣한 몸짓으로 걸어갔다. 빠르게 움직이면 혹시 소리가 날까 봐 아주 천천히 책상 뒤에 웅크리고 앉았다. 몸을 숨긴 채 가만히 기다렸다.

티치의 총이 있었지만 안에 총알이 얼마나 있을지 몰랐다. 그렇다고 확인하려 총을 열어볼 수도 없었다. 머리를 책상에 기대고 속으로 셋까지 센 후 아주 조심스럽게 옆을 흘끗 봤다.

쓰러진 아크등에서 흘러나온 불빛 너머로 흐릿하게 넝마 같은 둥근 형체가 보였다. 주위엔 온통 어둠뿐이었지만 빛의 경계에 딱 걸친 곳에 긴 머리카락의 형체가 웅크리고 있었다.

코를 쿵쿵거리고 쉴 새 없이 이를 딱딱거리는 소리가 들렸다. 스칼렛이 숨을 멈췄다. 목덜미를 타고 식은땀이 흘러내렸다.

가만히 있으면 저게 멀리 갈 수도 있다. 설마 이 거리에서 냄새를 맡진 못할 것이다. 저렇게 입 주위에 피 칠을 하고선….

웅크린 형체가 자세를 바꿨다. 파충류나 거미처럼 가는 팔을 쫙 벌린 채 몸을 구부리고 코를 바닥 가까이 낮췄다. 스칼렛의 냄새를 찾고 있단 걸 직감적으로 알 수 있었다. 스칼렛은 책상 모서리에 몸을 바싹 붙였다. 냄새를 맡던 형체가 움직임을 멈췄다. 스칼렛도 꼼짝하지 않았다.

이빨을 딱딱거리는 소리가 두 번 났다. 그리고 침묵이 흐르더니….

하얀 형체가 책상을 향해 달려들었다.

스칼렛이 재빨리 일어나 책상 위로 뛰어올랐다. 두 발로 착지하는 순간, 하얀 형체가 책상 옆면에 부딪혔다. 스칼렛은 어둠 속에서 홀 중앙을 향해 달렸다. 달리면서 티치의 총을 꽉 쥐었다. 몇 발이 들어 있는지는 모르지만.

뒤에서 빠르게 쫓아오는 소리가 들렸다. 맨발이 땅을 차는 소리, 발톱이 바닥을 긁는 소리. 지금이었다. 지금이 바로 총을 쏠 때였다. 하지만 도저히 다리가 멈춰지지 않았다. 제멋대로 마구 달리는 다리 때문에 총을 놓칠 뻔했다. 이를 악물었다. 젠장! 그만 멈춰!

스칼렛은 몸을 휙 돌리며 한쪽 무릎을 꿇었다. 앞이 보이지 않았지만 어둠 속을 향해 방아쇠를 당겼다. 총구에서 섬광이 뿜어져 나왔다. 순간 하얀 얼굴, 흩날리는 잿빛 머리카락, 피를 뚝뚝 흘리며 달려드는 커다란 입이 언뜻 보였다. 그리고 다시 깜깜해졌다.

총을 두 방 더 쐈다. 하얀 얼굴이 점점 더 가까워졌다. 오염된 자가 계속 좌우로 움직이자, 얼굴이 보이는 위치도 계속 바뀌었다. 세 번째 총알이 발사됐을 때, 바닥을 차던 발길이 불규칙해지며 쿵 넘어지는 소리가 들렸다. 오염된 자가 울부짖었다. 스칼렛은 뭔가가 발에 스치는 걸 느꼈다. 다시 방아쇠를 당겼지만 빈총이었다. 총을 집어 던지고 몸을 뒤로 피했다. 그런데 갑자기 줄기처럼 공중에 매달린 차갑고 딱딱한 덩어리들에 부딪혔다. 순간 스칼렛은 촉수가 달린 살아 있는 거대 생물에 갇혔다고 생각했다. 비명을 지르려던 그때, 정체를 깨달았다.

바로 올빼미용 쇠사슬들이었다.

뭔가 움직이는 소리가 가까이에서 들려왔다. 스칼렛은 사슬 하나를 움켜쥐고 한 손 한 손 번갈아 움직여 위로 올라갔다. 피 칠한 얼굴이 어둠속에서 달려드는 모습을 상상하며 미친 듯이 빠르게 움직였다. 위로, 위로, 위로…. 몇 분 후, 움직임을 멈추고 어둠 속에 매달린 채 사슬이 약하게 흔들리며 철컹거리는 소리에 귀를 기울였다.

아무 소리도 들리지 않았다.

어쩌면 스칼렛이 쏜 총에 맞아 죽었을 수도 있다.

죽었거나, 죽어가고 있거나….

그때 아래쪽에서 뭔가 바닥을 긁으며 기어오는 소리가 들렸다. 소리는 스칼렛이 매달린 사슬 바로 아래까지 다가왔다. 오염된 자가 그녀를 올려다보는 모습이 그려졌다.

보이지 않는 손이 사슬을 잡았다. 사슬이 흔들렸다. 오염된 자가 사슬을 타고 오르기 시작하자, 사슬이 철컹철컹 크게 흔들렸다.

다급해진 스칼렛은 동굴처럼 깜깜한 공간에 마구 욕설을 내뱉었다. 발로 사슬을 꽉 지탱하며 돔지붕 바로 아래 공간을 향해 기어올라 갔다.

올라갈수록 공기가 따뜻해지며 퀴퀴하고 매캐한 냄새가 났다. 깃털과 곰팡이, 피와 오래돼 말라비틀어진 뼈 냄새였다. 저 아래 바닥의 아크등이 심장이 요동치듯 깜박거렸다. 스칼렛은 팔이 아팠다. 피부가 얼음처럼 차가웠다 불처럼 뜨거워지기도 했다. 땀방울이 눈 위로 떨어져 앞이 잘 보이지 않았다. 수시로 아래를 내려다봤다. 오염된 자가 사슬을 타고 올라오며 스칼렛의 움직임을 뚫어져라 보고 있었다. 머리 위로 사슬을 움직이는 검은 도르래와 올빼미들이 앉아 있는 격자 형태의 들보가 희미하게 보였다. 들보 위는 지금 고요하고 아무 움직임도 없었지만, 스칼렛은 속지 않았다. 저건 기대에 찬 침묵이었다.

위에도 죽음, 아래에도 죽음이었다. 주변은 온통 깜깜한 암흑이었다.

갈라진 돔지붕 틈새로 들어오는 빛줄기를 통과했다. 이제 스칼렛은 올라갈 힘이 거의 다 빠졌지만, 발밑 사슬에서 전해지는 진동은 점점 더 강해졌다. 발아래의 움직임이 더 빠르고 더 격렬해졌다. 스칼렛은 마지막 힘을 쥐어짜 냈다. 마침내 첫 번째 들보에 가까워졌다.

사슬에서 들보는 그리 멀지 않았다. 손을 뻗으면 몸을 끌어당길 수 있을 정도였다. 하지만 잠시 망설여졌다. 시큼한 냄새가 너무 강했다. 어둠 속에서 희미하게 뭔가 덜그렁거리는 소리도 들렸다.

그때 부츠 바닥을 움켜쥐는 발톱이 느껴졌다. 스칼렛은 힘껏 발길질을 해 발톱을 떨쳐내고 허공으로 몸을 날렸다. 곧 들보 위에 엎어진 자세로 안착했다. 들보는 30센티 정도 너비였고, 위엔 부드러운 흰색 배설물이 두껍게 쌓여 있었다. 다리가 들보 아래에서 대롱거렸다. 필사적인 몸부림으로 마침내 들보에 걸터앉았다. 바로 옆 사슬이 미친 듯이 흔들렸다. 들보에서도 흔들림이 느껴지기 시작했다. 거대한 새가 들보를 따라 껑충껑충 뛰며 날갯짓하듯…. 스칼렛은 간신히 몸을 일으켜 휘청거리며 일어섰다. 돔의 갈라진 틈을 정면으로 바라보며 빛이 새어 나오는 방향으로 걸어가기 시작했다.

쇠사슬이 철그렁거렸다. 사슬에서 하얀 형체가 펄쩍 뛰어 뒤쪽 들보에 웅크린 자세로 착지했다. 오염된 자가 소름 끼치도록 부드럽고 손쉽게 일어나더니 절뚝거리며 걸어왔다. 흰 팔이 앞으로 쭉 뻗어 나왔다. 팔은 털 하나 없이 매끈했고 검은 핏줄이 섰으며, 손톱이 깨져 있었다. 손이 스칼렛의 목에 닿았다.

그 순간, 갑자기 더 크고 더 하얗고 더 빠른 뭔가가 오염된 자 뒤에서 나타났다. 그것은 들보를 따라 펄쩍펄쩍 뛰어와 고개를 숙이더니 오염된 자의 머리를 낚아챘다. 그리고 다시 뒤쪽 들보로 뛰어올랐다. 순식간에 사방은 울부짖는 소리와 비명 소리로 가득 찼다. 침묵이 깨지며 어둠 속에서 흰색 조각들이 마구 튀어 올랐다. 스칼렛은 그 장면을 지켜보느라 시간을 지체하진 않았다. 눈앞의 빛을 향해 비틀비틀 걸어갔다.

들보 끝의 돔지붕은 나무가 부서지고 타일이 검게 그을려 외부 거죽이 갈라져 있었다. 스칼렛은 마지막 힘을 다해 틈새로 몸을 쑤셔 넣었다. 손에 나무 가시가 박히고 튀어나온 부분에 옷이 걸렸다. 따스한 공기가 스칼렛을 감싸고 햇살이 눈을 부시게 했다. 나무를 손톱으로 긁어내고 걸린 옷을 잡아당기며 온갖 몸부림을 쳤다. 마지막 힘을 다해 밖으로 몸을 밀어냈다. 마침내 미처 의식하지도 못한 새, 어둠을 뚫고 빛 속으로 떨어졌다.

밖은 온통 먼지와 정적만이 가득했다. 돔지붕은 검은 곡선을 그리며 흰 구름에 둘러싸인 뱃머리 같았다. 두껍고 부드러운 먼지층이 해를 가리며 공중에서 소용돌이쳤다. 머리 위에 떠 있는 해는 옅은 갈색의 식초 원반처럼 보였다. 스칼렛은 지붕 틈새에서 굴러떨어져 나온 후, 검게 그을린 타일 위에 철퍼덕 드러누웠다. 여기저기 패이고 버석거리는 타일의 감촉이 느껴졌다. 팔을 들어 눈을 보호했다. 앞이 잘 보이지 않았다. 도시의 굴뚝과 지붕들이 바다 바위처럼 안개 속에 솟아 있고, 그 너머로 노랗고 푸른 들판이 희미하게 보였다.

스칼렛은 돔지붕에 기대 누운 채 꼼짝하지 않았다. 곧 태양이 먼지를 뚫고 나오기 시작했다. 햇빛이 타일을 데우고 피부를 감쌌다. 스칼렛이 몸을 일으켰다. 스토우에서 가장 높은 곳에 앉아 폐허가 된 풍경을 내려다봤다.

도시의 모습이 바뀌었다.

손가락 형제단 본부를 이뤘던 오래된 공장 건물들이 상당수 무너져 내렸다. 건물 입구의 한 구역은 완전히 뜯겨나가고 없었다. 남은 지붕도 한낮의 열기에 기둥이 녹아내린 듯 축 처져 있었다. 금속 기둥은 시커멓게 튀어나왔고, 남아 있는 벽돌벽도 소용돌이치는 먼지 속에 칼처럼 푹 박혀 있었다. 주변 창고들이 무너져 잔해가 산사태처럼 형제단 본부 앞길에 쏟아져 있었다.

세상이 매우 조용했다. 짙은 연기가 장막처럼 도시를 뒤덮었다. 하지만 그 안에서도 움직임과 생명이 느껴졌다. 매우 약하긴 했지만. 저 멀리 길 한가운데 화물 트럭이 쓰러져 있었다. 파묻힌 도시에서 가져온 트럭이었다. 트럭 주위엔 벽돌과 건물 잔해가 흩어져 있고, 트럭 옆에는….

트럭 옆에는 한 조각의 잔해도 없는 깨끗한 땅 위에 남자와 어린아이가 서 있었다. 그들은 두 발로, 제 힘으로 똑바로 서 있었다. 다친 곳 없이 모두 괜찮은 듯했다. 둘은 서로 손을 꼭 붙잡고 있었다.

그리고… 부서진 길을 따라 그들에게 걸어가는 사람이 보였다.

마르고 왜소한 젊은 남자였다.

그는 무너진 창고를 뒤로하고 절뚝거리며 천천히 걸었다. 스칼렛은 몸을 앞으로 숙였다. 처음엔 누군지 분간하기 힘들었다. 눈앞이 너무 뿌옇고 거리도 멀었다. 검은 산발 머리에 헐렁한 옷, 너무 커서 바보 같아 보이는 흰 운동화. 정확히 보이진 않았지만, 스칼렛은 그가 누구인지 알 것 같았다.

작은 아이가 양팔을 벌리며 그에게 다가갔다. 이제 스칼렛은 확신할 수 있었다.

"해냈구나, 알버트. 이런 제길."

스칼렛이 중얼거리며 도로 지붕에 털썩 드러누웠다. 더 이상 욕할 힘도 없었다. 나머지는 지붕에서 내려갈 방법을 찾아낸 후 생각하기로 했다.

25

그날 아침, 울프스 헤드 여관은 부엌에서 거위알을 구우며 한창 아침 식사를 제공 중이었다. 술집 겸 식당은 베이컨과 오트밀죽, 신선한 야생 꿀 냄새로 가득했다. 바에서는 게일 벨처가 놀라운 솜씨로 엄청난 양의 커피를 따르고 있었고, 종업원은 구운 빵과 빌베리잼을 쟁반에 담아 손님들 사이를 바삐 움직였다. 알버트는 창가 옆자리에 앉아 그 모습을 지켜봤다. 그가 하루 중 가장 좋아하는 시간이었다.

사후 세계의 본질에 대해 깊이 생각해 본 적은 없지만, 굳이 말해야 한다면 이런 풍경을 바랄 것 같았다. 이른 아침의 여관 손님들은 모두 깨끗했고, 술에 취하지도 않았으며 다들 쾌활했다. 아무도 싸우지 않았다. 상인은 광신도와, 광신도는 모피 장수와, 모피 장수는 개구리 사냥꾼이나 앵글리아 굴 채취업자와 서로서로 어울려 앉았다. 햇빛이 창문을 통해 쏟아져 들어왔고, 검은색 낮은 들보 아래에는 조용하지만 활기찬 사람들의 이야기 소리, 식기 부딪히는 소리, 가끔 굴 채취꾼이 방귀 뀌는 소리가 울려 퍼졌다. 비록 쉽게 흩어질 순 있지만 이런 공동체의 모습이 알버트는 너무 소중하게 느껴졌다. 팔꿈치에 놓인 빵과 꿀을 먹으며 등 뒤의 보라색 쿠션 더미에 몸을 기댔다.

밤에는 포근한 침대에서 잠도 푹 잘 수 있었다. 그리고 지금은 그를 죽이려는 사람이 아무도 없었다. 모든 게 만족스러웠다. 물론 옆 좌석에 굴 채취꾼들만 없었다면 더 좋았겠지만.

무엇보다, 알버트는 친구들과 함께였다.

조와 샐 퀸은 근처 테이블에서 아침 식사 후 카드 게임 중이었다. 매우 치열하고, 심지어 뻔뻔하기까지 한 게임이었다. 서로 상대방의 카드를 훔치거나, 애매모호한 말로 방해하거나 항의하며 카드를 다시 빼앗기도 했다. 둘 다 똑같이 허세를 부리고 상대방에게 속임수를 썼다. 샐 퀸은 몰래 재킷 소매에서 카드 두 장을 꺼냈고, 조는 바지 뒷주머니에 적어도 카드 석 장은 숨긴 듯했다. 알버트는 그런 모습을 보며 기뻐했다. 울프스 헤드 여관까지 오는 길은 험난했고, 모두 회복하는 데 며칠은 걸렸다. 이제 조와 샐 퀸은 완전히 회복한 듯했다. 그리고 에티는….

그때 마치 자기 이름을 들은 것처럼 작고 귀여운 금발 머리가 갑자기 나타났다. 에티는 입에 색연필 세 개를 문 채 통통한 손으로 종이를 쥐고 있었다. 에티는 알버트의 코앞에 종이를 불쑥 내밀었다.

"에티, 나 주는 거야? 고마워! 정말 예쁘다."

얽히고설킨 선들이 그려진 낙서 같은 그림은 오늘따라 유쾌해 보였다. 색깔은 이곳 분위기처럼 복잡하고 활기 넘쳤다. 알버트는 그림을 커피 주전자에 기대어놓고 에티의 머리를 토닥였다. 알버트는 에티가 구출된 이후, 납치 사건에 대한 후유증을 우려하며 에티를 유심히 관찰해 왔다. 하지만 아무 영향도 받지 않은 듯 여느 때처럼 쾌활했다. 사실 에티는 행복한 아이였다. 울프스 헤드 여관의 모두가 에티를 좋아했다. 모피 장수는 에티에게 수달 가죽을 선물했고, 굴 채취꾼은 오색찬란한 조개껍데기를 줬다. 심지어 매그스 벨처 노인마

저 난로 옆 흔들의자에 앉아 에티에게 사탕 과자를 먹이곤 했다. 알버트도 에티가 점점 더 좋아졌다. 작고 조용한 에티에겐 배울 점이 많았다.

"알버트, 같이 게임 한판 어떠니?" 조가 의자에서 몸을 돌리며 말했다.

불과 얼마 전, 납치를 당하고 식인 올빼미로 무서운 협박을 받고, 무너지는 건물을 뚫고 트럭을 몰다가 크게 부딪히고, 건물 잔해에서 손녀를 구해낸 노인치고 조의 상태는 꽤 괜찮아 보였다.

"래틀스네이크나 세이버 게임을 추천하마. 샐 퀸이 둘 다에 형편없거든."

샐 퀸은 파이프에 헤더 담배를 채우며 무례하게 코웃음 쳤다.

"하! 조, 당신이 할 얘기는 아니죠."

알버트가 미소 지었다. "고맙지만 전 괜찮아요. 스칼렛을 기다리는 중이거든요."

"여기 없는 것 확실하니? 몸이 멍투성이라 보라색 쿠션에 파묻혀 안 보이는 건 아니고?"

조가 실눈으로 주위를 훑었다.

"자기 방에 있을 거예요. 자거나 명상 중이겠죠, 아마도."

조가 툴툴거렸다. "스칼렛은 요새 기도 매트에서 거의 내려오질 않더구나. 얼굴 한번 보기 힘들다니까."

"그럴 만도 하죠."

샐 퀸은 부츠 옆면에 성냥을 그어 파이프에 불을 붙였다.

"불쌍하게도 너무 많은 일을 겪었으니까. 오염된 자, 식인 올빼미 떼, 손가락 형제단까지. 전부 혼자 상대했잖아! 게다가 동료란 녀석은 도시 절반을 날려버렸으니! 생각이 많을 수밖에….”

알버트가 몸을 일으켰다.

"샐 퀸 씨, 사실 내가 파괴한 건 창고 몇 채뿐이에요. 도시 절반이 아니라…."

"오, 그래. 진짜 굉장한 차이구나. 과장해서 엄청 미안하네."

"뭐," 조가 둘 사이에 끼어들었다. "스칼렛 성격 알잖니. 곧 다시 나와서 엄한 놈들의 엉덩이를 걷어차고 온 왕국을 빨빨거리며 돌아다닐 게다. 물론 이번 일은 그 애가 꼭꼭 숨기고 있는 상처에 더해지겠지. 우리가 그토록 사랑해 마지않는 스칼렛의 괴팍한 평화주의자 성격에 일조하는 상처 말이다."

조가 카드를 섞더니 화제를 돌렸다. "자, 이제 본론으로 들어가 볼까. 샐 퀸, 래틀스네이크 한판 어때?"

샐 퀸이 고개를 끄덕였다. "좋아요. 내가 이겨드리죠. 전 판처럼." 그녀가 향이 좋은 담배 연기를 뿜어냈다.

"알버트, 스칼렛이 내려오면 앞으로의 계획 좀 얘기하자고 전해. 여기 온 지 거의 일주일이 흘렀고, 이제는 둘 다 괜찮아 보이니까. 압박하려는 건 아니지만, 너희 둘이 아직 내게 빚진 게 있는 거 같거든…."

샐 퀸은 알버트에게 윙크를 날리고 다시 게임에 집중했다.

알버트는 에티 옆에 앉아 빵을 한 입 베어 물며 생각에 잠겼다. 샐 퀸에게 두 번이나 빚을 진 건 확실했다. 첫째, 샐 퀸은 알버트와 스칼렛이 벌인 짓 때문에 남부 왕국 전역에 지명수배자가 됐다. 둘째, 울프스 헤드 여관으로 돌아올 수 있었던 건 오로지 샐 퀸 덕분이었다. 그와 스칼렛 둘 다 스토우에서 도망칠 준비를 할 여력이 없었다. 공동묘지에서 다시 조우한 샐 퀸은 불타는 도시에서 탈출할 수 있게 도와줬다. 버스 요금을 마련하기 위해 스칼렛의 무기 가방을 팔고, 국경을 무사히 넘고, 마지막으로 험난한 늪지대를 건널 수 있게 이끈 건 모두 샐 퀸이었다.

'이제는 둘 다 괜찮아 보이니까….'

뭐, 여관에 막 도착했을 때에 비하면 확실히 괜찮아졌다. 당시 알버트는 완전히 지쳤고, 스칼렛은 비틀거리며 말도 제대로 못 했다. 하지만 울프스 헤드 여관은 금세 마법 같은 효과를 발휘했다. 게일 벨처의 따뜻한 환영 인사를 듣고, 평범하지만 아늑한 방으로 돌아와 그들의 짐이 떠나기 전 그대로 놓여 있는 걸 보자 마음이 편안해졌다. 당연히 처음 며칠 동안은 잠만 잤지만.

일주일이 지난 지금은 어떤 상태라고 해야 할까? 물론 몸은 괜찮아졌다. 하지만 마음은 뭐라 해야 할지 몰랐다. 말로리와의 싸움이 아직도 마음속에 남아 있었다. 마치 지금도 싸우고 있는 것 같았다.

눈을 감으면 그때 광경이 생생하게 떠올랐다. 주변 건물이 무너지고, 땅이 갈라지고 비틀리고, 벽돌이 저녁 새 떼처럼 하늘에서 소용돌이치고…. 지붕이 건물에서 뜯겨져 나가고, 벽이 뒤집히고, 길 한가운데서 알버트와 말로리가 서로를 돌고 돌며 공격과 방어를 계속 반복하고…. 알버트와 말로리는 때로 연기와 구름 기둥에 가려 서로 보이지 않았다가, 바로 다음 순간엔 손이 맞닿을 정도로 가까워지기도 했다. 전진과 후퇴, 계획적인 생각과 충동적인 공격이 오가며 끊임없이 춤을 추는 것 같았다. 단단한 물체들이 날아가고 부서지고, 다시 들어 올려지고 세게 던져졌다. 찰흙덩어리를 주무르듯 세상을 변형시키는 게임 같았다. 알버트 곁에는 오직 또 하나의 자신, 그의 어두운 그림자, 망가진 코트를 입고 점점 더 절망에 빠져가는 말로리만 있을 뿐이었다.

그러다 어느 순간, 알버트는 갑자기 혼자가 됐다. 말로리가 서 있던 자리에는 거대한 잔해 더미만 남았다. 김이 나는 콘크리트 조각, 무너진 석조 건물 벽돌, 거대한 돌무덤에 굴러떨어지는 작은 조각들…. 알버트는 돌이 다 굴러떨어져 멈출 때까지 바라봤다. 그 후에도 계속 눈길을 떼지 못했다. 침묵이 귓가에서 쿵쿵거렸다.

"또 멍때리는 거야?" 누군가의 목소리가 들렸다.

눈을 떴다. 스칼렛이 아침 식사가 담긴 쟁반을 들고 서 있었다. 멍은 거의 사라졌고 상처도 잘 아문 듯했다. 스토우 사건 이후, 스칼렛은 뭔가를 잃어버린 사람처럼 멍하고 무기력해 보였다. 물론 지금도 창백하고 마르긴 했지만, 표정도 밝아지고 얼굴엔 미소를 띠고 있었다. 무엇보다 초록빛 눈동자가 예전처럼 다시 빛났다.

"지금은 신앙의 집을 터는 것도 아니잖아. 그러니까 멍때려도 되지, 뭐. 맞아. 잠깐 딴생각 중이었어. 같이 멍때릴래?"

"기꺼이 해주지. 에티, 안녕. 그림 멋지네."

스칼렛은 약간 뻣뻣하고 조심스러운 자세로 에티 맞은편에 앉았다. 젖은 머리카락이 어깨까지 늘어졌다. 스칼렛은 오트밀죽을 한 숟가락 떠먹었다. 알버트가 커피를 따랐다.

"이제 좀 어때?"

"아주 좋아. 알버트, 대체 샐 퀸이랑 조는 저기서 뭐 하는 거야?"

"래틀스네이크 게임 중이야. 꽤 치열하지."

"정말 그러네. 샐 퀸이 방금 조의 바지에서 카드를 한 장 꺼냈어. 아침부터 꽤나 열심이군."

"잠도 안 자고 하는 거 같던데."

스칼렛이 한쪽 눈썹을 추켜올렸다.

"두 노인네가 꽤 잘 어울리는데. 그래서 샐 퀸이 여기 계속 머무는 걸까? 조 때문에?" 스칼렛이 알버트 쪽으로 몸을 숙였다. "저 둘의 깊은 속마음을 좀 읽어봐. 뭔지 알아내게."

"어떻게 그래? 먹은 게 다 체할지도 몰라. 사실 셀 퀸은 우릴 기다린 거래. 빚을 받아야겠다고."

"뭐, 더 기다리라고 해. 우린 이제 시시한 좀도둑질은 안 할 테니까. 손가락 형제단을 무너뜨린 지 얼마 안 됐어! 밀턴 케인즈에서도 탈출했고! 그 전엔 파묻힌 도시도 습격하고, 워릭도 쑥대밭으로 만들며 왕국의 절반을 뒤집어 놨지! 책 판매상들이 우릴 특별판으로 크게 실을걸."

스칼렛이 죽이 묻은 숟가락을 흔들어댔다.

"게다가 지금 당장은 누굴 위해서든 아무 일도 하고 싶지 않아. 악명 높은 스칼렛과 알버트는 당분간 푹 쉴 거라고."

"기분 좋아 보이네." 알버트가 스칼렛을 관찰하며 말했다.

"웅. 잘 먹고, 잘 자고, 몸도 점점 낫고 있어. 바에 있는 털북숭이 늪지 남자 보여? 며칠 전에 내가 팔씨름으로 코를 납작하게 해줬지."

"잘됐네. 난 어제 에티랑 도미노게임을 했는데, 그만 졌어."

스칼렛이 싱긋 웃었다. "이제 우리 둘 다 정상으로 돌아왔네. 넌 말로리와 싸웠는데도 생각보다 상태가 괜찮아 보이더라. 몸도 멀쩡하고 팔다리도 다 붙어 있고. 적어도 발가락 하나쯤은 없어질 줄 알았는데."

알버트는 멍든 손, 찢어진 옷, 낡은 바지를 내려다봤다. 운동화도 엉망진창이었다.

"이런 몰골이긴 하지만, 그래도 괜찮은 거 같아. 네 덕분이야, 스칼렛. 내 안의 힘을 해방하라고 한 말이 전부 옳았어. 스토우 싸움에선 힘을 억누르지 않았어. 더 이상 내 자신과 싸우지 않았지. 큰 도움이 됐어."

"다행이네."

스칼렛은 언제나 그렇듯 지난 일에 크게 신경 쓰지 않았다. 오트밀죽을 다 먹은 후 계란 접시를 끌어왔다. 알버트는 커피를 삼켰다.

"말로리는 안타깝게 생각해. 그는 스톤무어에서 많은 고통을 겪었어. 대화로 풀어보려 했는데, 상황이 약간 걷잡을 수 없게 흘러갔어."

"약간…이라고?"

"응."

"말로리는 죽었을까?"

알버트가 눈살을 찌푸렸다. "솔직히 모르겠어. 너무 많은 건물 잔해가 말로리를 덮쳐서 확인할 수 없었어. 만약 살아 있다면 그를 꺼내기 위해 엄청 큰 삽이 필요할 거야." 알버트가 어깨를 으쓱하며 덧붙였다. "하지만 아직 여기 나타나지 않은 걸 보면…."

"그 정도면 됐어."

스칼렛은 포크로 계란을 찍어 먹느라 바빴다. 알버트는 그녀를 바라보며 고민했다. 지금이 자신의 결심을 말할 적절한 때일까? 스칼렛의 기분이 좋아 보였다. 즉, 주먹으로 맞거나 목이 졸리거나 계란 포크로 코를 찔릴 가능성이 낮아 보였다. 물론 가능성이 완전히 없는 건 아니었다. 그리고 털북숭이 늦지 남자는 차치하고, 스칼렛은 그녀가 말한 것만큼 괜찮아 보이지 않았다. 눈가엔 짙은 그림자가 드리웠고, 형제단 본부의 지붕에서 내려온 후로 왠지 줄곧 멍한 상태였다. 하지만 지금이 아니면 언제 말할 수 있을까? 옆자리에 에티가 있었고, 에티가 그린 초록색과 파란색으로 가득 찬 그림은 어쩐지 평화로워 보였다. 알버트는 용기를 얻었다.

"스칼렛, 말로리 얘기가 나와서 말인데, 하고 싶은 말이 있어. 말로리가 죽었더라도 이런 일은 계속 일어날 거야. 그의 말로는 스톤무어에 나처럼 강한 능력을 가진 애들이 더 있대. 신앙의 집은 여전히 아이들을 실험하고 괴롭히고 세뇌하고 있어. 조만간 그 애들이 세상에 풀려날 거야." 알버트가 창밖을 보며 심호흡을 했다. 그리고 계속 말을 이었다. "그 말을 듣고 깨달았어. 내가 그동안 과거를 외면하려 했단 걸. 스톤무어 말이야. 내가 어디에서 왔고, 진짜 어떤 존재인지… 더 이상 외면할 수 없어. 난 진실을 찾아야 해. 그러니까 내 말은, 음, 내가 아주 힘든 결정을 내렸단 거야. 즉…."

알버트는 갑자기 스칼렛이 테이블 너머로 손을 쑥 뻗자 움찔 놀랐다.

"스칼렛, 지금 저 숟가락을 잡으려는 거야?"

"아니. 소금 좀 집으려고."

"아…, 그렇구나. 그냥 네가 숟가락으로 뭘 할 수 있는지 아니까…." 알버트가 목을 가다듬었다. "어디까지 말했더라? 갑자기 생각이 안 나네."

"몰라. 사실 제대로 안 들었어. 알버트, 나한테 좋은 생각이 있어. 이것만 다 먹고 밖에 잠깐 나가지 않을래?"

스칼렛이 분주한 실내를 둘러봤다. 조와 샐 퀸은 카드 게임 중이었고, 에티는 조용히 그림을 그렸다.

"나도 할 말이 있어. 여관 밖에서 하는 게 나을 거 같아."

울프스 헤드 여관 밖에는 황금빛 아침이 찾아왔다. 낮게 걸린 태양 아래, 넓은 습지는 타오르는 불꽃처럼 물들었다. 게일의 두 딸은 창고 앞에서 손님들의 자전거를 닦고 있었다. 따뜻하고 신선한 공기 속에 여자아이들의 목소리가 거칠지만 밝게 울려 퍼졌다.

알버트와 스칼렛은 자갈 마당 아래쪽에서 작은 베란다를 찾아냈다. 베란다 벤치에선 움푹 들어간 목초지를 한눈에 볼 수 있었다. 닭과 거위가 평화롭게 풀밭을 돌아다녔다. 스칼렛은 쏟아지는 햇살 속에 앉아, 감싸 안은 무릎 위에 턱을 괸 채 습지대를 응시했다. 곱슬거리는 머리카락이 진한 빨간색으로 빛나며 얼굴 주위로 흘러내렸다. 곁에 앉은 알버트의 눈에는 스칼렛이 마치 새로 태어난 것처럼 보였다. 밝은 햇빛 아래, 옷이 찢어진 자국이나 해진 부분은 보이지 않았다. 피로와 멍 자국 등 지난 사건의 흔적들이 잠시나마 사라진 듯했다.

"스칼렛, 무슨 일인데?"

"토마스에 대한 얘기야." 스칼렛은 알버트의 대답을 기다리지도 않고 다급하게 말을 이었다. "스토우에서 티치가 마지막 순간에 동생에 대한 얘길 했어. 그 말을 믿어야 할지, 정확히 무슨 의미인지 아직 잘 모르겠지만…."

스칼렛이 알버트를 바라봤다.

"알버트, 네 의견을 듣고 싶어. 내 말 한번 들어봐."

알버트는 조용히 스칼렛의 말에 귀 기울였다. 몸을 약간 앞으로 숙인 채 스칼렛의 얼굴을 뚫어져라 쳐다봤다. 저번과는 달랐다. 신앙의 집 감방에서 토마스 이야길 들을 땐 공포에 질려 꼼짝도 할 수 없었다. 하지만 지금은 전혀 다른 감정으로 집중할 수 있었다. 스칼렛의 목소리는 신중하고 차분했다. 알버트 역시 침착하게 들었다. 울프스 헤드 여관의 평화로운 분위기와 아침 햇살이 그를 감쌌다. 알버트는 왠지 묘한 감정이 들었다. 슬며시 얼굴에 미소가 번지는 게 느껴졌다. 하지만 스칼렛이 지금 어떤 기분인지 몰라 애써 미소를 숨겼다. 벤치에 앉아 그녀가 이야기를 끝낼 때까지 아무 말도 하지 않았다. 창문 너머로는 실내에서 조와 샐 퀸이 카드 게임을 하는 소리가 희미하게 들려왔다. 습지에선 왜가리 한 마리가 갈대밭을 헤치고 나와 날개를 이상하게 퍼덕이며 하늘로 날아갔다.

"물론 어떻게 보면 달라진 게 없기도 해. 노예 상인들에게 잡혀갔다고 해도 벌써 오래전 일이야. 그 후 어떤 일이 일어났는지 모르지. 티치 말이 틀렸거나 거짓일 수도 있고."

알버트가 고개를 끄덕였다. "그래, 스칼렛. 맞아."

"그렇긴 하지만, 그래도 혹시…." 스칼렛이 말을 이었다. "아주 조금이라도 가능성이 있지 않을까? 어쩌면 토마스가 살아 있을 가능성이…."

스칼렛은 하던 말을 멈추고 알버트의 눈을 봤다.

하지만 소용없었다. 이건 알버트가 답할 수 없는 문제였다. 알버트는 스칼렛의 시선을 마주하며 기다렸다.

스칼렛 역시 알버트를 빤히 쳐다볼 뿐이었다.

"음, 스칼렛, 넌 어떻게 생각하는데?"

스칼렛이 깊은 한숨을 내쉬었다.

"어쩌면 살아 있을 수도 있겠지. 하지만 살아 있더라도 토마스는 아주 먼 곳에 있을 거야."

갑자기 알버트의 마음속에 커다란 행복이 솟구쳤다. 예전에 절대 공포가 밀려왔을 때처럼 걷잡을 수 없이 배에서 시작해 가슴을 뚫고 팔과 손가락 끝까지, 얼굴과 눈을 지나 미소로 마무리됐다. 알버트는 벤치에 앉은 채로 어설픈 호랑이처럼 옆으로 몸을 던져 스칼렛을 껴안고 꽉 끌어당겼다. 스칼렛은 너무 놀란 나머지 알버트 품에서 빠져나오는 데 시간이 좀 걸렸다.

"야!" 스칼렛이 소리쳤다. "저리 가! 맙소사! 가뜩이나 여기저기 작은 멍이 많은데, 이제 큰 멍까지 생기겠네! 대체 왜 그런 거야?"

"방금 네가 한 말 때문에." 알버트가 씩 웃으며 말했다. "'살아 있을 수도 있다'고 했잖아. 그 네 단어 때문에. 그게 다야."

스칼렛의 얼굴이 잠깐 풀어진 듯했다.

"내 말은, 가능성이 높진 않단 거야."

"그렇다고 아예 없는 건 아니지."

"그래. 그렇긴 해."

둘은 벤치에 나란히 앉아 편안한 침묵에 잠겼다. 천천히, 힘겹게 해가 습지를 뚫고 솟아오르고 있었다. 세상은 밝고 드넓었으며, 그들 주위로 끊임없이 펼쳐지고 있었다. 이게 바로 알버트가 아침을 좋아하는 이유였다. 아침은 항상 새로운 가능성으로 가득 차 있었다.

"있잖아, 알버트. 다음에 뭘 할지 생각해 봤거든." 스칼렛이 말을 잠시 쉬었다. "기분 전환 겸 남서쪽으로 슬슬 가보는 거야. 신앙의 집이 우릴 찾고 있을 테니까, 새로운 곳으로 가면 놈들보다 한발 앞서 움직일 수 있겠지. 게일 벨처 말로는, 그쪽에 꽤 큰 노예시장이 몇 개 있대. 거기도 한번 들러보는 거야. 혹시 알아? 어쩌면 오래전의 거래를 기억하는 사람이 있을 수도…. 아니면 기억나게 만들 수도 있고."

스칼렛이 알버트를 보며 활짝 웃었다.

알버트가 천천히 고개를 끄덕였다. 손가락이 아직도 흥분으로 찌릿찌릿했다.

"좋은 생각이야. 노예 상인의 기억을 되살리는 방법이야 많지. 덤으로 은행도 몇 군데 털고." 알버트가 말을 덧붙였다. "그냥 감을 잃지 않게…. 그래야 실력이 녹슬지 않지. 게다가 남서쪽엔 털 만한 신앙의 집도 많고, 어쩌면 가볼 만한 다른 장소도 있을지 몰라…. 거긴 아주 흥미로운 지역이거든."

"스톤무어도 그쪽에 있지?"

"응. 그럴 거야."

"잘됐네. 거기도 들르자."

스칼렛이 알버트의 어깨를 툭 쳤다.

"알버트 브라운, 혹시라도 혼자 다닐 생각은 하지도 마. 과거니 진정한 널 찾는다느니 하는 헛소리도 그만하고. 너 혼자 뭔가 하려다간 분명 금방 함정에 빠지거나 길을 잃거나, 그런 쓸데없는 짓만 하고 있을 테니까. 정 해야겠다면 내가 도와줄게. 우린 팀이니까. 뭐든 함께 해야지. 노예 상인을 만나든 스톤무어에 가든, 한번 더 아침을 먹든."

"벌써 배고플 리가 없잖아."

스칼렛이 벤치에서 벌떡 일어섰다.

"난 배고파 죽겠어. 너도 그럴걸. 어서 가자."

둘은 나란히 울프스 헤드 여관으로 향했다. 알버트는 걸어가는 동안 문득 이런 생각이 들었다. 그가 스칼렛의 마음을 이해하는 만큼 스칼렛 역시 그의 마음을 잘 이해한다고. 나쁘지 않은 기분이었다. 창고 앞에는 그들이 타고 온 자전거가 햇빛에 반짝였다. 에티가 여관 계단에 앉아 그림을 그리고 있었다. 곧 스칼렛과 알버트를 발견한 에티가 반가운 비명을 지르며 마당을 가로질러 달려왔다.

샘, 로이, 그리고 로빈에게

악명 높은 무법자들

스칼렛과 알버트 2

초판 1쇄 발행   2025년 6월 5일

지은이   조나단 스트라우드
옮긴이   정은

펴낸이   조미현
책임편집   황정원
디자인   엄윤영
마케팅   임혁
제작   이현

펴낸곳   (주)현암사
등록   1951년 12월 24일 제 10-126호
주소   04029 서울시 마포구 동교로12안길 35
전화   02-365-5051
팩스   02-313-2729
전자우편   dalda@hyeonamsa.com
홈페이지   www.hyeonamsa.com
블로그   blog.naver.com/hyeonamsa

ISBN 978-89-323-2420-3 04840
ISBN 978-89-323-2418-0 (세트)